中國古典文學基本叢書

毛詩傳箋

〔漢〕毛亨 傳
鄭玄 箋
〔唐〕陸德明 音義
孔祥軍 點校

中華書局

圖書在版編目(CIP)數據

毛詩傳箋/(漢)毛亨傳,(漢)鄭玄箋,(唐)陸德明音義;孔祥軍點校. —北京:中華書局,2018.11(2023.12重印)
(中國古典文學基本叢書)
ISBN 978-7-101-13500-8

Ⅰ.毛… Ⅱ.①毛…②鄭…③陸…④孔… Ⅲ.①古體詩-詩集-中國-春秋時代②《詩經》-注釋 Ⅳ.I222.2

中國版本圖書館 CIP 數據核字(2018)第 238354 號

責任編輯:朱兆虎
責任校對:李曉霞
責任印製:陳麗娜

中國古典文學基本叢書
毛詩傳箋
〔漢〕毛 亨 傳
〔漢〕鄭 玄 箋
〔唐〕陸德明 音義
孔祥軍 點校

*

中華書局出版發行
(北京市豐臺區太平橋西里 38 號 100073)
http://www.zhbc.com.cn
E-mail:zhbc@zhbc.com.cn
大廠回族自治縣彩虹印刷有限公司印刷

*

850×1168 毫米 1/32 · 16¾印張 · 6 插頁 · 350 千字
2018 年 11 月第 1 版 2023 年 12 月第 5 次印刷
印數:15001-18000 册 定價:56.00 元

ISBN 978-7-101-13500-8

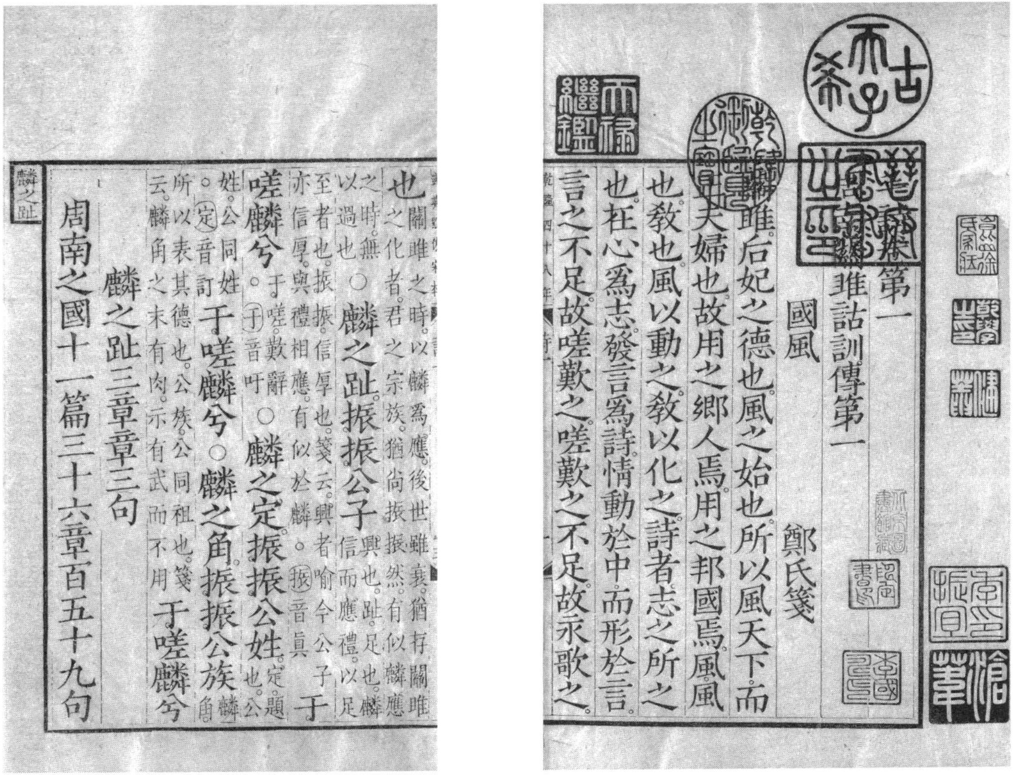
[illegible]第一

[illegible]雎詁訓傳第一

國風　　鄭氏箋

[illegible]雎后妃之德也風之始也所以風天下而正夫婦也故用之鄉人焉用之邦國焉風風也教也風以動之教以化之詩者志之所之也在心爲志發言爲詩情動於中而形於言言之不足故嗟歎之嗟歎之不足故永歌之

麟之趾

也關雎之時。以麟爲應。後世雖衰。猶存關雎之化者。君之宗族。猶尚振振然。有似麟應之時。無以過也。○麟之趾。振振公子。興也。趾。足也。麟信而應禮。以足至者也。振振。信厚也。箋云。興者喻今公子亦信厚。與禮相應。有似於麟。○振音眞于嗟麟兮。○于嗟歎辭（于）音吁○麟之定。振振公姓。定。題也。公姓。公同姓。○（定）音訂于嗟麟兮。○麟之角。振振公族。麟角所以表其德也。公族。公同祖也。箋云。麟角之末有肉。示有武而不用于嗟麟兮

麟之趾三章章三句

周南之國十一篇三十六章百五十九句

國家圖書館藏清乾隆四十八年武英殿仿刊相臺岳氏五經本（鄭振鐸舊藏）

毛詩卷第一

周南關雎詁訓傳第一

毛詩國風　鄭氏箋

關雎后妃之德也風之始也所以風天下而正夫婦

也故用之鄉人焉用之邦國焉風風也教也風以動之教以化之詩者志之所之也在心爲志發言爲詩情動於中而形於言言之不足故嗟歎之嗟歎之不

爲是剝是菹獻之皇祖曾孫壽考受天之祜祭以清酒從以騂牡享于祖考執其鸞刀以啓其毛取其血膋是烝是享苾苾芬芬祀事孔明先祖是皇報以介

福萬壽無疆

信南山六章章六句

谷風之什十篇五十四章三百五十六句

毛詩卷第十三

唐石經本（景刊唐開成石經，中華書局）

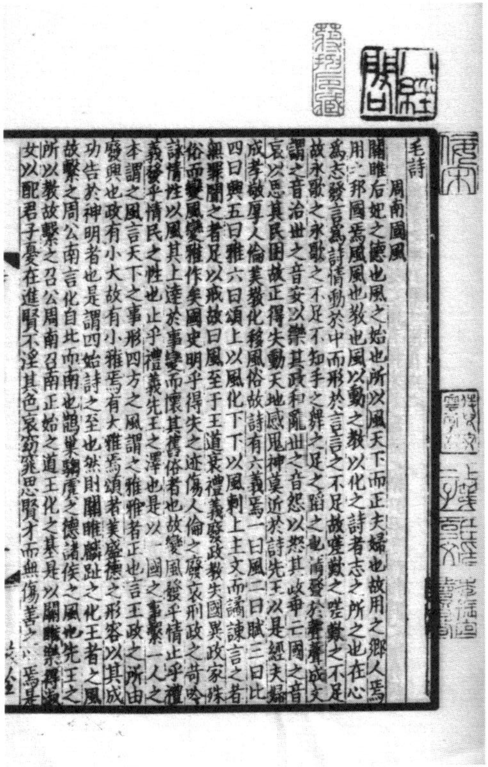

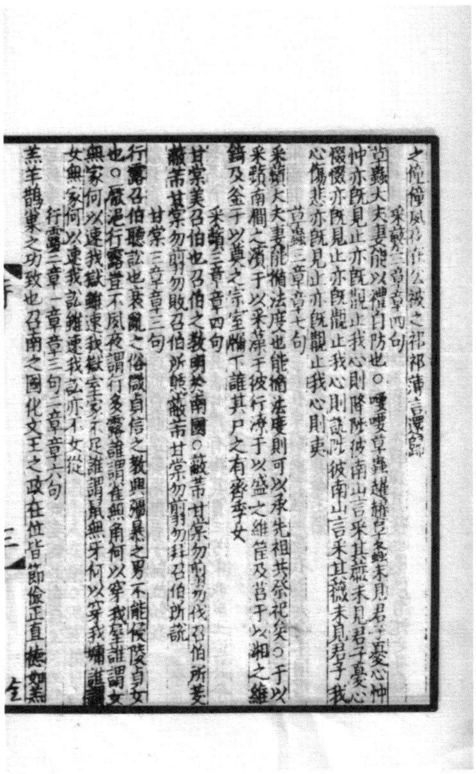

宋刊白文本（宋刊巾箱本八經，華東師範大學出版社）

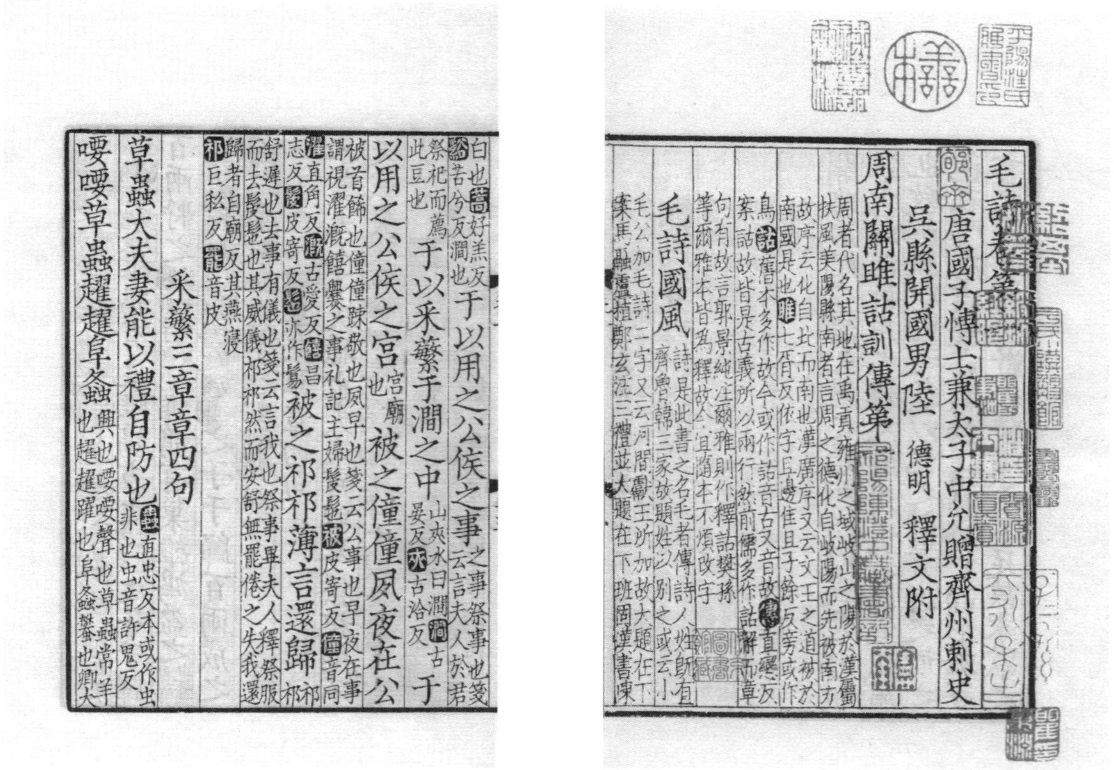
毛詩卷第一
唐國子博士兼太子中允贈齊州刺史
吳縣開國男陸德明釋文附
周南關雎詁訓傳第一
毛詩國風
于以用之公侯之事
于以采蘩于澗之中
于以用之公侯之宮
被之僮僮夙夜在公
被之祁祁薄言還歸
采蘩三章章四句
草蟲大夫妻能以禮自防也
喓喓草蟲趯趯阜螽

宋刻巾箱本（中華再造善本，北京圖書館出版社）

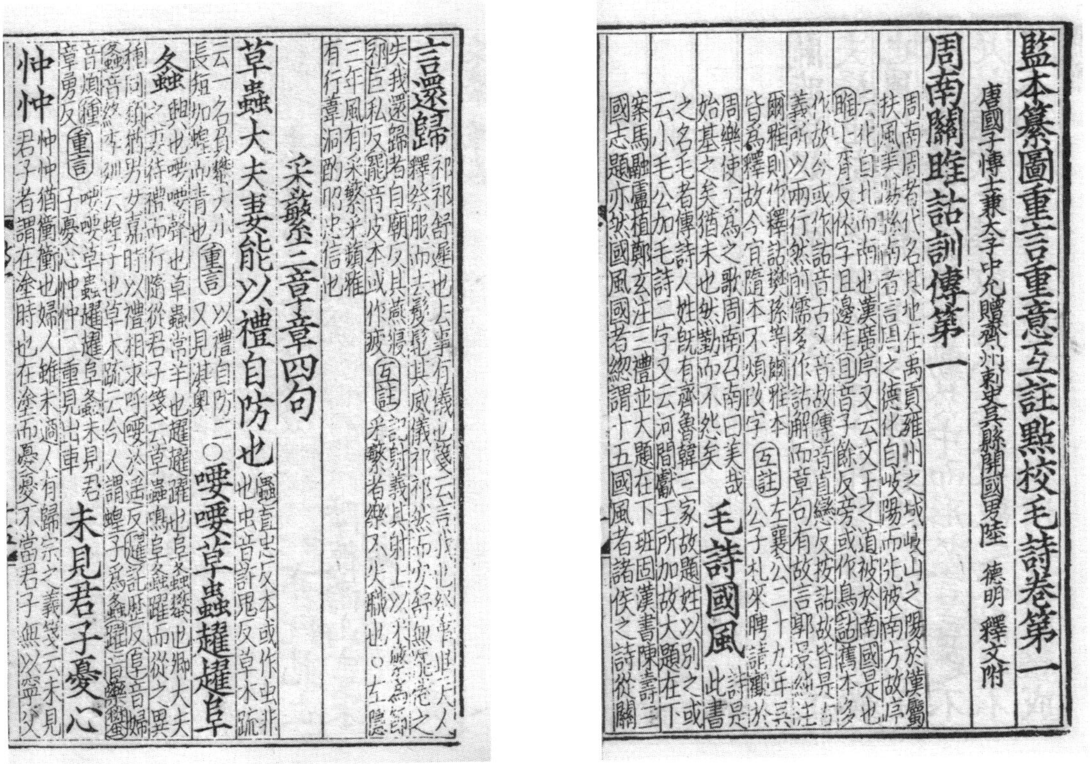

監本纂圖重言重意互註點校毛詩卷第一

唐國子博士兼太子中允贈齊州刺史吳縣開國男陸 德明 釋文附

周南關雎詁訓傳第一

毛詩國風

言還歸

采蘩二章章四句

草蟲大夫妻能以禮自防也

喓喓草蟲趯趯阜螽

未見君子憂心忡忡

宋刻監本纂圖重言重意互注點校毛詩（中華再造善本，北京圖書館出版社）

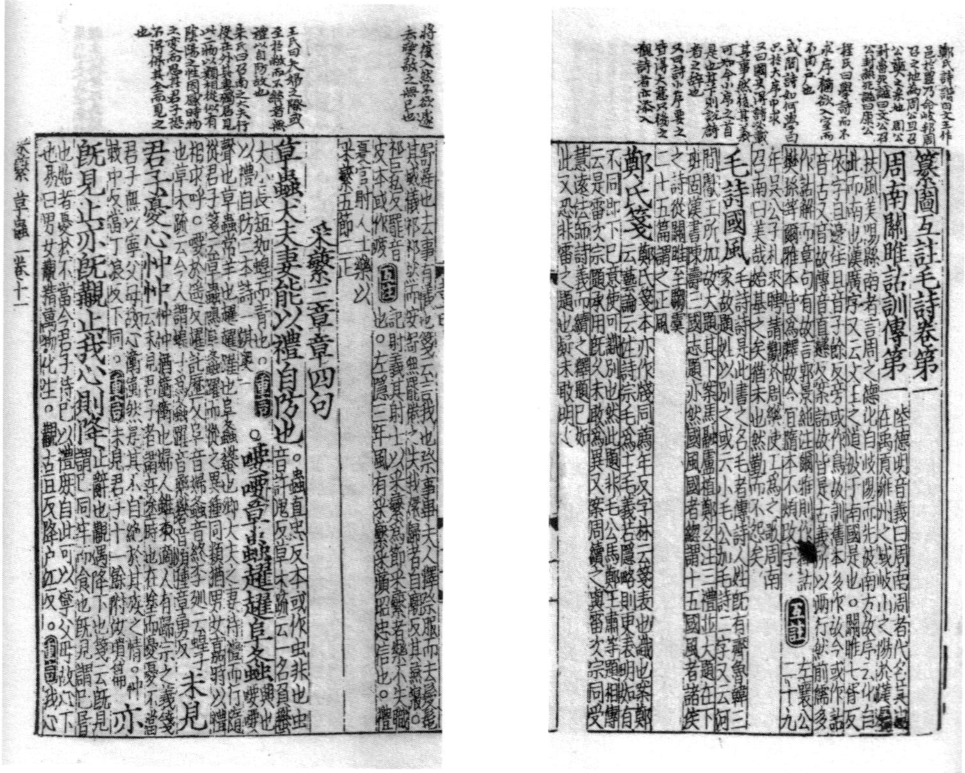

宋本纂圖互注毛詩（景印宋本纂圖互注毛詩，臺北故宮博物院）

静嘉堂文庫藏日抄本（毛詩鄭箋，汲古書院）

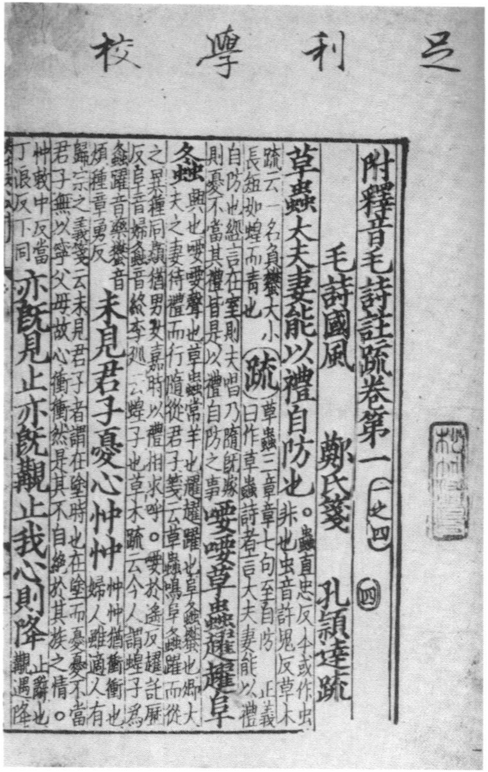

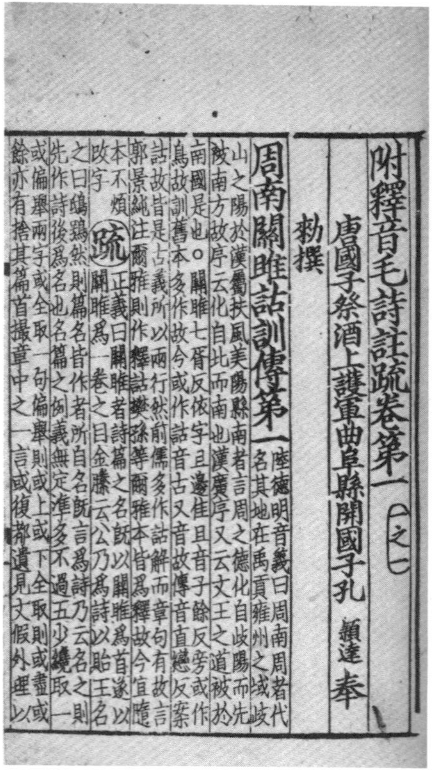

南宋刊十行本毛詩注疏（足利學校秘籍叢刊，汲古書院）

點校前言

詩經是我國最早的一部詩歌總集，早在東周春秋末年，已廣爲傳誦，所謂「不學詩，無以言」也（論語季氏）。司馬遷謂古詩三千餘篇，後經孔子删定，存三百五篇（史記孔子世家），篇章文字日趨定型，雖遭秦火，傳承不絶，「以其諷誦，不獨在竹帛故也」（漢書藝文志）。漢興，傳詩者四家，魯詩、齊詩、韓詩「皆立於學官」（漢書藝文志），至平帝時，又立毛詩（漢書儒林傳）。其始經、傳别行，漢書藝文志六藝略有毛詩二十九卷，毛詩故訓傳三十卷，故訓傳乃大毛公毛亨所作（據四庫全書總目經部詩類一「毛詩正義」條），因其所據經文與三家詩有異，故小毛公毛萇題「毛」，而稱毛詩以區别之（毛詩正義）。至東漢鄭玄，始合經、傳而爲之作箋，是爲毛詩傳箋，毛詩遂盛行，三家詩漸亡。據隋書經籍志記載，齊詩至曹魏時已亡，魯詩亡於西晉，韓詩唐初雖存，已無傳之者。唐貞觀時孔穎達等奉敕撰毛詩正義，又以毛詩傳箋爲疏義底本，故得獨尊於世。敦煌藏經洞所出詩經寫本，皆屬毛詩傳箋系統，無一例外（許建平敦煌經籍敘録詩經）。開成石經毛詩雖僅録經文，然其題云「毛詩」、「鄭氏箋」，則其所據底本，亦屬毛詩傳箋系統。自唐至今，世人所誦詩經，幾皆爲毛詩傳箋傳本也。

後唐長興年間，國子監首次以雕版印刷技術刊刻毛詩，北宋國子監繼有翻刻，惜皆亡佚。南宋淳熙紹熙年間，建安余仁仲彙刻諸經，將經典釋文散入經注本相應段落之下，刊成了兼有經注、釋文的四合一毛詩傳箋新本，然亦不存。此後，福建書肆在余仁仲本的基礎上競相推出多種「纂圖互注」、「重言重意」的通俗版本（李霖、喬秀岩南宋刊單疏本毛詩正義影印前言），今存世宋刊毛詩傳箋三種：巾箱本毛詩（常熟瞿氏定此本爲孝宗以後刻本，鐵琴銅劍樓藏書目録卷三「毛詩二」）、監本纂圖重言重意互注點校毛詩（李致忠定此本爲孝宗時刻本，中華再造善本總目提要唐宋編）、纂圖互注毛詩（秦孝儀定此本爲寧宗以後建安坊刻本，景印宋本纂圖互注毛詩序），皆屬此版本系統。南宋中後期劉叔剛一經堂合刻經疏，世稱十行本注疏，現存宋刊十行本毛詩注疏一部藏於日本足利學校，亦據余氏系統經注本，彙集正義而成（李霖、喬秀岩南宋刊單疏本毛詩正義影印前言）。南宋後期，廖瑩中世綵堂刊刻諸經，大體以余本爲主體（張政烺讀相臺書塾刊正九經三傳沿革例，張政烺文集文史叢考），而精加校讎，世稱善本，時人周密云「九經本最佳，凡以數十種比校，百餘人校正而後成」（癸辛雜識後集「賈廖刊書」），「其後開九經，凡用十餘本對定，各委本經人點對，又圈句讀，極其精妙。」（志雅堂雜鈔卷下「書史」）廖刊諸經雖已不傳，然元初相臺岳氏翻刻廖本，忠實於底本（張麗娟宋代經書注疏刊刻研究），可謂盡存其真。清乾隆四十八年，内府仿刻岳氏五經，今岳本毛詩已佚，惟此仿刻本傳廖本之善矣。

是本每篇首爲詩序，説詩人作詩之意，其小字注爲鄭箋，次爲陸德明音義，以圓圈間之。序後爲詩經本文，凡分章以圓圈標示。經文小注，首爲毛傳，其次鄭箋，以「箋云」爲別，次爲陸德明音義，亦以圓圈間之。末爲詩題（古書篇題多在後），述章句之分別。毛詩序凡三百一十一篇，其中小雅之南陔、白華、華黍、由庚、崇丘、由儀有序無詩，所謂「亡詩六篇」。舊説詩序分大序、小序，自關雎序「風，風也」訖末「是關雎之義也」爲大序，餘皆各篇小序（經典釋文毛詩音義引）；或謂自關雎序「詩者，志之所之也」至「詩之至也」爲大序（朱熹詩序辨説）。詩序作者，亦聚訟紛紜，莫衷一是，鄭玄以爲「大序是子夏作，小序是子夏、毛公合作，卜商意有不盡，毛更足成之」（經典釋文毛詩音義）。

此次整理，即以乾隆四十八年武英殿仿相臺岳氏五經本毛詩爲底本。如此選擇，一方面因其遠紹廖本，刊刻精善，與三種南宋刊經注本及十行注疏本經注部分相比，雖皆同出余本，但錯訛極少，文字質量實勝諸本，與宋人對廖本的評價相符；另一方面，此本經注文字皆有句讀，亦承廖本而來，乾隆四年武英殿刊十三經注疏毛詩注疏全文施加句讀，兩種句讀相比，前者斷句審慎，優於後者，爲準確施加現代標點奠定了堅實的基礎。通校本凡七種，除了上文提及的四種宋本影印本（據張麗娟宋代經書注疏刊刻研究今存宋刻經書注疏版本簡目著録，今存宋刻毛詩經注附釋文本凡五種，除本書通校本三種外，其他兩種皆爲殘本，宋刻附釋音毛詩注疏惟足利本一種），還選擇了兩種白文本，一種經注抄本。白文本爲景刊唐開成石經本與南宋刊八經影印本，與底本經文相較，異文極少，説明唐宋以來，毛詩經文相對於注文而言，已進入比較恒定的狀態。經注抄本爲日本靜嘉堂文庫藏本影印本，此藏本抄寫年代爲日本室町時期（米山寅太郎毛詩鄭箋解題），因無釋文，則其所據或爲中土業已失傳的單經注本，從而具有獨特的校勘價值，故取以通校。

傳箋之書，題名不一，或題毛詩，或名毛詩故（詁）訓傳，或稱毛詩鄭箋，今依明玄鑒堂本、清江南書局本，顔曰「毛詩傳箋」。

鄭玄箋詩而外，又著毛詩譜，本知人論世之旨，論列詩之世次、地理、政治、風俗，爲鄭氏解詩之大綱，自謂「舉一綱而萬目張，解一卷而衆篇明」。原本亡佚，其序及十五國風、二雅、三頌譜説，見於毛詩正義所采用，學者多據以考訂輯補。舊本毛詩傳箋，多有以詩譜冠於卷首，相爲表裏。今據清胡元儀毛詩譜，録詩譜序及譜説，附於書末，其詳可參胡氏書及丁晏鄭氏詩譜考正等。

詩三百篇，誦詠千年，毛傳鄭箋，立意深遠，點校者學識淺陋，雖戰戰兢兢，盡力於斯，仍難免有舛謬失誤之處，故真誠懇請讀者批評指正，不勝感激。

孔祥軍

二〇一八年九月

點校凡例

一、此次整理，以清乾隆四十八年武英殿仿刊相臺岳氏五經本毛詩二十卷爲底本。

二、經書刊刻，各有所自，本書校勘，力求簡潔。凡底本經注文字與諸本有異，且文義顯誤者，據諸本校改。否則僅列異文，或略加案語，校以參校文獻，以供參考。

三、整理所用通校本及簡稱如下：

（一）唐石經：毛詩，景刊唐開成石經，中華書局一九九七年影印本。

（二）白文本：毛詩，宋刊巾箱本八經，華東師範大學出版社二〇一四年影印民國陶氏涉園影印本。

（三）巾箱本：毛詩詁訓傳，中華再造善本，北京圖書館出版社二〇〇三年影印國家圖書館藏宋刻本。

（四）監圖本：監本纂圖重言重意互注點校毛詩，中華再造善本，北京圖書館出版社二〇〇三年影印國家圖書館藏宋刻本。

（五）纂圖本：景印宋本纂圖互注毛詩，臺北故宮博物院一九九五年影印本。

（六）日抄本：毛詩鄭箋，汲古書院影印日本靜嘉堂文庫藏抄本，平成四年出版第一卷,平成五年出版第二卷,平成六年出版第三卷。

(七)十行本:毛詩注疏,足利學校秘籍叢刊第二,汲古書院影印足利學校藏南宋劉叔剛一經堂刊附釋音毛詩注疏,昭和四十八年出版第一卷、第二卷,昭和四十九年出版第三卷、第四卷。

四、整理所用參校文獻及簡稱如下:

(一)單疏本:南宋刊單疏本毛詩正義,人民文學出版社二〇一二年影印日本杏雨書屋藏南宋刊本。

(二)要義:毛詩要義,續修四庫全書第五六册,上海古籍出版社二〇〇二年影印日本天理大學附屬圖書館藏宋淳祐十二年徽州刻本。

(三)讀詩記:吕氏家塾讀詩記,中華再造善本,北京圖書館出版社二〇〇三年影印國家圖書館藏宋淳熙九年江西漕臺刻本。

(四)考文:百部叢書集成七經孟子考文補遺毛詩,臺灣藝文印書館一九六四年影印日本原刊本。

(五)釋文:經典釋文,中華再造善本,北京圖書館出版社二〇〇三年影印國家圖書館藏宋刻宋元遞修本。

（六）出土文獻及抄本殘卷：胡平生、韓自强阜陽漢簡詩經研究，上海古籍出版社一九八八年版，本書所引阜陽漢簡皆據此本影印之圖版。潘重規敦煌詩經卷子研究論文集，新亞研究所一九七〇年版，本書所引敦煌殘卷主要依據此本所影印之圖版，並參考「國際敦煌項目」網站所提供相關圖片。王曉平日藏詩經古寫本刻本彙編，中華書局二〇一六年版，本書所引日本抄本非特殊説明者，皆據此本所影印之圖版。

五、此次整理，施加新式標點，斷句概依底本句讀，並斟酌經義，參考孔疏。毛、鄭解經有異者，經文標點從毛義。

六、鄭玄詩譜，據清胡元儀毛詩譜（清經解續編，上海書店一九八八年影印本）整理，通校單疏本、十行本以及宋王應麟詩地理考（中華再造善本，北京圖書館出版社二〇〇六年影印國家圖書館藏元至正六年慶元路儒學刻本）所引。

目録

毛詩卷第二

國風

邶柏舟詁訓傳第三

毛詩卷第三

國風

鄘柏舟詁訓傳第四

國風

衛淇奧詁訓傳第五

毛詩卷第四

國風

王黍離詁訓傳第六

國風

鄭緇衣詁訓傳第七

毛詩卷第五

國風

齊雞鳴詁訓傳第八

國風

魏葛屨詁訓傳第九

毛詩卷第六

國風

唐蟋蟀詁訓傳第十

毛詩卷第七

國風

毛詩卷第十

小雅

南有嘉魚之什詁訓傳第十七

毛詩卷第十一

小雅

鴻鴈之什詁訓傳第十八

毛詩卷第十二

小雅

節南山之什詁訓傳第十九

毛詩卷第十三

小雅

谷風之什詁訓傳第二十

毛詩卷第十四

小雅

甫田之什詁訓傳第二十一

毛詩卷第十五

小雅

魚藻之什詁訓傳第二十二

毛詩卷第十六

大雅

文王之什詁訓傳第二十三

毛詩卷第十七

大雅

生民之什詁訓傳第二十四

毛詩卷第十八

大雅

蕩之什詁訓傳第二十五

毛詩卷第十九

周頌

毛詩卷第二十

魯頌

駉詁訓傳第二十九

商頌

那詁訓傳第三十

附録

詩譜

毛詩卷第一

周南關雎詁訓傳第一

國風　　鄭氏箋[1]

關雎，后妃之德也。風之始也，所以風天下而正夫婦也，故用之鄉人焉，用之邦國焉。風，風也，教也。風以動之，教以化之。詩者，志之所之也。在心爲志，發言爲詩。情動於中而形於言，言之不足，故嗟歎之，嗟歎之不足，故永歌之，永歌之不足，不知手之舞之、足之蹈之也。情發於聲，聲成文，謂之音。發猶見也。聲，謂宮、商、角、徵、羽也。聲成文者，宮、商上下相應。○雎七胥反。妃芳非反。風竝如字。治世之音，安以樂，其政和。亂世之音，怨以怒，其政乖。亡國之音，哀以思，其民困。故正得失，動天地，感鬼神，莫近於詩。先王以是經夫婦，成孝敬，厚人倫，美教化，移風俗。故詩有六義焉：一曰風，二曰賦，三曰比，四曰興，五曰雅，六曰頌。上以風化下，下以風刺上。主文而譎諫，言之者無罪，聞之者足以戒，故曰風。風化，風刺，皆謂譬喻，不斥言也。主文，主與樂之宮❷、商相應也。譎諫，詠歌依違不直諫。○治直吏反。「之音」，絕句。樂音洛，絕句。近如字，沈音「附近」之「近」。比必履反。興虛應反，沈許甑反。頌音訟。下以風福鳳反，注「風刺」同。刺七賜反。譎古穴反。至于王道衰，禮義廢，政教失，國異政，家殊俗，而變風、變雅作矣。國史明乎得失之迹，傷人倫之廢，哀刑政之苛，吟詠情性，以風其上，達於事變，而懷其舊俗者也。故變風，發乎情，止乎禮義。發乎情，民之性也，止乎禮義，先王之澤也。是以一國之事，繫一人之本，謂之風。言天下之事，形四方之風，謂之雅。雅者，正也，言王政之所由廢興也。政有小大，故有小雅焉，有大雅焉。頌者，美盛德之形容，以其成功，告於神明者也。是謂四始，詩之至也。始者，王道興衰之所由。○苛音何，虐也。風其上福鳳反。告古毒反。

然則關雎麟趾之化，王者之風，故繫之周公。南，言化自北而南也。鵲巢騶虞之德，諸侯之風也，先王之所以教，故繫之召公。自，從也。從北而南，謂其化從岐周被江、漢之域也。先王，斥大王、王季。○騶側留反。召本亦作「邵」，同，上照反，後「召南」「召公」皆同。被皮寄反。大音泰。周南召南，正始之道，王化之基。是以關雎樂得淑女，以配君子，憂在進賢，不淫其色。哀窈窕，思賢才，而無傷善之心焉，是關雎之義也。

哀，蓋字之誤也，當爲衷。衷，謂中心恕之。無傷善之心，謂好逑也。○窈烏了反。窕徒了反，王肅云：「善心曰窈，善容曰窕。」好呼報反。逑音求。

○**關關雎鳩，在河之洲。**興也。關關，和聲也。雎鳩，王雎也。鳥摯而有別。水中可居者曰洲。后妃説樂君子之德，無不和諧，又不淫其色，慎固幽深，若雎鳩之有別焉❸，然後可以風化天下。夫婦有別則父子親，父子親則君臣敬，君臣敬則朝廷正，朝廷正則王化成。箋云：摯之言至也，謂王雎之鳥，雄雌情意至❹，然而有別。○興虛應反，譬喻之名。摯音至。別彼竭反，下同。説音悦。樂音洛。諧户皆反。朝直遥反。廷徒佞反。**窈窕淑女，君子好逑。**窈窕，幽閒也。淑，善。逑，匹也。言后妃有關雎之德，是幽閒貞專之善女，宜爲君子之好匹。箋云：怨耦曰仇。言后妃之德和諧，則幽閒處深宮貞專之善女，能爲君子和好衆妾之怨者。言皆化后妃之德，不嫉妬，謂三夫人以下。○好毛如字，鄭呼報反，兔罝詩放此。逑音求，本亦作「仇」，音同。閒音閑，下同。耦五口反。能爲于僞反。嫉音疾。妬丁路反。

○**參差荇菜，左右流之。**荇，接余也。流，求也。后妃有關雎之德，乃能共荇菜，備庶物，以事宗廟也。箋云：左右，助也。言后妃將共荇菜之菹，必有助而求之者。言三夫人、九嬪以下，皆樂后妃之事。○參初金反。差初宜反。荇衡猛反。左右王申毛如字，鄭上音佐，下音佑。共音恭，下竝同。菹阻魚反。嬪鼻申反。樂音洛。**窈窕淑女，寤寐求之。**寤，覺。寐，寢也。箋云：言后妃覺寐則常求此賢女❺，欲與之共己職也。○寤五路反。寐莫利反。覺音教。**求之不得，寤寐思服。**服，思之也。箋云：服，事也。求賢女而不得，覺寐則思己職事，當誰與共之乎。**悠哉悠哉，輾轉反側。**悠，思也。箋云：思之哉，思之哉，言己誠思之。卧而不周曰輾。○輾哲善反。

○參差荇菜，左右采之。箋云：言后妃既得荇菜，必有助而采之者。**窈窕淑女，琴瑟友之。**宜以琴瑟友樂之。箋云：同志爲友。言賢女之助后妃共荇菜，其情意乃與琴瑟之志同。共荇菜之時，樂必作。**參差荇菜，左右芼之。**芼，擇也。箋云：后妃既得荇菜，必有助而擇之者。○芼毛報反。**窈窕淑女，鍾鼓樂之。**德盛者宜有鍾鼓之樂。箋云：琴瑟在堂，鍾鼓在庭。言共荇菜之時，上下之樂皆作，盛其禮也。○樂音洛。

關雎五章，章四句。故言三章，其一章四句，二章章八句。

❶國風，唐石經、巾箱本、監圖本、纂圖本、日抄本、十行本並作「毛詩國風」。案：敦煌殘卷斯一七二二號作「毛詩國風」。釋文出音「周南」、「關雎」、「故訓傳第一」、「毛詩」，於「毛詩」下注云：「大題在下，案：馬融、盧植、鄭玄注三禮，並大題在下。」檢敦煌殘卷斯一七二二號，同行書「周南關雎詁訓傳第一毛詩國風」，伯二五二九號同行書「召南鵲巢詁訓傳第二毛詩國風」，此爲白文本；又，斯七八九號同行書「周南鵲巢詁訓傳第二毛詩國風鄭氏牋」，伯二五三八號同行書「鄁栢舟故訓傳第三毛詩國風鄭氏箋」，此爲經注本。此下各卷同。

❷主，纂圖本無。

❸雎鳩，監圖本、纂圖本、日抄本、十行本並作「關雎」。案：日本大念佛寺抄本毛詩殘卷、考文古本並作「雎鳩」，要義所引、讀詩記所引、十行本疏文所引並同。

❹雄雌，監圖本、纂圖本、日抄本、十行本並作「雌雄」。案：日本大念佛寺抄本毛詩殘卷作「雄雌」，要義所引、十行本疏文所引並同。

❺覺寐，日抄本作「覺寢」。案：日本大念佛寺抄本毛詩殘卷作「覺之寐」，十行本疏文云：「后妃於覺寐之中常求之。」

葛覃，后妃之本也。后妃在父母家，則志在於女功之事，躬儉節用，服澣濯之衣，尊敬師傅，則可以歸安父母，化天下以婦道也。躬儉節用，由於師傅之教，而後言尊敬師傅者，欲見其性亦自然。可以歸安父母，言嫁而得意，猶不忘孝。○覃徒南反。澣户管反。濯直角反。傅夫附反。見賢遍反。

○葛之覃兮，施于中谷，維葉萋萋。興也。覃，延也。葛所以爲絺綌，女功之事煩辱者。施，移也。中谷，谷中也。萋萋，茂盛貌。箋云：葛者，婦人之所有事也，此因葛之性以興焉。興者，葛延蔓于谷中，喻女在父母之家，形體浸浸日長大也。葉萋萋然，喻其容色美盛。○施毛以豉反，鄭如字，下同。萋切兮反。蔓音萬。浸子鴆反。長丁丈反。**黄鳥于飛，集于灌木，其鳴喈喈。**黄鳥，摶黍也。灌木，藂木也。喈喈，和聲之遠聞也。箋云：葛延蔓之時，則摶黍飛鳴，亦因以興焉。飛集藂木，興女有嫁于君子之道。和聲之遠聞，興女有才美之稱，達於遠方。○【灌】古亂反。【喈】音皆。【摶】徒端反。【藂】才公反。【聞】音問，又如字，下同。【稱】尺證反。

○葛之覃兮，施于中谷，維葉莫莫。莫莫，成就之貌。箋云：成就者，其可采用之時。○【莫】美博反。**是刈是濩，爲絺爲綌，服之無斁。**濩，煑之也。精曰絺，麤曰綌。斁，厭也。古者王后織玄紞，公侯夫人紘綖，卿之内子大帶，大夫命婦成祭服，士妻朝服，庶士以下，各衣其夫。箋云：服，整也。女在父母之家，未知將所適，故習之以絺綌煩辱之事，乃能整治之無厭倦，是其性貞專。○【刈】魚廢反。【濩】胡郭反。【絺】恥知反。【綌】去逆反。【斁】音亦。【紞】都覽反。【紘】獲耕反。【綖】音延。【朝】直遥反，下同。【衣】於既反。

○言告師氏，言告言歸。言，我也。師，女師也。古者女師教以婦德、婦言、婦容、婦功。祖廟未毁，教于公宫三月，祖廟既毁，教于宗室。婦人謂嫁曰歸。箋云：我告師氏者，我見教告于女師也，教告我以適人之道。重言我者，尊重師教也。公宫、宗室，於族人皆爲貴。○【重】直用反。**薄汙我私，薄澣我衣。**汙，煩也。私，燕服也。婦人有副褘盛飾，以朝事舅姑，接見于宗廟，進見于君子，其餘則私也。箋云：煩，煩撋之，用功深。澣，謂濯之耳。衣，謂褘衣以下至褖衣。○【汙】音烏。【副】如字。【褘】音煇。【見】賢遍反，下同。【撋】而專反。【褖】吐亂反。**害澣害否，歸寧父母。**害，何也。私服宜澣，公服宜否。寧，安也。父母在，則有時歸寧耳。箋云：我之衣服，今者何所當見澣乎？何所當否乎？言常自潔清，以事君子。○害戶葛反，下同。

葛覃三章，章六句。

卷耳，后妃之志也。又當輔佐君子，求賢審官，知臣下之勤勞。内有進賢之志，而無險詖私謁之心。朝夕思念，至於憂勤也。謁，請也。○卷眷勉反。詖彼寄反，崔云：「險詖，不正也。」

○采采卷耳，不盈頃筐。憂者之興也。采采，事采之也。卷耳，苓耳也。頃筐，畚屬，易盈之器也。箋云：器之易盈而不盈者，志在輔佐君子，憂思深也。○頃音傾。筐起狂反。畚音本。易以豉反，下同。思息吏反。**嗟我懷人，寘彼周行。**懷，思。寘，置。行，列也。思君子官賢人置周之列位。箋云：周之列位，謂朝廷臣也。○寘之豉反。行戶康反，注下同。朝直遥反。

○陟彼崔嵬，我馬虺隤。陟，升也。崔嵬，土山之戴石者。虺隤，病也。箋云：我，我使臣也。臣以兵役之事行，出離其列位，身勤勞於山險而馬又病。君子宜知其然。○崔徂回反。嵬五回反。虺呼回反。隤徒回反。使色吏反，下同。離力智反。**我姑酌彼金罍，維以不永懷。**姑，且也。人君黄金罍。永，長也。箋云：我，我君也。臣出使，功成而反，君且當設饗燕之禮，與之飲酒以勞之，我則以是不復長憂思也。言且者，君賞功臣，或多於此。○罍盧回反。勞力到反。復扶富反。

○**陟彼高岡，我馬玄黄。我姑酌彼兕觥，維以不永傷。**山脊曰岡。玄馬病則黄。兕觥，角爵也。傷，思也。箋云：此章爲意不盡，申殷勤也。觥，罰爵也，饗燕所以有之者，禮，自立司正之後，旅醻必有醉而失禮者，罰之，亦所以爲樂。○兕徐履反。觥古横反。爲于僞反。樂音洛。

○**陟彼砠矣，我馬瘏矣，我僕痡矣，云何吁矣。**石山戴土曰砠。瘏，病也。痡，亦病也。吁，憂也。箋云：此章言臣既勤勞於外，僕、馬皆病，而今云何乎，其亦憂矣。深閔之辭。○砠七餘反。瘏音塗。痡音敷，又普烏反。吁香于反。

卷耳四章，章四句。

樛木，后妃逮下也。言能逮下，而無嫉妬之心焉。后妃能和諧衆妾，不嫉妬其容貌，恒以善言逮下而安之。○樛居虯反。逮徒戴反。

○**南有樛木，葛藟纍之。**興也。南，南土也。木下曲曰樛。南土之葛藟茂盛。箋云：木枝以下垂之故，故葛也、藟也得纍而蔓之，而上下俱盛。興者，喻后妃能以意下逮衆妾❶，使得其次序，則衆妾上附事之，而禮義亦俱盛。南土，謂荆、揚之域。○藟力軌反。纍力追反。上時掌反。**樂只君子，福履綏之。**履，禄。綏，安也。箋云：妃妾以禮義相與和，又能以禮樂樂其君子，使爲福禄所安。○樂音洛。只之氏反。綏音雖。樂樂上音岳，下音洛。

○**南有樛木，葛藟荒之。樂只君子，福履將之。**荒，奄。將，大也。箋云：此章申殷勤之意。將猶扶助也。

○**南有樛木，葛藟縈之。樂只君子，福履成之。**縈，旋也。成，就也。○縈烏營反。

樛木三章，章四句。

❶意，巾箱本作「惠」。案：日本大念佛寺抄本毛詩殘卷作「意」，讀詩記所引作「惠」，十行本疏文云：「以喻后妃能以恩意下逮衆妾。」

螽斯，后妃子孫衆多也。言若螽斯不妬忌，則子孫衆多也。忌，有所諱惡於人。○螽音終。惡烏路反。

○**螽斯羽，詵詵兮。**螽斯，蚣蝑也。詵詵，衆多也。箋云：凡物有陰陽情慾者，無不妬忌，維蚣蝑不耳，各得受氣而生子，故能詵詵然衆多。后妃之德能如是，則宜然。○詵所巾反。蚣粟容反。蝑粟居反，幽州謂之舂箕，蝗類。**宜爾子孫，振振兮。**振振，仁厚也。箋云：后妃之德，寬容不嫉妬，則宜女之子孫，使其無不仁厚。○振音真。女音汝。

○螽斯羽，薨薨兮。宜爾子孫，繩繩兮。薨薨，衆多也。繩繩，戒慎也。○薨呼肱反。

○螽斯羽，揖揖兮。宜爾子孫，蟄蟄兮。揖揖，會聚也。蟄蟄，和集也。○揖子入、側立二反。蟄尺十反，徐又直立反。

螽斯三章，章四句。

桃夭，后妃之所致也。不妒忌，則男女以正，昏姻以時，國無鰥民也。老而無妻曰鰥。○夭於驕反。鰥古頑反。

○桃之夭夭，灼灼其華。興也。桃有華之盛者。夭夭，其少壯也❶。灼灼，華之盛也。箋云：興者，喻時婦人皆得以年盛時行也。○少詩照反。之子于歸，宜其室家。之子，嫁子也。于，往也。宜以有室家，無踰時者。箋云：宜者，謂男女年時俱當。○當丁浪反。

○桃之夭夭，有蕡其實。蕡，實貌。非但有華色，又有婦德。○蕡浮雲反。之子于歸，宜其家室。家室猶室家也。

○桃之夭夭，其葉蓁蓁。蓁蓁，至盛貌。有色有德，形體至盛也。○蓁側巾反。之子于歸，宜其家人。一家之人盡以爲宜。箋云：家人猶室家也。○盡津忍反，或如字，他皆放此。

桃夭三章，章四句。

❶少，巾箱本作「室」。案：讀詩記所引作「少」，釋文以「少壯」出音。

兔罝，后妃之化也。關雎之化行，則莫不好德，賢人衆多也。○罝子斜反。好呼報反。

○肅肅兔罝，椓之丁丁。肅肅，敬也。兔罝，兔罟也。丁丁，椓杙聲也。箋云：罝兔之人，鄙賤之事，猶能恭敬，則是賢者衆多也。○椓陟角反。丁陟耕反。罟音古，罔也。杙羊職反。**赳赳武夫，公侯干城。**赳赳，武貌。干，扞也。箋云：干也，城也，皆以禦難也。此罝兔之人，賢者也，有武力，可任爲將帥之德，諸侯可任以國守，扞城其民，折衝禦難於未然。○赳居黝反。干如字。扞戶旦反。禦魚呂反。難乃旦反，下同。任音壬。將子匠反。帥色類反。可任而鴆反，後不音者放此。守手又反。

○肅肅兔罝，施于中逵。逵，九達之道。○施如字，下同，沈以豉反。逵求龜反。**赳赳武夫，公侯好仇。**箋云：怨耦曰仇。此罝兔之人，敵國有來侵伐者，可使和好之。亦言賢也。○好見關雎。

○肅肅兔罝，施于中林。中林，林中。**赳赳武夫，公侯腹心。**可以制斷公侯之腹心。箋云：此罝兔之人，於行攻伐，可用爲策謀之臣，使之慮無❶。亦言賢也。○斷丁亂反。

兔罝三章，章四句。

❶無，巾箱本、監圖本、纂圖本、日抄本、十行本並作「事」。案：日本大念佛寺抄本毛詩殘卷作「無」，十行本疏文云：「使之慮無也，『慮無』者，宣十二年左傳文也。」

芣苢，后妃之美也。和平，則婦人樂有子矣。天下和，政教平也。○芣音浮。苢音以。樂音洛。

○采采芣苢，薄言采之。采采，非一辭也。芣苢，馬舄。馬舄，車前也，宜懷任焉❶。薄，辭也。采，取也。箋云：薄言，我薄也。采采芣苢，薄言有之。有，藏之也。

○采采芣苢，薄言掇之。掇，拾也。○掇都奪反。采采芣苢，薄言捋之。捋，取也。○捋力活反。

○采采芣苢，薄言袺之。袺，執衽也。○袺音結。衽入錦反。采采芣苢，薄言襭之。扱衽曰襭。襭户結反。扱初洽反。

芣苢三章，章四句。

❶任，巾箱本作「妊」。

漢廣，德廣所及也。文王之道，被于南國，美化行乎江、漢之域，無思犯禮，求而不可得也。紂時淫風徧於天下，維江、漢之域，先受文王之教化❶。○被皮義反。

○南有喬木，不可休息。漢有游女，不可求思。興也。南方之木美。喬，上竦也。思，辭也。漢上游女，無求思者。箋云：不可者，本有可道也。木以高其枝葉之故，故人不得就而止息也。興者，喻賢女雖出游流水之上，人無欲求犯禮者，亦由貞絜使之然。○竦粟勇反。**漢之廣矣，不可泳思。江之永矣，不可方思。**潛行爲泳。永，長。方，泭也。箋云：漢也、江也，其欲渡之者，必有潛行乘泭之道，今以廣長之故，故不可也❷。又喻女之貞絜，犯禮而往，將不至也。○泳音詠。泭芳于反。

○翹翹錯薪，言刈其楚。翹翹，薪貌。錯，雜也。箋云：楚，雜薪之中尤翹翹者❸。我欲刈取之，以喻衆女皆貞絜，我又欲取其尤高絜者。○翹祁遥反。**之子于歸，言秣其馬。**秣，養也。六尺以上曰馬。箋云：之子，是子也。謙不敢斥其適己，於是子之嫁，我願秣其馬，致禮餼。示有意焉。○秣莫葛反。餼虚氣反。**漢之廣矣，不可泳思。江之永矣，不可方思。**

○翹翹錯薪，言刈其蔞。蔞，草中之翹翹然。○蔞力俱反，蒿也。**之子于歸，言秣其駒。**五尺以上曰駒。**漢之廣矣，不可泳思。江之永矣，不可方思。**

漢廣三章，章八句。

❶「教化」下，監圖本有「漢廣漢水名也尚書云嶓冢導漾水東流爲漢」十八字。案：日本大念佛寺抄本毛詩殘卷無，要義所引亦無，釋文出音「漢廣」，注云：「漢，水名也。尚書云：嶓冢導漾水，東流爲漢。」

❷「可」下，日抄本有「渡」字。案：考文古本同，日本大念佛寺抄本毛詩殘卷作「度」。

❸者，監圖本作「也」。

汝墳，道化行也。文王之化，行乎汝墳之國，婦人能閔其君子，猶勉之以正也。言此婦人被文王之化，厚事其君子。○墳符云反。閔密謹反。

遵彼汝墳，伐其條枚。遵，循也。汝，水名也。墳，大防也。枝曰條，榦曰枚。箋云：伐薪於汝水之側，非婦人之事。以言己之君子，賢者，而處勤勞之職，亦非其事。○枚妹迴反。**未見君子，惄如調飢。**惄，飢意也。調，朝也。箋云：惄，思也。未見君子之時，如朝飢之思食。○惄乃歷反。調張留反。

遵彼汝墳，伐其條肄。肄，餘也。斬而復生曰肄。○肄以自反。復扶富反。**既見君子，不我遐棄。**既，已。遐，遠也。箋云：已見君子，君子反也。於已反，得見之，知其不遠棄我而死亡，於思則愈。故下章而勉之。○思如字，又息嗣反。

○魴魚赬尾，王室如燬。赬，赤也。魚勞則尾赤。燬，火也。箋云：君子仕於亂世，其顏色瘦病，如魚勞則尾赤。所以然者，畏王室之酷烈。是時紂存。○魴符方反。赬勑貞反。燬音毁。**雖則如燬，父母孔邇。**孔，甚。邇，近也。箋云：辟此勤勞之處，或時得罪。父母甚近，當念之以免於害，不能爲疏遠者計也。

汝墳三章，章四句。

麟之趾，關雎之應也。關雎之化行，則天下無犯非禮，雖衰世之公子，皆信厚，如麟趾之時也。關雎之時，以麟爲應。後世雖衰，猶存關雎之化者，君之宗族，猶尚振振然，有似麟應之時，無以過也。

○麟之趾，振振公子。興也。趾，足也。麟信而應禮，以足至者也。振振，信厚也。箋云：興者，喻今公子亦信厚，與禮相應，有似於麟。○振音真。**于嗟麟兮。**于嗟，歎辭。○于音吁。

○麟之定，振振公姓。定，題也。公姓，公同姓。○定音訂。**于嗟麟兮。**

○麟之角，振振公族。麟角，所以表其德也。公族，公同祖也。箋云：麟角之末有肉，示有武而不用。**于嗟麟兮。**

麟之趾三章，章三句。

周南之國十一篇，三十六章，百五十九句。

召南鵲巢詁訓傳第二

國風　　**鄭氏箋**

鵲巢，夫人之德也。國君積行累功，以致爵位，夫人起家而居有之，德如鳲鳩，乃可以配焉。起家而居有之，謂嫁於諸侯也。夫人有均壹之德，如鳲鳩然，而後可配國君。○行下孟反，下注同。

○**維鵲有巢，維鳩居之。**興也。鳩，鳲鳩，秸鞠也。鳲鳩不自爲巢，居鵲之成巢。箋云：鵲之作巢，冬至架之，至春乃成，猶國君積行累功，故以興焉。興者，鳲鳩因鵲成巢而居有之，而有均一之德，猶國君夫人來嫁，居君子之室，德亦然。室，燕寢也。○秸古八反。鞠音菊。**之子于歸，百兩御之。**百兩，百乘也。諸侯之子嫁於諸侯，送御皆百乘。箋云：之子，是子也。御，迎也。是如鳲鳩之子，其往嫁也，家人送之，良人迎之，車皆百乘，象有百官之盛。○兩音諒。御五嫁反。乘繩證反。

○**維鵲有巢，維鳩方之。**方，有之也。**之子于歸，百兩將之。**將，送也❶。○將如字。

○**維鵲有巢，維鳩盈之。**盈，滿也。箋云：滿者，言衆媵姪娣之多。○媵音孕，又繩證反❷。**之子于歸，百兩成之。**能成百兩之禮也。箋云：是子有鳲鳩之德，宜配國君，故以百兩之禮送迎成之。

鵲巢三章，章四句。

❶巾箱本無「將送也」三字，下附釋音云「將如字，送也」。案：日本大念佛寺抄本毛詩殘卷有。釋文出音「將之」，注云：「如字，送也。」

❷繩，原作「蠅」，據監圖本、纂圖本、十行本改。案：釋文作「繩」。

采蘩，夫人不失職也。夫人可以奉祭祀，則不失職矣。奉祭祀者，采蘩之事也。不失職者，夙夜在公也。○蘩音煩。

○**于以采蘩？于沼于沚。**蘩，皤蒿也。于，於。沼，池。沚，渚也。公侯夫人執蘩菜以助祭，神饗德與信，不求備焉。沼沚谿澗之草❶，猶可以薦，王后則荇菜也。箋云：于以，猶言往以也。執蘩菜者，以豆薦蘩菹。○皤薄波反。蒿好羔反。谿苦兮反。**于以用之？公侯之事。**之事，祭事也。箋云：言夫人於君祭祀而薦此豆也。

○**于以采蘩？于澗之中。**山夾水曰澗。○澗古晏反。夾古洽反。**于以用之？公侯之宮。**宮，廟也。

○被之僮僮，夙夜在公。被，首飾也。僮僮，竦敬也。夙，早也。箋云：公，事也。早夜在事，謂視濯溉饎爨之事。禮記：主婦髲鬄。○被皮寄反，注及下同。僮音同。饎昌志反。爨七亂反。髲皮寄反。鬄徒帝反。**被之祁祁，薄言還歸。**祁祁，舒遲也。去事有儀也。箋云：言，我也。祭事畢，夫人釋祭服而去，髲鬄，其威儀祁祁然而安舒，無罷倦之失。我還歸者，自廟反其燕寢。○祁具私反。罷音皮。

采蘩三章，章四句。

❶澗，十行本作「間」。

草蟲，大夫妻能以禮自防也。○蟲直忠反。

○喓喓草蟲，趯趯阜螽。興也。喓喓，聲也。草蟲，常羊也。趯趯，躍也。阜螽，蠜也。卿大夫之妻，待禮而行，隨從君子。箋云：草蟲鳴，阜螽躍而從之。異種同類，猶男女嘉時，以禮相求呼。○喓於遥反。趯託歷反。阜音婦。螽音終，李巡云：「蝗子也。」躍音藥。蠜音煩。種章勇反。**未見君子，憂心忡忡。**忡忡猶衝衝也。婦人雖適人❶，有歸宗之義。箋云：未見君子者，謂在塗時也。在塗而憂，憂不當君子，無以寧父母，故心衝衝然。是其不自絶於其族之情。○忡敕中反。當丁浪反，下注同。**亦既見止，亦既覯止，我心則降。**止，辭也。覯，遇。降，下也。箋云：既見，謂已同牢而食也。既覯，謂已昏也。始者憂於不當，今君子待已以禮，庶自此可以寧父母，故心下也。易曰：「男女覯精，萬物化生。」○覯古豆反。降户江反。

○陟彼南山，言采其蕨。南山，周南山也。蕨，鼈也❷。箋云：言，我也。我采者，在塗而見采鼈菜者❸，得其所欲得❹，猶已今之行者欲得禮，以自喻也。○蕨居月反，草木疏云：「周、秦曰蕨，齊、魯曰鼈。」鼈卑滅反，俗云：「其初生似鼈脚，故名。」**未見君子，憂心惙惙。**惙惙，憂也。○惙張劣反。**亦既見止，亦既覯止，我心則説。**説，服也。○説音悦，注同。

○陟彼南山，言采其薇。薇，菜也。**未見君子，我心傷悲。**嫁女之家，不息火三日，思相離也。箋云：維父母思己，故己亦傷悲。○離力智反。**亦既見止，亦既覯止，我心則夷。**夷，平也。

草蟲三章，章七句。

❶「適人」上，監圖本、纂圖本、日抄本並有「未」字。案：日本大念佛寺抄本毛詩殘卷無，讀詩記所引同，十行本疏文云：「婦人雖適人，若不當夫氏，爲夫所出，還來歸宗，謂被出也。」

❷鼈，監圖本、纂圖本、日抄本並作「虌」。

❸菜，巾箱本作「采」。案：日本大念佛寺抄本毛詩殘卷作「菜」，十行本疏文標起止云「箋言我至采鼈」。

❹巾箱本無下「得」字。案：日本大念佛寺抄本毛詩殘卷有。

采蘋，大夫妻能循法度也。能循法度，則可以承先祖，共祭祀矣。女子十年不出，姆教婉娩聽從，執麻枲，治絲繭，織紝組紃，學女事以共衣服，觀於祭祀，納酒漿、籩豆葅醢，禮相助奠，十有五而笄，二十而嫁。此言能循法度者，今既嫁爲大夫妻，能循其爲女之時所學所觀之事，以爲法度。○蘋符申反，韓詩云：「沈者曰蘋，浮者曰薸。」共音恭，注同。姆莫豆反，字林亡甫反，云：「女師也。」婉怨遠反。娩音晚。枲絲似反。繭古顯反。紝女金反，何如鴆反，繒帛之屬。組音祖。紃音旬，絛也。醢音海。相息亮反。笄古兮反。

○于以采蘋？南澗之濱。于以采藻？于彼行潦。蘋，大蓱也。濱，厓也。藻，聚藻也。行潦，流潦也。箋云：古者婦人先嫁三月，祖廟未毁，教于公宫，祖廟既毁，教于宗室。教以婦德、婦言、婦容、婦功。教成之祭，牲用魚，芼用蘋藻，所以成婦順也。此祭❶，祭女所出祖也。法度莫大於四教，是又祭以成之，故舉以言焉。蘋之言賓也，藻之言澡也，婦人之行，尚柔順自絜清，故取名以爲戒。○濱音賓。潦音老。蓱薄經反。厓五佳反。先蘇遍反。芼莫報反。行下孟反。

○于以盛之？維筐及筥。于以湘之？維錡及釜。方曰筐，圓曰筥。湘，亨也。錡，釜屬，有足曰錡，無足曰釜。箋云：亨蘋藻者於魚湆之中❷，是鉶羹之芼。○盛音成。筐音匡。筥居呂反。

錡其綺反，三足釜也。釜符甫反。亨普庚反。湆去急反。

○于以奠之？宗室牖下。奠，置也。宗室，大宗之廟也。大夫、士祭於宗廟，奠於牖下。箋云：牖下，户牖閒之前。祭不於室中者，凡昏事，於女禮設几筵於户外，此其義也與？宗子主此祭，維君使有司爲之。○牖音酉。下如字，協韻則音户，後皆放此。與音餘。**誰其尸之？有齊季女。**尸，主。齊，敬。季，少也。蘋、藻，薄物也。澗、潦，至質也。筐、筥、錡、釜，陋器也。少女，微主也。古之將嫁女者，必先禮之於宗室，牲用魚，芼之以蘋、藻。箋云：主設羹者季女，則非禮也。女將行，父禮之而俟迎者，蓋母薦之，無祭事也。祭禮❸，主婦設羹，教成之祭，更使季女者，成其婦禮也。季女不主魚，魚，俎實，男子設之，其粢盛蓋以黍稷。○齊側皆反。少詩照反，下同。迎宜敬反。

采蘋三章，章四句。

❶祭，巾箱本、日抄本、十行本並無。案：日本大念佛寺抄本毛詩殘卷有，要義所引同，十行本疏文云：「『此祭祭女所出祖』者。」

❷者，十行本作「煑」。案：日本大念佛寺抄本毛詩殘卷作「煑」。

❸禮，巾箱本、十行本並作「事」。案：日本大念佛寺抄本毛詩殘卷作「礼」，要義所引作「禮」，十行本疏文云：「正祭之禮，主婦設羹」，又云：「祭禮，主婦設羹。」

甘棠，美召伯也。召伯之教，明於南國。召伯，姬姓，名奭，食采於召，作上公，爲二伯，後封于燕。此美其爲伯之功，故言伯云。○召時照反。奭音釋，召康公名也。

蔽芾甘棠，勿翦勿伐，召伯所茇。蔽芾，小貌。甘棠，杜也。翦，去。伐，擊也。箋云：茇，草舍也。召伯聽男女之訟，不重煩勞百姓，止舍小棠之下而聽斷焉。國人被其德，說其化，思其人，敬其樹。○蔽必袂反。芾非貴反，徐方蓋反。翦子踐反。茇蒲曷反，徐又扶蓋反。去羌吕反。斷丁亂反。被皮寄反。說音悦。

蔽芾甘棠，勿翦勿敗，召伯所憩。憩，息也。○敗必邁反，又如字。憩起例反。

蔽芾甘棠，勿翦勿拜，召伯所說。說，舍也。箋云：拜之言拔也。○說始鋭反。

甘棠三章，章三句。

行露，召伯聽訟也。衰亂之俗微，貞信之教興，彊暴之男，不能侵陵貞女也。衰亂之俗微，貞信之教興者，此殷之末世，周之盛德，當文王與紂之時。

厭浥行露，豈不夙夜，謂行多露。興也。厭浥，濕意也。行，道也。豈不，言有是也。箋云：夙，早也。厭浥然濕，道中始有露，謂二月中，嫁娶時也。言我豈不知當早夜成昏禮與，謂道中之露太多，故不行耳。今彊暴之男，以此多露之時，禮不足而彊來，不度時之可否，故云然。周禮，仲春之月，令會男女之無夫家者，行事必以昏昕。○厭於葉反，徐於十反。浥於及反，又於脅反。與音餘。彊其丈反，下「彊委」同，沈其常反。度待洛反。令力政反，後不音者放此。

○**誰謂雀無角，何以穿我屋？誰謂女無家，何以速我獄？**不思物變，而推其類，雀之穿屋，似有角者。速，召。獄，埆也。箋云：女，女彊暴之男。變，異也。人皆謂雀之穿屋似有角，彊暴之男，召我而獄，似有室家之道於我也。物有似而不同，雀之穿屋，不以角，乃以咮，今彊暴之男，召我而獄，不以室家之道於我，乃以侵陵。物與事有似而非者，士師所當審也。○女音汝，下皆同。埆音角，相質觳爭訟者也，一云獄名。咮張救反。**雖速我獄，室家不足。**昏禮，純帛不過五兩❶。箋云：幣可備也，室家不足。謂媒妁之言不和，六禮之來彊委之。○純側基反。兩音諒。妁時酌反，又音酌。

○**誰謂鼠無牙，何以穿我墉？誰謂女無家，何以速我訟？**墉，牆也。視牆之穿，推其類，可謂鼠有牙。○墉音容。訟如字。**雖速我訟，亦不女從。**不從，終不棄禮而隨此彊暴之男。

行露三章，一章三句，二章章六句。

❶純，巾箱本作「財」。案：日本大念佛寺抄本毛詩殘卷作「純」，十行本疏文云「禮言純帛不過五兩」，要義所引云「禮言紂帛不過五兩」，釋文出音「紂帛」，注云：「側基反，依字『糸』旁『才』，後人遂以『才』爲『屯』，因作『純』字。」

羔羊，鵲巢之功致也。召南之國，化文王之政，在位皆節儉正直，德如羔羊也。鵲巢之君，積行累功❶，以致此羔羊之化❷。在位卿大夫，競相切化，皆如此羔羊之人。○行下孟反。

○**羔羊之皮，素絲五紽。**小曰羔，大曰羊。素，白也。紽，數也。古者素絲以英裘，不失其制，大夫羔裘以居。○紽徒何反。**退食自公，委蛇委蛇。**公，公門也。委蛇，行可從迹也。箋云：退食，謂減膳也。自，從也。從於公，謂正直順於事也。委蛇，委曲自得之貌。節儉而順，心志定，故可自得也。○委於危反。蛇音移。行下孟反，崔如字。從迹，足容反。

○**羔羊之革，素絲五緎。**革猶皮也。緎，縫也。○緎音域。縫符用反。**委蛇委蛇，自公退食。**箋云：自公退食，猶退食自公。

○**羔羊之縫，素絲五總。**縫，言縫殺之大小得其制。總，數也。○縫符龍反，注同。總子公反。殺所界反。**委蛇委蛇，退食自公。**

羔羊三章，章四句。

❶積行累功，監圖本作「積功累行」。案：日本大念佛寺抄本毛詩殘卷作「積行累功」，十行本疏文云：「化及南國，亦積行累功而致之，故言『積行累功』。」

❷此，巾箱本無。案：日本大念佛寺抄本毛詩殘卷有，十行本疏文云：「以致此羔羊之化也。」

殷其靁，勸以義也。召南之大夫，遠行從政，不遑寧處，其室家能閔其勤勞，勸以義也。召南大夫，召伯之屬。遠行，謂使出邦畿。○殷音隱，下同。靁力回反。處尺吕反，下同。使所吏反，下注同。

○**殷其靁，在南山之陽。**殷，靁聲也。山南曰陽。靁出地奮，震驚百里。山出雲雨，以潤天下。箋云：靁以喻號令，於南山之陽，又喻其在外也。召南大夫以王命施號令於四方，猶靁殷殷然發聲於山之陽。**何斯違斯，莫敢或遑。**何，此君子也。斯，此。違，去。遑，暇也。箋云：何乎此君子，適居此，復去此，轉行遠從事於王所命之方，無敢或閒暇時。閔其勤勞。○復符福反。閒音閑。**振振君子，歸哉歸哉？**振振，信厚也。箋云：大夫信厚之君子，爲君使，功未成，歸哉歸哉？勸以爲臣之義，未得歸也。○振音真。爲君，于僞反，或如字。使所吏反，或如字。

○**殷其靁，在南山之側。**亦在其陰與左右也。**何斯違斯，莫敢遑息。**息，止也。**振振君子，歸哉歸哉？**

○**殷其靁，在南山之下。**或在其下。箋云：下，謂山足。**何斯違斯，莫或遑處**❶。處，居也。**振振君子，歸哉歸哉？**

殷其靁三章，章六句。

❶或，白文本、監圖本並作「敢」。案：敦煌殘卷伯二五二九號作「敢」，日本大念佛寺抄本毛詩殘卷亦作「敢」，敦煌殘卷斯七八九號作「或」，讀詩記所引同。

摽有梅，男女及時也。召南之國，被文王之化，男女得以及時也。○摽婢小反。被皮寄反。

○**摽有梅，其實七兮。**興也。摽，落也。盛極則隋落者，梅也。尚在樹者七。箋云：興者，梅實尚餘七未落，喻始衰也。謂女二十，春盛而不嫁，至夏則衰。○隋追果反。**求我庶士，迨其吉兮。**吉，善也。箋云：我，我當嫁者。庶，衆。迨，及也。求女之當嫁者之衆士，宜及其善時。善時，謂年二十，雖夏未大衰。○迨音待。

○**摽有梅，其實三兮。**在者三也。箋云：此夏鄉晚，梅之隋落差多，在者餘三耳。○鄉許亮反。差初賣反。**求我庶士，迨其今兮。**今，急辭也。

○**摽有梅，頃筐塈之。**塈，取也。箋云：頃筐取之，謂夏已晚，頃筐取之於地。○頃音傾。塈許器反。**求我庶士，迨其謂之。**不待備禮也。三十之男，二十之女，禮未備，則不待禮會而行之者，所以蕃育民人也❶。箋云：謂，勤也。女年二十而無嫁端，則有勤望之憂，不待禮會而行之者，謂明年仲春不待以禮會之也。時禮雖不備，相奔不禁。○蕃音煩。禁居鴆反。

摽有梅三章，章四句。

❶民人，巾箱本作「人民」。案：日本大念佛寺抄本毛詩殘卷作「人民」，十行本疏文標起止云「傳不待至民人」，又云：「所以蕃育民人也。」

小星，惠及下也。夫人無妬忌之行，惠及賤妾，進御於君。知其命有貴賤，能盡其心矣。以色曰妬，以行曰忌。命，謂禮命貴賤。○行下孟反，注同。盡津忍反，後放此。

○嘒彼小星，三五在東。嘒，微貌。小星，衆無名者。三，心。五，噣。四時更見。箋云：衆無名之星，隨心、噣在天，猶諸妾隨夫人以次序進御於君也。心在東方，三月時也。噣在東方，正月時也。如是終歲，列宿更見。○嘒呼惠反。噣張救反，爾雅云：「噣謂之柳。」更音庚，下同。見賢遍反，下同。宿音秀。**肅肅宵征，夙夜在公，寔命不同。**肅肅，疾貌。宵，夜。征，行。寔，是也。命不得同於列位也。箋云：夙，早也。謂諸妾肅肅然夜行，或早或夜，在於君所，以次序進御者，是其禮命之數不同也。凡妾御於君不當夕。○寔時職反。

○嘒彼小星，維參與昴。參，伐也。昴，留也。箋云：此言衆無名之星，亦隨伐、留在天。○參所林反。[昴]音卯，二星皆西方宿也。[留]如字，又音柳，下同。**肅肅宵征，抱衾與裯，寔命不猶。**衾，被也。裯，襌被也。猶，若也。箋云：裯，牀帳也。諸妾夜行，抱被與牀帳❶，待進御之次序。不若，亦言尊卑異也。○[衾]起金反。[裯]直留反。

小星二章，章五句。

❶被，巾箱本、十行本並作「衾」。案：考文古本作「被」。

江有汜，美媵也。勤而無怨，嫡能悔過也。文王之時，江、沱之閒，有嫡不以其媵備數，媵遇勞而無怨，嫡亦自悔也。勤者，以己宜媵而不得，心望之。○[汜]音祀，江水名。[媵]音孕，又繩證反，古者諸侯娶夫人，則同姓二國媵之。[嫡]都狄反，下同。[沱]徒何反。

○江有汜，興也。決復入爲汜。箋云：興者，喻江水大，汜水小，然而竝流，似嫡媵宜俱行。○[決]古穴反。[復]扶福反。[竝]白猛反，又步頂反。**之子歸，不我以。不我以，其後也悔。**嫡能自悔也。箋云：之子，是子也。是子，謂嫡也。婦人謂嫁曰歸。以，猶與也。

○江有渚，渚，小洲也。水岐成渚❶。箋云：江水流而渚留，是嫡與己異心，使己獨留不行。○[渚]諸呂反。**之子歸，不我與。不我與，其後也處。**處，止也。箋云：嫡悔過自止。

○江有沱，沱，江之别者。箋云：岷山道江，東别爲沱。○岷武巾反。**之子歸，不我過。不我過，其嘯也歌。**箋云：嘯，蹙口而出聲❷。嫡有所思而爲之，既覺自悔而歌。歌者，言其悔過以自解説也。○過音戈，下文同。嘯蕭叫反，沈蕭妙反。蹙子六反。

江有汜三章，章五句。

❶歧，巾箱本作「枝」。

❷巾箱本無「箋云」二字。案：讀詩記云：「鄭氏曰：嘯，蹙口而出聲。」

野有死麕，惡無禮也。天下大亂，彊暴相陵，遂成淫風。被文王之化，雖當亂世，猶惡無禮也。無禮者，爲不由媒妁，鴈幣不至，劫脅以成昏。謂紂之世。○麕俱倫反，麞也。惡烏路反，下同。被皮寄反。

○野有死麕，白茅包之。郊外曰野。包，裹也。凶荒則殺禮，猶有以將之。野有死麕，羣田之獲而分其肉。白茅，取潔清也。箋云：亂世之民貧，而彊暴之男，多行無禮，故貞女之情，欲令人以白茅裹束野中田者所分麕肉，爲禮而來。○包逋茅反。裹音果。殺所戒反。**有女懷春，吉士誘之。**懷，思也。春，不暇待秋也。誘，道也。箋云：有貞女思仲春以禮與男會，吉士使媒人道成之。疾時無禮而言然。○誘音酉。

○**林有樸樕，野有死鹿，白茅純束。**樸樕，小木也。野有死鹿，廣物也。純束猶包之也。箋云：樸樕之中及野有死鹿，皆可以白茅裹束以爲禮❶。廣可用之物，非獨麕也。純，讀如屯。○樸蒲木反。樕音速。純徒本反，鄭徒尊反。**有女如玉。**德如玉也。箋云：如玉者，取其堅而潔白。

○**舒而脱脱兮，**舒，徐也。脱脱，舒遲也。箋云：貞女欲吉士以禮來，脱脱然舒也。又疾時無禮，彊暴之男相劫脅❷。○脱勑外反，注同。**無感我帨兮，**感，動也。帨，佩巾也。箋云：奔走失節，動其佩飾❸。○感如字。帨始鋭反。**無使尨也吠。**尨，狗也。非禮相陵則狗吠。○尨美邦反。吠符廢反。

野有死麕三章，二章章四句，一章三句。

❶「茅」下，巾箱本、十行本有「包」字。案：要義所引無。
❷相，巾箱本無。案：考文古本有「相」字。
❸飾，巾箱本作「巾」。案：讀詩記所引作「飾」，考文古本同。

何彼襛矣，美王姬也。雖則王姬，亦下嫁於諸侯，車服不繫其夫，下王后一等，猶執婦道，以成肅雝之德也。下王后一等，謂車乘厭翟，勒面繢總，服則褕翟。○襛如容反，衣厚貌。車音居，他皆放此，釋名云：「古者曰車聲如居，所以居人也，今曰尺奢反，舍也。」韋昭曰：「古皆音尺奢反，從漢以來，始有居音。」繄本或作繼。下王，去聲，注同。厭於葉反。翟庭歷反。繢户妹反，畫文也。總作孔反。褕音遥。翟或作狄，王后六服之第二也。

○**何彼襛矣，唐棣之華。**興也。襛猶戎戎也。唐棣，栘也。箋云：何乎彼戎戎者，乃栘之華。興者，喻王姬顔色之美盛。○棣徒帝反。華如字。栘音移。**曷不肅雝？王姬之車。**肅，敬。雝，和。箋云：曷，何。之，往也。何不敬和乎？王姬往乘車也。言其嫁時始乘車則已敬和。○車協韻尺奢反，又音居，或云古讀華爲敷，與居爲韻，後放此。

○**何彼襛矣，華如桃李。平王之孫，齊侯之子。**平，正也。武王女，文王孫，適齊侯之子。箋云：華如桃李者，興王姬與齊侯之子顔色俱盛。正者❶，德能正天下之王❷。

○**其釣維何？維絲伊緡。齊侯之子，平王之孫。**伊，維。緡，綸也。箋云：釣者以此有求於彼，何以爲之乎？以絲爲之綸❸，則是善釣也。以言王姬與齊侯之子，以善道相求。○緡亡貧反。綸音倫。

何彼襛矣三章，章四句。

❶正者，巾箱本、監圖本、纂圖本、日抄本、十行本並作「正王者」。案：要義所引作「正者」，十行本疏文標起止云「箋正者德能正天下之王」。

❷王，巾箱本作「士」。案：要義所引作「王」，十行本疏文標起止云「箋正者德能正天下之王」。
❸爲之，巾箱本、十行本互倒。案：考文古本作「爲之」。

騶虞，鵲巢之應也。鵲巢之化行，人倫既正，朝廷既治，天下純被文王之化，則庶類蕃殖，蒐田以時，仁如騶虞，則王道成也。應者，應德自遠而至。○騶側留反，尾長於身，不履生草。朝直遥反。治直吏反。被皮寄反。蕃音煩。蒐所留反，春獵爲蒐，蒐，索，擇取不孕者也。

○**彼茁者葭，**茁，出也。葭，蘆也。箋云：記蘆始出者，著春田之早晚。○茁側劣、側刷二反。葭音加。著張慮反。**壹發五豝。**豕牝曰豝。虞人翼五豝以待公之發。箋云：君射一發而翼五豝者❶，戰禽獸之命。必戰之者，仁心之至。○發如字。豝百加反。牝頻忍反。射食亦反。**于嗟乎騶虞。**騶虞，義獸也，白虎黑文，不食生物，有至信之德則應之。箋云：于嗟者，美之也。○于音吁。

○**彼茁者蓬，**蓬，草名也。**壹發五豵。**一歲曰豵。箋云：豕生三曰豵。○豵子公反。**于嗟乎騶虞。**

騶虞二章，章三句。

❶豝，十行本作「豬」。案：要義所引作「豝」。

召南之國十四篇，四十章，百七十七句。

毛詩卷第一

毛詩卷第二

邶柏舟詁訓傳第三

國風　　鄭氏箋

柏舟，言仁而不遇也。衛頃公之時，仁人不遇，小人在側。不遇者，君不受己之志也。君近小人，則賢者見侵害❶。○頃音傾。

○**汎彼柏舟，亦汎其流。**興也。汎汎，流貌。柏木所以宜爲舟也。亦汎汎其流，不以濟渡也。箋云：舟，載渡物者，今不用，與衆物汎汎然俱流水中❷。興者，喻仁人之不見用，而與羣小人竝列。亦猶是也。○汎音泛。**耿耿不寐，如有隱憂。**耿耿猶儆儆也。隱，痛也。箋云：仁人既不遇，憂在見侵害。○耿古幸反。儆音景。**微我無酒，以敖以遊。**非我無酒，可以敖遊忘憂也。○敖五羔反。

○**我心匪鑒，不可以茹。**鑒所以察形也。茹，度也。箋云：鑒之察形，但知方圓白黑，不能度其真僞。我心非如是鑒，我於衆人之善惡外內，心度知之。○鑒甲暫反，鏡也。茹如預反，徐如庶反。度待洛反，下同。**亦有兄弟，不可以據。**據，依也。箋云：兄弟至親，當相據依。言亦有不相據依，以爲是者，希耳。責之以兄弟之道，謂同姓臣也。**薄言往愬，逢彼之怒。**彼，彼兄弟。○愬蘇路反。怒協韻乃路反。

○**我心匪石，不可轉也。我心匪席，不可卷也。**石雖堅，尚可轉。席雖平，尚可卷。箋云：言己心志堅平，過於石、席。○卷眷勉反，注同。**威儀棣棣，不可選也。**君子望之儼然可畏，禮容俯仰各有威儀耳。棣棣，富而閑習也。物有其容，不可數也。箋云：稱己威儀如此者，言己德備而不遇，所以愠也。○棣徒帝反，又音代。選雪兖反。儼魚檢反。數色主反。

○**憂心悄悄，愠于羣小。**愠，怒也。悄悄，憂貌。箋云：羣小，衆小人在君側者。○悄七小反。愠憂運反。**覯閔既多，受侮不少。**閔，病也。○覯古豆反。侮音武，徐音茂。**靜言思之，寤辟有摽❸。**靜，安也。辟，拊心也。摽，拊心貌。箋云：言，我也。○辟避亦反。摽符小反。拊音撫。

○**日居月諸，胡迭而微？**箋云：日，君象也。月，臣象也。微，謂虧傷也。君道當常明如日，而月有虧盈，今君失道而任小人，大臣專恣，則日如月然。○迭待結反。**心之憂矣，如匪澣衣。**如衣之不澣矣。箋云：衣之不澣，則憒辱無照察。○澣户管反。憒古對反。**靜言思之，不能奮飛。**不能如鳥奮翼而飛去。箋云：臣不遇於君，猶不忍去，厚之至也。

柏舟五章，章六句。

❶監圖本「侵害」下有「柏木名」三字。案：敦煌殘卷伯二五三八號無，要義所引亦無，釋文出音「柏舟」，注云：「柏，木名，以爲舟也。」

❷與衆物，巾箱本、監圖本、纂圖本、日抄本並作「而與物」，十行本作「而與衆物」。案：敦煌殘卷伯二五三八號作「而与衆物」。

❸辟，巾箱本作「擗」。案：敦煌殘卷伯二五三八號作「擗」，讀詩記所引作「辟」，釋文出音「寤辟」，注云：「本又作『擘』，避亦反，拊心也。」

緑衣，衛莊姜傷己也。妾上僭，夫人失位，而作是詩也。緑當爲褖，故作褖，轉作緑，字之誤也。莊姜，莊公夫人，齊女，姓姜氏。妾上僭者，謂公子州吁之母，母嬖而州吁驕。○緑毛如字，鄭作褖吐亂反。上時掌反，注皆同。僭牋念反。嬖補計反，謚法云「賤而得愛曰嬖」，卑也，媟也。

○緑兮衣兮，緑衣黄裏。興也。緑，閒色。黄，正色。箋云：褖兮衣兮者❶，言褖衣自有禮制也。諸侯夫人祭服之下，鞠衣爲上，展衣次之，褖衣次之，次之者，衆妾亦以貴賤之等服之。鞠衣黄，展衣白，褖衣黑，皆以素紗爲裏。今褖衣反以黄爲裏，非其禮制也，故以喻妾上僭。○裏音里。閒閒廁之閒。鞠居六反，言如菊花之色，又去六反，言如麴塵之色。展知彦反。紗音沙。**心之憂矣，曷維其**

已？憂雖欲自止，何時能止也？

○緑兮衣兮，緑衣黄裳。上曰衣，下曰裳。箋云：婦人之服，不殊衣裳，上下同色。今衣黑而裳黄，喻亂嫡妾之禮。○[嫡]丁歷反。**心之憂矣，曷維其亡？**箋云：亡之言忘也。

○緑兮絲兮，女所治兮。緑，末也。絲，本也。箋云：女，女妾上僭者。先染絲，後制衣，皆女之所治爲也，而女反亂之，亦喻亂嫡妾之禮，責以本末之行。禮，大夫以上衣織，故本於絲也。○[女]毛如字，鄭音汝。[行]下孟反，下同。上[衣]於既反。[織]職吏反。**我思古人，俾無訧兮。**俾，使。訧，過也。箋云：古人，謂制禮者。我思此人定尊卑，使人無過差之行。心善之也。○[俾]卑爾反。[訧]音尤。[差]初賣反，又初佳反。

○絺兮綌兮，淒其以風。淒，寒風也。箋云：絺綌所以當暑，今以待寒，喻其失所也。○[淒]七西反。**我思古人，實獲我心。**古之君子，實得我之心也。箋云：古之聖人制禮者，使夫婦有道，妻妾貴賤，各有次序。

緑衣四章，章四句。

❶褖，監圖本作「緑」。案：敦煌殘卷伯二五三八號作「緑」。

燕燕，衛莊姜送歸妾也。莊姜無子，陳女戴嬀生子名完，莊姜以爲己子。莊公薨，完立，而州吁殺之，戴嬀於是大歸。莊姜遠送之于野，作詩見己志。○燕於見反。嬀居危反，戴，謚也。殺如字，又申志反。見賢遍反。

○**燕燕于飛，差池其羽。**燕燕，鳦也。燕之于飛，必差池其羽。箋云：差池其羽，謂張舒其尾翼。興戴嬀將歸，顧視其衣服。○差楚佳反，又楚宜反。鳦音乙。**之子于歸，遠送于野。**之子，去者也。歸，歸宗也。遠送，過禮。于，於也❶。郊外曰野。箋云：婦人之禮，送迎不出門。今我送是子，乃至于野者，舒己憤，盡己情。○野如字，協韻羊汝反，沈云「協句時預反」，後放此。憤符粉反。**瞻望弗及，泣涕如雨。**瞻，視也。○涕他禮反，徐音弟。

○**燕燕于飛，頡之頏之。**飛而上曰頡❷，飛而下曰頏。箋云：頡頏，興戴嬀將歸，出入前却。○頡户結反。頏户郎反。上時掌反，篇内皆同。**之子于歸，遠于將之。**將，行也。箋云：將亦送也。**瞻望弗及，佇立以泣。**佇立，久立也。○佇直吕反。

○**燕燕于飛，下上其音。**飛而上，曰上音。飛而下，曰下音。箋云：下上其音❸，興戴嬀將歸，言語感激，聲有小大。○激經歷反。**之子于歸，遠送于南。**陳在衛南。○南如字，沈云：「協句宜乃林反。」**瞻望弗及，實勞我心。**實，是也❹。

○**仲氏任只，其心塞淵。**仲，戴嬀字也。任，大。塞，瘞。淵，深也。箋云：任者，以恩相親信也。周禮六行：孝、友、睦、婣、任、恤。○任入林反，鄭而鴆反。瘞於例反。行下孟反。**終温且惠，淑慎其身。**惠，順也。箋云：温，謂顏色和也。淑，善也。**先君之思，以勗寡人。**勗，勉也。箋云：戴嬀思先君莊公之故，故將歸，猶勸勉寡人以禮義。寡人，莊姜自謂也。○勗凶玉反，徐況目反。

燕燕四章，章六句。

❶於，監圖本、日抄本並作「郊」。案：敦煌殘卷伯二五三八號作「於」，讀詩記所引同。

❷而，巾箱本作「在」。案：敦煌殘卷伯二五三八號作「而」，要義所引、讀詩記所引並同。

❸下上，巾箱本互倒。案：敦煌殘卷伯二五三八號作「下上」。

❹「也」下，巾箱本有「實亦作寔」四字，監圖本、纂圖本、十行本並有「本亦作寔」四字。案：敦煌殘卷伯二五三八號無，釋文出音「實勞」，注云：「實，是也，本亦作『寔』」。

日月，衛莊姜傷己也。遭州吁之難，傷己不見荅於先君，以至困窮之詩也。○難去聲。

○**日居月諸，照臨下土。**日乎月乎，照臨之也。箋云：日月，喻國君與夫人也，當同德齊意以治國者，常道也。**乃如之人兮，逝不古處。**逝，逮。古，故也。箋云：之人，是人也，謂莊公也。其所以接及我者，不以故處，甚違其初時。○處昌慮反，又昌吕反。**胡能有定？寧不我顧。**胡，何。定，止也。箋云：寧猶曾也。君之行如是，何能有所定乎？曾不顧念我之言，是其所以不能定完也。○顧如字，徐音古，此亦協韻也，後放此。

○日居月諸，下土是冒。冒，覆也。箋云：覆猶照臨也。**乃如之人兮，逝不相好。**不及我以相好。箋云：其所以接及我者，不以相好之恩情，甚於己薄也。○好呼報反，注同，毛如字。**胡能有定？寧不我報。**盡婦道而不得報。

○日居月諸，出自東方。日始月盛，皆出東方。箋云：自，從也。言夫人當盛之時，與君同位。**乃如之人兮，德音無良。**音，聲。良，善也。箋云：無善恩意之聲語於我也。○語魚據反。**胡能有定？俾也可忘。**箋云：俾，使也。君之行如此，何能有所定？使是無良可忘也。

○日居月諸，東方自出。父兮母兮，畜我不卒。箋云：畜，養。卒，終也。父兮母兮者，言己尊之如父，又親之如母，乃反養遇我不終也。**胡能有定？報我不述。**述，循也。箋云：不循，不循禮也。

日月四章，章六句。

終風，衛莊姜傷己也。遭州吁之暴，見侮慢而不能正也。正猶止也。

○**終風且暴，顧我則笑。**興也。終日風爲終風❶。暴，疾也。笑，侮之也。箋云：既竟日風矣，而又暴疾。興者，喻州吁之爲不善，如終風之無休止。而其閒又有甚惡，其在莊姜之旁，視莊姜則反笑之，是無敬心之甚。○終風，韓詩云：「西風也。」**謔浪笑敖❷，**言戲謔不敬。○謔許約反。浪力葬反，韓詩云：「起也。」敖五報反。**中心是悼。**箋云：悼者，傷其如是，然而已不能得而止之。

○**終風且霾，**霾，雨土也。○霾亡皆反，徐又莫戒反。雨于付反，風而雨土爲霾。**惠然肯來。**言時有順心也。箋云：肯，可也。有順心，然後可以來至我旁，不欲見其戲謔。○來如字，協韻多音梨，他放此。**莫往莫來，悠悠我思。**人無子道以來事己，己亦不得以母道往加之。箋云：我思其如是，心悠悠然。○思如字。

○**終風且曀，不日有曀。**陰而風曰曀。箋云：有，又也。既竟日風，且復曀。不見日矣而又曀者，喻州吁闇亂甚也。○曀於計反。復扶富反。**寤言不寐，願言則嚏。**嚏，跲也。箋云：言，我。願，思也。嚏，讀當爲「不敢嚏咳」之「嚏」。我其憂悼而不能寐，女思我心如是，我則嚏也。今俗人嚏，云人道我，此古人之遺語也。○嚏舊竹利反，又丁四反，又豬吏反，劫也，鄭又作都麗反。跲渠業反。咳開愛反。

○**曀曀其陰，**如常陰曀曀然。**虺虺其靁。**暴若震靁之聲虺虺然。○虺虚鬼反。**寤言不寐，願**

言則懷。懷，傷也。箋云：懷，安也。女思我心如是，我則安也。○女音汝，下同，後可以意求之。

終風四章，章四句。

❶「日」下，監圖本有「之」字。案：敦煌殘卷伯二五三八號無，讀詩記所引亦無。

❷敖，巾箱本作「傲」。案：敦煌殘卷伯二五三八號、斯一○號並作「敖」，伯二五二九號、斯七八九號並作「慠」，讀詩記所引作「敖」，釋文出音「敖」，注云：「五報反，謔浪笑敖，戲謔也。」

擊鼓，怨州吁也。衛州吁用兵暴亂，使公孫文仲將而平陳與宋，國人怨其勇而無禮也。將者，將兵以伐鄭也。平，成也。將伐鄭，先告陳與宋以成其伐事。春秋傳曰：「宋殤公之即位也，公子馮出奔鄭，鄭人欲納之。及衛州吁立，將脩先君之怨於鄭，而求寵於諸侯以和其民。使告於宋曰：君若伐鄭以除君害，君爲主，敝邑以賦，與陳、蔡從，則衛國之願也。宋人許之。於是陳、蔡方睦於衛，故宋公、陳侯、蔡人、衛人伐鄭。」是也。伐鄭在魯隱公四年❶。○將子亮反。殤音傷。馮皮冰反。從才用反，下「陳蔡從」同。

○擊鼓其鏜，踊躍用兵。鏜然，擊鼓聲也。使衆皆踊躍用兵也。箋云：此用兵，謂治兵時。○鏜吐當反。**土國城漕，我獨南行。**漕，衛邑也。箋云：此言衆民皆勞苦也，或役土功於國，或脩理漕城，而我獨見使從軍，南行伐鄭，是尤勞苦之甚。○漕音曹。

○**從孫子仲，平陳與宋。**孫子仲，謂公孫文仲也。平陳於宋❷。箋云：子仲，字也。平陳於宋，謂使告宋曰：君爲主，敝邑以賦，與陳、蔡從。**不我以歸，憂心有忡。**憂心忡忡然。箋云：以猶與也。與我南行，不與我歸期。兵，凶事，懼不得歸，豫憂之。○忡勑忠反。

○**爰居爰處？爰喪其馬？**有不還者，有亡其馬者。箋云：爰，於也。不還，謂死也，傷也，病也。今於何居乎？於何處乎？於何喪其馬乎？○喪息浪反，注同。**于以求之？于林之下。**山木曰林。箋云：于，於也。求不還者，及亡其馬者，當於山林之下。軍行必依山林，求其故處，近得之。○處昌慮反。近附近之近。

○**死生契闊，與子成說。**契闊，勤苦也。説，數也。箋云：從軍之士，與其伍約：死也生也，相與處勤苦之中，我與子成相説愛之恩。志在相存救也。○契苦結反，韓詩云：「約束也。」説音悦。數色主反。**執子之手，與子偕老。**偕，俱也。箋云：執其手，與之約誓，示信也。言俱老者，庶幾俱免於難。○偕音皆。約如字，又於妙反，下同。難乃旦反。

○**于嗟闊兮，不我活兮。**不與我生活也。箋云：州吁阻兵安忍，阻兵無衆，安忍無親，衆叛親離。軍士棄其約，離散相遠，故吁嗟歎之：闊兮，女不與我相救活。傷之。○遠于萬反。**于嗟洵兮，不我信兮。**洵，遠。信，極也。箋云：歎其棄約，不與我相親信。亦傷之。○洵呼縣反。信毛音申，鄭如字。

擊鼓五章，章四句。

❶公，巾箱本、監圖本、纂圖本、日抄本、十行本並無。案：敦煌殘卷斯一〇號有，伯二五三八號無，要義所引亦無。

❷於，巾箱本作「與」。案：敦煌殘卷伯二五三八號、斯一〇號並作「於」，讀詩記所引同。

凱風，美孝子也。衛之淫風流行，雖有七子之母，猶不能安其室，故美七子能盡其孝道，以慰其母心，而成其志爾。不安其室，欲去嫁也。成其志者，成言孝子自責之意。○凱開在反。

○凱風自南，吹彼棘心。興也。南風謂之凱風，樂夏之長養。棘，難長養者。箋云：興者，以凱風喻寬仁之母。棘猶七子也。○棘居力反。樂音洛。長丁丈反，下皆同。**棘心夭夭，母氏劬勞。**夭夭，盛貌。劬勞，病苦也。箋云：夭夭，以喻七子少長，母養之病苦也。○夭於驕反。劬其俱反。少詩照反。

○凱風自南，吹彼棘薪。棘薪，其成就者。**母氏聖善，我無令人。**聖，叡也。箋云：叡作聖。令，善也。母乃有叡知之善德，我七子無善人能報之者，故母不安我室，欲去嫁也。○叡悦歲反，下同。知音智。

○**爰有寒泉，在浚之下。**浚，衛邑也。在浚之下，言有益於浚。箋云：爰，曰也。曰有寒泉者❶，在浚之下浸潤之，使浚之民逸樂，以興七子不能如也。○浚音峻。樂音洛。**有子七人，母氏勞苦。**

○**睍睆黄鳥，載好其音。**睍睆，好貌。箋云：睍睆，以興顔色説也。好其音者，興其辭令順也，以言七子不能如也。○睍胡顯反。睆華板反。説音悦，下篇注同。**有子七人，莫慰母心。**慰，安也。

凱風四章，章四句。

❶者，纂圖本無。案：敦煌殘卷伯二五三八號、斯一〇號並無。

雄雉，○爾雅云：「飛曰雌雄。」**刺衛宣公也。淫亂不恤國事，軍旅數起，大夫久役，男女怨曠，國人患之，而作是詩。**淫亂者，荒放於妻妾，烝於夷姜之等。國人久處軍役之事❶，故男多曠，女多怨也。男曠而苦其事，女怨而望其君子。○刺七賜反，詩内多此音，更不重出。數色角反。

○**雄雉于飛，泄泄其羽。**興也。雄雉見雌雉，飛而鼓其翼泄泄然。箋云：興者，喻宣公整其衣服而起，奮訊其形貌，志在婦人而已，不恤國之政事。○泄移世反。訊音信。**我之懷矣，自詒伊阻。**詒，遺。伊，維。阻，難也。箋云：懷，安也。伊，當作繄。繄猶是也。君之行如是，我安其朝而不去。

今從軍旅，久役不得歸，此自遺以是患難。○貽以之反。遺維季反。難乃旦反，下同。緊烏兮反。行下孟反，下「君之行」同。朝直遥反。

○**雄雉于飛，下上其音。**箋云：下上其音，興宣公小大其聲，怡悦婦人。○上時掌反。**展矣君子，實勞我心。**展，誠也。箋云：誠矣君子，愬於君子也。君之行如是，實使我心勞矣。君若不然，則我無軍役之事。

○**瞻彼日月，悠悠我思。**瞻，視也。箋云：視日月之行❷，迭往迭來，今君子獨久行役而不來，使我心悠悠然思之。女怨之辭。○女如字，下「女怨」同。**道之云遠，曷云能來？**箋云：曷，何也。何時能來，望之也。

○**百爾君子，不知德行。**箋云：爾，女也。女衆君子，我不知人之德行，何如者可謂爲德行，而君或有所留❸。女怨，故問此焉。○行下孟反，下注皆同。**不忮不求，何用不臧？**忮，害。臧，善也。箋云：我君子之行，不疾害，不求備於一人，其行何用爲不善？而君獨遠使之在外，不得來歸。亦女怨之辭。○忮之豉反，韋昭音洎。

雄雉四章，章四句。

❶軍，纂圖本、日抄本並無。案：敦煌殘卷伯二五三八號、斯一〇號並有。
❷視，十行本無。案：敦煌殘卷伯二五三八號有，斯一〇號作「我視」。

❸而，十行本作「事」。案：敦煌殘卷伯二五三八號、斯一〇號並作「而」。

匏有苦葉，刺衛宣公也。公與夫人，竝爲淫亂。夫人，謂夷姜。

○匏有苦葉，濟有深涉。興也。匏謂之瓠。瓠葉苦，不可食也。濟，渡也。由膝以上爲涉。箋云：瓠葉苦而渡處深，謂八月之時，陰陽交會，始可以爲昏禮，納采問名。○匏薄交反。瓠户故反。上時掌反，下皆同。處昌慮反。深則厲，淺則揭。以衣涉水爲厲，謂由帶以上也。揭，褰衣也。遭時制宜，如遇水深則厲，淺則揭矣。男女之際，安可以無禮義，將無以自濟也。箋云：既以深淺記時，因以水深淺喻男女之才性，賢與不肖，及長幼也。各順其人之宜，爲之求妃耦。○厲力滯反，韓詩云：「至心曰厲。」揭苦例反。爲之，于僞反。妃音配，下同。

○有瀰濟盈，有鷕雉鳴。瀰，深水也。盈，滿也。深水，人之所難也。鷕，雌雉聲也。衛夫人有淫泆之志，授人以色，假人以辭，不顧禮義之難，至使宣公有淫昏之行。箋云：有瀰濟盈，謂過於厲，喻犯禮深也❶。○瀰彌爾反。鷕以小反，沈耀皎反，或户了反，説文以水反，字林于水反。難乃旦反。行下孟反。濟盈不濡軌❷，雉鳴求其牡。濡，漬也。由輈以上爲軌。違禮義不由其道，猶雉鳴而求其牡矣。飛曰雌雄，走曰牝牡。箋云：渡深水者必濡其軌，言不濡者，喻夫人犯禮而不自知。雉鳴反求其牡，喻夫人所求非所求。○濡而朱反。軌龜美反，謂車轊頭也。依傳意，宜音犯，案：説文云「軌，車轍也，從車九聲」，龜美反，「軌，車軾前也，從車凡聲」，音犯。車轊頭，所謂軓也。牡茂后反。輈竹留反。

○雝雝鳴鴈，旭日始旦。雝雝，鴈聲和也。納采用鴈。旭日始出，謂大昕之時。箋云：鴈者隨陽而處，似婦人從夫，故昏禮用焉。自納采至請期用昕，親迎用昏。○旭許玉反，徐許袁反。請音情，又七井反，下同。迎魚敬反。**士如歸妻，迨冰未泮。**迨，及。泮，散也。箋云：歸妻，使之來歸於己，謂請期也。冰未散，正月中以前也。二月可以昏矣。○迨音待。泮普半反。

○招招舟子，人涉卬否。招招，號召之貌。舟子，舟人，主濟渡者。卬，我也。箋云：舟人之子，號召當渡者，猶媒人之會男女無夫家者，使之爲妃匹❸。人皆從之而渡，我獨否。○招照遥反。卬五郎反。號户羔反。**人涉卬否，卬須我友。**人皆涉，我友未至，我獨待之而不涉。以言室家之道，非得所適，貞女不行，非得禮義，昏姻不成。

匏有苦葉四章，章四句。

❶喻，纂圖本、日抄本並無。案：敦煌殘卷伯二五三八號、斯一〇號並有。

❷軌，唐石經、日抄本作「軓」。案：敦煌殘卷伯二五二九號、伯二五三八號、斯七八九號並作「軓」。下傳文同。

❸之，巾箱本無。案：敦煌殘卷伯二五三八號、斯一〇號並無。

谷風，刺夫婦失道也。衞人化其上，淫於新昏，而棄其舊室，夫婦離絶，國俗傷敗焉。新昏者，新所與爲昏禮。

○**習習谷風，以陰以雨。**興也。習習，和舒貌。東風謂之谷風。陰陽和而谷風至，夫婦和則室家成❶，室家成而繼嗣生。**黽勉同心，不宜有怒。**言黽勉者，思與君子同心也。箋云：所以黽勉者，以爲見譴怒者，非夫婦之宜。○黽莫尹反，黽勉猶勉勉也。**采葑采菲，無以下體。**葑，須也。菲，芴也。下體，根莖也。箋云：此二菜者，蔓菁與葍之類也，皆上下可食，然而其根有美時，有惡時，采之者，不可以根惡時，并棄其葉。喻夫婦以禮義合，顔色相親，亦不可以顔色衰，棄其相與之禮。○葑孚容反。菲妃鬼反。芴音勿。蔓音萬。菁音精。葍音福。**德音莫違，及爾同死。**箋云：莫，無。及，與也。夫婦之言無相違者，則可與女長相與處至死，顔色斯須之有？

○**行道遲遲，中心有違。**遲遲，舒行貌。違，離也。箋云：違，徘徊也。行於道路之人，至將離别，尚舒行，其心徘徊然。喻君子於己不能如也。**不遠伊邇，薄送我畿。**畿，門内也。箋云：邇，近也。言君子與己決别，不能遠，維近耳，送我裁於門内。無恩之甚。○畿音祈。**誰謂荼苦，其甘如薺。**荼，苦菜也。箋云：荼誠苦矣，而君子於己之苦毒，又甚於荼，比方之荼，則甘如薺。○荼音徒。薺齊禮反。**宴爾新昏，如兄如弟。**宴，安也。○宴本又作燕，徐於顯反，又煙見反。

○**涇以渭濁，湜湜其沚。**涇、渭相入而清濁異。箋云：小渚曰沚。涇水以有渭，故見渭濁。湜湜，持正貌❷。喻君子得新昏，故謂己惡也。己之持正守初，如沚然，不動摇。此絶去所經見，因取以自喻焉❸。○涇音經。渭音謂。湜音殖。沚音止。**宴爾新昏，不我屑以。**屑，絜也。箋云：以，用也。言君子不復絜用我當室家。○屑素節反。復扶富反。**毋逝我梁，毋發我笱。**逝，之也。梁，魚梁。笱，所以捕魚也。箋云：毋者，喻禁新昏也。女毋之我家，取我爲室家之道。○笱古口反。**我躬不閱，遑恤我後。**閱，容也。箋云：躬，身。遑，暇。恤，憂也。我身尚不能自容，何暇憂我後所生子孫也。○閱音悦。

○**就其深矣，方之舟之。就其淺矣，泳之游之。**舟，船也。箋云：方，泭也。潛行爲泳。言深淺者，喻君子之家事無難易，吾皆爲之。○泳音詠。泭音孚。易夷豉反，下同。**何有何亡，黽勉求之。**有，謂富也。亡，謂貧也。箋云：君子何所有乎，何所亡乎，吾其黽勉勤力爲求之，有求多，亡求有。○爲于僞反。**凡民有喪，匍匐救之。**箋云：匍匐，言盡力也。凡於民有凶禍之事，鄰里尚盡力往救之，況我於君子家之事難易乎？固當黽勉。以疏喻親也。○匍音蒲，又音扶。匐蒲北反，一音服。

○**不我能慉，反以我爲讎。**慉，養也。箋云：慉，驕也。君子不能以恩驕樂我，反憎惡我。○慉許六反，毛興也。樂音洛。惡烏路反，下皆同。**既阻我德，賈用不售。**阻，難也❹。箋云：既難却我，隱蔽我之善。我脩婦道而事之，覬其察己，猶見疏外，如賣物之不售。○[賈]音古，市也。[售]市救反。[難]乃旦反，下「難卻」同。**昔育恐育鞫，及爾顛覆。**育，長。鞫，窮也。箋云：昔育，育，稚也。及，與也。昔幼稚之時，恐至長老窮匱，故與女顛覆盡力於衆事，難易無所辟❺。○[鞫]居六反。[覆]芳服反，注同。[長]張丈反，下皆同。[稚]直吏反。[匱]求位反。[辟]音避。**既生既育，比予于毒。**箋云：生，謂財業也。育，謂長老也。于，於也。既有財業矣，又既長老矣，其視我如毒螫。言惡己甚也❻。○[螫]失石反，何呼洛反。

○**我有旨蓄，亦以御冬。**旨，美。御，禦也。箋云：蓄聚美菜者，以禦冬月乏無時也。○[蓄]勑六反。[御]魚據反，下同，徐魚舉反。**宴爾新昏，以我御窮。**箋云：君子亦但以我御窮苦之時，至於富貴，則棄我如旨蓄。**有洸有潰，既詒我肄。**洸洸，武也。潰潰，怒也。肄，勞也。箋云：詒，遺也。君子洸洸然，潰潰然，無溫潤之色，而盡遺我以勞苦之事，欲窮困我。○[洸]音光。[潰]户對反。[詒]音怡。[肄]以世反。[遺]唯季反，下同。**不念昔者，伊余來塈。**塈，息也。箋云：君子忘舊，不念往昔年稚，我始來之時，安息我。○[塈]許器反。

谷風六章，章八句。

❶則，巾箱本、日抄本並作「而」。案：敦煌殘卷斯一〇號、斯五四一號並作「則」。

❷持，纂圖本、日抄本並無。案：敦煌殘卷斯一〇號、斯五四一號並有。
❸因，巾箱本無。案：敦煌殘卷斯一〇號、斯五四一號並有。
❹難，纂圖本作「舉」。案：敦煌殘卷斯一〇號、斯五四一號並作「難」。
❺難，纂圖本作「辨」。案：敦煌殘卷斯一〇號、斯五四一號並作「難」。辟，監圖本、纂圖本並作「易」。案：敦煌殘卷斯一〇號、斯五四一號並作「避」，釋文出音「無辟」。
❻「惡」下，巾箱本有「之」字。案：敦煌殘卷斯一〇號「之」在「已」上，斯五四一號無。

式微，黎侯寓于衛，其臣勸以歸也。寓，寄也。黎侯爲狄人所逐，棄其國而寄于衛，衛處之以二邑，因安之，可以歸而不歸，故其臣勸之。○黎力兮反，國名。

○**式微式微，胡不歸？**式，用也。箋云：式微式微者，微乎微者也。君何不歸乎？禁君留止於此之辭。式，發聲也。**微君之故，胡爲乎中露？**微，無也。中露，衛邑也。箋云：我若無君，何爲處此乎？臣又極諫之辭。

○**式微式微，胡不歸？微君之躬，胡爲乎泥中？**泥中，衛邑也。

式微二章，章四句。

旄丘，責衞伯也。狄人迫逐黎侯，黎侯寓于衞，衞不能脩方伯連率之職，黎之臣子以責於衞也。衞，康叔之封，爵稱侯，今曰伯者，時爲州伯也。周之制，使伯佐牧，春秋傳曰「五侯九伯」，侯爲牧也。○旄音毛。率所類反。

○**旄丘之葛兮，何誕之節兮。**興也。前高後下曰旄丘。諸侯以國相連屬，憂患相及，如葛之蔓延相連及也。誕，闊也。箋云：土氣緩則葛生闊節。興者，喻此時衞伯不恤其職，故其臣於君事，亦疏廢也。○延以戰反，又如字。**叔兮伯兮，何多日也。**日月以逝而不我憂。箋云：叔、伯，字也。呼衞之諸臣，叔與伯與，女期迎我君而復之，可來而不來，女日數何其多也。先叔後伯，臣之命不以齒。

○**何其處也？必有與也。**言與仁義也。箋云：我君何以處於此乎？必以衞有仁義之道故也。責衞今不行仁義。**何其久也？必有以也。**必以有功德。箋云：我君何以久留於此乎？必以衞有功德故也。又責衞今不務功德也。

○**狐裘蒙戎，匪車不東？**大夫狐蒼裘。蒙戎，以言亂也。不東，言不來東也。箋云：刺衞諸臣形貌蒙茸然❷，但爲昏亂之行。女非有戎車乎，何不來東迎我君而復之？黎國在衞西，今所寓在衞東。○蒙如字，徐武邦反。行下孟反，下同。**叔兮伯兮，靡所與同。**無救患恤同也。箋云：衞之諸臣行如是，不與諸伯之臣同。言其非之特甚。

○**瑣兮尾兮，流離之子。**瑣尾，少好之貌。流離，鳥也，少好長醜。始而愉樂，終以微弱。箋云：衞之諸臣，初有小善，終無成功，似流離也。○瑣素果反。離如字。少詩照反，下同。長張丈反。樂音洛。**叔兮伯兮，褎如充耳。**褎，盛服也。充耳，盛飾也。大夫褎然有尊盛之服而不能稱也。箋云：充耳，塞耳也。言衛之諸臣，顔色褎然，如見塞耳，無聞知也。人之耳聾，恒多笑而已。○褎由救反，又在秀反，鄭笑貌。稱尺證反。

旄丘四章，章四句。

❶茸，巾箱本、監圖本、纂圖本、日抄本、十行本並作「戎」。案：敦煌殘卷斯一〇號作「戎」。

簡兮，刺不用賢也。衛之賢者，仕於泠官❶，皆可以承事王者也。泠官，樂官也。泠氏世掌樂官而善焉，故後世多號樂官爲泠官。○泠音零，字從水，亦作伶。

○簡兮簡兮，方將萬舞。簡，大也。方，四方也。將，行也。以干羽爲萬舞，用之宗廟山川，故言於四方。箋云：簡，擇。將，且也。擇兮擇兮者，爲且祭祀，當萬舞也。萬舞，干舞也❷。○爲于僞反。**日之方中，在前上處。**教國子弟，以日中爲期。箋云：在前上處者，在前列上頭也。周禮：「大胥掌學士之版，以待致諸子，春入學，舍采合舞。」○胥思徐反。舍音釋，下篇「舍軷」同。采音菜。**碩人俁俁，公庭萬舞。**碩人，大德也。俁俁，容貌大也。萬舞非但在四方，親在宗廟公庭。○俁疑矩反。

○有力如虎，執轡如組。組，織組也。武力比於虎，可以御亂。御衆有文章，言能治衆，動於近，成於遠也。箋云：碩人有御亂御衆之德，可任爲王臣。○轡悲位反。組音祖。任音壬。**左手執籥，右手秉翟。**籥，六孔。翟，翟羽也。箋云：碩人多才多藝，又能籥舞。言文武道備。○籥餘若反。翟亭歷反，下注同。**赫如渥赭，公言錫爵。**赫，赤貌。渥，厚漬也。祭有畀煇、胞、翟、闇、寺者，惠下之道，見惠不過一散。箋云：碩人容色，赫然如厚傅丹，君徒賜其一爵而已，不知其賢而進用之。散，受五升。○赫虛格反。渥於角反。赭音者。畀必寐反。煇音運，甲吏之賤者。胞步交反，肉吏之賤者。翟樂吏之賤者。闇音昏，守門之賤者。散素但反，酒爵也。傅音附。

○山有榛，隰有苓。榛，木名。下濕曰隰。苓，大苦。箋云：榛也，苓也，生各得其所，以言碩人處非其位。○榛側巾反。苓音零。**云誰之思？西方美人。**箋云：我誰思乎？思周室之賢者，以其宜薦碩人，與在王位。○與音預，或如字。**彼美人兮，西方之人兮。**乃宜在王室。箋云：彼美人，謂碩人也。

簡兮三章，章六句。

❶泠，巾箱本、監圖本、纂圖本、日抄本、十行本並作「伶」。案：敦煌殘卷斯一〇號、斯七八九號、伯二五二九號並作「伶」，要義所引作「泠」，釋文出音「泠官」。

❷干舞也，巾箱本、監圖本並作「干舞者也」，十行本作「干羽也」。案：敦煌殘卷斯一〇號作「干舞」，十行本疏文標起止云「箋簡擇至干舞」，又云：「知萬舞爲干舞。」

泉水，衛女思歸也。嫁於諸侯，父母終，思歸寧而不得，故作是詩以自見也。以自見者，見己志也。國君夫人，父母在則歸寧，没則使大夫寧於兄弟。衛女之思歸，雖非禮，思之至也。○見，賢遍反。

○毖彼泉水，亦流于淇。興也。泉水始出，毖然流也。淇，水名也。箋云：泉水流而入淇，猶婦人出嫁於異國。○毖，悲位反。**有懷于衛，靡日不思。**箋云：懷，至。靡，無也。以言我有所至念於衛，無日不思也❶。所至念者，謂諸姬、諸姑、伯姊。**孌彼諸姬，聊與之謀。**孌，好貌。諸姬，同姓之女。聊，願也。箋云：聊，且略之辭。諸姬者，未嫁之女。我且欲略與之謀婦人之禮，觀其志意。親親之恩也。○孌，力轉反，下篇同。

○出宿于泲，飲餞于禰。泲，地名。祖而舍軷，飲酒於其側曰餞。重始有事於道也。禰，地名。箋云：泲、禰者❷，所嫁國適衛之道所經，故思宿餞。○泲，子禮反。餞，音踐。禰，乃禮反。軷，蒲末反。**女子有行，遠父母兄弟。**箋云：行，道也。婦人有出嫁之道，遠於親親，故禮緣人情，使得歸寧。○遠，于萬反，注同。**問我諸姑，遂及伯姊。**父之姊妹稱姑。先生曰姊。箋云：寧則又問姑及姊，親其類也。先姑後姊，尊姑也。

○**出宿于干，飲餞于言。**干、言，所適國郊也。箋云：干、言猶泲、禰，未聞遠近同異。**載脂載舝，還車言邁。**脂舝其車，以還我行也。箋云：言還車者，嫁時乘來，今思乘以歸。○舝胡瞎反，車軸頭金也。還音旋，此字例同音，更不重出。**遄臻于衛，不瑕有害。**遄，疾。臻，至。瑕，遠也。箋云：瑕猶過也。害，何也。我還車疾至於衛而返❸，於行無過差，有何不可而止我？○遄市專反。害毛如字，鄭音曷。行下孟反。差初懈反，又初加反，卷末注同。

○**我思肥泉，兹之永歎。**所出同所歸異爲肥泉。箋云：兹，此也。自衛而來所渡水，故思此而長歎。**思須與漕，我心悠悠。**須、漕，衛邑也。箋云：自衛而來所經邑，故又思之。○漕音曹。**駕言出遊，以寫我憂。**寫，除也。箋云：既不得歸寧，且欲乘車出遊，以除我憂。

泉水四章，章六句。

❶「日」上，巾箱本、監圖本並有「一」字；「無」上，十行本有「我」字。案：敦煌殘卷斯一〇號作「無一日而不思」。

❷禰，纂圖本作「濔」。案：敦煌殘卷斯一〇號作「禰」。

❸至，纂圖本、日抄本並無。案：敦煌殘卷斯一〇號有。

北門，刺仕不得志也。言衛之忠臣不得其志爾。不得其志者，君不知己志而遇困苦。

○出自北門，憂心殷殷。興也。北門背明鄉陰。箋云：自，從也。興者，喻己仕於闇君，猶行而出北門，心爲之憂殷殷然。○殷於巾反，沈於文反，又音隱。背蒲對反。鄉許亮反。爲于僞反。**終窶且貧，莫知我艱。**窶者無禮也，貧者困於財。箋云：艱，難也。君於己祿薄，終不足以爲禮，又近困於財。無知己以此爲難者。言君既然矣，諸臣亦如之。○窶其矩反。**已焉哉，天實爲之，謂之何哉。**箋云：謂，勤也。詩人事君無二志，故自決歸之於天，我勤身以事君何哉。忠之至。

○王事適我，政事一埤益我。適，之。埤，厚也。箋云：國有王命役使之事，則不以之彼❶，必來之我。有賦稅之事，則減彼一而以益我。言君政偏，己兼其苦。○埤避支反。偏音篇。**我入自外，室人交徧讁我。**讁，責也。箋云：我從外而入，在室之人，更迭遍來責我，使己去也。言室人亦不知己志。○徧古遍字，注及下同。讁直革反，玉篇知革反。更音庚。迭待結反。**已焉哉，天實爲之，謂之何哉。**

○王事敦我，政事一埤遺我。敦，厚。遺，加也。箋云：敦猶投擲也。○敦毛如字，鄭都回反。遺唯季反。擲呈釋反。**我入自外，室人交徧摧我。**摧，沮也。箋云：摧者，刺譏之言。○摧徂回反。**已焉哉，天實爲之，謂之何哉。**

北門三章，章七句。

❶則，巾箱本、監圖本並無。案：敦煌殘卷斯一〇號有。

北風，刺虐也。衛國並爲威虐，百姓不親，莫不相攜持而去焉。○攜穴圭反。

○**北風其涼，雨雪其雱。**興也。北風，寒涼之風。雱，盛貌。箋云：寒涼之風，病害萬物。興者，喻君政教酷暴，使民散亂。○雨于付反，又如字，下同。雱普康反。**惠而好我，攜手同行。**惠，愛。行，道也。箋云：性仁愛而又好我者，與我相攜持同道而去。疾時政也。○好呼報反，下及注同。行音衡。**其虛其邪，既亟只且。**虛，虛也❶。亟，急也。箋云：邪讀如徐。言今在位之人，其故威儀虛徐寬仁者，今皆以爲急刻之行矣，所以當去以此也。○邪音餘，又音徐。亟紀力反，下同。只音紙。且子餘反，下同。

○**北風其喈，雨雪其霏。**喈，疾貌。霏，甚貌。○喈音皆。霏芳非反。**惠而好我，攜手同歸。**歸有德也。**其虛其邪，既亟只且。**

○**莫赤匪狐，莫黑匪烏。**狐赤烏黑，莫能別也。箋云：赤則狐也，黑則烏也，猶今君臣相承，爲惡如一。○別彼竭反。**惠而好我，攜手同車。**攜手就車。**其虛其邪，既亟只且。**

北風三章，章六句。

❶虚虚也，諸本皆同。案：敦煌殘卷斯一〇號作「虚徐也」，十行本疏文云：「傳質，詁訓疊經文耳，非訓『虚』爲『徐』。」則正義所見亦作「虚徐也」。釋文出音「虚虚也」，注云：「一本作『虚徐也』。」

靜女，刺時也。衛君無道，夫人無德。以君及夫人無道德，故陳靜女遺我以彤管之法。德如是，可以易之爲人君之配。○遺唯季反，下同。

○靜女其姝，俟我於城隅。靜，貞靜也。女德貞靜而有法度，乃可説也。姝，美色也。俟，待也。城隅，以言高而不可踰。箋云：女德貞靜，然後可畜。美色，然後可安。又能服從，待禮而動，自防如城隅，故可愛也。○姝赤朱反。説音悦，篇末注同。**愛而不見，搔首踟躕。**言志往而行止❶。箋云：志往，謂踟躕。行止❷，謂愛之而不往見。○搔蘇刀反。踟直知反。躕直誅反。

○靜女其孌，貽我彤管。既有靜德，又有美色，又能遺我以古人之法，可以配人君也。古者后夫人，必有女史彤管之法，史不記過，其罪殺之。后妃羣妾，以禮御於君所，女史書其日月，授之以環，以進退之。生子日辰❸，則以金環退之。當御者，以銀環進之，著于左手，既御，著于右手。事無大小❹，記以成法。箋云：彤管，筆赤管也。○貽音怡，下同，下協韻音以志反。彤徒冬反。著知畧反，又音直畧反，下皆同。**彤管有煒，説懌女美。**煒，赤貌。彤管，以赤心正人也。箋云：説懌當作説釋。赤管煒煒然，女史以之説釋妃妾之德，美之。○煒于鬼反。説音悦，鄭音始悦反。懌音亦，鄭音始亦反。

○**自牧歸荑，洵美且異。** 牧，田官也。荑，茅之始生也。本之於荑，取其有始有終。箋云：洵，信也。茅，絜白之物也。自牧田歸荑，其信美而異者，可以共祭祀❺。猶貞女在窈窕之處，媒氏達之，可以配人君。○荑徒兮反。洵音荀。共音恭。**匪女之爲美，美人之貽。** 非爲其徒説美色而已，美其人能遺我法則。箋云：遺我者，遺我以賢妃也。○爲于僞反，注同。

靜女三章，章四句。

❶止，纂圖本、日抄本、十行本並作「正」。案：敦煌殘卷斯一〇號作「止」。

❷止，監圖本、纂圖本、日抄本、十行本並作「正」。案：敦煌殘卷斯一〇號作「止」。

❸日，巾箱本、監圖本、纂圖本、日抄本、十行本並作「月」。案：敦煌殘卷斯一〇號作「月」，要義所引、讀詩記所引並同。

❹大小，纂圖本互倒。案：要義所引、讀詩記所引並作「大小」。

❺共，纂圖本、日抄本、十行本並作「供」。

新臺，刺衛宣公也。納伋之妻，作新臺于河上而要之。國人惡之，而作是詩也。 伋，宣公之世子。○臺偫舊曰新，爾雅云：「四方而高曰臺。」孔安國云：「土高曰臺。」伋音急。要於遥反。惡烏路反。

○新臺有泚，河水瀰瀰。泚，鮮明貌。瀰瀰，盛貌。水所以絜汙穢，反于河上而爲淫昏之行。○[泚]音此，徐又七禮反。[瀰]莫爾反，徐又莫啓反。[汙]音烏。[行]下孟反，篇内同。**燕婉之求，籧篨不鮮。**○燕，安。婉，順也。籧篨，不能俯者。箋云：鮮，善也。伋之妻，齊女，來嫁於衞，其心本求燕婉之人，謂伋也，反得籧篨不善，謂宣公也。籧篨口柔，常觀人顔色而爲之辭，故不能俯也。○[燕]於典反，又於見反。[婉]迂阮反。[籧]音渠。[篨]音儲。[鮮]斯踐反，鄭又音仙。

○新臺有洒，河水浼浼。洒，高峻也。浼浼，平地也。○[洒]七罪反。[浼]每罪反。**燕婉之求，籧篨不殄。**殄，絶也。箋云：殄當作腆。腆，善也。○[殄]毛徒典反，鄭吐典反。

○魚網之設，鴻則離之。言所得非所求也。箋云：設魚網者，宜得魚，鴻則鳥也❶，反離焉。猶齊女以禮來求世子，而得宣公。**燕婉之求，得此戚施。**戚施，不能仰者。箋云：戚施面柔，下人以色，故不能仰也。○[戚]千歷反。[下]遐嫁反。

❶則，巾箱本、監圖本、纂圖本、十行本並作「乃」。案：讀詩記所引作「乃」。

新臺三章，章四句。

二子乘舟，思伋、壽也。衞宣公之二子，爭相爲死。國人傷而思之，作是詩也。○[爲]于僞反。

○**二子乘舟，汎汎其景。** 二子，伋、壽也。宣公爲伋❶，取於齊女而美，公奪之，生壽及朔。朔與其母愬伋於公，公令伋之齊，使賊先待於隘而殺之。壽知之，以告伋，使去之。伋曰：「君命也，不可以逃。」壽竊其節而先往，賊殺之。伋至，曰：「君命殺我，壽有何罪？」賊又殺之。國人傷其涉危遂往，如乘舟而無所薄，汎汎然迅疾而不礙也。○汎芳劍反。景如字，或音影。愬蘇路反。令力征反。隘於賣反。**願言思子，中心養養。** 願，每也。養養然，憂不知所定。箋云：願，念也。念我思此二子，心爲之憂，養養然。

○**二子乘舟，汎汎其逝。** 逝，往也。**願言思子，不瑕有害。** 言二子之不遠害。箋云：瑕猶過也。我念思此二子之事❷，於行無過差，有何不可而不去也？○害如字，鄭音曷。遠于萬反。

二子乘舟二章，章四句。

❶公，纂圖本作「子」。案：讀詩記所引作「公」。
❷念思，十行本互倒。

邶國十九篇，七十一章，三百六十三句。

毛詩卷第二

毛詩卷第三

鄘柏舟詁訓傳第四

國風　　　　鄭氏箋

柏舟，共姜自誓也。衛世子共伯蚤死，其妻守義，父母欲奪而嫁之，誓而弗許，故作是詩以絶之。共伯，僖侯之世子。○共音恭。蚤音藻。僖許其反。

○汎彼柏舟，在彼中河。興也。中河，河中。箋云：舟在河中，猶婦人之在夫家，是其常處。○汎芳劍反。處昌慮反。髧彼兩髦，實維我儀，髧，兩髦之貌。髦者，髮至眉，子事父母之飾。儀，匹也。箋云：兩髦之人，謂共伯也。實是我之匹，故我不嫁也。禮，世子昧爽而朝，亦櫛縰，笄總，拂髦，冠緌纓。○髧徒坎反。髦音毛，禮，子三月，翦髮爲鬌，長大作髦以象之。鬌丁果反。朝直遥反。櫛側乙反。縰色蟹反，又色綺反。緌汝誰反。之死矢靡它！矢，誓。靡，無。之，至也。至己之死，信無它心。○它音他。母也天只，不諒人只。諒，信也。母也天也，尚不信我。天，謂父也。○只音紙。諒力尚反。

○汎彼柏舟，在彼河側。髧彼兩髦，實維我特，特，匹也。之死矢靡慝！慝，邪也。○慝他得反。母也天只，不諒人只。

柏舟二章，章七句。

牆有茨，衛人刺其上也。公子頑通乎君母，國人疾之，而不可道也。宣公卒，惠公幼，其庶兄頑❶烝於惠公之母，生子五人：齊子、戴公、文公、宋桓夫人、許穆夫人。

○牆有茨，不可埽也。興也。牆所以防非常。茨，蒺蔾也。欲埽去之，反傷牆也。箋云：國君以禮防制一國，今其宮内有淫昏之行者，猶牆之生蒺蔾。○蒺音疾。蔾音梨。去丘吕反，下同。行下孟反。中冓之言，不可道也。中冓，内冓也。箋云：内冓之言，謂宮中所冓成頑與夫人淫昏之語。○冓古候反。所可道也，言之醜也。於君醜也。

○牆有茨，不可襄也。襄，除也。中冓之言，不可詳也。詳，審也。所可詳也，言之長也。長，惡長也。

○牆有茨，不可束也。束而去之。中冓之言，不可讀也。讀，抽也。箋云：抽猶出也。所可讀也，言之辱也。辱，辱君也。

牆有茨三章，章六句。

❶兄，巾箱本作「子」。案：要義所引作「兄」，讀詩記所引作「子」。

君子偕老，刺衛夫人也。夫人淫亂，失事君子之道，故陳人君之德，服飾之盛，宜與君子偕老也。夫人，宣公夫人，惠公之母也。人君，小君也。或者小字誤作人耳。○偕音皆❶。

○君子偕老，副笄六珈。能與君子俱老，乃宜居尊位，服盛服也。副者，后、夫人之首飾，編髮爲之。笄，衡笄也。珈，笄飾之最盛者，所以別尊卑。箋云：珈之言加也。副，既笄而加飾，如今步搖上飾。古之制所有，未聞。○副芳富反。珈音加。編蒲典反，或必仙反。別彼列反。**委委佗佗，如山如河，**委委者，行可委曲蹤迹也❷。佗佗者，德平易也。山無不容，河無不潤。○委於危反，注同。佗待何反，注同。行下孟反，舊如字。易以豉反。**象服是宜。**象服，尊者所以爲飾。箋云：象服者，謂褕翟、闕翟也❸。人君之象服，則舜所云予欲觀古人之象，日月星辰之屬。○褕音遥。觀古亂反，又音官。**子之不淑，云如之何？**有子若是，可謂不善乎❹？箋云：子乃服飾如是，而爲不善之行，於禮當如之何。深疾之。○行下孟反，又下同。

○玼兮玼兮，其之翟也。玼，鮮盛貌。褕翟、闕翟❺，羽飾衣也。箋云：侯伯夫人之服，自褕翟而下如王后焉。○玼音此，又且禮反。**鬒髮如雲，不屑髢也。**鬒，黑髮也。如雲，言美長也❻。屑，絜也。箋云：髢，髲也。不絜者，不用髲爲善。○鬒真忍反。屑蘇節反。髢徒帝反。髲皮寄反。**玉之瑱也，象之揥也。**瑱，塞耳也。揥，所以摘髮也。○瑱吐殿反。揥勑帝反。摘他狄反。**揚且之皙也。**揚，眉上廣。皙，白皙。○且七也反，徐子餘反，下同。皙星歷反。**胡然而天也，胡然而帝也。**尊之如天，審諦如帝。箋云：胡，何也。帝，五帝也。何由然女見尊敬如天、帝乎？非由衣服之盛，顔色之莊與？反爲淫昏之行。○諦音帝。與音餘。

○瑳兮瑳兮，其之展也。蒙彼縐絺，是紲袢也。禮有展衣者，以丹縠爲衣。蒙，覆也。絺之靡者爲縐，是當暑袢延之服也。箋云：后妃六服之次，展衣宜白。縐絺，絺之蹙蹙者。展衣，夏則裹衣縐絺。此以禮見於君及賓客之盛服也。展衣字誤，禮記作襢衣。○瑳七我反。展陟戰反，沈張輦反。縐側救反。絺勑之反。紲息列反。袢符袁反。縠户木反。延以戰反，又如字。蹙子六反。裹衣去聲。見賢遍反。**子之清揚，揚且之顔也。**清，視清明也。揚，廣。揚而顔角豐滿❼。**展如之人兮，邦之媛也。**展，誠也。美女爲媛。箋云：媛者，邦人所依倚以爲援助也❽。疾宣姜有此盛服，而以淫昏亂國，故云然。○媛于眷反。

君子偕老三章，一章七句，一章九句，一章八句。

❶音，原作「昔」，據巾箱本、監圖本、纂圖本、十行本改。案：釋文作「音」。

助』。」

❷蹤，巾箱本作「從」。

❸褕，巾箱本作「揄」，纂圖本、日抄本、十行本並作「揄」。案：要義所引、讀詩記所引並作「褕」。

❹可，監圖本、纂圖本、十行本並作「何」。案：十行本疏文云：「『可謂不善』，言其善也。」

❺褕，巾箱本作「偷」。案：讀詩記所引作「褕」。

❻言，監圖本作「信」。案：讀詩記所引作「言」。

❼顏，纂圖本、日抄本並作「頭」。案：讀詩記所引作「顏」。

❽援，巾箱本、纂圖本、日抄本、十行本並作「媛」。案：十行本疏文云：「故云『邦人所依倚以爲援

桑中，刺奔也。衛之公室淫亂，男女相奔，至于世族在位，相竊妻妾，期於幽遠，政散民流，而不可止。衛之公室淫亂，謂宣、惠之世，男女相奔，不待媒氏以禮會之也。世族在位，取姜氏、弋氏、庸氏者也。竊，盜也。幽遠，謂桑中之野。

○爰采唐矣？沬之鄉矣。爰，於也。唐蒙，菜名。沬，衛邑。箋云：於何采唐？必沬之鄉。猶言欲爲淫亂者，必之衛之都，惡衛爲淫亂之主。○沬音妹。惡烏路反。**云誰之思？美孟姜矣。**姜，姓也。言世族在位，有是惡行。箋云：淫亂之人誰思乎？乃思美孟姜。孟姜，列國之長女，而思與淫亂，疾世族在位有是惡行也。○行下孟反。長丁丈反。**期我乎桑中，要我乎上宮，送我乎**

淇之上矣。桑中、上宮，所期之地。淇，水名也。箋云：此思孟姜之愛厚己也，與我期於桑中，而要見我於上宮，其送我則於淇水之上。○要於遥反，注下同。

○爰采麥矣？沬之北矣。云誰之思？美孟弋矣。弋，姓也。期我乎桑中，要我乎上宮，送我乎淇之上矣。

○爰采葑矣？沬之東矣。箋云：葑，蔓菁。○葑孚容反。云誰之思？美孟庸矣。庸，姓也。期我乎桑中，要我乎上宮，送我乎淇之上矣。

桑中三章，章七句。

鶉之奔奔，刺衛宣姜也。衛人以爲宣姜，鶉鵲之不若也。刺宣姜者，刺其與公子頑爲淫亂，行不如禽鳥。○鶉音純。行下孟反，下皆同。

○鶉之奔奔，鵲之彊彊。鶉則奔奔，鵲則彊彊然。箋云：奔奔、彊彊，言居有常匹[1]，飛則相隨之貌。刺宣姜與頑非匹偶。○彊音姜。人之無良，我以爲兄。良，善也。兄，謂君之兄。箋云：人之行無一善者，我君反以爲兄。君，謂惠公。

○鵲之彊彊，鶉之奔奔。人之無良，我以爲君。君，國小君。箋云：小君，謂宣姜。

鶉之奔奔二章，章四句。

❶「言」下，巾箱本、監圖本、纂圖本、日抄本、十行本並有「其」字。案：讀詩記所引有。

定之方中，美衛文公也。衛爲狄所滅，東徙渡河，野處漕邑。齊桓公攘夷狄而封之❶，文公徙居楚丘，始建城市，而營宮室，得其時制，百姓説之，國家殷富焉。春秋閔公二年，冬，狄人入衛，衛懿公及狄人戰于熒澤而敗，宋桓公迎衛之遺民渡河，立戴公以盧於漕，戴公立一年而卒。魯僖公二年，齊桓公城楚丘而封衛，於是文公立而建國焉。○定丁佞反，下同，星名。漕音曹。攘如羊反。説音悦。

○定之方中，作于楚宮。定，營室也❷。方中，昏正四方。楚宮，楚丘之宮也。仲梁子曰：「初立楚宮也。」箋云：楚宮，謂宗廟也。定星昏中而正，於是可以營制宮室，故謂之營室。定昏中而正，謂小雪時，其體與東壁連正四方❸。○辟音壁。**揆之以日，作于楚室。**揆，度也。度日出日入以知東西❹，南視定，北準極，以正南北。室猶宮也。箋云：楚室，居室也。君子將營宮室，宗廟爲先，廄庫爲次，居室爲後。○揆葵癸反。度待洛反，下同。廄居又反。**樹之榛栗，椅桐梓漆，爰伐琴瑟。**椅，梓屬。箋云：爰，曰也。樹此六木於宮者，曰其長大❺，可伐以爲琴瑟。言豫備也。○榛側巾反。椅於宜反。長丁丈反。

○升彼虚矣，以望楚矣。望楚與堂，景山與京。虚，漕虚也。楚丘有堂邑者。景山，大山。京，高丘也。箋云：自河以東，夾於濟水，文公將徙，登漕之虚，以望楚丘，觀其旁邑，及其丘山，審其高下所依倚，乃後建國焉。慎之至也。○虚起居反。濟節禮反。**降觀于桑，**地勢宜蠶，可以居民。**卜云其吉，終然允臧**❻。龜曰卜。允，信。臧，善也。建國必卜之❼，故建邦能命龜，田能施命，作器能銘，使能造命，升高能賦，師旅能誓，山川能説，喪紀能誄，祭祀能語，君子能此九者，可謂有德音，可以爲大夫。○能説如字，鄭志問曰：「山川能説，何謂也？」荅曰：「兩讀，或言説，説者，説其形勢也；或曰述，述者，述其故事也。」述讀如「遂事不諫」之「遂」。誄力水反，禱也。

○靈雨既零，命彼倌人。星言夙駕，説于桑田。零，落也。倌人，主駕者。箋云：靈，善也。星，雨止星見❽。夙，早也。文公於雨下，命主駕者：「雨止，爲我晨早駕。」欲往爲辭説于桑田，教民稼穡。務農急也。○倌音官，徐古患反。説毛始鋭反，舍也，鄭如字。見賢遍反。爲于僞反。**匪直也人，秉心塞淵，**秉，操也。箋云：塞，充實也。淵，深也。○操七刀反。**騋牝三千。**馬七尺以上曰騋。騋馬與牝馬也。箋云：國馬之制：天子十有二閑，馬六種，三千四百五十六匹；邦國六閑，馬四種，千二百九十六匹。衞之先君，兼邶、鄘而有之，而馬數過禮制，今文公滅而復興，徙而能富，馬有三千，雖非禮制，國人美之。○騋牝上音來，下頻忍反。種章勇反，下同。

定之方中三章，章七句。

❶夷，唐石經、白文本、巾箱本、監圖本、纂圖本、日抄本、十行本並作「戎」。案：敦煌殘卷伯二五二九號、斯七八九號並作「戎」，讀詩記所引亦作「戎」。

❷「營」下，巾箱本有「宮」字。案：要義所引、讀詩記所引並無。

❸壁，巾箱本、監圖本、纂圖本、日抄本並作「辟」。案：要義所引作「壁」。

❹知，巾箱本作「正」。案：讀詩記所引作「知」。

❺曰其，纂圖本互倒。

❻然，白文本作「焉」。案：敦煌殘卷伯二五二九號、斯七八九號並作「然」，讀詩記所引同。

❼必，監圖本作「人」。案：讀詩記所引作「必」。

❽星，日抄本無。

蝃蝀，止奔也。衛文公能以道化其民，淫奔之恥，國人不齒也。不齒者，不與相長稚。○蝃蝀上丁計反，下都動反。長丁丈反。

○蝃蝀在東，莫之敢指。蝃蝀，虹也。夫婦過禮則虹氣盛，君子見戒而懼諱之，莫之敢指。箋云：虹，天氣之戒，尚無敢指者，況淫奔之女，誰敢視之。○虹音洪，一音絳。**女子有行，遠父母兄弟。**箋云：行，道也。婦人生而有適人之道，何憂於不嫁，而爲淫奔之過乎？惡之甚。○遠于萬反，下同。惡烏路反，下「惡之」皆同。

○**朝隮于西，崇朝其雨。**隮，升。崇，終也。從旦至食時爲終朝。箋云：朝有升氣於西方，終其朝則雨，氣應自然。以言婦人生而有適人之道，亦性自然。○隮子西反，徐又子細反。**女子有行，遠兄弟父母。**

○**乃如之人也，懷昏姻也。**乃如是淫奔之人也。箋云：懷，思也。乃如是之人，思昏姻之事乎？言其淫奔之過惡之大。**大無信也，不知命也。**不待命也。箋云：淫奔之女，大無貞潔之信，又不知昏姻當待父母之命。惡之也。○大音泰，注同。

蝃蝀三章，章四句。

相鼠，刺無禮也。衛文公能正其羣臣，而刺在位承先君之化❶，無禮儀也。○相息亮反，篇内同。

○**相鼠有皮，人而無儀。**相，視也。無禮儀者，雖居尊位，猶爲闇昧之行。箋云：儀，威儀也。視鼠有皮，雖處高顯之處❷，偷食苟得，不知廉恥，亦與人無威儀者同。○行下孟反。**人而無儀，不死何爲！**箋云：人以有威儀爲貴，今反無之，傷化敗俗，不如其死，無所害也。

○**相鼠有齒，人而無止。**止，所止息也。箋云：止，容止。孝經曰：「容止可觀。」**人而無止，不**

死何俟！俟，待也。

○相鼠有體，體，支體也。**人而無禮。人而無禮，胡不遄死！**遄，速也。○遄市專反。

相鼠三章，章四句。

❶「位」下，唐石經有「不」字。案：敦煌殘卷伯二五二九號、斯七八九號並無，讀詩記所引同。

❷處，纂圖本作「居」。

干旄，美好善也。衛文公臣子多好善，賢者樂告以善道也。賢者，時處士也。○旄音毛。好呼報反，篇内同。

○孑孑干旄，在浚之郊。孑孑，干旄之貌。注旄於干首❶，大夫之旃也。浚，衛邑。古者臣有大功，世其官邑。郊外曰野。箋云：周禮，「孤卿建旃，大夫建物」，首皆注旄焉。時有建此旄，來至浚之郊。卿大夫好善也。○孑居熱反。浚蘇俊反。旃之然反，通帛爲旃。**素絲紕之，良馬四之。**紕所以織組也。總紕於此，成文於彼，願以素絲紕組之法御四馬也。箋云：素絲者，以爲縷❷，以縫紕旌旗之旒縿，或以維持之。浚郊之賢者，既識卿大夫建旄而來，又識其乘善馬❸。四之者，見之數也。○紕毛符至反，鄭毗移反。組音祖。旒音留。縿所銜反。**彼姝者子，何以畀之？**姝，順貌。畀，予也。箋云：時賢者既説此卿大夫有忠順之德，又欲以善道與之。心誠愛厚之至。○姝赤朱反。畀必寐反。説音悦。

○**孑孑干旟，在浚之都。**鳥隼曰旟。下邑曰都。箋云：周禮，州里建旟❹，謂州長之屬。○旟音餘。隼荀尹反。**素絲組之，良馬五之。**總以素絲而成組也。驂馬五轡。箋云：以素絲縷縫組於旌旗，以爲之飾。五之者，亦謂五見之也❺。○總子孔反。驂七南反。**彼姝者子，何以予之？**○予上聲。

○**孑孑干旌，在浚之城。**析羽爲旌。城，都城也。○析星歷反。**素絲祝之，良馬六之。**祝，織也。四馬六轡。箋云：祝當作屬。屬，著也。六之者，亦謂六見之也。○祝之六反。著直略反，沈知略反。**彼姝者子，何以告之？**○告工毒反。

干旄三章，章六句。

❶注旄於干首，監圖本作「住旄於物首」。案：十行本疏云：「以注旄於干首。」

❷縷，監圖本作「三」。

❸乘善，監圖本互倒。案：十行本疏云：「是又識其乘善馬也。」

❹州，原作「用」，據諸本改。案：江南書局光緒二年翻刻本作「州」，周禮司常云：「州里建旟。」

❺亦謂，巾箱本、纂圖本、日抄本、十行本並作「亦爲」，監圖本作「以爲」。案：要義所引作「亦謂」，下章

箋云：「亦謂六見之也。」

載馳，許穆夫人作也。閔其宗國顛覆，自傷不能救也。衛懿公爲狄人所滅，國人分散，露於漕邑。許穆夫人閔衛之亡，傷許之小，力不能救，思歸唁其兄，又義不得，故賦是詩也。 滅者，懿公死也。君死於位曰滅。露於漕邑者，謂戴公也。懿公死，國人分散，宋桓公迎衛之遺民渡河，處之於漕邑，而立戴公焉。戴公與許穆夫人，俱公子頑烝於宣姜所生也。男子先生曰兄。○閔密謹反。唁音彦。

○**載馳載驅，歸唁衛侯。** 載，辭也。弔失國曰唁。箋云：載之言則也。衛侯，戴公也。○驅如字，協韻音丘。**驅馬悠悠，言至于漕。** 悠悠，遠貌。漕，衛東邑。箋云：夫人願御者驅馬悠悠乎，我欲至于漕。**大夫跋涉，我心則憂。** 草行曰跋，水行曰涉。箋云：跋涉者，衛大夫來告難於許時。○跋蒲末反。難乃旦反。

○**既不我嘉，不能旋反。** 不能旋反我思也。箋云：既，盡。嘉，善也❶。言許人盡不善我欲歸唁兄。**視爾不臧，我思不遠。** 不能遠衛也。箋云：爾，女，女許人也。臧，善也。視女不施善道救衛。○遠于萬反，注同，協句如字。

○**既不我嘉，不能旋濟。** 濟，止也。**視爾不臧，我思不閟。** 閟，閉也。○閟悲位反，徐音方冀反。

○**陟彼阿丘，言采其蝱。**偏高曰阿丘。蝱，貝母也。升至偏高之丘，采其蝱者，將以療疾。箋云：升丘采貝母，猶婦人之適異國，欲得力助安宗國也。○蝱音盲。療力照反。**女子善懷，亦各有行。**行，道也。箋云：善猶多也。懷，思也。女子之多思者有道，猶升丘采蝱也❷。**許人尤之，衆穉且狂。**尤，過也。是乃衆幼穉且狂，進取一槩之義。箋云：許人，許大夫也。過之者，過夫人之欲歸唁其兄。○穉直吏反。槩古愛反。

○**我行其野，芃芃其麥。**願行衛之野，麥芃芃然方盛長。箋云：麥芃芃者，言未收刈，民將困也。○芃薄紅反，徐符雄反。長張丈反。**控于大邦，誰因誰極？**控，引。極，至也。箋云：今衛侯之欲求援引之力助於大國之諸侯，亦誰因乎？由誰至乎❸？閔之，故欲歸問之。○控苦貢反。援音院，又音袁，沈于萬反。**大夫君子，無我有尤。**箋云：君子，國中賢者。無我有尤，無過我也。**百爾所思，不如我所之。**不如我所思之篤厚也。箋云：爾，女，女衆大夫君子也。

載馳五章，一章六句，二章章四句，一章六句，一章八句。

❶善，巾箱本作「言」。

❷「采」下，十行本有「其」字。

❸由，巾箱本作「因」。案：十行本疏文云：「亦由誰因乎？由誰至乎？」

鄘國十篇，三十章，百七十六句。

衛淇奧詁訓傳第五

國風　　鄭氏箋

淇奧，美武公之德也。有文章，又能聽其規諫，以禮自防，故能入相于周，美而作是詩也。○奧於六反，一音烏報反。相息亮反。

○瞻彼淇奧，緑竹猗猗。興也。奧，隈也。緑，王芻也。竹，萹竹也❶。猗猗，美盛貌。武公質美德盛，有康叔之餘烈。○猗於宜反。**有匪君子，如切如瑳❷，如琢如磨。**匪，文章貌。治骨曰切，象曰瑳，玉曰琢，石曰磨。道其學而成也，聽其規諫以自脩，如玉石之見琢磨❸。**瑟兮僩兮，赫兮咺兮。**瑟，矜莊貌。僩，寬大也。赫，有明德赫赫然。咺，威儀容止宣著也。○僩遐板反。赫呼白反。咺況晚反。**有匪君子，終不可諼兮。**諼，忘也。○諼況元反，又況遠反。

○瞻彼淇奧，緑竹青青。青青，茂盛貌。○青子丁反。**有匪君子，充耳琇瑩，會弁如星。**充耳謂之瑱。琇瑩，美石也。天子玉瑱，諸侯以石。弁，皮弁，所以會髮。箋云：會，謂弁之縫中，飾之以玉，皪皪而處，狀似星也。天子之朝服，皮弁以日視朝。○琇音秀，沈音誘。瑩音榮。會古外反，注同。弁皮變反。瑱天見反。縫符用反。皪音歷，又音洛。**瑟兮僩兮，赫兮咺兮。有匪君子，終不可諼兮。**

○瞻彼淇奧，緑竹如簀。簀，積也。○簀音責。**有匪君子，如金如錫，如圭如璧。**金錫鍊而精❹。圭璧性有質。箋云：圭璧亦琢磨。四者亦道其學而成也❺。**寬兮綽兮，猗重較兮**❻。寬能容衆。綽，緩也。重較，卿士之車。箋云：綽兮，謂仁於施舍。○綽昌若反。猗於綺反。重直恭反，注同。較古岳反，車軾也。**善戲謔兮，不爲虐兮。**寬緩弘大，雖則戲謔，不爲虐矣。箋云：君子之德，有張有弛，故不常矜莊而時戲謔。○謔香畧反。弛式氏反。

淇奧三章，章九句。

❶萹，纂圖本、十行本並作「篇」。案：釋文出音「萹竹」。
❷瑳，巾箱本、十行本並作「磋」。案：敦煌殘卷伯二五二九號作「瑳」，讀詩記所引同，要義所引作「磋」。
❸「磨」下，監圖本、纂圖本、日抄本、十行本並有「也」字。案：要義所引無。
❹鍊，日抄本、十行本作「練」。案：要義所引作「練」，讀詩記所引作「鍊」。
❺而，監圖本、纂圖本、日抄本並作「之」。案：要義所引作「而」。
❻猗，十行本作「倚」。案：讀詩記所引作「猗」，十行本疏文云：「而此云『猗重較兮』。」

考槃，刺莊公也。不能繼先公之業，使賢者退而窮處❶。窮猶終也。○槃薄寒反。

○考槃在澗，碩人之寬。考，成。槃，樂也。山夾水曰澗。箋云：碩，大也。有窮處成樂，在於此澗者，形貌大人，而寬然有虛乏之色。○澗古晏反。樂音洛，下同。**獨寐寤言，永矢弗諼！**箋云：寤，覺。永，長。矢，誓。諼，忘也。在澗獨寐，覺而獨言，長自誓以不忘君之惡。志在窮處，故云然。○覺交孝反，又如字。

○考槃在阿，碩人之薖。曲陵曰阿。薖，寬大貌。箋云：薖，飢意。○薖苦禾反。**獨寐寤歌，永矢弗過！**箋云：弗過者，不復入君之朝也。○過古禾反，注同。復符又反，下同。

○考槃在陸，碩人之軸。軸，進也。箋云：軸，病也。○軸毛音迪，鄭直六反。**獨寐寤宿，永矢弗告！**無所告語也。箋云：不復告君以善道。○語魚據反。

考槃三章，章四句。

❶「處」下，唐石經有「也」字。案：敦煌殘卷伯二五二九號無，讀詩記所引同。

碩人，閔莊姜也❶。莊公惑於嬖妾，使驕上僭，莊姜賢而不荅，終以無子，國人閔而

憂之。○嬖補惠反。上時掌反。僭作念反。

○**碩人其頎，衣錦褧衣。**頎，長貌。錦，文衣也。夫人德盛而尊，嫁則錦衣加褧襜。箋云：碩，大也。言莊姜儀表，長麗佼好❷，頎頎然。褧，襌也。國君夫人，翟衣而嫁，今衣錦者，在途之所服也。尚之以襌衣，爲其文之大著。○頎其機反。衣錦，於既反。褧苦迥反，徐音孔穎反。襜昌占反。佼古卯反。襌音丹。爲于僞反。大音泰❸，下「大子」同，舊敕賀反。**齊侯之子，衛侯之妻，東宮之妹，邢侯之姨，譚公維私。**東宮，齊大子也。女子後生曰妹，妻之姊妹曰姨，姊妹之夫曰私。箋云：陳此者，言莊姜容貌既美，兄弟皆正大。○邢音形，姬姓國。譚徒南反，國名。

○**手如柔荑，**如荑之新生。○荑徒奚反。**膚如凝脂，**如脂之凝。**領如蝤蠐，**領，頸也。蝤蠐，蝎蟲也。○蝤似脩反，徐音曹。蠐音齊，沈音茨。蝎音曷，或音葛。**齒如瓠犀，**瓠犀，瓠瓣。○瓠户故反。犀音西。瓣補遍反，又蒲莧反，沈蒲閑反。**螓首蛾眉。**螓首，顙廣而方。箋云：螓，謂蜻蜻也。○螓音秦。蛾我波反。顙蘇黨反。蜻子盈反，沈慈性反，如蟬而小。**巧笑倩兮，**倩，好口輔❹。○倩七薦反，韓詩云：「蒼白色。」**美目盼兮。**盼，白黑分。箋云：此章説莊姜容貌之美，所宜親幸。○盼敷莧反，徐膚諫反，字林匹間反，又匹莧反。

○**碩人敖敖，説于農郊。**敖敖，長貌。農郊，近郊。箋云：敖敖猶頎頎也。説當作襚，禮、春秋之襚，讀皆宜同。衣服曰襚，今俗語然。此言莊姜始來，更正衣服于衛近郊。○敖五刀反。説毛始鋭反，舍也，鄭音遂。**四牡有驕，朱幩鑣鑣，翟茀以朝。**驕，壯貌。幩，飾也。人君以朱纏鑣扇汗，且以爲飾。鑣鑣，盛貌。翟，翟車也。夫人以翟羽飾車。茀，蔽也。箋云：此又言莊姜自近郊既正衣服，乘是車馬以入君之朝。皆用嫡夫人之正禮，今而不荅。○驕起橋反。幩孚云反，又符云反。鑣表驕反，馬銜外鐵也，又曰排沫。朝直遥反，注皆同。**大夫夙退❺，無使君勞。**大夫未退，君聽朝於路寢，夫人聽内事於正寢，大夫退，然後罷。箋云：莊姜始來時，衛諸大夫朝夕者皆早退，無使君之勞倦者，以君夫人新爲妃耦，宜親親之故也。○妃音配。

○河水洋洋，北流活活。施罛濊濊，鱣鮪發發，葭菼揭揭，庶姜孽孽，庶士有朅。洋洋，盛大也。活活，流也。罛，魚罟。濊濊❻，施之水中。鱣，鯉也。鮪，鮥也。發發，盛貌。葭，蘆。菼，薍也。揭揭，長也。孽孽，盛飾。庶士，齊大夫送女者。朅，武壯貌。箋云：庶姜，謂姪娣。此章言齊地廣饒，士女佼好，禮儀之備，而君何爲不荅夫人。○洋音羊，徐音祥。活古闊反，又如字。罛音孤。濊呼活反，馬云：「大魚網，目大豁豁也。」鱣陟連反。鮪于軌反。發補末反，馬云：「魚著網，尾發發然。」葭音加。菼他覽反，玉篇通敢反。揭其謁反，徐居謁反。孽魚竭反，徐五謁反。朅欺列反，徐起謁反。鮥音洛。蘆音盧。薍五患反。

碩人四章，章七句。

❶閔，白文本作「刺」。案：敦煌殘卷伯二五二九號作「閔」，讀詩記所引亦作「閔」。
❷佼，監圖本、纂圖本、十行本並作「佼」。
❸泰，原作「秦」，據諸本改。
❹輔，監圖本作「貌」。案：讀詩記所引作「輔」。
❺夙，巾箱本作「宿」。案：敦煌殘卷伯二五二九號作「夙」，讀詩記所引同。
❻濊濊，監圖本、纂圖本、日抄本、十行本並作「濊」。案：讀詩記所引作「濊濊」。

氓，刺時也。宣公之時，禮義消亡，淫風大行，男女無別，遂相奔誘，華落色衰，復相棄背。或乃困而自悔，喪其妃耦，故序其事以風焉。美反正，刺淫泆也。○氓音莫耕反。別彼列反。華户花反，或音花。復扶又反。背蒲昧反。喪息浪反。妃音配。風福鳳反。泆音逸。

○氓之蚩蚩，抱布貿絲。氓，民也。蚩蚩❶，敦厚之貌。布，幣也。箋云：幣者，所以貿買物也。季春始蠶，孟夏賣絲。○蚩尺之反。貿莫豆反。**匪來貿絲，來即我謀。**箋云：匪，非。即，就也。此民非來買絲，但來就我，欲與我謀爲室家也。**送子涉淇，至于頓丘。**丘一成爲頓丘。箋云：子者，男子之通稱。言民誘己，己乃送之涉淇水，至此頓丘，定室家之謀，且爲會期。○頓都寸反。稱尺證反。**匪我愆期，子無良媒。**愆，過也。箋云：良，善也。非我心欲過子之期，子無善媒來告期時。○愆起虔反。**將子無怒，秋以爲期。**將，願也。箋云：將，請也。民欲爲近期，故語之曰：「請子無怒，秋以與子爲期。」○將七羊反。語魚據反。

○乘彼垝垣，以望復關。垝，毁也。復關，君子所近也❷。箋云：前既與民以秋爲期，期至，故登毁垣❸，鄉其所近而望之。猶有廉恥之心，故因復關以託號民云。此時始秋也。○垝俱毁反。垣音袁。所近附近之近。鄉許亮反，本又作嚮。**不見復關，泣涕漣漣。**言其有一心乎君子，故能自悔。箋云：用心專者怨必深。○漣音連。**既見復關，載笑載言。**箋云：則笑則言，喜之甚。**爾卜爾筮，體無咎言。**龜曰卜，蓍曰筮。體，兆卦之體。箋云：爾，女也。復關既見此婦人，告之曰：「我卜女筮女，宜爲室家矣。」兆卦之繇，無凶咎之辭❹。言其皆吉，又誘定之。○筮市制反。咎其久反。蓍音尸。繇直又反。**以爾車來，以我賄遷。**賄，財。遷，徙也。箋云：女，女復關也。信其卜筮皆吉，故荅之曰：「徑以女車來迎我，我以所有財賄徙就女也。」○賄呼罪反。徑經定反。

○桑之未落，其葉沃若。于嗟鳩兮，無食桑葚。于嗟女兮，無與士耽。桑，女功之所起。沃若，猶沃沃然。鳩，鶻鳩也。食桑葚過則醉而傷其性。耽，樂也。女與士耽，則傷禮義。箋云：桑之未落，謂其時仲秋也。於是時，國之賢者，刺此婦人見誘，故于嗟而戒之。鳩以非時食葚，猶女子嫁不以禮，耽非禮之樂。○沃如字，徐於縛反。于音吁。葚音甚。耽都南反。鶻音骨。**士之耽兮，猶**

可説也。女之耽兮，不可説也。箋云：説，解也。士有百行，可以功過相除，至於婦人無外事，維以貞信爲節。○行下孟反。

○桑之落矣，其黄而隕。自我徂爾，三歲食貧。淇水湯湯，漸車帷裳。隕，隋也。湯湯，水盛貌。帷裳❺，婦人之車也。箋云：桑之落矣，謂其時季秋也。復關以此時，車來迎己。徂，往也。我自是往之女家，女家乏穀食❻，已三歲貧矣。言此者，明己之悔，不以女今貧故也。帷裳，童容也❼。我乃渡深水，至漸車童容，猶冒此難而往。又明己專心於女。○隕韻謹反。湯音傷。漸子廉反，注同，漬也，濕也。帷位悲反。隋唐果反。冒音墨。難乃旦反。**女也不爽，士貳其行。**爽，差也。箋云：我心於女故無差貳，而復關之行有二意。○行下孟反，注同。**士也罔極，二三其德。**極，中也。

○三歲爲婦，靡室勞矣。箋云：靡，無也。無居室之勞，言不以婦事見困苦。有舅姑曰婦。**夙興夜寐，靡有朝矣。**箋云：無有朝者，常早起夜卧，非一朝然。言己亦不解惰。○解音懈。**言既遂矣，至于暴矣。**箋云：言，我也。遂猶久也。我既久矣，謂三歲之後，見遇浸薄，乃至見酷暴。○浸子鴆反。**兄弟不知，咥其笑矣。**咥咥然笑。箋云：兄弟在家，不知我之見酷暴。若其知之，則咥咥然笑我。○咥許意反，又音熙，笑也，又許四反，説文虚記反，又大結反。**靜言思之，躬自悼矣。**悼，傷也。箋云：靜，安。躬，身也。我安思君子之遇己無終，則身自哀傷。

○及爾偕老，老使我怨。箋云：及，與也。我欲與女俱至於老。老乎，女反薄我，使我怨也。**淇則**

有岸，隰則有泮。泮，坡也❽。箋云：泮讀爲畔❾，畔，厓也❿。言淇與隰，皆有厓岸以自拱持，今君子放恣心意，曾無所拘制。○泮音判。坡本亦作「陂」，北皮反，吕北髮反，阪也，所以爲隰之限域也。**總角之宴，言笑晏晏。信誓旦旦，**總角，結髮也。晏晏，和柔也。信誓旦旦然。箋云：我爲童女未笄，結髮宴然之時⓫，女與我言笑晏晏然而和柔。我其以信相誓旦旦耳。言其懇惻款誠。○宴如字。**不思其反。**箋云：反，復也。今老而使我怨，曾不復念其前言⓬。**反是不思，亦已焉哉。**箋云：已焉哉，謂此不可柰何。死生自決之辭。

氓六章，章十句。

❶「蚩蚩」下，十行本有「者」字。案：要義所引無。
❷所，巾箱本作「之」。案：十行本疏文云：「故知君子所近之地。」
❸故登，巾箱本作「文民」。
❹咎，監圖本無。案：要義所引有。
❺帷，監圖本、纂圖本並作「幃」。案：讀詩記所引作「帷」。
❻乏，原作「之」，據諸本改。
❼容，日抄本作「蒙」。
❽坡，監圖本、纂圖本、日抄本並作「陂」。案：讀詩記所引作「坡」。

❾爲，監圖本作「作」。
❿厓，巾箱本作「崖」，十行本作「涯」。案：十行本疏文云：「畔者，水厓之名。」
⓫宴，監圖本、纂圖本、日抄本並作「晏」。案：十行本疏文云：「箋言『結髮宴然之時』。」
⓬復念，十行本互倒。案：十行本疏文標起止云「箋曾不復念其前言」。

竹竿，衛女思歸也。適異國而不見荅，思而能以禮者也。

○**籊籊竹竿，以釣于淇。**興也。籊籊，長而殺也。釣以得魚，如婦人待禮以成爲室家。○籊他歷反。釣音弔。殺色界反。**豈不爾思，遠莫致之。**箋云：我豈不思與君子爲室家乎？君子疏遠己，己無由致此道。○遠如字，又于萬反，注同。

○**泉源在左，淇水在右。**泉源，小水之源。淇水，大水也。箋云：小水有流入大水之道，猶婦人有嫁於君子之禮。今水相與爲左右而已，亦以喻己不見荅。**女子有行，遠兄弟父母❶。**箋云：行，道也。女子有道當嫁耳，不以不荅而違婦禮❷。○遠去聲。

○**淇水在右，泉源在左。巧笑之瑳，佩玉之儺。**瑳，巧笑貌。儺，行有節度。箋云：己雖不見荅，猶不惡君子❸，美其容貌與禮儀也。○瑳七可反，沈音七何反。儺乃可反。惡烏路反。

○**淇水滺滺，檜楫松舟。**滺滺，流貌。檜，柏葉松身。楫，所以櫂舟也。舟楫相配，得水而行，男女相配，得禮而備。箋云：此傷己今不得夫婦之禮。○滺音由。檜古活反，又古會反。楫子葉反，徐音集。櫂直教反。**駕言出遊，以寫我憂。**出遊，思鄉衛之道。箋云：適異國而不見荅，其除此憂，維有歸耳。○鄉許亮反。

竹竿四章，章四句。

❶兄弟父母，原作「父母兄弟」，據諸本改。案：敦煌殘卷伯二五二九號作「兄弟父母」，讀詩記所引同。
❷違，監圖本、纂圖本並作「遺」。
❸惡，纂圖本作「意」。

芄蘭，刺惠公也。驕而無禮，大夫刺之。惠公以幼童即位，自謂有才能，而驕慢於大臣，但習威儀，不知爲政以禮❶。○芄音丸。

○芄蘭之支，興也。芄蘭，草也。君子以德❷，當柔潤温良。箋云：芄蘭柔弱，恒蔓延於地，有所依緣則起。興者，喻幼稚之君，任用大臣，乃能成其政。○蔓音萬。**童子佩觿。**觿，所以解結，成人之佩也。人君治成人之事，雖童子猶佩觿，早成其德也。○佩蒲對反。觿許規反。**雖則佩觿，能不我知。**不自謂無知，以驕慢人也。箋云：此幼稚之君，雖佩觿與，其才能實不如我衆臣之所知爲也。惠公自謂有才能而驕慢，所以見刺。○與音餘，下「佩韘與」同。**容兮遂兮，垂帶悸兮。**容儀可觀，佩玉遂遂然，垂其紳帶，悸悸然有節度。箋云：容，容刀也。遂，瑞也。言惠公佩容刀與瑞，及垂紳帶三尺，則悸悸然行止有節度，然其德不稱服。○悸其季反。稱尺證反。

○**芄蘭之葉，**箋云：葉猶支也。**童子佩韘。**韘，玦也。能射御則佩韘。箋云：韘之言沓，所以彄沓手指。○韘失涉反。彄苦侯反。**雖則佩韘，能不我甲。**甲，狎也。箋云：此君雖佩韘與，其才能實不如我衆臣之所狎習。○甲如字，徐胡甲反。**容兮遂兮，垂帶悸兮。**

芄蘭二章，章六句。

❶以，巾箱本作「之」。案：十行本疏文標起止云「箋惠公至以禮」。

❷以，巾箱本、日抄本、十行本並作「之」。

河廣，宋襄公母歸于衞，思而不止，故作是詩也。宋桓公夫人，衞文公之妹，生襄公而出。襄公即位，夫人思宋，義不可往，故作詩以自止。

○**誰謂河廣？一葦杭之。**杭，渡也。箋云：誰謂河水廣與？一葦加之，則可以渡之。喻狹也。今我之不渡，直自不往耳，非爲其廣。○葦韋鬼反。杭户郎反。與音餘，下「遠與」同。狹音洽。爲于僞反。**誰謂宋遠？跂予望之。**箋云：予，我也。誰謂宋國遠與？我跂足則可以望見之。亦喻近也。今我之不往，直以義不往耳，非爲其遠。○跂丘豉反。

○**誰謂河廣？曾不容刀。**箋云：不容刀，亦喻狹。小船曰刀。○刀如字。**誰謂宋遠？曾不崇朝。**箋云：崇，終也。行不終朝，亦喻近。

河廣二章，章四句。

伯兮，刺時也。言君子行役，爲王前驅，過時而不反焉。衛宣公之時，蔡人、衛人、陳人，從王伐鄭。伯也爲王前驅久，故家人思之。○爲于僞反，又如字，注、下「爲王」竝同。

○**伯兮朅兮，邦之桀兮。**伯，州伯也。朅，武貌。桀，特立也。箋云：伯，君子字也。桀，英桀，言賢也。○朅丘列反。桀其列反。**伯也執殳，爲王前驅。**殳，長丈二而無刃。箋云：兵車六等：軫也、戈也、人也、殳也、車戟也、酋矛也，皆以四尺爲差。○殳市朱反。長如字，又直亮反。

○**自伯之東，首如飛蓬。**婦人夫不在，無容飾。**豈無膏沐，誰適爲容。**適，主也。○適都歷反，注同。爲于僞反，或如字。

○**其雨其雨，杲杲出日。**杲杲然日復出矣。箋云：人言其雨其雨，而杲杲然日復出。猶我言伯且來，伯且來，則復不來❶。○杲古老反。出如字，沈推類反。復扶又反，下同。**願言思伯，甘心首**

疾。甘，厭也。箋云：願，念也。我念思伯，心不能已，如人心嗜欲，所貪口味，不能絶也。我憂思以生首疾。○厭於豔反，下同。憂思息嗣反。○**焉得諼草？言樹之背。**諼草令人忘憂。背，北堂也。箋云：憂以生疾，恐將危身，欲忘之。○焉於虔反。諼況爰反。背音佩，沈如字。忘亡向反，又如字。**願言思伯，使我心痗。**痗，病也。○痗音每，又音悔。

伯兮四章，章四句。

❶則，巾箱本無。案：讀詩記所引無。

有狐，刺時也。衞之男女失時，喪其妃耦焉。古者國有凶荒，則殺禮而多昏，會男女之無夫家者，所以育人民也。育，生長也。○狐音胡。喪息浪反，下注同。妃音配，下注同。殺所戒反。

○**有狐綏綏，在彼淇梁。**興也。綏綏，匹行貌。石絶水曰梁。○綏音雖。**心之憂矣，之子無裳。**之子，無室家者。在下曰裳，所以配衣也。箋云：之子，是子也。時婦人喪其妃耦，寡而憂。是子無裳，無爲作裳者，欲與爲室家。○無爲于僞反。

○**有狐綏綏，在彼淇厲。**厲，深可厲之旁❶。○厲力滯反。**心之憂矣，之子無帶。**帶，所以申束衣❷。

○**有狐綏綏，在彼淇側。心之憂矣，之子無服。**言無室家，若人無衣服。

有狐三章，章四句。

❶旁，十行本作「者」。案：讀詩記所引作「旁」。

❷申，日抄本作「紳」。案：讀詩記所引作「申」。

木瓜，美齊桓公也。衛國有狄人之敗，出處于漕，齊桓公救而封之，遺之車馬器服焉。衛人思之，欲厚報之，而作是詩也。○遺唯季反，下注同。

○**投我以木瓜，報之以瓊琚。**木瓜，楙木也，可食之木。瓊，玉之美者。琚，佩玉名。○瓊求營反。琚音居，徐音渠。楙音茂。**匪報也，永以爲好也。**箋云：匪，非也。我非敢以瓊琚爲報木瓜之惠，欲令齊長以爲玩好，結己國之恩也。○好呼報反，篇内同。

○**投我以木桃，報之以瓊瑶。**瓊瑶，美玉。**匪報也，永以爲好也。**

○**投我以木李，報之以瓊玖。**瓊玖，玉名。○玖音久。**匪報也，永以爲好也。**孔子曰：「吾於木瓜，見苞苴之禮行。」箋云：以果實相遺者，必苞苴之。尚書曰：「厥苞橘柚。」〇苴子餘反。

木瓜三章，章四句。

衞國十篇，三十四章，二百三句。

毛詩卷第三

毛詩卷第四

王黍離詁訓傳第六

國風　　鄭氏箋

黍離，閔宗周也。周大夫行役，至于宗周，過故宗廟宮室，盡爲禾黍，閔周室之顛覆，彷徨不忍去，而作是詩也。宗周，鎬京也，謂之西周。周，王城也，謂之東周。幽王之亂，而宗周滅。平王東遷，政遂微弱，下列於諸侯，其詩不能復雅，而同於國風焉。○離如字。過古卧反，又古禾反。覆芳服反。彷薄皇反。徨音皇。鎬胡老反。復扶又反。

○彼黍離離，彼稷之苗。彼，彼宗廟宮室。箋云：宗廟宮室毁壞，而其地盡爲禾黍。我以黍離離時至，稷則尚苗。**行邁靡靡，中心摇摇。**邁，行也。靡靡猶遲遲也。摇摇，憂無所愬。箋云：行，道也。道行猶行道也。○摇音遥。愬蘇路反。**知我者，謂我心憂，**箋云：知我者，知我之情。**不知我者，謂我何求。**箋云：謂我何求，怪我久留不去。**悠悠蒼天，此何人哉！**悠悠，遠意。蒼天，以體言之❶。尊而君之，則稱皇天❷。元氣廣大，則稱昊天。仁覆閔下，則稱旻天。自上降鑒❸，則稱上天。據遠視之蒼蒼然，則稱蒼天。箋云：遠乎蒼天，仰愬欲其察己言也。此亡國之君，何等人哉❹！疾之甚。

○彼黍離離，彼稷之穗。穗，秀也。詩人自黍離離，見稷之穗，故歷道其所更見。○穗音遂。更音庚。**行邁靡靡，中心如醉。**醉於憂也。**知我者，謂我心憂，不知我者，謂我何求。悠悠蒼天，此何人哉！**

○彼黍離離，彼稷之實。自黍離離，見稷之實。**行邁靡靡，中心如噎。**噎，憂不能息也。○噎於結反。**知我者，謂我心憂，不知我者，謂我何求。悠悠蒼天，此何人哉！**

黍離三章，章十句。

❶「以」下，纂圖本有「天」字。案：讀詩記所引無，十行本疏文云：「是『蒼天以體言之』也。」

❷皇，巾箱本作「昊」。案：讀詩記所引作「皇」，十行本疏文云：「皇，君也，故『尊而君之則稱皇天』也。」

❸鑒，巾箱本、日抄本並作「監」。案：讀詩記所引作「監」。

❹等，原闕，據諸本補。案：十行本疏文云：「『何等人』，猶言何物人。」

君子于役，刺平王也。君子行役無期度，大夫思其危難以風焉。○難乃旦反。風福鳳反。

○君子于役，不知其期，曷至哉？箋云：曷，何也。君子往行役❶，我不知其反期，何時當來至哉？思之甚。○曷寒末反。**雞棲于塒，日之夕矣，羊牛下來。**鑿牆而棲曰塒。箋云：雞之將棲，日則夕矣，牛羊從下牧地而來❷。言畜産出入，尚使有期節，至於行役者，乃反不也❸。○棲音西。塒如字，玉篇持理反。鑿在各反。畜許又反。**君子于役，如之何勿思。**箋云：行役多危難，我誠思之。

○君子于役，不日不月，曷其有佸？佸，會也。箋云：行役反無日月，何時而有來會期？○佸户括反，説文口活反。**雞棲于桀，日之夕矣，羊牛下括。**雞棲于杙爲桀。括，至也。○括古活反。杙羊職反。**君子于役，苟無飢渴。**箋云：苟，且也。且得無飢渴，憂其飢渴也。

君子于役二章，章八句。

❶「子」下，十行本有「于」字。

❷牛羊，十行本作「羊牛」。

❸乃反不也，監圖本、纂圖本並作「乃不反也」，日抄本作「乃反不來也」。案：讀詩記所引作「乃反不也」。

君子陽陽，閔周也。君子遭亂，相招爲禄仕，全身遠害而已。禄仕者，苟得禄而已，不求道行。○[遠]于萬反。

○君子陽陽，左執簧，右招我由房。陽陽，無所用其心也。簧，笙也。由，用也。國君有房中之樂。箋云：由，從也。君子禄仕在樂官，左手持笙，右手招我，欲使我從之於房中，俱在樂官也。我者，君子之友自謂也，時在位有官職也。○[簧]音皇。**其樂只且。**箋云：君子遭亂，道不行，其且樂此而已。○[樂]音洛。[且]子徐反，又七也反。

○君子陶陶，左執翿，右招我由敖。陶陶，和樂貌。翿，纛也，翳也。箋云：陶陶猶陽陽也。翳，舞者所持，謂羽舞也。君子左手持羽，右手招我，欲使我從之於燕舞之位，亦俱在樂官也。○[陶]音遥。[翿]徒刀反。[敖]五刀反。[纛]徒報反，沈徒老反。[翳]於計反。**其樂只且。**

君子陽陽二章，章四句。

揚之水，刺平王也。不撫其民，而遠屯戍于母家，周人怨思焉。怨平王恩澤不行於民，而久令屯戍不得歸，思其鄉里之處者。言周人者，時諸侯亦有使人戍焉。平王母家申國，在陳、鄭之南，迫近彊楚，王室微弱而數見侵伐，王是以戍之。○[屯]徒門反。[戍]束遇反。[思]如字，沈息嗣反。[令]力呈反。[近]附近之近，或如字。[數]音朔。

○揚之水，不流束薪。興也。揚，激揚也。箋云：激揚之水至湍迅，而不能流移束薪。興者，喻平王政教煩急，而恩澤之令不行于下民。○薪音新。激經歷反。湍吐端反。迅音信，又蘇俊反。**彼其之子，不與我戍申。**戍，守也。申，姜姓之國，平王之舅。箋云：之子，是子也。彼其是子，獨處鄉里，不與我來守申，是思之言也。其，或作記，或作己，讀聲相似。○其音記，詩內皆放此。**懷哉懷哉，曷月予還歸哉？**箋云：懷，安也。思鄉里處者，故曰：「今亦安不哉，安不哉，何月我得還歸見之哉？」思之甚。

○揚之水，不流束楚。楚，木也。**彼其之子，不與我戍甫。**甫，諸姜也。**懷哉懷哉，曷月予還歸哉？**

○揚之水，不流束蒲。蒲，草也。箋云：蒲，蒲柳。○蒲如字。**彼其之子，不與我戍許。**許，諸姜也。**懷哉懷哉，曷月予還歸哉？**

揚之水三章，章六句。

中谷有蓷，閔周也。**夫婦日以衰薄，凶年饑饉，室家相棄爾。**○蓷吐雷反。饑居希反。饉音覲。

○中谷有蓷，暵其乾矣。興也。蓷，鵻也。暵，菸貌。陸草生於谷中，傷於水。箋云：興者，喻人居平安之世，猶鵻之生於陸，自然也，遇衰亂凶年，猶鵻之生谷中，得水則病將死。○暵呼但反，徐音漢。鵻音追。菸於據反。**有女仳離，嘅其嘆矣。**仳，别也。箋云：有女遇凶年而見棄，與其君子别離，嘅然而嘆，傷己見棄，其恩薄。○仳匹指反，徐符鄙反，又敷姊反。嘅口愛反。嘆吐丹反。**嘅其嘆矣，遇人之艱難矣。**艱，亦難也。箋云：所以嘅然而嘆者，自傷遇君子之窮厄。

○中谷有蓷，暵其脩矣。脩，且乾也❶。**有女仳離，條其歗矣。**條條然歗也。○歗蘇弔反。**條其歗矣，遇人之不淑矣。**箋云：淑，善也。君子於己不善也。

○中谷有蓷，暵其濕矣。鵻遇水則濕。箋云：鵻之傷於水，始則濕，中而脩，久而乾，有似君子於己之恩，徒用凶年深淺爲薄厚❷。○徒如字，沈云：「當作從。」**有女仳離，啜其泣矣。**啜，泣貌。○啜張劣反。**啜其泣矣，何嗟及矣。**箋云：及，與也。泣者，傷其君子棄己。嗟乎，將復何與爲室家乎？此其有餘厚於君子也。○復扶又反。

中谷有蓷三章，章六句。

❶脩且乾也，巾箱本無。
❷薄厚，巾箱本、監圖本、纂圖本、十行本並作「厚薄」。案：十行本疏文標起止「箋鵻之薄厚」，又云：「故云『徒用凶年深淺爲薄厚』」。

兔爰，閔周也。桓王失信，諸侯背叛，構怨連禍，王師傷敗，君子不樂其生焉。不樂其生者，寐不欲覺之謂也。○背音佩。樂岳、洛二音。覺古孝反，下同。

○有兔爰爰，雉離于羅。興也。爰爰，緩意。鳥網爲羅。言爲政有緩有急，用心之不均。箋云：有緩者，有所聽縱也。有急者，有所躁蹙也。○躁七刀反，沈七感反。蹙子六反。**我生之初，尚無爲。**尚無成人爲也。箋云：尚，庶幾也。言我幼稚之時，庶幾於無所爲。謂軍役之事也。**我生之後，逢此百罹，尚寐無吪。**罹，憂。吪，動也。箋云：我長大之後，乃遇此軍役之多憂，今但庶幾於寐，不欲見動。無所樂生之甚。○罹力知反。吪五戈反。長張丈反。大代賀反。

○有兔爰爰，雉離于罦。罦，覆車也。○罦音孚。覆芳服反。車赤奢反。**我生之初，尚無造。**造，爲也❶。**我生之後，逢此百憂，尚寐無覺。**

○有兔爰爰，雉離于罿。罿，罬也。○罿昌鍾反，又上凶反。罬張劣反，爾雅：謂之罦，覆車也。**我生之初，尚無庸。**庸，用也。箋云：庸，勞也。**我生之後，逢此百凶，尚寐無聰。**聰，聞也。箋云：百凶者，王構怨連禍之凶❷。

兔爰三章，章七句。

❶爲，十行本作「僞」。案：讀詩記所引作「爲」。

❷王，纂圖本作「士」。案：序云：「桓王失信，諸侯背叛，構怨連禍，王師傷敗，君子不樂其生焉。」

葛藟，王族刺平王也。周室道衰，棄其九族焉。九族者，據己上至高祖，下及玄孫之親。○藟力軌反，藟似葛，廣雅云：「藟，藤也。」

○緜緜葛藟，在河之滸。興也。緜緜，長不絶之貌。水厓曰滸。箋云：葛也，藟也，生於河之厓，得其潤澤，以長大而不絶。興者，喻王之同姓，得王之恩施，以生長其子孫。○滸呼五反。長張丈反，下同。厓魚佳反。施始豉反，下同。**終遠兄弟，謂他人父。**兄弟之道，已相遠矣。箋云：兄弟猶言族親也。王寡於恩施，今已遠棄族親矣。是我謂他人爲己父，族人尚親親之辭。○遠于萬反，又如字，下同。**謂他人父，亦莫我顧。**箋云：謂他人爲己父，無恩於我，亦無顧眷我之意。

○緜緜葛藟，在河之涘。涘，厓也。○涘音俟。**終遠兄弟，謂他人母。**王又無母恩。**謂他人母，亦莫我有。**箋云：有，識有也。

○緜緜葛藟，在河之漘。漘，水隒也。○漘順春反。隒魚檢反。**終遠兄弟，謂他人昆。**昆，兄也。**謂他人昆，亦莫我聞。**箋云：不與我相聞命也。

葛藟三章，章六句。

采葛，懼讒也。桓王之時，政事不明，臣無大小，使出者則爲讒人所毁❶，故懼之。○使所吏反，下竝同。

彼采葛兮，一日不見，如三月兮。興也。葛，所以爲絺綌也。事雖小，一日不見於君，憂懼於讒矣。箋云：興者，以采葛喻臣以小事使出。

彼采蕭兮，一日不見，如三秋兮。蕭，所以共祭祀。箋云：彼采蕭者，喻臣以大事使出。○共音恭。

彼采艾兮，一日不見，如三歲兮。艾，所以療疾。箋云：彼采艾者，喻臣以急事使出。○艾五蓋反。

采葛三章，章三句。

❶出者，巾箱本互倒。

大車，刺周大夫也。禮義陵遲，男女淫奔，故陳古以刺今大夫，不能聽男女之訟焉。

大車檻檻，毳衣如菼。大車，大夫之車。檻檻，車行聲也。毳衣，大夫之服。菼，騅也，蘆之初生者也。天子大夫四命，其出封五命，如子男之服。乘其大車檻檻然，服毳冕以決訟。箋云：菼，薍也。古者天子大夫，服毳冕以巡行邦國，而決男女之訟，則是子男入爲大夫者。毳衣之屬，衣繢而裳繡，皆有五色焉，其青者如騅。○[檻]胡覽反。[毳]尺鋭反。[菼]吐敢反。[騅]音追。[蘆]力吳反。[薍]五患反。[續]胡妹反。**豈不爾思？畏子不敢。**畏子大夫之政，終不敢。箋云：此二句者，古之欲淫奔者之辭。我豈不思與女以爲無禮與？畏子大夫來聽訟，將罪我，故不敢也。子者，稱所尊敬之辭。○[與]音餘。

○**大車啍啍，毳衣如璊。**啍啍，重遲之貌❶。璊，赬也。○[啍]他敦反，徐徒孫反。[璊]音門。[赬]勑貞反。**豈不爾思？畏子不奔。**

○**穀則異室，死則同穴。謂予不信，有如皦日。**穀，生。皦，白也。生在於室則外內異❷，死則神合同爲一也。箋云：穴，謂冢壙中也。此章言古之大夫聽訟之政，非但不敢淫奔，乃使夫婦之禮有別，今之大夫不能然，反謂我言不信，我言之信，如白日也。刺其闇於古禮。○[皦]古了反。[壙]苦晃反。

大車三章，章四句。

❶「貌」下，日抄本有「毳輕也」三字。案：讀詩記所引無。
❷外內，纂圖本互倒。案：要義所引作「外內」。

丘中有麻，思賢也。莊王不明，賢人放逐，國人思之，而作是詩也。思之者，思其來，己得見之。

○**丘中有麻，彼留子嗟。**留，大夫氏。子嗟，字也。丘中墝埆之處，盡有麻麥草木，乃彼子嗟之所治。箋云：子嗟放逐於朝，去治卑賤之職而有功，所在則治理，所以爲賢。○墝苦交反。埆苦角反，又音學。**彼留子嗟，將其來施施。**施施，難進之意。箋云：施施，舒行伺閒，獨來見己之貌。○將毛如字，鄭七良反，下同。施如字。伺音司。閒音閑，又如字。

○丘中有麥，彼留子國。子國，子嗟父。箋云：言子國使丘中有麥。著其世賢。**彼留子國，將其來食。**子國復來，我乃得食。箋云：言其將來食，庶其親己，己得厚待之。○食如字，鄭音嗣。

○丘中有李，彼留之子。箋云：丘中而有李，又留氏之子所治。**彼留之子，貽我佩玖。**玖，石次玉者。言能遺我美寶。箋云：留氏之子，於思者則朋友之子，庶其敬己而遺己也。○貽音怡。玖音久，説文紀又反。遺唯季反。

丘中有麻三章，章四句。

王國十篇，二十八章，百六十二句。

鄭緇衣詁訓傳第七

國風　鄭氏箋

緇衣，美武公也。父子竝爲周司徒，善於其職，國人宜之，故美其德，以明有國善善

之功焉。父，謂武公父桓公也。司徒之職，掌十二教。善善者，治之有功也。鄭國之人，皆謂桓公、武公居司徒之官，正得其宜。○緇側基反。

○緇衣之宜兮，敝予又改爲兮。緇，黑色。卿士聽朝之正服也。改，更也。有德君子，宜世居卿士之位焉。箋云：緇衣者，居私朝之服也。天子之朝服，皮弁服也。○敝符世反。適子之館兮，還予授子之粲兮。適，之。館，舍。粲，餐也。諸侯入爲天子卿士，受采禄。箋云：卿士所之之館，在天子之宫，如今之諸廬也。自館還在采地之都，我則設餐以授之。愛之欲飲食之。○館古翫反。粲七旦反。飲於鴆反。食音嗣。

○緇衣之好兮，敝予又改造兮。好猶宜也。箋云：造，爲也。適子之館兮，還予授子之粲兮。

○緇衣之蓆兮，敝予又改作兮。蓆，大也。箋云：作，爲也。○蓆音席。適子之館兮，還予授子之粲兮。

緇衣三章，章四句。

將仲子，刺莊公也。不勝其母，以害其弟，弟叔失道而公弗制，祭仲諫而公弗聽，小

不忍，以致大亂焉。莊公之母，謂武姜，生莊公及弟叔段，段好勇而無禮，公不早爲之所，而使驕慢。○將七羊反，下同。勝音升。祭側界反，後放此。聽吐丁反。好呼報反。

○**將仲子兮，無踰我里，無折我樹杞。**將，請也。仲子，祭仲也。踰，越。里，居也。二十五家爲里。杞，木名也。折言傷害也。箋云：祭仲驟諫，莊公不能用其言，故言請，固距之❶。無踰我里，喻言無干我親戚也。無折我樹杞，喻言無傷害我兄弟也。仲初諫曰：「君將與之，臣請事之，君若不與，臣請除之。」○折之舌反，下同。杞音起。**豈敢愛之？畏我父母。**箋云：段將爲害，我豈敢愛之而不誅與？以父母之故，故不爲也。○將如字。與音餘。**仲可懷也，父母之言，亦可畏也。**箋云：懷私曰懷。言仲子之言可私懷也，我迫於父母有言，不得從也。

○**將仲子兮，無踰我牆，無折我樹桑。**牆，垣也。桑，木之衆也。○垣音袁。**豈敢愛之？畏我諸兄。**諸兄，公族。**仲可懷也，諸兄之言，亦可畏也。**

○**將仲子兮，無踰我園，無折我樹檀。**園，所以樹木也。檀，彊忍之木❷。○檀徒丹反。**豈敢愛之？畏人之多言。仲可懷也，人之多言，亦可畏也。**

將仲子三章，章八句。

❶距，巾箱本、監圖本、纂圖本並作「拒」。案：要義所引作「距」。

❷忍，十行本作「靭」。案：讀詩記所引作「忍」。

叔于田，刺莊公也。叔處于京，繕甲治兵，以出于田，國人説而歸之。繕之言善也。甲，鎧也。○繕市戰反。説音悦。鎧苦愛反。

○叔于田，巷無居人。叔，大叔段也。田，取禽也。巷，里塗也。箋云：叔往田，國人注心于叔，似如無人處。○大音泰，後放此。豈無居人？不如叔也，洵美且仁。箋云：洵，信也。言叔信美好而又仁。○洵蘇遵反。

○叔于狩，巷無飲酒。冬獵曰狩。箋云：飲酒，謂燕飲也。○狩守又反。豈無飲酒？不如叔也，洵美且好。

○叔適野，巷無服馬。箋云：適，之也。郊外曰野。服馬猶乘馬也。豈無服馬？不如叔也，洵美且武。箋云：武，有武節。

叔于田三章，章五句。

大叔于田，刺莊公也。叔多才而好勇，不義而得衆也。

○大叔于田，乘乘馬。叔之從公田也。○乘乘上如字，下繩證反，後同。執轡如組，兩驂如舞。

驂之與服，和諧中節。箋云：如組者，如織組之爲也。在旁曰驂。○組音祖。**叔在藪，火烈具舉。**藪，澤，禽之府也。烈，列。具，俱也。箋云：列人持火俱舉，言衆同心。○藪素口反。**襢裼暴虎，獻于公所。**襢裼，肉袒也。暴虎，空手以搏之。箋云：獻于公所，進於君也。○襢音但。裼素歷反。搏音博。**將叔無狃，戒其傷女。**狃，習也。箋云：狃，復也。請叔無復者，愛也。○將七羊反，請也。狃女九反。

○**叔于田，乘乘黄。**四馬皆黄。**兩服上襄，兩驂鴈行。**箋云：兩服，中央夾轅者。襄，駕也。上駕者，言爲衆馬之最良也。鴈行者，言與中服相次序。○上襄竝如字。行户郎反。**叔在藪，火烈具揚。**揚，揚光也。**叔善射忌，又良御忌。**忌，辭也。箋云：良亦善也。忌讀如「彼己之子」之「己」。○忌音記，下同。**抑磬控忌，抑縱送忌。**騁馬曰磬，止馬曰控。發矢曰縱，從禽曰送。○磬苦定反。控口貢反。騁勑領反。

○**叔于田，乘乘鴇。**驪白雜毛曰鴇。○鴇音保。驪力馳反。**兩服齊首，**馬首齊也。**兩驂如手。**進止如御者之手。箋云：如人左右手之相佐助也。**叔在藪，火烈具阜。**阜，盛也。**叔馬慢忌，叔發罕忌。**慢，遲。罕，希也。箋云：田事且畢，則其馬行遲，發矢希。○慢作嫚，莫晏反。**抑釋掤忌，抑鬯弓忌。**掤所以覆矢。鬯弓，弢弓。箋云：射者蓋矢弢弓，言田事畢。○掤音冰。鬯勑亮反。弢吐刀反。

大叔于田三章，章十句。

清人，刺文公也。高克好利，而不顧其君，文公惡而欲遠之，不能，使高克將兵，而禦狄于竟，陳其師旅，翺翔河上，久而不召，衆散而歸，高克奔陳。公子素，惡高克進之不以禮，文公退之不以道，危國亡師之本，故作是詩也。好利不顧其君，注心於利也。禦狄于竟，時狄侵衛。○好呼報反。惡烏路反。遠于萬反。將子亮反。翺五羔反。

○清人在彭，駟介旁旁。清，邑也。彭，衛之河上，鄭之郊也。介，甲也。箋云：清者，高克所帥衆之邑也。駟，四馬也。○旁補彭反。二矛重英，河上乎翺翔。重英，矛有英飾也。箋云：二矛，酋矛、夷矛也，各有畫飾。○矛莫侯反。英如字，沈於耕反。酋在由反。

○清人在消，駟介麃麃。消，河上地也。麃麃，武貌。○麃表驕反。二矛重喬，河上乎逍遥。重喬，累荷也。箋云：喬，矛矜近上及室題，所以縣毛羽。○喬毛音橋，鄭居橋反，雉名。

○清人在軸，駟介陶陶。軸，河上地也。陶陶，驅馳之貌。○軸音逐。陶徒報反。左旋右抽，中軍作好。左旋，講兵。右抽，抽矢以射。居軍中爲容好。箋云：左，左人，謂御者。右，車右也。中軍，謂將也。高克之爲將，久不得歸，日使其御者習旋車，車右抽刃，自居中央，爲軍之容好而已。兵車之法，將居鼓下，故御者在左。○抽勑由反。好呼報反。

清人三章，章四句。

羔裘，刺朝也。言古之君子，以風其朝焉。言猶道也。鄭自莊公而賢者陵遲，朝無忠正之臣，故刺之。○朝直遥反。風福鳳反。

○羔裘如濡，洵直且侯。如濡，潤澤也。洵，均。侯，君也。箋云：緇衣羔裘，諸侯之朝服也。言古朝廷之臣，皆忠直且君也。君者，言正其衣冠，尊其瞻視，儼然人望而畏之。○濡音儒。**彼其之子，舍命不渝。**渝，變也。箋云：舍猶處也。之子，是子也。是子處命不變，謂守死善道，見危授命之等。○舍音赦，沈書者反。渝以朱反。

○羔裘豹飾，孔武有力。豹飾，緣以豹皮也。孔，甚也。○緣悦絹反。**彼其之子，邦之司直。**司，主也。

○羔裘晏兮，三英粲兮。晏，鮮盛貌。三英，三德也。箋云：三德，剛克、柔克、正直也。粲，衆意。○晏於諫反。粲采旦反。**彼其之子，邦之彦兮。**彦，士之美稱。○稱尺證反。

羔裘三章，章四句。

遵大路，思君子也。莊公失道，君子去之，國人思望焉。

○遵大路兮，摻執子之袪兮。遵，循。路，道。摻，擥。袪，袂也。箋云：思望君子，於道中見之，則欲擥持其袂而留之。○摻所覽反，徐所斬反。袪起居反，又起據反。擥音覽。無我惡兮，不寁故也。寁，速也。箋云：子無惡我擥持子之袂，我乃以莊公不速於先君之道，使我然。○惡烏路反。寁市坎反。

○遵大路兮，摻執子之手兮。箋云：言執手者，思望之甚。無我䰡兮，不寁好也。䰡，棄也。箋云：䰡亦惡也。好猶善也。子無惡我，我乃以莊公不速於善道，使我然。○䰡市由反，鄭音醜。好如字，或呼報反。

遵大路二章，章四句。

女曰雞鳴，刺不說德也。陳古義以刺今，不說德而好色也。德，謂士大夫賓客有德者。○說音悦。好呼報反。

○女曰雞鳴，士曰昧旦。箋云：此夫婦相警覺以夙興，言不留色也。○昧音妹。子興視夜，明星有爛。言小星已不見也。箋云：明星尚爛爛然，早於别色時。○爛力旦反。將翺將翔，弋鳧與

鴈。閒於政事，則翺翔習射。箋云：弋，繳射也。言無事則往弋射鳧鴈，以待賓客，爲燕具。○弋羊職反。鳧音符。閒音閑。繳音灼。

○弋言加之，與子宜之。宜，肴也。箋云：言，我也。子，謂賓客也。所弋之鳧鴈，我以爲加豆之實，與君子共肴也。**宜言飲酒，與子偕老。**箋云：宜乎我燕樂賓客而飲酒，與之俱至老。親愛之言也。○偕音皆。**琴瑟在御，莫不靜好。**君子無故，不徹琴瑟。賓主和樂，無不安好。

○知子之來之，雜佩以贈之。雜佩者，珩、璜、琚、瑀、衝牙之類。箋云：贈，送也。我若知子之必來，我則豫儲雜佩，去則以送子也。與異國賓客燕時，雖無此物，猶言之以致其厚意。其若有之，固將行之。士大夫以君命出使，主國之臣❶，必以燕禮樂之，助君之歡。○珩音衡，佩上玉也。璜音黃，半璧曰璜。琚音居，佩玉名。瑀音禹，石次玉也。衝昌容反，狀如牙。**知子之順之，雜佩以問之。**問，遺也。箋云：順，謂與己和順。○遺尹季反。**知子之好之，雜佩以報之。**箋云：好，謂與己同好。○好呼報反。

女曰雞鳴三章，章六句。

❶主，監圖本作「王」。案：要義所引作「主」，單疏本疏文云：「士大夫以君命出使他國，主國之臣，必以燕禮樂之。」

有女同車，刺忽也。鄭人刺忽之不昏于齊，大子忽嘗有功于齊，齊侯請妻之，齊女賢而不取，卒以無大國之助，至於見逐，故國人刺之。忽，鄭莊公世子❶。祭仲逐之而立突。○大子，音泰。妻七計反。取如字，又促句反。

○有女同車，顏如舜華。親迎同車也。舜，木槿也。箋云：鄭人刺忽不取齊女，親迎與之同車，故稱同車之禮，齊女之美。○舜尸順反。華胡瓜反，又音花。迎魚敬反。**將翱將翔，佩玉瓊琚。**佩有琚瑀❷，所以納閒。**彼美孟姜，洵美且都。**孟姜，齊之長女❸。都，閑也。箋云：洵，信也。言孟姜信美好，且閑習婦禮❹。○洵恤旬反。

○有女同行，顏如舜英。行，行道❺。英猶華也。箋云：女始乘車，壻御輪三周，御者代壻。○壻音細。**將翱將翔，佩玉將將。**將將，鳴玉而後行。○將七羊反，玉佩聲。**彼美孟姜，德音不忘。**箋云：不忘者，後世傳道其德也❻。

有女同車二章，章六句。

❶莊，十行本作「太」。案：讀詩記所引作「莊」。
❷琚，原作「珺」，據諸本改。案：讀詩記所引作「瓊」。
❸之，巾箱本、日抄本並無。
❹且，巾箱本、日抄本並作「又」。

❺「道」下，巾箱本、監圖本、日抄本、十行本並有「也」字。

❻道其，十行本互倒。

山有扶蘇，刺忽也。所美非美然。言忽所美之人，實非美人。○蘇如字，徐音疎。

○**山有扶蘇，隰有荷華。**興也。扶蘇，扶胥，小木也。荷華，扶渠也，其華菡萏。言高下大小各得其宜也。箋云：興者，扶胥之木生于山，喻忽置不正之人于上位也。荷華生于隰，喻忽置有美德者于下位。此言其用臣顛倒失其所也。○菡户感反。萏度感反，荷華未開曰菡萏。**不見子都，乃見狂且。**子都，世之美好者也。狂，狂人也。且，辭也。箋云：人之好美色，不往覩子都，乃反往覩狂醜之人。以興忽好善，不任用賢者，反任用小人，其意同。○且子餘反。好美色，呼報反，下同。

○**山有橋松**❶**，隰有游龍。**松，木也。龍，紅草也。箋云：游龍猶放縱也。橋松在山上，喻忽無恩澤於大臣也。紅草放縱支葉於隰中❷，喻忽聽恣小臣。此又言養臣顛倒失其所也。○橋其驕反，高也，鄭苦老反，枯也。**不見子充，乃見狡童。**子充，良人也。狡童，昭公也。箋云：人之好忠良之人，不往覩子充，乃反往覩狡童。狡童，有貌而無實。○狡古卯反。

山有扶蘇二章，章四句。

❶橋，日抄本、十行本並作「喬」。下傳文同。案：敦煌殘卷伯二五二九號作「橋」，要義所引、讀詩記所

引並同。釋文出音「有橋」，注云：「本亦作喬。」

❷支，監圖本、纂圖本、十行本並作「枝」。案：要義所引作「枝」。

蘀兮，刺忽也。君弱臣强，不倡而和也。不倡而和，君臣各失其禮，不相倡和。○蘀他洛反。倡昌亮反。和胡卧反，下同。

○蘀兮蘀兮，風其吹女。興也。蘀，槁也。人臣待君倡而後和。箋云：槁，謂木葉也。木葉槁，待風乃落。興者，風喻號令也，喻君有政教，臣乃行之。言此者，刺今不然。○女忍與反。**叔兮伯兮，倡予和女。**叔伯，言羣臣長幼也。君倡臣和也。箋云：叔伯，羣臣相謂也。羣臣無其君而行，自以强弱相服，女倡矣，我則將和之。言此者，刺其自專也。叔伯，兄弟之稱。○稱尺證反。

○蘀兮蘀兮，風其漂女。漂猶吹也。○漂匹遥反。**叔兮伯兮，倡予要女。**要，成也。○要於遥反。

蘀兮二章，章四句。

狡童，刺忽也。不能與賢人圖事，權臣擅命也。權臣擅命，祭仲專也。○擅善戰反。

○彼狡童兮，不與我言兮。昭公有壯狡之志。箋云：不與我言者，賢者欲與忽圖國之政事，而忽不能受之，故云然。**維子之故，使我不能餐兮。**憂懼不遑餐也。○餐七丹反。

○彼狡童兮，不與我食兮。不與賢人共食禄。**維子之故，使我不能息兮。**憂不能息也。

狡童二章，章四句。

褰裳，思見正也。狂童恣行，國人思大國之正己也。狂童恣行，謂突與忽爭國，更出更入，而無大國正之。○褰起連反。恣資利反。行下孟反。更音庚。

○子惠思我，褰裳涉溱。惠，愛也。溱，水名也。箋云：子者，斥大國之正卿。子若愛而思我，我國有突篡國之事，而可征而正之，我則揭衣渡溱水，往告難也。○溱側巾反。篡初患反。揭欺例反，又起列反。**子不我思，豈無他人？**箋云：言他人者，先鄉齊、晉、宋、衞，後之荆楚。○鄉香亮反。**狂童之狂也且。**狂行童昏所化也。箋云：狂童之人，日爲狂行，故使我言此也。○且子餘反，下同。

○子惠思我，褰裳涉洧。洧，水名也。○洧于軌反。**子不我思，豈無他士？**士，事也。箋云：他士猶他人也。大國之卿，當天子之上士。**狂童之狂也且。**

褰裳二章，章五句。

丰，刺亂也。昏姻之道缺，陽倡而陰不和，男行而女不隨。昏姻之道，謂嫁取之禮。○丰芳凶反。倡昌亮反。和胡卧反。

○子之丰兮，俟我乎巷兮。丰，豐滿也。巷，門外也。箋云：子，謂親迎者。我，我將嫁者。有親迎我者，面貌丰丰然豐滿，善人也，出門而待我於巷中。○迎魚敬反，下同。**悔予不送兮！**時有違而不至者。箋云：悔乎我不送是子而去也。時不送，則爲異人之色，後不得耦而思之❶。○爲于僞反。

○子之昌兮，俟我乎堂兮。昌，盛壯貌。箋云：堂當爲棖。棖，門梱上木近邊者。○堂如字，門堂也，鄭改作棖，直庚反。梱苦本反。**悔予不將兮！**將，行也。箋云：將亦送也。

○衣錦褧衣，裳錦褧裳。衣錦褧裳，嫁者之服。箋云：褧，禪也，蓋以禪縠爲之。中衣裳用錦，而上加禪縠焉，爲其文之大著也。庶人之妻嫁服也。士妻，紂衣纁袡。○衣錦，如字，或於記反，下章放此。褧苦迥反。禪音丹。縠户木反。紂側基反。纁許云反。袡如鹽反。**叔兮伯兮，駕予與行。**叔伯，迎己者。箋云：言此者，以前之悔。今則叔也伯也來迎己者從之，志又易也。○易以豉反。

○裳錦褧裳，衣錦褧衣。叔兮伯兮，駕予與歸。

丰四章，二章章三句，二章章四句。

❶「而」下，日抄本有「更」字。

東門之墠，刺亂也。男女有不待禮而相奔者也。○墠音善。

○東門之墠，茹藘在阪。東門，城東門也。墠，除地町町者。茹藘，茅蒐也。男女之際，近而易，則如東門之墠，遠而難，則如茹藘在阪❶。箋云：城東門之外有墠，墠邊有阪，茅蒐生焉。茅蒐之爲難淺矣，易越而出。此女欲奔男之辭。○茹音如。藘力於反，後篇同。阪音反，又符板反。町吐鼎反，又徒冷反。蒐所留反。其室則邇，其人甚遠。邇，近也。得禮則近，不得禮則遠。箋云：其室則近，謂所欲奔男之家。望其來迎己而不來，則爲遠。

○東門之栗，有踐家室。栗，行上栗也。踐，淺也。箋云：栗而在淺家室之内，言易竊取❷。栗，人所啗食而甘耆❸，故女以自喻也。○行如字，道也。啗徒覽反。耆常志反。豈不爾思？子不我即。即，就也。箋云：我豈不思望女乎？女不就迎我而俱去耳。

東門之墠二章，章四句。

❶如，監圖本、纂圖本、十行本並無。案：要義所引有，單疏本疏文云：「遠而難，則如茹藘在阪也。」

❷竊，巾箱本作「切」。

❸耆，巾箱本作「嗜」。

風雨，思君子也。亂世則思君子不改其度焉。

○風雨淒淒，雞鳴喈喈。興也。風且雨，淒淒然。雞猶守時而鳴，喈喈然。箋云：興者，喻君子雖居亂世，不變改其節度。○淒七西反。喈音皆。既見君子，云胡不夷？胡，何。夷，説也。箋云：思而見之，云何而心不説？説音悦。

○風雨瀟瀟，雞鳴膠膠。瀟瀟，暴疾也。膠膠猶喈喈也。○瀟音蕭。膠音交。既見君子，云胡不瘳？瘳，愈也。○瘳勑留反。

○風雨如晦，雞鳴不已。晦，昏也。箋云：已，止也。雞不爲如晦而止不鳴。既見君子，云胡不喜？

風雨三章，章四句。

子衿，刺學校廢也。亂世則學校不脩焉。鄭國謂學爲校，言可以校正道藝。○衿音金。校乎孝反，沈音教。校正，音教。

○青青子衿，悠悠我心。青衿，青領也，學子之所服。箋云：學子而俱在學校之中，己留彼去，故隨而思之耳。禮，父母在，衣純以青。○青如字。純章允反，又之閏反。縱我不往，子寧不嗣音？

嗣，習也。古者教以詩樂，誦之歌之，絃之舞之。箋云：嗣，續也。女曾不傳聲問我。以恩責其忘己。

○青青子佩，悠悠我思。佩，佩玉也。士佩瓀珉而青組綬。○瓀如兗反。珉亡巾反。組音祖。**縱我不往，子寧不來？**不來者，言不一來也。

○挑兮達兮，在城闕兮。挑達，往來相見貌。乘城而見闕。箋云：國亂，人廢學業，但好登高，見於城闕，以候望爲樂。○挑他羔反，又勑彫反。達他末反。好呼報反。**一日不見，如三月兮。**言禮樂不可一日而廢。箋云：君子之學，以文會友，以友輔仁，獨學而無友，則孤陋而寡聞，故思之甚。

子衿三章，章四句。

揚之水，閔無臣也。君子閔忽之無忠臣良士，終以死亡，而作是詩也。

○揚之水，不流束楚？揚，激揚也。激揚之水，可謂不能流漂束楚乎？箋云：激揚之水，喻忽政教亂促。不流束楚，言其政不行於臣下。○漂匹妙反。**終鮮兄弟，維予與女。**箋云：鮮，寡也。忽兄弟爭國，親戚相疑，後竟寡於兄弟之恩，獨我與女有耳。作此詩者❶，同姓臣也。○鮮息淺反，下同。**無信人之言，人實迋女。**迋，誑也。○迋求往反，徐居望反。

○揚之水，不流束薪？終鮮兄弟，維予二人。二人同心也。箋云：二人者，我身與女忽。**無信人之言，人實不信。**

揚之水二章，章六句。

❶此，日抄本作「是」。

出其東門，閔亂也。公子五爭，兵革不息，男女相棄，民人思保其室家焉。公子五爭者，謂突再也❶，忽、子亹、子儀各一也。○爭爭鬭之爭。亹亡匪反，又音尾，莊公子。

○**出其東門，有女如雲。**如雲，衆多也。箋云：有女，謂諸見棄者也。如雲者，如雲從風❷，東西南北，心無有定。**雖則如雲，匪我思存。**思不存乎相救急。箋云：匪，非也。此如雲者，皆非我思所存也。○思如字，沈息嗣反。**縞衣綦巾，聊樂我員。**縞衣，白色，男服也。綦巾，蒼艾色，女服也。願室家得相樂也。箋云：縞衣綦巾，所爲作者之妻服也。時亦棄之，迫兵革之難，不能相畜，心不忍絶，故言且留樂我員。此思保其室家，窮困不得有其妻，而以衣巾言之，恩不忍斥之。綦，綦文也。○縞古老反，又古報反。綦巨基反。樂音洛，一音岳。員音云。

○**出其闉闍，有女如荼。**闉，曲城也。闍，城臺也。荼，英荼也。言皆喪服也。箋云：闍讀當如「彼都人士」之「都」，謂國外曲城之中市里也。荼，茅秀❸，物之輕者，飛行無常。○闉音因。闍音都，徐止奢反。荼音徒。**雖則如荼，匪我思且。**箋云：匪我思且，猶非我思存也。○且音徂，舊子徐反。**縞衣茹藘，聊可與娛。**茹藘，茅蒐之染女服也。娛，樂也。箋云：茅蒐，染巾也。聊可與娛，且可留與我爲樂。心欲留之言也。

出其東門二章，章六句。

❶謂，巾箱本無。

❷雲，十行本作「其」。

❸莠，巾箱本、監圖本、十行本並作「秀」。案：要義所引、讀詩記所引並作「秀」。

野有蔓草，思遇時也。君之澤不下流，民窮於兵革❶，男女失時，思不期而會焉。不期而會，謂不相與期而自俱會。○蔓音萬。

○野有蔓草，零露漙兮。興也。野，四郊之外。蔓，延也。漙漙然盛多也。箋云：零，落也。蔓草而有露，謂仲春之時，草始生，霜爲露也。周禮，仲春之月，令會男女之無夫家者。○漙徒端反。**有美一人，清揚婉兮。**清揚，眉目之間婉然美也。**邂逅相遇，適我願兮。**邂逅，不期而會，適其時願。○婉於阮反。邂户懈反。逅胡豆反。

○野有蔓草，零露瀼瀼。瀼瀼，盛貌。○瀼如羊反，徐乃剛反。**有美一人，婉如清揚。邂逅相遇，與子偕臧。**臧，善也。

野有蔓草二章，章六句。

❶兵革，巾箱本作「蔓草」。案：敦煌殘卷伯二五二九號作「兵革」，讀詩記所引同，單疏本疏文云：「國内之民，皆窮困於兵革之事。」

溱洧，刺亂也。兵革不息，男女相棄，淫風大行，莫之能救焉。救猶止也。亂者，士與女合會溱、洧之上。○溱洧上側巾反，下于軌反。

○溱與洧，方渙渙兮。溱、洧，鄭兩水名。渙渙，春水盛也。箋云：仲春之時，冰以釋，水則渙渙然。○渙呼亂反。**士與女，方秉蕑兮。**蕑，蘭也。箋云：男女相弃，各無匹耦，感春氣，竝出，託采芬香之草，而爲淫泆之行。○蕑古顔反。泆音逸。行下孟反。**女曰觀乎，士曰既且。**箋云：女曰觀乎，欲與士觀於寬閒之處。既，已也。士曰已觀矣，未從之也❶。○且音徂，往也，徐子胥反，下放此。閒音閑。**且往觀乎，洧之外，洵訏且樂。**訏，大也。箋云：洵，信也。女情急，故勸男使往觀於洧之外，言其土地信寬大又樂也。於是男則往也。○洵息旬反。訏況于反。樂音洛，下同。**維士與女，伊其相謔，贈之以勺藥。**勺藥，香草。箋云：伊，因也。士與女往觀，因相與戲謔，行夫婦之事。其別，則送女以勺藥，結恩情也。○謔許畧反。勺時灼反。

○溱與洧，瀏其清矣。瀏❷，深貌。○瀏音留❸。士與女，殷其盈矣。殷，衆也。女曰觀乎，士曰既且。且往觀乎，洧之外，洵訏且樂。維士與女，伊其將謔❶，贈之以勺藥。箋云：將，大也。

溱洧二章，章十二句。

❶未，巾箱本作「來」。案：讀詩記所引作「未」。
❷瀏，纂圖本作「劉」。案：讀詩記所引作「劉」。
❸瀏，纂圖本作「劉」。案：釋文出字「瀏」。
❹將，巾箱本作「相」。案：敦煌殘卷伯二五二九號作「將」，讀詩記所引同。

鄭國二十一篇，五十三章，二百八十三句。

毛詩卷第四

毛詩卷第五

齊雞鳴詁訓傳第八

國風　　鄭氏箋

雞鳴，思賢妃也。哀公荒淫怠慢，故陳賢妃貞女，夙夜警戒，相成之道焉。○慢武諫反。警居領反。

○雞既鳴矣，朝既盈矣。雞鳴而夫人作，朝盈而君作。箋云：雞鳴、朝盈，夫人也、君也可以起之常禮。○朝直遥反，下同。匪雞則鳴，蒼蠅之聲。蒼蠅之聲，有似遠雞之鳴。箋云：夫人以蠅聲爲雞鳴，則起早於常禮。敬也。○蠅餘仍反。

○東方明矣，朝既昌矣。東方明，則夫人纚笄而朝。朝已昌盛，則君聽朝。箋云：東方明、朝既昌，亦夫人也、君也可以朝之常禮。君日出而視朝。○纚色蟹反，又霜綺反。匪東方則明，月出之光。見月出之光，以爲東方明。箋云：夫人以月光爲東方明則朝。亦敬也。

○蟲飛薨薨，甘與子同夢。古之夫人配其君子❶，亦不忘其敬。箋云：蟲飛薨薨，東方且明之時，

我猶樂與子卧而同夢。言親愛之無已。○薨呼肱反。**會且歸矣，無庶予子憎。**會，會於朝也。卿大夫朝會於君朝聽政，夕歸治其家事。無庶予子憎，無見惡於夫人。箋云：庶，衆也。蟲飛薨薨，所以當起者，卿大夫朝者且罷歸故也，無使衆臣以我故憎惡於子。戒之也。○且七也反，沈子餘反。

雞鳴三章，章四句。

❶配，監圖本作「妃」。

還，刺荒也。哀公好田獵，從禽獸而無厭。國人化之，遂成風俗，習於田獵謂之賢，閑於馳逐謂之好焉。荒，謂政事廢亂。○還音旋。好呼報反。厭於豔反，又平聲。好如字，下同。

○子之還兮，遭我乎峱之閒兮。還，便捷之貌。峱，山名。箋云：子也，我也，皆士大夫也，俱出田獵而相遭也。○峱乃刀反。**並驅從兩肩兮，揖我謂我儇兮。**從，逐也。獸三歲曰肩。儇，利也。箋云：並，併也。子也，我也，併驅而逐二獸❶，子則揖耦我謂我儇。譽之也。譽之者，以報前言還也。○驅曲具反，下同。肩如字，又音牽。揖一入反。儇許全反。併步頂反。譽音餘，下同。

○子之茂兮，遭我乎峱之道兮。茂，美也。**並驅從兩牡兮，揖我謂我好兮。**箋云：譽之言好者，以報前言茂也。○牡茂后反。

○子之昌兮，遭我乎猺之陽兮。昌，盛也。箋云：昌，佼好貌❷。○佼古卯反。**竝驅從兩狼兮，揖我謂我臧兮。**狼，獸名。臧，善也。

還三章，章四句。

❶二，十行本作「禽」。案：敦煌殘卷伯二六六九號作「二」，要義所引作「禽」。

❷好，巾箱本作「反」。

著，刺時也。時不親迎也。時不親迎，故陳親迎之禮以刺之。○著直居反，又直據反，又音佇，協句音直據反。迎魚敬反。

○俟我於著乎而，充耳以素乎而，俟，待也。門屏之閒曰著。素，象瑱❶。箋云：我，嫁者自謂也。待我於著，謂從君子而出，至於著，君子揖之時也。我視君子，則以素爲充耳。謂所以縣瑱者，或名爲紞，織之，人君五色，臣則三色而已。此言素者，目所先見而云。○瑱吐遍反。縣音懸，下同。紞都覽反。**尚之以瓊華乎而。**瓊華，美石，士之服也。箋云：尚猶飾也。飾之以瓊華者，謂縣紞之末，所謂瑱也，人君以玉爲之。瓊華，石色似瓊也。

○俟我於庭乎而，充耳以青乎而，青，青玉。箋云：待我於庭，謂揖我於庭時。青，紞之青。**尚**

之以瓊瑩乎而。瓊瑩，石似玉，卿大夫之服也。箋云：石色似瓊似瑩也。○瑩音榮。

○俟我於堂乎而，充耳以黄乎而，黄，黄玉。箋云：黄，紞之黄。尚之以瓊英乎而。瓊英，美石似玉者，人君之服也。箋云：瓊英猶瓊華也。

著三章，章三句。

❶瑱，纂圖本作「填」。

東方之日，刺衰也。君臣失道，男女淫奔，不能以禮化也。○衰色追反。

○東方之日兮，彼姝者子，在我室兮。興也。日出東方，人君明盛，無不照察也。姝者，初昏之貌。箋云：言東方之日者，愬之乎耳。有姝然美好之子❶，來在我室，欲與我爲室家，我無如之何也。日在東方，其明未融。興者，喻君不明。○姝赤朱反。在我室兮，履我即兮。履，禮也。箋云：即，就也。在我室者以禮來，我則就之與之去也。言今者之子不以禮來也。

○東方之月兮，彼姝者子，在我闥兮。月盛於東方，君明於上若日也，臣察於下若月也。闥，門内也。箋云：月以興臣，月在東方，亦言不明。○闥他達反，門屏之閒曰闥。在我闥兮，履我發兮。發，行也。箋云：以禮來，則我行而與之去。

東方之日二章，章五句。

❶然，巾箱本、監圖本、纂圖本、日抄本、十行本並作「姝」。案：敦煌殘卷伯二六六九號作「姝」，要義所引作「然」，單疏本疏文云：「言彼姝然美好之子。」

東方未明，刺無節也。朝廷興居無節，號令不時，挈壺氏不能掌其職焉。號令猶召呼也。挈壺氏，掌漏刻者。○朝直遥反。挈苦結反，又音結。壺音胡。

○**東方未明，顛倒衣裳。**上曰衣，下曰裳。箋云：挈壺氏失漏刻之節，東方未明而以爲明，故羣臣促遽，顛倒衣裳。羣臣之朝，別色始入。○倒都老反。遽其慮反。**顛之倒之，自公召之。**箋云：自，從也。羣臣顛倒衣裳而朝，人又從君所來而召之，漏刻失節，君又早興。

○**東方未晞，顛倒裳衣。**晞，明之始升。○晞音希。**倒之顛之，自公令之。**令，告也。○令力證反。

○**折柳樊圃，狂夫瞿瞿。**柳，柔脆之木。樊，藩也。圃，菜園也。折柳以爲藩園，無益於禁矣。瞿瞿，無守之貌。古者有挈壺氏，以水火分日夜，以告時於朝。箋云：柳木之不可以爲藩，猶是狂夫不任挈壺氏之事。○折之舌反。圃音布，又音補。瞿俱具反。脆七歲反。藩方元反。**不能辰夜，不夙則莫。**辰，時。夙，早。莫，晚也。箋云：此言不任其事者，恒失節數也。○莫音暮。

東方未明三章，章四句。

南山，刺襄公也。鳥獸之行，淫乎其妹，大夫遇是惡，作詩而去之。襄公之妹，魯桓公夫人文姜也。襄公素與淫通，及嫁，公適之❶，公與夫人如齊，夫人愬之襄公，襄公使公子彭生乘公而搚殺之。夫人久留於齊，莊公即位，後乃來，猶復會齊侯于禚、于祝丘，又如齊師。齊大夫見襄公行惡如是，作詩以刺之，又非魯桓公不能禁制夫人而去之。○行下孟反。搚於革反。復扶又反，下同。禚音灼。

○**南山崔崔，雄狐綏綏。**興也。南山，齊南山也。崔崔，高大也。國君尊嚴，如南山崔崔然。雄狐相隨，綏綏然無別，失陰陽之匹。箋云：雄狐行求匹耦於南山之上，形貌綏綏然。興者，喻襄公居人君之尊，而爲淫泆之行，其威儀可恥惡如狐。○崔子雖反，又音隹。惡烏路反，又如字。**魯道有蕩，齊子由歸。**蕩，平易也。齊子，文姜也。箋云：婦人謂嫁曰歸。言文姜既以禮從此道嫁于魯侯也。○蕩徒黨反，徐敕黨反。易夷豉反。**既曰歸止，曷又懷止？**懷，思也。箋云：懷，來也。言文姜既曰嫁于魯侯矣，何復來爲乎？非其來也。

○**葛屨五兩，冠緌雙止。**葛屨，服之賤者。冠緌，服之尊者。箋云：葛屨五兩，喻文姜與姪、娣及傅、姆同處。冠緌，喻襄公也。五人爲奇，而襄公往從而雙之。冠屨不宜同處，猶襄公、文姜不宜爲夫婦之道。○屨九具反。兩王肅如字，沈音亮。緌如誰反。姆音茂。奇居宜反。**魯道有蕩，齊子庸止。**庸，用也。**既曰庸止，曷又從止？**箋云：此言文姜既用此道嫁於魯侯，襄公何復送而從之爲淫泆之行？

○蓺麻如之何？衡從其畝。蓺，樹也。衡獵之，從獵之，種之，然後得麻。箋云：樹麻者，必先耕治其田，然後樹之。以言人君取妻，必先議於父母。○蓺魚世反。衡音橫。從足容反。**取妻如之何？必告父母。**必告父母廟。箋云：取妻之禮，議於生者，卜於死者，此之謂告。○取七喻反，注下皆同。**既曰告止，曷又鞠止？**鞠，窮也。箋云：鞠，盈也。魯侯，女既告父母而取，何復盈從令至于齊乎？又非魯桓。○鞠居六反。

○析薪如之何？匪斧不克。克，能也。箋云：此言析薪必待斧乃能也❷。○析星歷反。**取妻如之何？匪媒不得。**箋云：此言取妻必待媒乃得也。**既曰得止，曷又極止？**極，至也。箋云：女既以媒得之矣，何不禁制，而恣極其邪意，令至齊乎？又非魯桓。

南山四章，章六句。

❶適，巾箱本、纂圖本、日抄本並作「讁」，監圖本、十行本並作「謫」。案：敦煌殘卷伯二六六九號作「讁」，單疏本疏文云：「公讁之。」

❷「言」下，日抄本有「欲」字。案：敦煌殘卷伯二六六九號有。

甫田，大夫刺襄公也。無禮義而求大功，不脩德而求諸侯，志大心勞，所以求者，非其道也。

○無田甫田，維莠驕驕。興也。甫，大也。大田過度而無人功，終不能獲。箋云：興者，喻人君欲立功致治，必勤身脩德，積小以成高大。○無田音佃，下同。莠羊九反。無思遠人，勞心忉忉。忉忉，憂勞也。箋云：言無德而求諸侯，徒勞其心忉忉耳。○忉音刀。

○無田甫田，維莠桀桀。桀桀猶驕驕也。無思遠人，勞心怛怛。怛怛猶忉忉也。○怛旦末反。

○婉兮孌兮，總角丱兮。未幾見兮，突而弁兮。婉孌，少好貌。總角，聚兩髦也。丱，幼穉也。弁，冠也。箋云：人君內善其身，外脩其德，居無幾何，可以立功❶。猶是婉孌之童子，少自脩飾，丱然而稚，見之無幾何，突耳加冠爲成人也。○婉於阮反。孌力轉反。總子孔反。丱古患反。幾居豈反。突吐活反，又吐訥反。弁皮眷反。

甫田三章，章四句。

❶「立功」下，日抄本有「致治」二字。案：敦煌殘卷伯二六六九號有，要義所引無。

盧令，刺荒也。襄公好田獵畢弋，而不脩民事，百姓苦之，故陳古以風焉。畢，噣也。

弋，繳射也。○令音零，下同。好呼報反。風福鳳反。噣直角反。繳音灼。

○**盧令令，其人美且仁。**盧，田犬。令令，纓環聲。言人君能有美德，盡其仁愛，百姓欣而奉之，愛而樂之。順時遊田，與百姓共其樂，同其獲，故百姓聞而說之，其聲令令然。

○**盧重環，**重環，子母環也。○重直龍反，下同。**其人美且鬈。**鬈，好貌。箋云：鬈讀當作權❶。權，勇壯也。○鬈音權。

○**盧重鋂，**鋂，一環貫二也。○鋂音梅。**其人美且偲。**偲，才也。箋云：才❷，多才也。○偲七才反，說文云：「强也。」

盧令三章，章二句。

❶作，巾箱本、監圖本、纂圖本、日抄本、十行本並作「爲」。案：敦煌殘卷伯二六六九號作「爲」，要義所引同。

❷才，纂圖本無。案：敦煌殘卷伯二六六九號作「材」。

敝笱，刺文姜也。齊人惡魯桓公微弱，不能防閑文姜，使至淫亂，爲二國患焉。○敝婢世反，徐符滅反。笱古口反，取魚器也。惡烏路反。

○**敝笱在梁，其魚魴鰥。**興也。鰥，大魚。箋云：鰥，魚子也。魴也、鰥也，魚之易制者，然而敝敗之笱不能制。興者，喻魯桓微弱，不能防閑文姜，終其初時之婉順。○魴音房。鰥古頑反，鄭古魂反。

齊子歸止，其從如雲。如雲，言盛也。箋云：其從，姪、娣之屬。言文姜初嫁于魯桓之時，其從者之心意如雲然。雲之行，順風耳。後知魯桓微弱，文姜遂淫恣，從者亦隨之爲惡。○從才用反，下同。

○敝笱在梁，其魚魴鱮。魴鱮，大魚。箋云：鱮似魴而弱鱗。○鱮象吕反。**齊子歸止，其從如雨。**如雨，言多也。箋云：如雨，言無常。天下之則下，天不下則止。以言姪、娣之善惡，亦文姜所使止。

○敝笱在梁，其魚唯唯。唯唯，出入不制。箋云：唯唯，行相隨順之貌。○唯維癸反，沈養水反。**齊子歸止，其從如水。**水，喻衆也。箋云：水之性，可停可行。亦言姪、娣之善惡在文姜也。

敝笱三章，章四句。

載驅，齊人刺襄公也。無禮義故，盛其車服，疾驅於通道大都，與文姜淫，播其惡於萬民焉。故猶端也。○驅欺具反，又如字，下同。播波佐反。

○載驅薄薄，簟茀朱鞹。薄薄，疾驅聲也。簟，方文席也。車之蔽曰茀。諸侯之路車，有朱革之質而羽飾。箋云：此車，襄公乃乘焉而來與文姜會❶。○薄普各反，徐扶各反。茀音弗。鞹苦郭反，革也。**魯道有蕩，齊子發夕。**發夕，自夕發至旦。箋云：襄公既無禮義，乃疾驅其乘車以入魯竟。魯之道路平易，文姜發夕由之往會焉，曾無慙恥之色。○乘繩證反，或音繩。竟音境。

○四驪濟濟，垂轡濔濔。四驪，言物色盛也。濟濟，美貌。垂轡，轡之垂者。濔濔，衆也。箋云：此又刺襄公乘是四驪而來，徒爲淫亂之行。○驪力馳反。濟子禮反。濔乃禮反。**魯道有蕩，齊子豈弟。**言文姜於是樂易然。箋云：此豈弟猶言發夕也。豈讀當爲闓。弟，古文尚書以弟爲圛。圛，明也。○豈開改反。弟如字，或待易反。闓音開。圛音亦。

○汶水湯湯，行人彭彭。湯湯，大貌。彭彭，多貌。箋云：汶水之上，蓋有都焉，襄公與文姜時所會。○汶音問。湯失章反。彭必旁反。**魯道有蕩，齊子翱翔。**翱翔猶彷徉也。○彷音旁。徉音羊。

○汶水滔滔，行人儦儦。滔滔，流貌。儦儦，衆貌。○滔吐刀反。儦表驕反。**魯道有蕩，齊子遊敖。**

載驅四章，章四句。

❶「會」下，巾箱本有「也」字。案：敦煌殘卷伯二六六九號有。

猗嗟，刺魯莊公也。齊人傷魯莊公，有威儀技藝，然而不能以禮防閑其母，失子之

道。人以爲齊侯之子焉。○猗於宜反。技其綺反。

○猗嗟昌兮，頎而長兮。猗嗟，歎辭。昌，盛也。頎，長貌。箋云：昌，佼好貌。○頎音祈。佼古卯反。**抑若揚兮，**抑，美色。揚，廣揚。○抑於力反。**美目揚兮。**好目揚眉。**巧趨蹌兮，射則臧兮。**蹌，巧趨貌。箋云：臧，善也。○趨七須反，又七遇反。蹌七羊反。

○猗嗟名兮，美目清兮，目上爲名，目下爲清。**儀既成兮。終日射侯，不出正兮，展我甥兮。**二尺曰正。外孫曰甥。箋云：成猶備也。正，所以射於侯中者。天子五正，諸侯三正，大夫二正，士一正，外皆居其侯中參分之一焉。展，誠也。姊妹之子曰甥。容貌技藝如此，誠我齊之甥。言誠者，拒時人言齊侯之子。○射食亦反，注同。正音征。參七南反，又音三。

○猗嗟孌兮，孌，壯好貌。**清揚婉兮。**婉，好眉目也。**舞則選兮，射則貫兮。**選，齊。貫，中也。箋云：選者，謂於倫等最上。貫，習也。○選雪戀反。貫毛古亂反，鄭古患反。中張仲反。**四矢反兮，以禦亂兮。**四矢，乘矢。箋云：反，復也。禮，射三而止。每射四矢皆得其故處，此之謂復。射必四矢者，象其能禦四方之亂也。○禦魚呂反。乘繩證反。

猗嗟三章，章六句。

齊國十一篇，三十四章，百四十三句。

魏葛屨詁訓傳第九

國風　　鄭氏箋

葛屨，刺褊也。魏地陿隘，其民機巧趨利，其君儉嗇褊急，而無德以將之。儉嗇而無德，是其所以見侵削。○屨俱具反。褊必淺反。陿音洽，本或作狹，依字應作陝。隘於懈反。巧如字，徐苦孝反。趨七須反，徐七喻反。嗇音色。

○**糾糾葛屨，可以履霜。**糾糾猶繚繚也。夏葛屨，冬皮屨，葛屨非所以履霜。箋云：葛屨賤，皮屨貴。魏俗至冬，猶謂葛屨可以履霜，利其賤也。○糾吉黝反，沈居酉反。繚音了，沈音遼。**摻摻女手，可以縫裳。**摻摻猶纖纖也。婦人三月廟見，然後執婦功。箋云：言女手者[1]，未三月未成爲婦。裳，男子之下服，賤，又未可使縫。魏俗使未三月婦縫裳者，利其事也。○摻所銜反，又所感反，徐息廉反。**要之襋之，好人服之。**要，褸也。襋，領也。好人，好女手之人。箋云：服，整也。褸也領也在上，好人尚可使整治之。謂屬著之。○要於遥反。襋紀力反。屬音燭。著直略反。

○**好人提提，宛然左辟，佩其象揥。**提提，安諦也。宛，辟貌。婦至門，夫揖而入，不敢當尊，宛然而左辟。象揥所以爲飾。箋云：婦新至，慎於威儀如是，使之非禮。○提徒兮反。宛於阮反。辟音避，一音婢亦反。[擿]敕帝反。**維是褊心，是以爲刺。**箋云：魏俗所以然者，是君心褊急，無德教使之耳，我是以刺之❷。

葛屨二章，一章六句，一章五句。

❶言，巾箱本無。案：敦煌殘卷伯二六六九號有，要義所引同。
❷之，巾箱本作「也」。案：敦煌殘卷伯二六六九號作「之」，單疏本疏文標起止云「箋魏俗至刺之」。

汾沮洳，刺儉也。其君儉以能勤，刺不得禮也。○[汾]扶云反。[沮]子預反。[洳]如預反。

○彼汾沮洳，言采其莫。汾，水也。沮洳，其漸洳者。莫，菜也。箋云：言，我也。於彼汾水漸洳之中，我采其莫以爲菜。是儉以能勤。○[莫]音暮。[漸]如字，又接廉反。**彼其之子，美無度。**箋云：之子，是子也。是子之德美無有度。言不可尺寸。**美無度，殊異乎公路。**路，車也。箋云：是子之德美，信無度矣。雖然，其采莫之事❶，則非公路之禮也。公路，主君之軞車，庶子爲之。晉趙盾爲軞車之族是也。○[軞]音毛。[盾]徒本反。

○彼汾一方，言采其桑。箋云：采桑，親蠶事也❷。**彼其之子，美如英。**萬人爲英。**美如英，殊異乎公行。**公行，從公之行也。箋云：從公之行者，主君兵車之行列。○[行]户郎反。

○彼汾一曲，言采其藚。藚，水蕮也。○藚音續，一名牛脣，説文其或反。**彼其之子，美如玉。美如玉，殊異乎公族。**公族，公屬。箋云：公族，主君同姓昭穆也。○昭紹遥反，説文作佋。

汾沮洳三章，章六句。

❶事，十行本作「士」。案：敦煌殘卷伯二六六九號作「事」，要義所引、讀詩記所引並同。

❷親，原作「視」，據諸本改。案：敦煌殘卷伯二六六九號作「親」。

園有桃，刺時也。大夫憂其君國小而迫，而儉以嗇，不能用其民，而無德教，日以侵削，故作是詩也。

○園有桃，其實之殽。興也。園有桃，其實之食❶。國有民，得其力。箋云：魏君薄公税，省國用，不取於民，食園桃而已。不施德教，民無以戰，其侵削之由由是也。○殽音爻。省色領反。**心之憂矣，我歌且謡。**曲合樂曰歌，徒歌曰謡。箋云：我心憂君之行如此，故歌謡以寫我憂矣。○謡音遥。**不知我者❷，謂我士也驕。**箋云：士，事也。不知我所爲歌謡之意者，反謂我於君事驕逸故。○所爲于僞反，下同。**彼人是哉，子曰何其？**夫人謂我欲何爲乎？箋云：彼人，謂君也。曰，於也。不知我所爲憂者，既非責我，又曰君儉而嗇，所行是其道哉，子於此憂之何乎？○何其音基，下章同。**心之**

憂矣，其誰知之。箋云：如是則衆臣無知我憂所爲也。**其誰知之，蓋亦勿思。**箋云：無知我憂所爲者，則宜無復思念之以自止也。衆不信我，或時謂我謗君，使我得罪也。○復符又反。謗博浪反。

○園有棘，其實之食。棘，棗也。○棘紀力反。**心之憂矣，聊以行國。**箋云：聊，且畧之辭也。聊出行於國中，觀民事以寫憂。**不知我者❸，謂我士也罔極。**極，中也。箋云：見我聊出行於國中，謂我於君事無中正。**彼人是哉，子曰何其？心之憂矣，其誰知之。其誰知之，蓋亦勿思。**

園有桃二章，章十二句。

❶食，十行本作「殽」。案：敦煌殘卷伯二六六九號作「食」，讀詩記所引同。

❷不知我者，白文本、監圖本、日抄本、十行本並作「不我知者」。案：敦煌殘卷伯二五二九號作「我不知者」，伯二六六九號作「我不者知」，讀詩記所引作「不我知者」，單疏本疏文云「不知我者」。

❸不知我者，白文本、日抄本、十行本並作「不我知者」。案：敦煌殘卷伯二五二九號、伯二六六九號並作「不知我者」，讀詩記所引作「不我知者」。

陟岵，孝子行役，思念父母也。國迫而數侵削，役乎大國，父母兄弟離散，而作是詩也。役乎大國者，爲大國所徵發。○岵音户。

○陟彼岵兮，瞻望父兮。山無草木曰岵。箋云：孝子行役，思其父之戒，乃登彼岵山❶，以遥瞻望其父所在之處。○[處]昌慮反。**父曰嗟予子，行役夙夜無已。**箋云：予，我。夙，早。夜，莫也。無已，無解倦❷。○[莫]音暮。[解]音介。**上慎旃哉，猶來無止。**旃，之。猶，可也。父尚義。箋云：上者❸，謂在軍事作部列時。○[旃]之然反。

○陟彼屺兮，瞻望母兮。山有草木曰屺。箋云：此又思母之戒，而登屺山而望之也。○[屺]音起。**母曰嗟予季，行役夙夜無寐。**季，少子也。無寐，無耆寐也。○[耆]常志反。**上慎旃哉，猶來無棄。**母尚恩也。

○陟彼岡兮，瞻望兄兮。兄曰嗟予弟，行役夙夜必偕。偕，俱也。**上慎旃哉，猶來無死。**兄尚親也。

陟岵三章，章六句。

❶山，纂圖本作「而」。
❷解，巾箱本、監圖本、日抄本並作「懈」。案：敦煌殘卷伯二六六九號作「懈」，讀詩記所引同。
❸上，原作「止」，據日抄本改。案：敦煌殘卷伯二六六九號作「上」，要義所引作「止」，單疏本疏文標起止云「箋上者至列時」。

十畝之閒，刺時也。言其國削小，民無所居焉。○[畝]莫后反。

○**十畝之閒兮，桑者閑閑兮。**閑閑然，男女無別往來之貌。箋云：古者一夫百畝，今十畝之閒，往來者閑閑然。削小之甚。○閒音閑。別彼列反。**行與子還兮。**或行來者，或來還者。○還音旋。

○**十畝之外兮，桑者泄泄兮。**泄泄，多人之貌。○泄以世反。**行與子逝兮。**箋云：逝，逮也。○逮徒賚反。

十畝之閒二章，章三句。

伐檀，刺貪也。在位貪鄙，無功而受禄，君子不得進仕爾。○檀待丹反，木名。

○**坎坎伐檀兮，寘之河之干兮，河水清且漣猗。**坎坎，伐檀聲。寘，置也。干，厓也。風行水成文曰漣。伐檀以俟世用，若俟河水清且漣。箋云：是謂君子之人，不得進仕也。○坎苦感反。寘之豉反。漣力廛反。猗於宜反。**不稼不穡，胡取禾三百廛兮？不狩不獵，胡瞻爾庭有縣貆兮？**種之曰稼，斂之曰穡。一夫之居曰廛。貆，獸名。箋云：是謂在位貪鄙，無功而受禄也。冬獵曰狩，宵田曰獵。胡，何也。貉子曰貆。○廛直連反。縣音懸，下同。貆音桓，徐、郭音暄。貉户各反。**彼君子兮，不素餐兮！**素，空也。箋云：彼君子者，斥伐檀之人，仕有功乃肯受禄。○餐七丹反，沈音孫。

○坎坎伐輻兮，寘之河之側兮，河水清且直猗。輻，檀輻也。側猶厓也。直，直波也。○輻音福。不稼不穡，胡取禾三百億兮？不狩不獵，胡瞻爾庭有縣特兮？萬萬曰億❶。獸三歲曰特。箋云：十萬曰億。三百億❷，禾秉之數。彼君子兮，不素食兮！

○坎坎伐輪兮，寘之河之漘兮，河水清且淪猗。檀可以爲輪。漘，厓也。小風水成文，轉如輪也。○輪音倫。漘順倫反。淪音倫，文貌。不稼不穡，胡取禾三百囷兮？不狩不獵，胡瞻爾庭有縣鶉兮？圓者爲囷。鶉，鳥也。○囷丘倫反。鶉音純。彼君子兮，不素飧兮！熟食曰飧。箋云：飧讀如「魚飧」之「飧」。○飧素門反，字林云：「水澆飯也。」

伐檀三章，章九句。

❶上「萬」，日抄本作「十」。

❷億，巾箱本無。案：敦煌殘卷伯二六六九號作「億者」，讀詩記所引無。

碩鼠，刺重斂也。國人刺其君重斂，蠶食於民，不脩其政，貪而畏人，若大鼠也。○碩音石。斂吕驗反，下同。

○碩鼠碩鼠，無食我黍。三歲貫女，莫我肯顧。貫，事也。箋云：碩，大也。大鼠大鼠者，斥其君也。女無復食我黍，疾其稅斂之多也。我事女三歲矣，曾無教令恩德來顧眷我，又疾其不脩政也。古者三年大比，民或於是徙。○貫古亂反，徐音官。復扶又反。比毗志反。**逝將去女，適彼樂土。**箋云：逝，往也。往矣將去女，與之訣別之辭。樂土，有德之國。○樂音洛，下同。土他古反，沈徒古反。訣古穴反。**樂土樂土，爰得我所。**箋云：爰，曰也。

○碩鼠碩鼠，無食我麥。三歲貫女，莫我肯德。箋云：不肯施德於我。**逝將去女，適彼樂國。樂國樂國，爰得我直。**直，得其直道。箋云：直猶正也。

○碩鼠碩鼠，無食我苗。苗，嘉穀也。**三歲貫女，莫我肯勞。**箋云：不肯勞來我。○勞如字，又力報反。來力代反。**逝將去女，適彼樂郊。**箋云：郭外曰郊。**樂郊樂郊，誰之永號？**號，呼也。箋云：之，往也。永，歌也。樂郊之地，誰獨當往而歌號者，言皆喜說無憂苦。○永音詠。號户毛反。呼火故反。說音悅。

碩鼠三章，章八句。

魏國七篇，十八章，百二十八句。

毛詩卷第五

毛詩卷第六

唐蟋蟀詁訓傳第十

國風　　　　鄭氏箋

蟋蟀，刺晉僖公也。儉不中禮，故作是詩以閔之，欲其及時以禮自虞樂也。此晉也，而謂之唐，本其風俗，憂深思遠，儉而用禮，乃有堯之遺風焉。憂深思遠，謂「宛其死矣」、「百歲之後」之類也。○蟋蟀上音悉，下所律反。僖許其反。樂音洛，下同。思息嗣反。

○蟋蟀在堂，歲聿其莫。今我不樂，日月其除。蟋蟀，蛬也，九月在堂。聿，遂。除，去也。箋云：我，我僖公也。蛬在堂，歲時之候，是時農功畢，君可以自樂矣。今不自樂，日月且過去，不復暇爲之。謂十二月當復命農計耦耕事。○聿允橘反。莫音暮。除直慮反。蛬俱勇反，沈九共反，趨織也。**無已大康，職思其居。**已，甚。康，樂。職，主也❶。箋云：君雖當自樂，亦無甚大樂。欲其用禮爲節也。又當主思於所居之事，謂國中政令。○大音泰，徐勑佐反，下同。居如字，協韻音據。**好樂無荒，良士瞿瞿。**荒，大也。瞿瞿然顧禮義也。箋云：荒，廢亂也。良，善也。君之好樂❷，不當至於廢亂政事，當如善士瞿瞿然顧禮義也。○好呼報反，下同。瞿俱具反。

○蟋蟀在堂，歲聿其逝。今我不樂，日月其邁。邁，行也。**無已大康，職思其外。**外，禮樂之外。箋云：外，謂國外至四竟❸。○樂音岳。**好樂無荒，良士蹶蹶。**蹶蹶，動而敏於事。○蹶俱衞反。

○蟋蟀在堂，役車其休。箋云：庶人乘役車。役車休，農功畢無事也。**今我不樂，日月其慆。**慆，過也。○慆吐刀反。**無已大康，職思其憂。**憂，可憂也。箋云：憂者，謂鄰國侵伐之憂。**好樂無荒，良士休休。**休休，樂道之心。○休許虬反。

蟋蟀三章，章八句。

❶也，原闕，據諸本補。案：敦煌殘卷伯二五二九號、日本東洋文庫藏舊鈔本殘卷並有，讀詩記所引同。
❷樂，十行本作「義」。
❸外謂國，巾箱本無。

山有樞，刺晉昭公也。不能脩道，以正其國，有財不能用，有鐘鼓不能以自樂，有朝廷不能洒埽，政荒民散，將以危亡，四鄰謀取其國家而不知，國人作詩以刺之也。○樞烏侯反。樂音洛，下注同。朝直遙反。廷徒佞反。洒所懈反，沈所寄反，下同。埽蘇報反。

○**山有樞，隰有榆。**興也。樞，荎也。國君有財貨而不能用，如山隰不能自用其財。○榆以朱反。荎田節反，沈直黎反。**子有衣裳，弗曳弗婁。子有車馬，弗馳弗驅。**婁亦曳也。○曳以世反。婁力俱反。**宛其死矣，他人是愉。**宛，死貌。愉，樂也。箋云：愉讀曰偷。偷，取也。○宛於阮反。愉毛以朱反，鄭他侯反。

○**山有栲，隰有杻。**栲，山樗。杻，檍也。○栲音考。杻女九反。樗勑書反，又他胡反。檍於力反。**子有廷內❶，弗洒弗埽。子有鐘鼓，弗鼓弗考。**洒，灑也。考，擊也。○廷音庭，又徒佞反。灑色蟹反，又所綺反。**宛其死矣，他人是保。**保，安也。箋云：保，居也。

○**山有漆，隰有栗。子有酒食，何不日鼓瑟？**君子無故，琴瑟不離於側。○漆音七，木名。**且以喜樂，且以永日。**永，引也。**宛其死矣，他人入室。**

山有樞三章，章八句。

❶有，巾箱本作「在」。

揚之水，刺晉昭公也。昭公分國以封沃，沃盛彊，昭公微弱，國人將叛而歸沃焉。

封沃者，封叔父桓叔于沃也。沃，曲沃，晉之邑也。○沃烏毒反。

○**揚之水，白石鑿鑿。**興也。鑿鑿然，鮮明貌。箋云：激揚之水，波流湍疾❶，洗去垢濁，使白石鑿鑿然。興者，喻桓叔盛彊，除民所惡，民得以有禮義也。○鑿子洛反。激經歷反。湍吐端反。洗蘇禮反，又蘇典反。去羌呂反。垢古口反。**素衣朱襮，從子于沃。**襮，領也。諸侯繡黼丹朱中衣。沃，曲沃也。箋云：繡當爲綃。綃黼丹朱中衣，中衣以綃黼爲領，丹朱爲純也。國人欲進此服，去從桓叔。○襮音博，字林方沃反。繡音秀，衆家竝依字，下同，鄭改爲綃。黼音甫。純真允反，又真順反。**既見君子，云何不樂？**箋云：君子，謂桓叔。○樂音洛。

○**揚之水，白石皓皓。**皓皓，絜白也。○皓胡老反。**素衣朱繡，從子于鵠。**繡黼也。鵠，曲沃邑也。○鵠户毒反。**既見君子，云何其憂？**言無憂也。

○**揚之水，白石粼粼。**粼粼，清澈也。○粼利新反。澈直列反。**我聞有命，不敢以告人。**聞曲沃有善政命，不敢以告人。箋云：不敢以告人而去者，畏昭公謂己動民心。

揚之水三章，二章章六句，一章四句。

❶波，監圖本、纂圖本、十行本並作「激」。案：敦煌殘卷伯二五二九號、日本東洋文庫藏舊鈔本殘卷並作「波」，單疏本疏文云：「言『激揚之水波流湍急』。」

椒聊，刺晉昭公也。君子見沃之盛彊，能脩其政，知其蕃衍盛大，子孫將有晉國焉。○椒，木名。聊，辭也。蕃音煩。衍延善反。

○**椒聊之實，蕃衍盈升。**興也。椒聊，椒也。箋云：椒之性，芬香而少實，今一捄之實，蕃衍滿升，非其常也。興者，喻桓叔晉君之支别耳，今其子孫衆多，將日以盛也。○捄音求，又其菊反，何音掬，沈居局反。**彼其之子，碩大無朋。**朋，比也。箋云：之子，是子也，謂桓叔也。碩，謂壯貌，佼好也。大，謂德美廣博也。無朋，平均不朋黨。**椒聊且，遠條且。**條，長也。箋云：椒之氣日益遠長，似桓叔之德彌廣博。○且子餘反，下同。

○**椒聊之實，蕃衍盈匊。**兩手曰匊。○匊九六反。**彼其之子，碩大且篤。**篤，厚也。**椒聊且，遠條且。**言聲之遠聞也。

椒聊二章，章六句。

綢繆，刺晉亂也。國亂，則昏姻不得其時焉。不得其時，謂不及仲春之月。○綢繆上直留反，下亡侯反。

○**綢繆束薪，三星在天。**興也。綢繆猶纏緜也。三星，參也。在天，謂始見東方也。男女待禮而成，若薪芻待人事而後束也。三星在天，可以嫁取矣。箋云：三星，謂心星也。心有尊卑夫婦父子之象，又爲二月之合宿，故嫁取者以爲候焉。昏而火星不見❶，嫁取之時也。今我東薪於野，乃見其在天，則三月之末、四月之中，見於東方矣，故云「不得其時」。○參所金反。見賢遍反，下同。**今夕何夕？見此良人。**良人，美室也。箋云：今夕何夕者，言此夕何月之夕乎？而女以見良人。言非其時。**子兮子兮，如此良人何？**子兮者，嗟兹也。箋云：子兮子兮者，斥嫁取者，子取後陰陽交會之月，當如此良人何？○後户豆反。

○綢繆束芻，三星在隅。隅，東南隅也。箋云：心星在隅，謂四月之末、五月之中。**今夕何夕？見此邂逅。**邂逅，解説之貌。○邂户懈反，一户佳反。逅胡豆反，一户冓反。解音蟹。説音悦。**子兮子兮，如此邂逅何？**

○綢繆束楚，三星在户。參星正月中直户也。箋云：心星在户，謂五月之末、六月之中。○直音值，又如字。**今夕何夕，見此粲者。**三女爲粲。大夫一妻二妾❷。○粲采旦反，字林作效。**子兮子兮，如此粲者何？**

綢繆三章，章六句。

❶火，纂圖本作「天」。案：敦煌殘卷伯二五二九號、日本東洋文庫藏舊鈔本殘卷並作「火」。
❷大夫，監圖本作「夫人」。案：敦煌殘卷伯二五二九號、日本東洋文庫藏舊鈔本殘卷並作「大夫」。

杕杜，刺時也。君不能親其宗族，骨肉離散，獨居而無兄弟，將爲沃所并爾。○杕徒細反。并必政反。

○有杕之杜，其葉湑湑。興也。杕，特生貌❶。杜，赤棠也。湑湑，枝葉不相比也。○湑私敘反。比毗志反。**獨行踽踽，豈無他人？不如我同父。**踽踽，無所親也。箋云：他人，謂異姓也。言昭公遠其宗族，獨行於國中踽踽然，此豈無異姓之臣乎？顧恩不如同姓親親也。○踽俱禹反。遠于萬反。**嗟行之人，胡不比焉？**箋云：君所與行之人，謂異姓卿大夫也。比，輔也。此人，女何不輔君爲政令？**人無兄弟，胡不佽焉？**佽，助也。箋云：異姓卿大夫，女見君無兄弟之親親者，何不相推佽而助之？○佽七利反。

○有杕之杜，其葉菁菁。菁菁，葉盛也。箋云：菁菁，希少之貌。○菁子零反。**獨行睘睘，豈無他人？不如我同姓。**睘睘，無所依也。同姓，同祖也。○睘求營反。**嗟行之人，胡不比焉？人無兄弟，胡不佽焉？**

杕杜二章，章九句。

❶生，日抄本、十行本並無。案：敦煌殘卷伯二五二九號、日本東洋文庫藏舊鈔本殘卷並無，日本宮内廳書陵部藏舊鈔本羣書治要所引同，讀詩記所引有。

羔裘，刺時也。晉人刺其在位，不恤其民也。恤，憂也。○恤荀律反。

○羔裘豹袪，自我人居居。袪，袂也❶。本末不同，在位與民異心。自，用也。居居，懷惡不相親比之貌。箋云：羔裘豹袪，在位卿大夫之服也。其役使我之民人，其意居居然有悖惡之心，不恤我之困苦。○袪起居反，又丘據反。居如字，又音據。比毗志反。悖補對反。**豈無他人？維子之故。**箋云：此民，卿大夫采邑之民也。故云豈無他人可歸往者乎？我不去者，乃念子故舊之人。

○羔裘豹褎，自我人究究。褎猶袪也。究究猶居居也。○褎徐究反，又作褏。究九又反。**豈無他人？維子之好。**箋云：我不去而歸往他人者，乃念子而愛好之也。民之厚如此，亦唐之遺風。○好呼報反。

羔裘二章，章四句。

❶袂也，諸本同。案：敦煌殘卷伯二五二九號、日本東洋文庫藏舊鈔本殘卷並作「袂末也」。

鴇羽，刺時也。昭公之後，大亂五世，君子下從征役，不得養其父母，而作是詩也。大亂五世者，昭公、孝侯、鄂侯、哀侯、小子侯。○鴇音保，似鴈而大，無後指。養羊亮反。

○肅肅鴇羽，集于苞栩。興也。肅肅，鴇羽聲也。集，止。苞，稹。栩，杼也❶。鴇之性不樹止。

箋云：興者，喻君子當居安平之處，今下從征役，其爲危苦，如鴇之樹止然❷。稹者，根相迫迮梱致也。○苞補交反。栩況羽反。稹之忍反，何之人反，沈音田，又音振。杼食汝反，徐治予反。迮側百反。梱口本反。致直置反，下同。**王事靡盬，不能蓺稷黍，父母何怙？**盬，不攻致也。怙，恃也。箋云：蓺，樹也。我迫王事，無不攻致，故盡力焉。既則罷倦，不能播種五穀，今我父母將何怙乎？○盬音古。蓺魚世反。怙音户。罷音皮。**悠悠蒼天，曷其有所？**箋云：曷，何也。何時我得其所哉？

○肅肅鴇翼，集于苞棘。王事靡盬，不能蓺黍稷，父母何食？悠悠蒼天，曷其有極？箋云：極，已也。

○肅肅鴇行，集于苞桑。行，翮也。○行户郎反。翮户革反。**王事靡盬，不能蓺稻粱，父母何嘗？悠悠蒼天，曷其有常？**

鴇羽三章，章七句。

❶杼，巾箱本作「羽」。

❷樹，巾箱本作「德」。

無衣，美晉武公也。武公始并晉國，其大夫爲之請命乎天子之使，而作是詩也。天子之使，是時使來者。○并卑政反。爲于僞反。使所吏反。

○豈曰無衣七兮？侯伯之禮七命，冕服七章。箋云：我豈無是七章之衣乎？晉舊有之，非新命之服。不如子之衣，安且吉兮。諸侯不命於天子，則不成爲君。箋云：武公初并晉國，心未自安，故以得命服爲安。

○豈曰無衣六兮？天子之卿六命，車旗衣服，以六爲節。箋云：變七言六者，謙也。不敢必當侯伯，得受六命之服，列於天子之卿，猶愈乎不。○愈羊主反。不如子之衣，安且燠兮。燠，煖也。○燠於六反。

無衣二章，章三句。

有杕之杜，刺晉武公也。武公寡特，兼其宗族，而不求賢以自輔焉。

○有杕之杜，生于道左。興也。道左之陽，人所宜休息也。箋云：道左，道東也。日之熱，恒在日中之後，道東之杜，人所宜休息也。今人不休息者，以其特生，陰寡也。興者，喻武公初兼其宗族，不求賢者與之在位，君子不歸，似乎特生之杜然。○陰於鴆反，又如字。彼君子兮，噬肯適我。噬，逮也。箋云：肯，可。適，之也。彼君子之人，至於此國，皆可來之我君所。君子之人，義之與比，其不來者，君不求之。○噬市世反。比毗志反。中心好之，曷飲食之？箋云：曷，何也。言中心誠好之，何但飲食之，當盡禮極歡以待之。○好呼報反，下同。飲於鴆反。食音嗣，下同。

○有杕之杜，生于道周。周，曲也。**彼君子兮，噬肯來遊**❶。遊，觀也。○觀古亂反。**中心好之，曷飲食之？**

有杕之杜二章，章六句。

❶噬，原作「逝」，據諸本改。案：敦煌殘卷伯二五二九號作「噬」，讀詩記所引同。釋文出音「噬肯」。

葛生，刺晉獻公也。好攻戰，則國人多喪矣。喪，棄亡也。夫從征役，棄亡不反，則其妻居家而怨思。○好呼報反。攻音貢，又如字。喪息浪反，又如字。思息嗣反，或如字。

○葛生蒙楚，蘞蔓于野。興也。葛生延而蒙楚，蘞生蔓於野。喻婦人外成於他家。○蘞音廉，又力恬反，又力儉反，徐力劍反。**予美亡此，誰與獨處？**箋云：予，我。亡，無也。言我所美之人無於此，謂其君子也。吾誰與居乎？獨處家耳。從軍未還，未知死生，其今無於此。

○葛生蒙棘，蘞蔓于域。域，塋域也❶。**予美亡此，誰與獨息？**息，止也。

○角枕粲兮，錦衾爛兮。齊則角枕錦衾。禮，夫不在，斂枕篋衾席，韣而藏之。箋云：夫雖不在，不失其祭也❷。攝主，主婦猶自齊而行事。○齊側皆反。篋口牒反。韣徒木反。**予美亡此，誰與獨**

旦？箋云：旦，明也。我君子無於此，吾誰與齊乎？獨自絜明。

○夏之日，冬之夜。言長也。箋云：思者於晝夜之長時尤甚，故極言之以盡情❸。**百歲之後，歸于其居。**箋云：居，墳墓也。言此者，婦人專壹，義之至，情之盡。

○冬之夜，夏之日。百歲之後，歸于其室。室，猶居也。箋云：室猶冢壙。○壙音曠。

葛生五章，章四句。

❶塋，十行本作「營」。案：敦煌殘卷伯二五二九號作「營」，讀詩記所引作「塋」。

❷「不」上，巾箱本有「而」字。

❸言，十行本無。

采苓，刺晉獻公也。獻公好聽讒焉。○苓力丁反。好呼報反。

○采苓采苓，首陽之巔。興也。苓，大苦也。首陽，山名也。采苓，細事也。首陽，幽辟也。細事喻小行也，幽辟喻無徵也。箋云：采苓采苓者，言采苓之人衆多非一也，皆云采此苓於首陽山之上，首陽山之上信有苓矣。然而今之采者，未必於此山，然而人必信之。興者，喻事有似而非。○辟匹亦反，下同。**人之爲言，苟亦無信。舍旃舍旃，苟亦無然。**苟，誠也。箋云：苟，且也。爲言，謂爲人爲善言以稱薦之，欲使見進用也。旃之言焉也。舍之焉，舍之焉，謂謗訕人，欲使見貶退也。此二者且無信受之，且無荅然。○爲于僞反，或如字，下同。舍音捨，下同。旃之然反。訕所諫反。人之爲言，胡得焉？箋云：人以此言來，不信受之，不荅然之，從後察之，或時見罪，何所得？

○采苦采苦，首陽之下。苦，苦菜也。人之爲言，苟亦無與。舍旃舍旃，苟亦無然。無與，勿用也。人之爲言，胡得焉？

○采葑采葑，首陽之東。葑，菜名也。○葑孚容反。人之爲言，苟亦無從。舍旃舍旃，苟亦無然。人之爲言，胡得焉？

采苓三章，章八句。

唐國十二篇，三十三章，二百三句。

秦車鄰詁訓傳第十一

國風　　鄭氏箋

車鄰，美秦仲也。秦仲始大，有車馬禮樂侍御之好焉。○鄰栗人反。

○有車鄰鄰，有馬白顛。鄰鄰，衆車聲也。白顛，的顙也。○顛都田反。的丁歷反。顙桑黨反。未見君子，寺人之令。寺人，內小臣也。箋云：欲見國君者，必先令寺人使傳告之。時秦仲又始有此臣。○寺如字，又音侍。令力呈反，又力政反，沈力丁反。

○阪有漆，隰有栗。興也。陂者曰阪，下濕曰隰。箋云：興者，喻秦仲之君臣，所有各得其宜。○阪音反，又扶板反。陂彼寄反，又普羅反，又彼皮反。**既見君子，竝坐鼓瑟。**又見其禮樂焉。箋云：既見，既見秦仲也。竝坐鼓瑟，君臣以閒暇燕飲相安樂也。○閒音閑。樂音洛。**今者不樂，逝者其耋。**耋，老也，八十曰耋。箋云：今者不於此君之朝自樂，謂仕焉，而去仕他國，其徒自使老。言將後寵祿也。○耋田結反，一音大節反。後胡豆反，又如字。

○阪有桑，隰有楊。既見君子，竝坐鼓簧。簧，笙也。○簧音黄。**今者不樂，逝者其亡。**亡，喪棄也。

車鄰三章，一章四句，二章章六句。

駟驖，美襄公也。始命，有田狩之事，園囿之樂焉。始命❶，命爲諸侯也。秦始附庸也。○驖田結反，又吐結反。囿音又，沈尤菊反。樂音洛。

○駟驖孔阜，六轡在手。驖，驪。阜，大也。箋云：四馬六轡，六轡在手，言馬之良也。○阜符有反。驪力知反。**公之媚子，從公于狩。**能以道媚於上下者。冬獵曰狩。箋云：媚於上下，謂使君臣和合也。此人從公往狩，言襄公親賢❷。○媚眉冀反。從如字。

○奉時辰牡，辰牡孔碩。時，是。辰，時也。冬獻狼，夏獻麋，春秋獻鹿豕羣獸。箋云：奉是時牡者，謂虞人也。時牡甚肥大，言禽獸得其所❸。○麋亡悲反。**公曰左之，舍拔則獲。**拔，矢末也。箋云：左之者，從禽之左射之也。拔，括也。舍拔則獲，言公善射。○舍音捨。拔蒲末反。射食亦反。括苦活反。射音麝。

○遊于北園，四馬既閑。閑，習也。箋云：公所以田則克獲者，乃遊於北園之時，時則已習其四種之馬。○種章勇反。**輶車鸞鑣，載獫歇驕。**輶，輕也。獫、歇驕，田犬也。長喙曰獫，短喙曰歇驕。箋云：輕車，驅逆之車也。置鸞於鑣，異於乘車也。載，始也。始田犬者，謂達其搏噬始成之也。此皆遊於北園時所爲也。○輶由九反，又音由。鸞盧端反。鑣彼驕反。獫力驗反，説文音力劍反。歇許謁反，説文音火遏反。驕許喬反。輕遣政反，又如字。喙況廢反。驅丘遇反，或丘于反。搏音博。

駟驖三章，章四句。

❶命，纂圖本無。案：敦煌殘卷伯二五二九號有。
❷「賢」下，巾箱本、纂圖本、十行本並有「也」字。案：敦煌殘卷伯二五二九號有。
❸「所」下，巾箱本有「也」字。案：敦煌殘卷伯二五二九號有「之」字，要義所引無。

小戎，美襄公也。備其兵甲，以討西戎。西戎方彊，而征伐不休，國人則矜其車甲，婦人能閔其君子焉。矜，夸大也。國人夸大其車甲之盛，有樂之意也。婦人閔其君子，恩義之至也。作者敘外內之志，所以美君政教之功。○矜居澄反。

○小戎俴收，五楘梁輈。小戎，兵車也❶。俴，淺。收，軫也。五，五束也。楘，歷録也。梁輈，輈上句衡也。一輈五束，束有歷録。箋云：此羣臣之兵車，故曰小戎。○俴錢淺反。收如字。楘音木。輈陟留反。句古侯反。**游環脅驅，陰靷鋈續。**游環，靷環也。游在背上，所以禦出也。脅驅，慎駕具，所以止入也。陰，揜軌也❷。靷，所以引也。鋈，白金也。續，續靷也。箋云：游環在背上無常處，貫驂之外轡，以禁其出。脅驅者，著服馬之外脅，以止驂之入。揜軌在軾前垂輈上。鋈續，白金飾續靷之環。○驅起俱反。靷音酳。鋈音沃，舊音惡。續如字，徐辭屢反。**文茵暢轂，駕我騏馵。**文茵，虎皮也。暢轂，長轂也。騏，騏文也。左足白曰馵。箋云：此上六句者，國人所矜。○茵音因，車席也。暢勑亮反。轂音谷。騏音其。馵之樹反。**言念君子，温其如玉。**箋云：言，我也。念君子之性温然如玉。玉有五德。**在其板屋，亂我心曲。**西戎板屋。箋云：心曲，心之委曲也。憂則心亂也。此上四句者，婦人所用閔其君子。

○四牡孔阜，六轡在手。騏駵是中，騧驪是驂。黄馬黑喙曰騧。箋云：赤身黑鬣曰駵。中，中服也。驂，兩騑也。○駵音留。騧古花反。鬣力輒反。騑芳非反。**龍盾之合，鋈以觼軜。**龍盾，畫龍其盾也。合，合而載之。軜，驂内轡也。箋云：鋈以觼軜，軜之觼以白金爲飾也。軜繫於軾前。○盾順允反，徐音允。觼古穴反。軜音納。**言念君子，温其在邑。**在敵邑也。**方何爲期？胡然我念之。**箋云：方今以何時爲還期乎？何以然了不來？言望之也。

○俴駟孔羣，厹矛鋈錞，蒙伐有苑。俴駟，四介馬也。孔，甚也。厹，三隅矛也。錞，鐏也。蒙，討羽也。伐，中干也。苑，文貌。箋云：俴，淺也，謂以薄金爲介之札。介，甲也。甚羣者，言和調也。蒙，尨也。討，雜也。畫雜羽之文於伐，故曰尨伐。○厹音求。錞徒對反，舊徒猥反，一音敦。鐏徂寸反，又子遜反。尨莫江反。**虎韔鏤膺，交韔二弓，竹閉緄縢。**虎，虎皮也。韔，弓室也。膺，馬帶也。交韔，交二弓於韔中也。閉，紲。緄，繩。縢，約也。箋云：鏤膺有刻金飾也。○韔勑亮反，下同。鏤魯豆反。膺於澄反。閉悲位反。緄古本反。縢直登反。**言念君子，載寢載興。厭厭良人，秩秩德音。**厭厭，安靜也。秩秩，有知也。箋云：此既閔其君子寢起之勞，又思其性與德。○厭於鹽反。秩陳乙反。

小戎三章，章十句。

❶小戎兵車也，巾箱本無。
❷軌，單疏本作「軓」。下箋文同。

蒹葭，刺襄公也。未能用周禮，將無以固其國焉。秦處周之舊土，其人被周之德教日久矣，今襄公新爲諸侯，未習周之禮法，故國人未服焉。○蒹葭上古恬反，下音加。

○**蒹葭蒼蒼，白露爲霜。**興也。蒹，薕。葭，蘆也。蒼蒼，盛也。白露凝戾爲霜然後歲事成，國家待禮然後興。箋云：蒹葭在衆草之中，蒼蒼然彊❶，至白露凝戾爲霜則成而黃。興者，喻衆民之不從襄公政令者，得周禮以教之則服。○薕音廉。**所謂伊人，在水一方。**伊，維也。一方難至矣。箋云：伊當作繄。繄猶是也。所謂是知周禮之賢人，乃在大水之一邊。假喻以言遠。○繄於奚反。**遡洄從之，道阻且長。**逆流而上曰遡洄。逆禮則莫能以至也。箋云：此言不以敬順往求之，則不能得見。○遡蘇路反。洄音回。上時掌反。**遡游從之，宛在水中央。**順流而涉曰遡游。順禮求濟，道來迎之。箋云：宛，坐見貌。以敬順求之則近耳。易得見也。○宛紆阮反。易以豉反。

○**蒹葭淒淒❷，白露未晞。**淒淒猶蒼蒼也。晞，乾也。箋云：未晞，未爲霜。○淒七奚反。晞音希。**所謂伊人，在水之湄。**湄，水隒也。○湄音眉。隒魚檢反，又音檢。**遡洄從之，道阻且躋。**躋，升也。箋云：升者，言其難至如升阪。○躋子西反。**遡游從之，宛在水中坻。**坻，小渚也❸。○坻直尸反。

○**蒹葭采采，白露未已。**采采猶淒淒也。未已猶未止也。**所謂伊人，在水之涘。**涘，厓也。○涘音俟。**遡洄從之，道阻且右。**右，出其右也。箋云：右者，言其迂迴也。○迂音于。**遡游從**

之，宛在水中沚。小渚曰沚。○沚音止。

蒹葭三章，章八句。

❶「彊」下，監圖本、纂圖本、十行本並有「盛」字。案：敦煌殘卷伯二五二九號無，要義所引同。

❷淒淒，十行本作「萋萋」。下同。案：敦煌殘卷伯二五二九號作「萋＝」，讀詩記所引作「淒淒」。

❸渚，巾箱本、監圖本作「者」。案：敦煌殘卷伯二五二九號作「者」，讀詩記所引作「渚」，單疏本標起止云「傳坻小渚」。

終南，戒襄公也。能取周地，始爲諸侯，受顯服。大夫美之，故作是詩以戒勸之。

○終南何有？有條有梅。興也。終南，周之名山中南也。條，槄。梅，柟也。宜以戒不宜也。箋云：問何有者，意以爲名山高大，宜有茂木也。興者，喻人君有盛德，乃宜有顯服，猶山之木有大小也。此之謂「戒勸」。○槄吐刀反。柟如鹽反。**君子至止，錦衣狐裘。**錦衣，采色也。狐裘，朝廷之服❶。箋云：至止者，受命服於天子而來也。諸侯狐裘，錦衣以裼之。○裼星歷反。**顏如渥丹，其君也哉。**箋云：渥，厚漬也。顏色如厚漬之丹，言赤而澤也。其君也哉，儀貌尊嚴也。○渥於角反。

○終南何有？有紀有堂。紀，基也。堂，畢道平如堂也。箋云：畢也堂也，亦高大之山所宜有也。畢，終南山之道名，邊如堂之牆然❷。○紀如字，沈音起。**君子至止，黻衣繡裳。**黑與青謂之黻。五色備謂之繡。○黻音弗。**佩玉將將，壽考不忘**❸。○將七羊反。

終南二章，章六句。

❶「服」下，監圖本、巾箱本並有「也」字。案：敦煌殘卷伯二五二九號有。

❷「邊」下，日抄本有「平」字。案：敦煌殘卷伯二五二九號無。

❸忘，十行本作「亡」。

黃鳥，哀三良也。國人刺穆公以人從死，而作是詩也。三良，三善臣也，謂奄息、仲行、鍼虎也。從死，自殺以從死。○行户郎反，下同。鍼其廉反，徐音針。

○交交黃鳥，止于棘。興也。交交，小貌。黃鳥以時往來得其所，人以壽命終，亦得其所。箋云：黃鳥止于棘，以求安己也，此棘若不安則移。興者，喻臣之事君亦然。今穆公使臣從死，刺其不得黃鳥止于棘之本意。**誰從穆公？子車奄息。**子車，氏。奄息，名。箋云：言誰從穆公者，傷之。**維此奄息，百夫之特。**乃特百夫之德。箋云：百夫之中最雄俊也。**臨其穴，惴惴其慄。**惴惴，懼也。箋云：穴，謂塚壙中也。秦人哀傷此奄息之死，臨視其壙，皆爲之悼慄。○惴之瑞反。慄音栗。壙苦晃反。**彼蒼者天，殲我良人。**殲，盡。良，善也。箋云：言彼蒼者天，愬之。○殲子廉反，徐息廉反。[愬]蘇路反。**如可贖兮，人百其身！**箋云：如此奄息之死，可以他人贖之者，人皆百其身。謂一身百死猶爲之，惜善人之甚。○[贖]食燭反，又音樹。

○交交黄鳥，止于桑。誰從穆公？子車仲行。箋云：仲行，字也。**維此仲行，百夫之防。**防，比也。箋云：防猶當也。言此一人當百夫。○[防]毛音方，鄭音房。**臨其穴，惴惴其慄。彼蒼者天，殲我良人。如可贖兮，人百其身！**

○交交黄鳥，止于楚。誰從穆公？子車鍼虎。維此鍼虎，百夫之禦。禦，當也。○[禦]魚吕反。**臨其穴，惴惴其慄。彼蒼者天，殲我良人。如可贖兮，人百其身！**

黄鳥三章，章十二句。

晨風，刺康公也。忘穆公之業，始棄其賢臣焉。

○鴥彼晨風，鬱彼北林。興也。鴥，疾飛貌。晨風，鸇也。鬱，積也。北林，林名也。先君招賢人，賢人往之駛疾，如晨風之飛入北林。箋云：先君，謂穆公。○[鴥]尹橘反，字林于叔反。[鸇]之然反。[駛]所吏反。**未見君子，憂心欽欽。**思望之，心中欽欽然。箋云：言穆公始未見賢者之時，思望而憂之。**如何如何，忘我實多。**今則忘之矣。箋云：此以穆公之意責康公。如何如何乎，女忘我之事

實多。

○山有苞櫟，隰有六駮。櫟，木也。駮如馬，倨牙，食虎豹。箋云：山之櫟，隰之駮，皆其所宜有也。以言賢者亦國家所宜有之。○櫟盧狄反。駮邦角反，獸名。倨音據。**未見君子，憂心靡樂。如何如何，忘我實多。**○樂音洛。

○山有苞棣，隰有樹檖。棣，唐棣❶。檖，赤羅也❷。○棣音悌。檖音遂。**未見君子，憂心如醉。如何如何，忘我實多。**

晨風三章，章六句。

❶「棣」下，巾箱本、監圖本、纂圖本、日抄本、十行本並有「也」字。案：敦煌殘卷伯二五二九號有，讀詩記所引同。

❷也，監圖本、纂圖本並無。案：敦煌殘卷伯二五二九號有，讀詩記所引同。

無衣，刺用兵也。秦人刺其君好攻戰，亟用兵，而不與民同欲焉。○好呼報反。攻古弄反，又如字。亟欺冀反。

○豈曰無衣？與子同袍。興也。袍，襺也。上與百姓同欲，則百姓樂致其死。箋云：此責康公之言也。君豈嘗曰「女無衣，我與女同袍」乎❶？言不與民同欲。○袍抱毛反。襺古顯反。**王于興師，脩我戈矛，與子同仇。**戈長六尺六寸。矛長二丈。天下有道，則禮樂征伐自天子出。仇，匹也。箋云：于，於也。怨耦曰仇。君不與我同欲，而於王興師，則云：脩我戈矛，與子同仇，往伐之。刺其好攻戰。○仇音求。長直亮反，又如字。

○豈曰無衣？與子同澤。澤，潤澤也。箋云：襗，褻衣，近汙垢。○澤如字。褻仙列反。襗除革反，説文：袴也。汙音烏。**王于興師，脩我矛戟，與子偕作。**作，起也。箋云：戟，車戟常也。

○豈曰無衣？與子同裳。王于興師，脩我甲兵，與子偕行。行，往也。

無衣三章，章五句。

❶同，巾箱本、日抄本、十行本並作「共」。案：敦煌殘卷伯二五二九號作「共」。

渭陽，康公念母也。康公之母，晉獻公之女。文公遭麗姬之難，未反而秦姬卒。穆公納文公，康公時爲大子，贈送文公于渭之陽，念母之不見也，我見舅氏，如母存焉。及其即位，思而作是詩也❶。○渭音謂，水北曰陽。麗力馳反。難乃旦反。大音泰。

○我送舅氏，曰至渭陽。母之昆弟曰舅。箋云：渭，水名也。秦是時都雍，至渭陽者，蓋東行送舅氏於咸陽之地。○雍於用反，縣名，今屬扶風。何以贈之？路車乘黄。贈，送也。乘黄，四馬也。○乘繩證反。

○我送舅氏，悠悠我思。何以贈之？瓊瑰玉佩。瓊瑰，石而次玉❷。○思息嗣反。瑰古回反。

渭陽二章，章四句。

❶思，巾箱本無。案：敦煌殘卷伯二五二九號有，讀詩記所引無，單疏本疏文云：「及其即位爲君，思本送舅時事，而作是渭陽之詩。」

❷而，巾箱本無。

權輿，刺康公也。忘先君之舊臣，與賢者有始而無終也。○輿音餘。

○於我乎，夏屋渠渠，夏，大也。箋云：屋，具也。渠渠猶勤勤也。言君始於我厚，設禮食大具以食我，其意勤勤然。○夏胡雅反。屋如字。渠其居反。食我，音嗣。今也每食無餘。箋云：此言君今遇我薄，其食我纔足耳。于嗟乎，不承權輿。承，繼也。權輿，始也。

○於我乎，每食四簋，四簋，黍、稷、稻、粱。○簋音軌，内方外圓曰簋。今也每食不飽。于嗟乎，不承權輿。

權輿二章，章五句。

秦國十篇，二十七章，百八十一句。

毛詩卷第六

毛詩卷第七

陳宛丘詁訓傳第十二

國風　　鄭氏箋

宛丘，刺幽公也。淫荒昏亂，游蕩無度焉。○宛怨阮反。

○子之湯兮，宛丘之上兮。子，大夫也。湯，蕩也。四方高中央下曰宛丘。箋云：子者，斥幽公也。游蕩無所不爲。○湯他郎反。**洵有情兮，而無望兮。**洵，信也。箋云：此君信有淫荒之情，其威儀無可觀望而則傚。○洵音荀。

○坎其擊鼓，宛丘之下。坎坎，擊鼓聲。○坎苦感反。**無冬無夏，值其鷺羽。**值，持也。鷺鳥之羽，可以爲翳。箋云：翳，舞者所持以指麾❶。○值直置反。翳於計反。

○坎其擊缶，宛丘之道。盎謂之缶。○缶方有反。盎烏浪反。**無冬無夏，值其鷺翿。**翿，翳也。○翿音道。

宛丘三章，章四句。

❶「麾」下，日抄本有「者」字。案：讀詩記所引無。

東門之枌，疾亂也。幽公淫荒，風化之所行，男女棄其舊業，亟會於道路，歌舞於市井爾。○枌符云反。亟音弃。

○**東門之枌，宛丘之栩。**枌，白榆也。栩，杼也。國之交會，男女之所聚。○栩況浦反。杼常與反。**子仲之子，婆娑其下。**子仲，陳大夫氏。婆娑，舞也。箋云：之子，男子也。○婆步波反。娑桑何反。

○**穀旦于差，南方之原。**穀，善也。原，大夫氏。箋云：旦，明。于，曰。差，擇也。朝日善明，曰相擇矣。以南方原氏之女，可以爲上處。○差鄭初佳反，王音嗟。**不績其麻，市也婆娑。**箋云：績麻者，婦人之事也。疾其今不爲。

○**穀旦于逝，越以鬷邁。**逝，往。鬷，數。邁，行也。箋云：越，於。鬷，揔也。朝日善明，曰往矣，謂之所會處也。於是以揔行，欲男女合行。○鬷子公反。**視爾如荍，貽我握椒。**荍，芘芣也。椒，芬香也。箋云：男女交會而相説曰：「我視女之顔色，美如芘芣之華然，女乃遺我一握之椒。」交情好也。此本淫亂之所由。○荍祁饒反。芘音毗，又芳耳反。芣音浮。説音悦。遺唯季反。好呼報反。

東門之枌三章，章四句。

衡門，誘僖公也。愿而無立志，故作是詩以誘掖其君也。誘，進也。掖，扶持也。○衡如字，衡，橫也，沈云：「此古文橫字。」誘音酉。愿音願，謹也。掖音亦。

○衡門之下，可以棲遲。衡門，橫木爲門。言淺陋也。棲遲，遊息也。箋云：賢者不以衡門之淺陋，則不遊息於其下。以喻人君不可以國小，則不興治致政化。○棲音西。**泌之洋洋，可以樂飢**❶。泌，泉水也。洋洋，廣大也。樂飢，可以樂道忘飢❷。箋云：飢者，不足於食也。泌水之流洋洋然❸，飢者見之，可飲以療飢❹。以喻人君慤愿，任用賢臣則政教成，亦猶是也。○泌悲位反。樂毛音洛，鄭力召反。

○豈其食魚，必河之魴？豈其取妻，必齊之姜？箋云：此言何必河之魴然後可食，取其美口而已❺。何必大國之女然後可妻，亦取貞順而已。以喻君任臣何必聖人，亦取忠孝而已。齊，姜姓。○魴音房。取音娶，下文同。

○豈其食魚，必河之鯉？豈其取妻，必宋之子？箋云：宋，子姓。

衡門三章，章四句。

❶樂，唐石經作「藥」。
❷以，巾箱本無。

❸水之，纂圖本互倒。
❹療，日抄本作「樂」。
❺美口，巾箱本、監圖本、纂圖本、日抄本、十行本並互倒。

東門之池，刺時也。疾其君之淫昏，而思賢女以配君子也。

○東門之池，可以漚麻。 興也。池，城池也。漚，柔也。箋云：於池中柔麻，使可緝績作衣服。興者，喻賢女能柔順君子，成其德教。○漚烏豆反。**彼美淑姬，可與晤歌❶。** 晤，遇也。箋云：晤猶對也。言淑姬賢女，君子宜與對歌相切化也。○淑，善也。晤五故反。

○東門之池，可以漚紵。彼美淑姬，可與晤語。 ○紵直吕反。

○東門之池，可以漚菅。彼美淑姬，可與晤言。 言，道也。○菅古顔反，茅已漚爲菅。

東門之池三章，章四句。

❶與，巾箱本作「以」。

東門之楊，刺時也。昏姻失時，男女多違，親迎女猶有不至者也。 ○迎魚敬反。

○東門之楊，其葉牂牂。 興也。牂牂然，盛貌。言男女失時，不逮秋冬。箋云：楊葉牂牂，三月中也。興者，喻時晚也，失仲春之月。○牂子桑反。**昏以爲期，明星煌煌。**期而不至也。箋云：親迎之禮以昏時，女留他色，不肯時行乃至大星煌煌然。○煌音皇。

○東門之楊，其葉肺肺。肺肺猶牂牂也。○肺普貝反，又蒲貝反。**昏以爲期，明星晢晢。**晢晢猶煌煌也。○晢之世反。

東門之楊二章，章四句。

墓門，刺陳佗也。陳佗無良師傅，以至於不義，惡加於萬民焉。不義者，謂弒君而自立。○佗徒多反，五父也。

○墓門有棘，斧以斯之。興也。墓門，墓道之門。斯，析也。幽閒希行，用生此棘薪，維斧可以開析之。箋云：興者，喻陳佗由不覩賢師良傅之訓道，至陷於誅絶之罪。○斯所宜反，又如字，又音梳，析也。**夫也不良，國人知之。**夫，傅相也。箋云：良，善也。陳佗之師傅不善，羣臣皆知之。言其罪惡著也。○相息亮反。**知而不已，誰昔然矣。**昔，久也。箋云：已猶去也。誰昔，昔也。國人皆知其有罪惡而不誅退，終致禍難，自古昔之時常然。○去羌呂反。

○墓門有梅，有鴞萃止。梅，柟也。鴞，惡聲之鳥也。萃，集也。箋云：梅之樹善惡自耳❶，徒以鴞集其上而鳴，人則惡之，樹因惡矣❷。以喻陳佗之性，本未必惡，師傅惡而陳佗從之而惡。○鴞户驕反。萃徂醉反。柟冉鹽反。則惡烏路反。**夫也不良，歌以訊之**❸。訊，告也。箋云：歌，謂作此詩也。既作，又使工歌之，是謂之告。○訊音信。**訊予不顧，顛倒思予。**箋云：予，我也。歌以告之：「汝不顧念我言❹，至於破滅顛倒之急，乃思我之言。」言其晚也。

墓門二章，章六句。

❶耳，十行本作「有」。案：單疏本疏文云：「言墓道之門有此梅樹，此梅善惡自耳。」

❷樹，十行本作「性」。

❸訊，唐石經、日抄本並作「誶」。案：阜陽漢簡S一二八號作「誶」。

❹汝，監圖本作「云」。

防有鵲巢，憂讒賊也。宣公多信讒，君子憂懼焉。

○防有鵲巢，邛有旨苕。興也。防，邑也。邛，丘也。苕，草也。箋云：防之有鵲巢，邛之有美苕，處勢自然。興者，喻宣公信多言之人，故致此讒人。○邛其恭反。苕徒凋反。**誰侜予美？心焉忉忉。**侜張，誑也。箋云：誰，誰讒人也。女衆讒人，誰侜張誑欺我所美之人乎？使我心忉忉然。所美，謂宣公。○侜陟留反，廱蔽也。忉都勞反，憂也。

○中唐有甓，邛有旨鷊。中，中庭也。唐，堂塗也。甓，瓴甋也❶。鷊，綬草也。○甓薄歷反。鷊五歷反。瓴音零。甋都歷反。誰侜予美？心焉惕惕。惕惕猶忉忉也。○惕吐歷反。

防有鵲巢二章，章四句。

❶瓴甋，巾箱本、日抄本並作「令適」。案：讀詩記所引作「令適」。

月出，刺好色也。在位不好德而説美色焉。○好呼報反。説音悦。

○月出皎兮，興也。皎，月光也。箋云：興者，喻婦人有美色之白皙。佼人僚兮，舒窈糾兮，僚，好貌。舒，遲也。窈糾，舒之姿也。○佼古卯反，方言云：「自關而東，河、濟之閒，凡好謂之姣。」僚音了。窈烏了反。糾其趙反，又其小反。勞心悄兮。悄，憂也。箋云：思而不見則憂。○悄七小反。

○月出皓兮，佼人懰兮，舒懮受兮，勞心慅兮。○皓胡老反。懰音柳，好貌。懮於久反，舒貌。慅七老反，憂也。

○月出照兮，佼人燎兮，舒夭紹兮，勞心慘兮。○燎力召反，又力弔反。夭於表反。

月出三章，章四句。

株林，刺靈公也。淫乎夏姬，驅馳而往，朝夕不休息焉。夏姬，陳大夫妻，夏徵舒之母，鄭女也。徵舒，字子南。夫，字御叔。○夏户雅反，下同。御魚吕反。

○胡爲乎株林，從夏南？株林，夏氏邑也。夏南，夏徵舒也。箋云：陳人責靈公，君何爲之株林，從夏氏子南之母，爲淫泆之行？○行，下孟反。**匪適株林，從夏南。**箋云❶：匪，非也。言我非之株林，從夏南之母❷，爲淫泆之行，自之他耳。觝拒之辭。○觝，都禮反。

○駕我乘馬，説于株野。乘我乘駒，朝食于株。大夫乘駒。箋云：我，國人我君也。君親乘君乘馬，乘君乘駒，變易車乘，以至株林，或説舍焉，或朝食焉。又責之也。馬六尺以下曰駒。○乘，繩證反，下乘駒，註君乘、車乘並同，餘平聲。説，音税。

株林二章，章四句。

❶箋云，監圖本、纂圖本並無。案：單疏本疏文標起止云「箋匪非至之辭」。

❷夏南，巾箱本、監圖本、纂圖本、日抄本、十行本並作「夏氏子南」。

澤陂，刺時也。言靈公君臣淫於其國，男女相説，憂思感傷焉。君臣淫於國，謂與孔寧、儀行父也。感傷，謂「涕泗滂沱」。○陂，彼皮反。思，息嗣反。父，音甫。涕，他弟反，下同。

○彼澤之陂，有蒲與荷。興也。陂，澤障也。荷，芙蕖也。箋云：蒲，柔滑之物。芙蕖之莖曰荷，生而佼大。興者，蒲以喻所説男之性，荷以喻所説女之容體也❶。正以陂中二物興者，喻淫風由同姓生。**有美一人，傷如之何。**傷無禮也。箋云：傷，思也。我思此美人，當如之何而得見之。**寤寐無**

爲，涕泗滂沱。自目曰涕，自鼻曰泗。箋云：寤，覺也。○覺音教。

○彼澤之陂，有蒲與蕑。蕑，蘭也。箋云：蕑當作蓮。蓮，芙蕖實也。蓮以喻女之言信。○蕑毛古顏反，鄭練田反。有美一人，碩大且卷。卷，好貌。○卷其員反。寤寐無爲，中心悁悁。悁悁猶悒悒也。○悁烏懸反。

○彼澤之陂，有蒲菡萏。菡萏，荷華也。箋云：華以喻女之顏色。○菡户感反。萏大感反。有美一人，碩大且儼。儼，矜莊貌。○儼魚檢反。寤寐無爲，輾轉伏枕。

澤陂三章，章六句。

❶體，日抄本作「皃」。

陳國十篇，二十六章，百二十四句。

檜羔裘詁訓傳第十三

國風　　鄭氏箋

羔裘，大夫以道去其君也。國小而迫，君不用道，好絜其衣服，逍遥遊燕，而不能自强於政治，故作是詩也。以道去其君者，三諫不從，待放於郊，得玦乃去。○好呼報反。

○羔裘逍遥，狐裘以朝。羔裘以遊燕，狐裘以適朝。箋云：諸侯之朝服，緇衣羔裘。大蜡而息民，則有黄衣狐裘。今以朝服燕，祭服朝，是其好絜衣服也。先言燕，後言朝，見君之志不能自强於政治。○朝直遥反。蜡仕詐反。見賢遍反。**豈不爾思？勞心忉忉。**國無政令，使我心勞。箋云：爾，女也。三諫不從，待放而去，思君如是，心忉忉然。○忉音刀。

○羔裘翱翔，狐裘在堂。堂，公堂也。箋云：翱翔猶逍遥也。**豈不爾思？我心憂傷。**

○羔裘如膏，日出有曜。日出照曜，然後見其如膏。○膏古報反。**豈不爾思？中心是悼。**悼，動也。箋云：悼猶哀傷也。

羔裘三章，章四句。

素冠，刺不能三年也。喪禮，子爲父，父卒爲母，皆三年。時人恩薄禮廢，不能行也。○爲于僞反，下同。

○庶見素冠兮，棘人欒欒兮，庶，幸也。素冠，練冠也。棘，急也。欒欒，瘠貌。箋云：喪禮，既祥祭而縞冠素紕❶。時人皆解緩，無三年之恩於其父母，而廢其喪禮。故覬幸一見素冠，急於哀慼之人，形貌欒欒然膄瘠也❷。○欒力端反。紕婢移反。解佳賣反。膄所救反。**勞心慱慱兮。**慱慱，憂勞也。箋云：勞心者，憂不得見。○慱徒端反。

○庶見素衣兮，素冠故素衣也。箋云：除成喪者，其祭也朝服縞冠。朝服，緇衣素裳。然則此言素衣者，謂素裳也。**我心傷悲兮，聊與子同歸兮。**願見有禮之人，與之同歸。箋云：聊猶且也。且與子同歸，欲之其家，觀其居處。

○庶見素韠兮，箋云：祥祭朝服素韠者，韠從裳色。○韠音畢。**我心蘊結兮，聊與子如一兮。**子夏三年之喪畢，見於夫子，援琴而絃，衎衎而樂，作而曰：「先王制禮，不敢不及也❸。」夫子曰：「君子也。」閔子騫三年之喪畢，見於夫子，援琴而絃，切切而哀，作而曰：「先王制禮，不敢過也。」夫子曰：「君子也。」子路曰：「敢問何謂也？」夫子曰：「子夏哀已盡，能引而致之於禮，故曰君子也。閔子騫哀未盡，能自割以禮，故曰君子也。夫三年之喪，賢者之所輕，不肖者之所勉。」箋云：聊與子如一，且欲與之居處，觀其行也。○蘊紆粉反。衎苦旦反。

素冠三章，章三句。

❶冠素，纂圖本互倒。
❷腴瘠，巾箱本、監圖本並作「瘠瘦」。案：要義所引作「瘦瘠」，單疏本疏文標起止云「箋喪禮至腴瘠」。
❸也，巾箱本、監圖本、纂圖本、日抄本、十行本並無。案：要義所引無。

隰有萇楚，疾恣也。國人疾其君之淫恣，而思無情慾者也。恣，謂狡狎淫戲，不以禮也。○萇丈羊反。狭古快反。

○隰有萇楚，猗儺其枝。興也。萇楚，銚弋也。猗儺，柔順也。箋云：銚弋之性，始生正直，及其長大，則其枝猗儺而柔順，不妄尋蔓草木。興者，喻人少而端慤，則長大無情慾。○猗於可反。儺乃可反。銚音遥。長張丈反，下同。夭之沃沃，樂子之無知。夭，少也。沃沃，壯佼也。箋云：知，匹也。疾君之恣，故於人年少沃沃之時，樂其無妃匹之意。○夭於驕反。沃烏毒反。樂音洛，下同。妃音配。

○隰有萇楚，猗儺其華。夭之沃沃，樂子之無家。箋云：無家，謂無夫婦室家之道。

○隰有萇楚，猗儺其實。夭之沃沃，樂子之無室。

隰有萇楚三章，章四句。

匪風，思周道也。國小政亂，憂及禍難，而思周道焉。○難乃旦反。

○匪風發兮，匪車偈兮。發發飄風，非有道之風。偈偈疾驅，非有道之車。○偈起竭反。驅去聲。顧瞻周道，中心怛兮。怛，傷也。下國之亂，周道滅也。箋云：周道，周之政令也。迴首曰顧。○怛都達反。

○匪風飄兮，匪車嘌兮。迴風爲飄。嘌嘌，無節度也。○飄符遥反，又必遥反。嘌匹遥反。顧瞻周道，中心弔兮。弔，傷也。

○誰能亨魚？溉之釜鬵。溉，滌也。鬵，釜屬。亨魚煩則碎，治民煩則散，知亨魚則知治民矣。箋云：誰能者，言人偶能割亨者。○亨普耕反。溉古愛反。鬵音尋。**誰將西歸？懷之好音。**周道在乎西。懷，歸也。箋云：誰將者，亦言人偶能輔周道治民者也。檜在周之東，故言西歸。有能西仕於周者，我則懷之以好音，謂周之舊政令。

匪風三章，章四句。

檜國四篇，十二章，四十五句。

曹蜉蝣詁訓傳第十四

國風　　鄭氏箋

蜉蝣，刺奢也。昭公國小而迫，無法以自守，好奢而任小人，將無所依焉。○蜉音浮。蝣音由。

○蜉蝣之羽，衣裳楚楚。興也。蜉蝣，渠略也，朝生夕死，猶有羽翼，以自脩飾。楚楚，鮮明貌。箋云：興者，喻昭公之朝，其羣臣皆小人也，徒整飾其衣裳，不知國之將迫脅，君臣死亡無日，如渠略然。**心之憂矣，於我歸處？**箋云：歸，依歸。君當於何依歸乎？言有危亡之難，將無所就往。○難乃旦反。

○**蜉蝣之翼，采采衣服。**采采，衆多也。**心之憂矣，於我歸息？**息，止也。

○**蜉蝣掘閱，麻衣如雪。**掘閱，容閱也❶。如雪，言鮮絜。箋云：掘閱，掘地解閱❷，謂其始生時也。以解閱喻君臣朝夕變易衣服也。麻衣，深衣。諸侯之朝，朝服朝❸，夕則深衣也。○掘求勿反。閱音悦。解音蟹，下同。**心之憂矣，於我歸説？**箋云：説猶舍息也。○説音税，協韻如字。

蜉蝣三章，章四句。

❶閱，監圖本作「悦」。
❷閱，十行本無。
❸上「朝」字，巾箱本、監圖本、纂圖本並無。

候人，刺近小人也。共公遠君子，而好近小人焉。○近附近之近。共音恭。遠于萬反，下注同。好呼報反。

○**彼候人兮，何戈與祋。**候人，道路送賓客者。何，揭。祋，殳也。言賢者之官，不過候人。箋云：是謂遠君子也。○何何可反。祋都外反。殳市朱反。**彼其之子，三百赤芾。**彼，彼曹朝也。芾，韠也。一命緼芾黝珩，再命赤芾黝珩，三命赤芾葱珩。大夫以上，赤芾乘軒。箋云：之子，是子也。佩赤芾者三百人。○其音記，下皆同。芾音弗。朝直遥反，下在朝同。緼音温，又烏本反。黝於糾反。

○維鵜在梁，不濡其翼？鵜，洿澤鳥也❶。梁，水中之梁。鵜在梁，可謂不濡其翼乎？箋云：鵜在梁，當濡其翼而不濡者，非其常也。以喻小人在朝，亦非其常。○鵜徒低反。洿音烏。**彼其之子，不稱其服。**箋云：不稱者，言德薄而服尊。○稱尺證反，注同。

○維鵜在梁，不濡其咮？咮，喙也。○咮陟救反。喙虚穢反，鳥口也。**彼其之子，不遂其媾。**媾，厚也。箋云：遂猶久也。不久其厚，言終將薄於君也。○媾古豆反。

○薈兮蔚兮，南山朝隮❷。薈蔚，雲興貌。南山，曹南山也。隮，升雲也。箋云：薈蔚之小雲，朝升於南山，不能爲大雨。以喻小人雖見任於君，終不能成其德教。○薈烏會反。蔚於貴反。隮子兮反。**婉兮孌兮，季女斯飢。**婉，少貌。孌，好貌。季，人之少子也。女，民之弱者。箋云：天無大雨，則歲不熟而幼弱者飢，猶國之無政令，則下民困病。○婉於阮反。孌力轉反。少詩照反，下同。

候人四章，章四句。

❶烏，日抄本無。案：要義所引、讀詩記所引並無。
❷隮，原作「躋」，據諸本改。

鳲鳩，刺不壹也。在位無君子，用心之不壹也。○鳲音尸。

○鳲鳩在桑，其子七兮。興也。鳲鳩，秸鞠也。鳲鳩之養其子，朝從上下，莫從下上，平均如一。箋云：興者，喻人君之德，當均一於下也。以刺今在位之人不如鳲鳩。○秸居八反。鞠居六反。莫音暮。上時掌反。淑人君子，其儀一兮。箋云：淑，善。儀，義也。善人君子，其執義當如一也。其儀一兮，心如結兮。言執義一則用心固。

○鳲鳩在桑，其子在梅。飛在梅也。淑人君子，其帶伊絲。其帶伊絲，其弁伊騏。騏，騏文也。弁，皮弁也。箋云：其帶伊絲，謂大帶也。大帶用素絲，有雜色飾焉。騏當作璂，以玉爲之。言此帶弁者，刺不稱其服。○弁皮彥反。騏音其。

○鳲鳩在桑，其子在棘。淑人君子，其儀不忒。忒，疑也。○忒他得反。其儀不忒，正是四國。正，長也。箋云：執義不疑，則可爲四國之長。言任爲侯伯。○長張丈反，下同。任音壬。

○鳲鳩在桑，其子在榛。淑人君子，正是國人。正是國人，胡不萬年。箋云：正，長也。能長人，則人欲其壽考。○榛側巾反。

鳲鳩四章，章六句。

下泉，思治也。曹人疾共公侵刻❶，下民不得其所，憂而思明王賢伯也。○共音恭。

○**洌彼下泉，浸彼苞稂。**興也。洌，寒也。下泉，泉下流也。苞，本也。稂，童粱，非溉草，得水而病也。箋云：興者，喻共公之施政教，徒困病其民。稂當作涼。涼草，蕭蓍之屬。○洌音列。浸子鴆反。稂音郎。**愾我寤嘆，念彼周京。**箋云：愾，嘆息之意。寤，覺也。念周京者，思其先王之明者。○愾苦愛反。

○**洌彼下泉，浸彼苞蕭。**蕭，蒿也。**愾我寤嘆，念彼京周。**

○**洌彼下泉，浸彼苞蓍。**蓍，草也。**愾我寤嘆，念彼京師。**

○**芃芃黍苗，陰雨膏之。**芃芃，美貌。○芃薄工反。膏古報反。**四國有王，郇伯勞之。**郇伯，郇侯也。諸侯有事，二伯述職。箋云：有王，謂朝聘於天子也。郇侯，文王之子，爲州伯，有治諸侯之功。○郇音荀。勞力報反。

下泉四章，章四句。

❶人，纂圖本作「公」。

曹國四篇，十五章，六十八句。

毛詩卷第七

毛詩卷第八

豳七月詁訓傳第十五

國風　　鄭氏箋

七月，陳王業也。周公遭變，故陳后稷先公風化之所由，致王業之艱難也。周公遭變者，管、蔡流言，辟居東都。○王去聲，又如字。辟音避。

○七月流火，九月授衣。火，大火也。流，下也。九月霜始降，婦功成，可以授冬衣矣。箋云：大火者，寒暑之候也。火星中而寒暑退，故將言寒，先著火所在。**一之日觱發，二之日栗烈。無衣無褐，何以卒歲？**一之日，十之餘也。一之日，周正月也。觱發，風寒也。二之日，殷正月也。栗烈，寒氣也。箋云：褐，毛布也。卒，終也。此二正之月，人之貴者無衣，賤者無褐，將何以終歲乎？是故八月則當績也。○觱音必。**三之日于耜，四之日舉趾。同我婦子，饁彼南畝，田畯至喜。**三之日，夏正月也。豳土晚寒。于耜，始脩耒耜也。四之日，周四月也。民無不舉足而耕矣。饁，饋也。田畯，田大夫也。箋云：同，猶俱也。喜讀爲饎。饎，酒食也。耕者之婦子，俱以饟來至於南畝之中，其見田大夫，又爲設酒食焉。言勸其事，又愛其吏也。此章陳人以衣食爲急，餘章廣而成之。○耜音似。饁炎輒反。[畯]音俊。[喜]如字，又音熾。[饟]餉，同。

○七月流火，九月授衣。箋云：將言女功之始，故又本於此。**春日載陽，有鳴倉庚。女執懿筐，遵彼微行，爰求柔桑。**倉庚，離黄也。懿筐，深筐也。微行，牆下徑也。五畝之宅，樹之以桑。箋云：載之言則也。陽，温也。温而倉庚又鳴，可蠶之候也。柔桑，穉桑也。蠶始生，宜穉桑。○[離]力知反。**春日遲遲，采蘩祁祁。女心傷悲，殆及公子同歸。**遲遲，舒緩也。蘩，白蒿也❶，所以生蠶。祁祁，衆多也。傷悲，感事苦也。春女悲，秋士悲，感其物化也。殆，始。及，與也。豳公子躬率其民，同時出，同時歸也。箋云：春女感陽氣而思男，秋士感陰氣而思女，是其物化，所以悲也，悲則始有與公子同歸之志，欲嫁焉。女感事苦而生此志。是謂豳風。○[祁]巨之反。[殆]音待。

○七月流火，八月萑葦。薍爲萑，葭爲葦。豫畜萑葦，可以爲曲也。箋云：將言女功自始至成，故亦又本於此。○[萑]户官反。[葦]韋鬼反。[薍]五患反。**蠶月條桑，取彼斧斨，以伐遠揚，猗彼女桑。**斨，方銎也。遠，枝遠也。揚，條揚也。角而束之曰猗。女桑，荑桑也。箋云：條桑，枝落之❷，采其葉也。女桑，少枝長條不枝落者，束而采之。○[條]徒彫反。[斨]七羊反。[猗]於綺反，徐於宜反。[銎]曲容反。[荑]徒兮反。**七月鳴鵙，八月載績。載玄載黄，我朱孔陽，爲公子裳。**鵙，伯勞也。載績，絲事畢而麻事起矣。玄，黑而有赤也。朱，深纁也。陽，明也。祭服玄衣纁裳。箋云：伯勞鳴，將寒之候也。五月則鳴，豳地晚寒，鳥物之候，從其氣焉。凡染者，春暴練，夏纁玄，秋染夏。爲公子裳，厚於其所貴者説也。○鶪圭覓反。暴蒲卜反。

○**四月秀葽，五月鳴蜩。八月其穫，十月隕蘀。**不榮而實曰秀。葽，葽草也。蜩，螗也。穫，禾可穫也。隕，墜。蘀，落也。箋云：夏小正「四月王萯秀」，葽其是乎？秀葽也、鳴蜩也、穫禾也、隕蘀也，四者皆物成而將寒之候，物成自秀葽始。○葽於遥反。蜩徒彫反。穫户郭反，下同。隕于敏反。蘀音託。萯音婦。**一之日于貉，取彼狐狸，爲公子裘。**于貉，謂取狐狸皮也，「狐貉之厚以居」。孟冬天子始裘。箋云：于貉，往搏貉以自爲裘也，狐狸以共尊者。言此者，時寒宜助女功。○貉户各反。**二之日其同，載纘武功**❸。**言私其豵，獻豜于公。**纘，繼。功，事也。豕一歲曰豵，三歲曰豜。大獸公之，小獸私之。箋云：其同者，君臣及民，因習兵俱出田也。不用仲冬，亦豳地晚寒也。豕生三曰豵。○纘子管反。豵子公反。豜古牽反，又音牽。

○**五月斯螽動股，六月莎雞振羽。七月在野，八月在宇，九月在户，十月蟋蟀入我牀下。**斯螽，蚣蝑也。莎雞羽成而振訊之。箋云：自「七月在野」至「十月入我牀下」，皆謂蟋蟀也。言此三物之如此，著將寒有漸❹，非卒來也。○螽音終。莎素何反。蟋音悉。蟀所律反。蚣相容反。蝑相魚反。**穹窒熏鼠，塞向墐户。**穹，窮。窒，塞也。向，北出牖也。墐，塗也。庶人蓽户。箋云：爲此四者以備寒。○穹起弓反。窒珍悉反。向如字。墐音覲。**嗟我婦子，曰爲改歲，入此室處。**箋云：曰爲改歲者，歲終而「一之日觱發」，「二之日栗烈」，當避寒氣而入所穹窒墐户之室而居之。至此而女功止。○[爲]于僞反。

○**六月食鬱及薁，七月亨葵及菽。八月剥棗，十月穫稻。爲此春酒，以介眉壽。**鬱，棣屬。薁，蘡薁也。剥，擊也。春酒，凍醪也。眉壽，豪眉也。箋云：介，助也。既以鬱下及棗助男功，又穫稻而釀酒，以助其養老之具。是謂豳雅。○[薁]於六反。[亨]普庚反。[菽]音叔。[剥]普卜反。**七月食瓜，八月斷壺。九月叔苴，采荼薪樗，食我農夫。**壺，瓠也。叔，拾也。苴，麻子也。樗，惡木也。箋云：瓜瓠之畜，麻實之糝，乾荼之菜，惡木之薪，亦所以助男養農夫之具。○[苴]七餘反。[荼]音徒。[樗]勑書反。[食]音嗣。

○**九月築場圃，**春夏爲圃，秋冬爲場。箋云：場圃同地耳[5]。物生之時，耕治之以種菜茹[6]，至物盡成熟，築堅以爲場。○[場]直羊反，下同。[圃]布古反。**十月納禾稼，黍稷重穋，禾麻菽麥。**後熟曰重，先熟曰穋。箋云：納，内也。治於場而内之囷倉也。○[重]直容反。[穋]音六。**嗟我農夫，我稼既同，上入執宫功。**入爲上，出爲下。箋云：既同，言已聚也。可以上入都邑之宅，治宫中之事矣。於是時男之野功畢[7]。○[上]時掌反。**晝爾于茅，宵爾索綯。**宵，夜。綯，絞也。箋云：爾，女也。女當晝日往取茅歸，夜作絞索以待時用。○[索]素洛反。[綯]徒刀反。[絞]古卯反。**亟其乘屋，其始播百穀。**乘，升也。箋云：亟，急。乘，治也。十月定星將中[8]，急當治野廬之屋。其始播百穀，謂祈來年百穀于公社。○亟紀力反。定都佞反。

○二之日鑿冰沖沖，三之日納于凌陰。四之日其蚤，獻羔祭韭。冰盛水腹❾，則命取冰於山林。沖沖，鑿冰之意。凌陰，冰室也。箋云：古者日在北陸而藏冰，西陸朝覿而出之，祭司寒而藏之，獻羔而啓之。其出之也，朝之祿位，賓食喪祭，於是乎用之。月令：仲春，「天子乃獻羔開冰，先薦寢廟」。周禮，凌人之職❿，「夏頒冰⓫，掌事，秋刷」。上章備寒，故此章備暑。后稷先公禮教備也。○鑿在洛反。沖直弓反。凌力證反，又音陵。蚤音早。韭音九。**九月肅霜，十月滌場。朋酒斯饗，曰殺羔羊。**肅，縮也。霜降而收縮萬物。滌，埽也⓬。場功畢入也。兩樽曰朋。饗者，鄉人以狗，大夫加以羔羊。箋云：十月民事男女俱畢，無飢寒之憂，國君閒於政事而饗羣臣。○滌直歷反。閒音閑。**躋彼公堂，稱彼兕觥，萬壽無疆。**公堂，學校也。觥所以誓衆也。疆，竟也。箋云：於饗而正齒位，故因時而誓焉。飲酒既樂，欲大壽無竟。是謂豳頌。○躋子兮反，升也。兕徐履反。觥號彭反。疆居良反。

七月八章，章十一句。

❶白，巾箱本作「皤」。案：敦煌殘卷斯一三四號作「藩」，斯二〇四九號作「皤」，讀詩記所引同，單疏本疏文云：「傳於采蘩云『皤蒿也』，此云『白蒿』，變文以曉人也。」

❷之，監圖本、纂圖本、十行本並無。案：敦煌殘卷斯一三四號、斯二〇四九號並作「者」，單疏本疏文

云：「故枝落之而采取其葉。」

❸纘，白文本作「績」。案：敦煌殘卷斯一三四號、斯二〇四九號並作「纘」，讀詩記所引同。

❹著，巾箱本作「者」。案：敦煌殘卷斯一三四號、斯二〇四九號並作「著」，要義所引同。

❺耳，監圖本、纂圖本、十行本並作「自」。案：敦煌殘卷斯一三四號、斯二〇四九號並作「耳」。

❻菜，巾箱本作「和」。案：敦煌殘卷斯一三四號、斯二〇四九號並作「菜」，讀詩記所引同。

❼「畢」下，巾箱本有「也」字。案：敦煌殘卷斯二〇四九號有。

❽十，巾箱本作「七」。案：敦煌殘卷斯二〇四九號作「十」。

❾腹，巾箱本作「復」，監圖本、日抄本並作「複」。案：敦煌殘卷斯二〇四九號作「腹」，讀詩記所引同。

❿淩，日抄本作「冰」。案：敦煌殘卷斯二〇四九號作「氷」。

⓫頒，日抄本作「班」。案：敦煌殘卷斯二〇四九號作「班」。

⓬埽也，巾箱本、監圖本、纂圖本、十行本並無。案：敦煌殘卷斯二〇四九號有。

鴟鴞，周公救亂也。成王未知周公之志，公乃爲詩以遺王，名之曰「鴟鴞」焉。未知周公之志者，未知其欲攝政之意。○鴟尺之反。鴞于嬌反。遺唯季反。

○鴟鴞鴟鴞，既取我子，無毁我室。興也。鴟鴞，鸋鴂也。無能毁我室者，攻堅之故也。寧亡二子，不可以毁我周室。箋云：重言「鴟鴞」者，將述其意之所欲言，丁寧之也。室猶巢也。鴟鴞言已取我子者，幸無毀我巢，我巢積日累功，作之甚苦，故愛惜之也。時周公竟武王之喪，欲攝政成周道致大平之功，管叔、蔡叔等流言云「公將不利於孺子」，成王不知其意而多罪其屬黨。興者，喻此諸臣，乃世臣之子孫，其父祖以勤勞有此官位土地，今若誅殺之，無絶其位，奪其土地。王意欲誚公，此之由然。○鸋乃丁反。鴂音決。**恩斯勤斯，鬻子之閔斯。**恩，愛。鬻，稚。閔，病也。稚子，成王也。箋云：鴟鴞之意，殷勤於此稚子，當哀閔之。此取鴟鴞子者，指稚子也❶。以喻諸臣之先臣，亦殷勤於此，成王亦宜哀閔之。○鬻由六反。

○迨天之未陰雨，徹彼桑土，綢繆牖户。迨，及。徹，剥也。桑土，桑根也。箋云：綢繆猶纏綿也。此鴟鴞自説作巢至苦如是，以喻諸臣之先臣，亦及文、武未定天下，積日累功，以固定此官位與土地。○迨音待，又勑改反。土音杜。綢直留反。繆莫侯反。**今女下民，或敢侮予？**箋云：我至苦矣，今女我巢下之民，寧有敢侮慢欲毀之者乎？意欲恚怒之。以喻諸臣之先臣，固定此官位土地，亦不欲見其絶奪。○恚於季反。

○予手拮据，予所捋荼，予所蓄租，予口卒瘏。拮据，撠挶也。荼，萑苕也。租，爲。瘏，病也。手病口病，故能免乎大鳥之難。箋云：此言作之至苦，故能攻堅。人不得取其子。○拮音吉，又音結。据音居，韓詩云：「口足爲事曰拮据。」捋力活反。荼音徒。租子胡反。瘏音徒。撠京劇反。挶俱局反。**曰予未有室家。**謂我未有室家。箋云：我作之至苦如是者，曰我未有室家之故。

○予羽譙譙，予尾翛翛❷。譙譙，殺也。翛翛，敝也。箋云：手口既病，羽尾又殺敝。言己勞苦甚。○譙在消反。翛素彫反。殺色界反。**予室翹翹，風雨所漂搖，予維音嘵嘵。**翹翹，危也。嘵嘵，懼也。箋云：巢之翹翹而危，以其所託枝條弱也。以喻今我子孫不肖，故使我家道危也。風雨，喻成王也。音嘵嘵然，恐懼告愬之意。○翹祁消反。漂匹遥反。嘵呼堯反。愬音素。

鴟鴞四章，章五句。

❶指，巾箱本作「恒」，監圖本、纂圖本、日抄本、十行本並作「言」。案：敦煌殘卷斯二〇四九號作「恒於」，單疏本疏文云：「箋云『言取鴟鴞子者恒稚子也』。」

❷翛翛，唐石經作「脩脩」。案：敦煌殘卷斯二〇四九號作「消=」，讀詩記所引作「脩脩」，釋文出音「翛翛」。

東山，周公東征也。周公東征，三年而歸，勞歸士，大夫美之，故作是詩也。一章言其完也，二章言其思也，三章言其室家之望女也，四章樂男女之得及時也。君子之於人，序其情而閔其勞，所以説也，「説以使民，民忘其死」，其唯東山乎。成王既得金縢之書，親迎周公，周公歸攝政，三監及淮夷叛，周公乃東伐之，三年而後歸耳。分別章意者，周公於是志伸，美而詳之。○勞力報反。思息嗣反。女音汝。樂音洛。説音悦，下同。

○我徂東山，慆慆不歸。我來自東，零雨其濛。慆慆，言久也。濛，雨貌。箋云：此四句者，序歸士之情也。我往之東山，既久勞矣，歸又道遇雨濛濛然，是尤苦也。○慆徒刀反，又吐刀反。濛莫紅反。**我東曰歸，我心西悲。**公族有辟，公親素服，不舉樂，爲之變，如其倫之喪。箋云：我在東山，常曰歸也，我心則念西而悲。○爲于僞反。**制彼裳衣，勿士行枚。**士，事。枚，微也。箋云：勿猶無也。女制彼裳衣而來，謂兵服也。亦初無行陳銜枚之事，言前定也。春秋傳曰：「善用兵者不陳。」○行音衡，鄭音銜。枚莫杯反，枚如箸，横銜之於口，爲繣絜於項中。無行户剛反。陳直震反。**蜎蜎者蠋，烝在桑野。**蜎蜎，蠋貌。蠋❶，桑蟲也。烝，寘也。箋云：蠋蜎蜎然特行，久處桑野，有似勞苦者。古者聲寘、填、塵同也。○蜎烏懸反。蠋音蜀。烝之承反。寘音田。**敦彼獨宿，亦在車下。**箋云：敦敦然獨宿於車下，此誠有勞苦之心。○敦都回反。

○我徂東山，慆慆不歸。我來自東，零雨其濛。果臝之實，亦施于宇。伊威在室，蠨蛸在户。町畽鹿場，熠燿宵行。果臝，栝樓也。伊威，委黍也。蠨蛸，長踦也。町畽，鹿迹也。熠燿，燐也。燐，螢火也。箋云：此五物者，家無人則然，令人感思。○臝力果反。施羊豉反。伊威並如字。蠨音蕭。蛸所交反。町他頂反。畽他短反。熠以執反。燿以照反。踦起宜反。**不可畏也，伊可懷也。**箋云：伊當作繄。繄猶是也。懷，思也。室中久無人❷，故有此五物，是不足可畏，乃可爲憂思。

○我徂東山，慆慆不歸。我來自東，零雨其濛。鸛鳴于垤，婦歎于室。洒埽穹窒，我征聿至。垤，螘塚也。將陰雨，則穴處先知之矣。鸛好水，長鳴而喜也。箋云：鸛，水鳥也，將陰雨則鳴。行者於陰雨尤苦，婦念之則歎於室也。穹，窮。窒，塞。洒，灑。埽，拚也。穹窒鼠穴也。而我君子行役，述其日月，今且至矣。言婦望也。○鸛古玩反。垤田節反。洒所懈反。埽素報反。拚甫問反。**有敦瓜苦，烝在栗薪。**敦猶專專也。烝，衆也。言我心苦，事又苦也。箋云：此又言婦人思其君子之居處，專專如瓜之繫綴焉。瓜之瓣有苦者，以喻其心苦也。烝，塵。栗，析也。言君子又久見使析薪，於事尤苦也。古者聲栗、裂同也❸。○敦徒丹反。栗毛如字，鄭音列。專徒端反。**自我不見，于今三年。**

○我徂東山，慆慆不歸。我來自東，零雨其濛。箋云：凡先著此四句者，皆爲序歸士之情。○爲于僞反。**倉庚于飛，熠燿其羽**❹。箋云：倉庚仲春而鳴，嫁取之候也。熠燿其羽，羽鮮明也。歸士始行之時，新合昏禮，今還，故極序其情以樂之。**之子于歸，皇駁其馬。**黄白曰皇，騂白曰駁。箋云：之子于歸，謂始嫁時也。皇駁其馬，車服盛也。○駁邦角反。**親結其縭，九十其儀。**縭，婦人之褘也。母戒女，施衿結帨。九十其儀，言多儀也。箋云：女嫁，父母既戒之，庶母又申之。九十其儀，喻丁寧之多。○褘許韋反。**其新孔嘉，其舊如之何？**言久長之道也。箋云：嘉，善也。其新來時甚善，至今則久矣，不知其如何也。又極序其情，樂而戲之。

東山四章，章十二句。

❶蠋，十行本無。案：敦煌殘卷斯一四四二號有，斯二〇四九號作「蜀」，讀詩記所引無。

❷室，巾箱本作「塗」。

❸也，巾箱本無。案：敦煌殘卷斯一四四二號、斯二〇四九號並無。

❹燿，日抄本作「熠」。下傳文同。

破斧，美周公也。周大夫以惡四國焉。惡四國者，惡其流言毀周公也。〇惡烏路反。

〇既破我斧，又缺我斨。隋銎曰斧。斧斨民之用也，禮義國家之用也。箋云：四國流言，既破毀我周公，又損傷我成王，以此二者爲大罪。〇斨七羊反。隋徒禾反。銎曲容反。**周公東征，四國是皇。**四國，管、蔡、商、奄也。皇，匡也。箋云：周公既反攝政，東伐此四國，誅其君罪，正其民人而已。**哀我人斯，亦孔之將。**將，大也。箋云：此言周公之哀我民人，其德亦甚大也。

〇既破我斧，又缺我錡。鑿屬曰錡。〇錡音奇。**周公東征，四國是吪。**吪，化也。〇吪五戈反。**哀我人斯，亦孔之嘉。**箋云：嘉，善也。

〇既破我斧，又缺我銶。木屬曰銶。〇銶音求。**周公東征，四國是遒。**遒，固也。箋云：遒，斂也。○遒在羞反。**哀我人斯，亦孔之休。**休，美也。

破斧三章，章六句。

伐柯，美周公也。周大夫刺朝廷之不知也。成王既得雷雨大風之變，欲迎周公，而朝廷羣臣猶惑於管、蔡之言，不知周公之聖德，疑於王迎之禮，是以刺之。○柯古何反。朝直遥反。

○伐柯如何？匪斧不克。柯，斧柄也。禮義者亦治國之柄。箋云：克，能也。伐柯之道，唯斧乃能之。此以類求其類也。以喻成王欲迎周公，當使賢者先往。**取妻如何？匪媒不得。**媒所以用禮也。治國不能用禮則不安。箋云：媒者能通二姓之言，定人室家之道。以喻王欲迎周公，當先使曉王與周公之意者又先往。○取七喻反。

○伐柯伐柯，其則不遠。以其所願乎上交乎下，以其所願乎下事乎上，不遠求也❶。箋云：則，法也。伐柯者必用柯，其大小長短，近取法於柯，所謂不遠求也。王欲迎周公使還，其道亦不遠，人心足以知之。**我覯之子，籩豆有踐。**踐，行列貌。箋云：覯，見也。之子，是子也，斥周公也。王欲迎周公，當以饗燕之饌行，至則歡樂以説之。○覯古豆反。踐賤淺反。行户郎反。

伐柯二章，章四句。

❶也，巾箱本作「者」。

九罭，美周公也。周大夫刺朝廷之不知也。○罭于逼反。

○**九罭之魚，鱒魴。**興也。九罭，緵罟，小魚之網也。鱒魴，大魚也。箋云：設九罭之罟，乃後得鱒魴之魚。言取物各有器也。興者，喻王欲迎周公之來，當有其禮。○鱒才損反。魴音房。緵子弄反，又子公反。**我覯之子，衮衣繡裳。**所以見周公也。衮衣，卷龍也。箋云：王迎周公，當以上公之服往見之。○衮古本反。卷眷冕反。

○**鴻飛遵渚，**鴻不宜循渚也。箋云：鴻，大鳥也，不宜與鳧鷖之屬飛而循渚。以喻周公今與凡人處東都之邑，失其所也。○鳧音符。鷖烏兮反。**公歸無所，於女信處。**周公未得禮也。再宿曰信。箋云：信，誠也。時東都之人，欲周公留不去，故曉之云：「公西歸而無所居，則可就女誠處是東都也，今公當歸復其位，不得留也。」

○**鴻飛遵陸，**陸非鴻所宜止。**公歸不復，於女信宿。**宿猶處也。

○**是以有衮衣兮，無以我公歸兮，**無與公歸之道也。箋云：是，是東都也。東都之人，欲周公留爲之君❶，故云「是以有衮衣」，謂成王所賚來衮衣，願其封周公於此，以衮衣命留之，無以公西歸。○賚子西反。**無使我心悲兮。**箋云：周公西歸，而東都之人心悲。恩德之愛至深也。

九罭四章，一章四句，三章章三句。

❶爲之，十行本互倒。

狼跋，美周公也。周公攝政，遠則四國流言，近則王不知。周大夫美其不失其聖也。不失其聖者，聞流言不惑，王不知不怨，終立其志，成周之王功，致大平，復成王之位，又爲之大師，終始無愆，聖德著焉。○狼音郎，獸名。跋卜末反，又蒲末反。

○狼跋其胡，載疐其尾。興也。跋，躐。疐，跲也。老狼有胡，進則躐其胡，退則跲其尾，進退有難，然而不失其猛。箋云：興者，喻周公進則躐其胡，猶始欲攝政，四國流言，辟之而居東都也。退則跲其尾，謂後復成王之位而老，成王又留之，其如是聖德無玷缺。○疐丁四反，又陟值反。跲其劫反。**公孫碩膚，赤舄几几。**公孫，成王也，豳公之孫也。碩，大。膚，美也。赤舄，人君之盛屨也。几几，絇貌。箋云：公，周公也。孫讀當如「公孫于齊」之「孫」。孫之言孫遁也。周公攝政七年，致大平，復成王之位，孫遁辟此成功之大美❶。欲老，成王又留之以爲大師，履赤舄几几然。○孫毛如字，鄭音遜。舄音昔。絇其俱反

○狼疐其尾，載跋其胡。公孫碩膚，德音不瑕。瑕，過也。箋云：不瑕，言不可疵瑕也。○疵才斯反。

狼跋二章，章四句。

❶功，監圖本、纂圖本、十行本並作「公」。

豳國七篇，二十七章，二百三句。

毛詩卷第八

毛詩卷第九

鹿鳴之什詁訓傳第十六

小雅　　鄭氏箋

鹿鳴，燕羣臣嘉賓也。既飲食之，又實幣帛筐篚，以將其厚意，然後忠臣嘉賓得盡其心矣。飲之而有幣，酬幣也。食之而有幣，侑幣也。○飲於鴆反。食音嗣。

○呦呦鹿鳴，食野之苹。興也。苹，蓱也。鹿得蓱，呦呦然鳴而相呼，懇誠發乎中。以興嘉樂賓客，當有懇誠相招呼以成禮也。箋云：苹，藾蕭。○呦音幽。苹音平。**我有嘉賓，鼓瑟吹笙。吹笙鼓簧，承筐是將。**簧，笙也。吹笙而鼓簧矣。筐，篚屬，所以行幣帛也。箋云：承猶奉也。書曰：「篚厥玄黄。」○簧音黄。**人之好我，示我周行。**周，至。行，道也。箋云：示當作寘。寘，置也。周行，周之列位也。好猶善也。人有以德善我者，我則置之於周之列位。言己維賢是用。○好呼報反。示如字，鄭之豉反。行如字，鄭胡郎反。

○呦呦鹿鳴，食野之蒿。蒿，菣也。○菣去刃反。**我有嘉賓，德音孔昭。視民不恌，君子是**

則是傚。恌，愉也。是則是傚，言可法傚也。箋云：德音，先王道德之教也。孔，甚。昭，明也。視，古示字也。飲酒之禮，於旅也語。嘉賓之語先王德教甚明，可以示天下之民，使之不愉於禮義，是乃君子所法傚。言其賢也。○視音示。恌他彫反。傚胡教反。愉他侯反。**我有旨酒，嘉賓式燕以敖。**敖，遊也。

○呦呦鹿鳴，食野之芩。芩，草也。○芩其今反。**我有嘉賓，鼓瑟鼓琴。鼓瑟鼓琴，和樂且湛。**湛，樂之久。○樂音洛，注同。湛都南反。**我有旨酒，以燕樂嘉賓之心。**燕，安也。夫不能致其樂，則不能得其志。不能得其志，則嘉賓不能竭其力。

鹿鳴三章，章八句。

四牡，勞使臣之來也。有功而見知則説矣。文王爲西伯之時，三分天下有其二，以服事殷。使臣以王事往來於其職，於其來也，陳其功苦以歌樂之。○勞力報反。使所吏反。説音悦。樂音洛。

○四牡騑騑，周道倭遲。騑騑，行不止之貌。周道，岐周之道也。倭遲，歷遠之貌。文王率諸侯，撫叛國，而朝聘乎紂，故周公作樂，以歌文王之道，爲後世法。○騑芳非反。倭於危反。**豈不懷歸？王事靡盬，我心傷悲。**盬，不堅固也。思歸者，私恩也。靡盬者，公義也。傷悲者，情思也。箋云：

無私恩，非孝子也。無公義，非忠臣也。君子不以私害公，不以家事辭王事。○[盬]音古。情[思]也，去聲。

○四牡騑騑，嘽嘽駱馬。嘽嘽，喘息之貌。馬勞則喘息。白馬黑鬣曰駱。○[嘽]他丹反。[駱]音洛。**豈不懷歸？王事靡盬，不遑啓處。**遑❶，暇。啓，跪。處，居也。臣受命，舍幣于禰乃行。○[跪]求毁反。[舍]音釋。

○翩翩者鵻，載飛載下，集于苞栩。鵻，夫不也。箋云：夫不，鳥之慤謹者，人皆愛之，可以不勞，猶則飛則下，止於栩木。喻人雖無事，其可獲安乎？感厲之。○[翩]音篇。[鵻]音隹。[栩]況甫反。[夫]方于反。[不]方浮反。**王事靡盬，不遑將父。**將，養也。○[養]以尚反。

○翩翩者鵻，載飛載止，集于苞杞。杞，枸檵也。○[枸]音苟。[檵]音計。**王事靡盬，不遑將母。**

○駕彼四駱，載驟駸駸。駸駸，驟貌。○[驟]助救反。[駸]音侵。**豈不懷歸？是用作歌，將母來諗。**諗，念也。父兼尊親之道，母至親而尊不至。箋云：諗，告也。君勞使臣，述序其情。女曰：「我豈不思歸乎？誠思歸也。故作此詩之歌，以養父母之志來告於君也。」人之思，恒思親者，再言將母，亦其情也。○[諗]音審。

四牡五章，章五句。

❶遑，監圖本作「皇」。案：敦煌殘卷斯二〇四九號、伯二五一四號並作「皇」，要義所引、讀詩記所引並作「遑」。

皇皇者華，君遣使臣也。送之以禮樂，言遠而有光華也。言臣出使能揚君之美，延其譽於四方，則爲不辱命也。○使所吏反。

○皇皇者華，于彼原隰。皇皇猶煌煌也。高平曰原，下濕曰隰。忠臣奉使，能光君命，無遠無近，如華不以高下易其色。箋云：無遠無近，維所之則然。**駪駪征夫，每懷靡及。**駪駪，衆多之貌。征夫，行人也。每，雖。懷，和也。箋云：春秋外傳曰「懷私爲每懷也❶」，和當爲私。衆行夫既受君命當速行，每人懷其私相稽留，則於事將無所及。○駪所巾反。

○我馬維駒，六轡如濡。箋云：如濡，言鮮澤也。○駒音俱。濡如朱反。**載馳載驅，周爰咨諏。**忠信爲周。訪問於善爲咨。咨事爲諏。箋云：爰，於也。大夫出使，馳驅而行，見忠信之賢人，則於之訪問求善道也❷。○諏子須反。

○我馬維騏，六轡如絲。言調忍也。○騏音其。忍音刃。**載馳載驅，周爰咨謀。**咨事之難易爲謀。○易以豉反。

○我馬維駱，六轡沃若。載馳載驅，周爰咨度。咨禮義所宜爲度。○沃烏毒反。度待洛反。

○**我馬維駰，六轡既均。**陰白雜毛曰駰。均，調也。○駰音因。**載馳載驅，周爰咨詢。**親戚之謀爲詢。兼此五者，雖有中和，當自謂無所及，成於六德也。箋云：中和，謂忠信也。五者，咨也、諏也、謀也、度也、詢也。雖得此於忠信之賢人，猶當云已將無所及於事，則成六德。言慎其事。

皇皇者華五章，章四句。

❶私，纂圖本作「思」。案：敦煌殘卷斯二〇四九號作「思」，要義所引作「私」，單疏本疏文云：「是外傳以爲懷私，故鄭引其文。」

❷之，巾箱本、十行本並作「是」。案：敦煌殘卷伯二五一四號作「是」，要義所引作「之」。

常棣，燕兄弟也。閔管、蔡之失道，故作常棣焉。周公弔二叔之不咸，而使兄弟之恩疏，召公爲作此詩而歌之以親之。○棣大計反，下同。

○**常棣之華，鄂不韡韡。**興也。常棣，棣也。鄂猶鄂鄂然，言外發也。韡韡，光明也。箋云：承華者曰鄂。不當作拊。拊，鄂足也。鄂足得華之光明，則韡韡然盛。興者，喻弟以敬事兄，兄以榮覆弟，恩義之顯，亦韡韡然。古聲不、拊同。○鄂五各反。不如字。韡韋鬼反。**凡今之人，莫如兄弟。**聞常棣之言爲今也。箋云：聞常棣之言，始聞常棣華鄂之説也。如此則人之恩親，無如兄弟之最厚。

○**死喪之威，兄弟孔懷。**威，畏。懷，思也。箋云：死喪可畏怖之事，維兄弟之親甚相思念。**原隰**

裒矣，兄弟求矣。裒，聚也。求矣，言求兄弟也。箋云：原也，隰也，以相與聚居之故，故能定高下之名，猶兄弟相求，故能立榮顯之名。○裒薄侯反。

○**脊令在原，兄弟急難。**脊令，雝渠也。飛則鳴，行則搖，不能自舍耳。急難，言兄弟之相救於急難。箋云：雝渠水鳥而今在原，失其常處，則飛則鳴求其類，天性也，猶兄弟之於急難。○脊井益反。令音零。難如字，又乃旦反。處昌慮反。**每有良朋，況也永嘆。**況，茲。永，長也。箋云：每❶，雖也。良，善也。當急難之時，雖有善同門來，茲對之長嘆而已。○嘆吐丹反，又吐旦反，以協上句韻。

○**兄弟鬩于牆，外禦其務。**鬩，很也。箋云：禦，禁。務，侮也。兄弟雖內鬩而外禦侮也。○鬩許歷反。禦魚呂反。務如字，又音侮。**每有良朋，烝也無戎。**烝，填。戎，相也。箋云：當急難之時，雖有善同門來，久也猶無相助己者。古聲填、寘、塵同。○烝之承反。

○**喪亂既平，既安且寧。雖有兄弟，不如友生。**兄弟尚恩怡怡然。朋友以義切切然。箋云：平猶正也。安寧之時，以禮義相琢磨，則友生急。

○**儐爾籩豆，飲酒之飫。**儐，陳。飫，私也。不脱屨升堂謂之飫。箋云：私者，圖非常之事，若議大疑於堂，則有飫禮焉。聽朝爲公。○儐賓酳反。飫於慮反。朝直遥反。**兄弟既具，和樂且孺。**九族會曰和。孺，屬也。王與親戚燕則尚毛。箋云：九族，從己上至高祖下及玄孫之親也。屬者，以昭穆相次序。○樂音洛，下同。

○妻子好合，如鼓瑟琴。箋云：好合，志意合也。合者，如鼓瑟琴之聲相應和也。王與族人燕，則宗婦内宗之屬，亦從后於房中。○好呼報反。和胡卧反。**兄弟既翕，和樂且湛。**翕，合也。○翕許急反。湛荅南反。

○宜爾家室❷，樂爾妻帑。帑，子也。箋云：族人和，則得保樂其家中之大小。○帑音奴。**是究是圖，亶其然乎？**究，深。圖，謀。亶，信也。箋云：女深謀之，信其如是？○亶都但反。

常棣八章，章四句。

❶「每」下，巾箱本、監圖本、纂圖本、日抄本、十行本並有「有」字。案：敦煌殘卷斯二〇四九號、伯二五一四號並無，讀詩記所引有。

❷家室，唐石經作「室家」。案：敦煌殘卷斯二〇四九號、伯二五一四號並作「室家」，讀詩記所引同。

伐木，燕朋友故舊也。自天子至于庶人，未有不須友以成者，親親以睦，友賢不棄，不遺故舊，則民德歸厚矣。

○伐木丁丁，鳥鳴嚶嚶。興也。丁丁，伐木聲也。嚶嚶，驚懼也。箋云：丁丁，嚶嚶，相切直也。言昔日未居位，在農之時，與友生於山巖伐木，爲勤苦之事，猶以道德相切正也。嚶嚶，兩鳥聲也，其鳴之志，似於有友道然，故連言之。○丁陟耕反。嚶於耕反。**出自幽谷，遷于喬木。**幽，深。喬，高也。

箋云：遷，徙也。謂鄉時之鳥出從深谷，今移處高木。○喬其驕反。鄉許亮反。**嚶其鳴矣，求其友聲。**君子雖遷於高位，不可以忘其朋友。箋云：嚶其鳴矣，遷處高木者。求其友聲，求其尚在深谷者。其相得則復鳴嚶嚶然。○復扶又反。

○相彼鳥矣，猶求友聲。矧伊人矣，不求友生？矧，況也。箋云：相，視也。鳥尚知居高木呼其友，況是人乎，可不求之？○相息亮反。矧尸忍反。**神之聽之，終和且平。**箋云：以可否相增減曰和。平，齊等也。此言心誠求之，神若聽之，使得如志，則友終相與和而齊功也。

○伐木許許，釃酒有藇。許許，柹貌。以筐曰釃，以藪曰湑。藇，美貌。箋云：此言前者伐木許許之人，今則有酒而釃之。本其故也。○許呼古反。釃所宜反。藇音敘。柹孚廢反。**既有肥羜，以速諸父。**羜，未成羊也。天子謂同姓諸侯、諸侯謂同姓大夫，皆曰父，異姓則稱舅。國君友其賢臣，大夫、士友其宗族之仁者。箋云：速，召也。有酒有羜，今以召族人飲酒。○羜直呂反。**寧適不來，微我弗顧。**微，無也。箋云：寧召之適自不來，無使言我不顧念也。

○於粲洒埽，陳饋八簋。粲，鮮明貌。圓曰簋。天子八簋。箋云：粲然已灑擹矣，陳其黍稷矣，謂爲食禮。○於如字，舊音烏。粲采旦反。洒所懈反。埽素報反。饋其位反。簋居偉反。灑所蟹反。擹甫問反。食音嗣。**既有肥牡，以速諸舅。寧適不來，微我有咎。**咎，過也。

○伐木于阪，釃酒有衍。衍，美貌。箋云：此言伐木于阪，亦本之也。**籩豆有踐，兄弟無遠。**箋云：踐，陳列貌。兄弟，父之黨，母之黨。**民之失德，乾餱以愆。**餱，食也。箋云：失德，謂見謗訕也。民尚以乾餱之食獲愆過於人，況天子之饌，反可以恨兄弟乎？故不當遠之。○餱音侯。愆起虔反。

○有酒湑我，無酒酤我。湑，莤之也。酤，一宿酒也。箋云：酤，買也。此族人陳王之恩也。王有酒則泲莤之，王無酒酤買之，要欲厚於族人。○湑思敘反。酤音户，鄭音顧，又音沽。莤所六反。泲子禮反。**坎坎鼓我，蹲蹲舞我。**蹲蹲，舞貌。箋云：爲我擊鼓坎坎然，爲我興舞蹲蹲然。謂以樂樂己。○坎如字。蹲七旬反。爲于僞反。樂樂上音岳，下音洛。**迨我暇矣，飲此湑矣。**箋云：迨，及也。此又述王意也。王曰：「及我今之閒暇，共飲此湑酒。」欲其無不醉之意。○迨音待。閒音閑。

伐木六章，章六句。

天保，下報上也。君能下下以成其政，臣能歸美以報其上焉。下下，謂鹿鳴至伐木，皆君所以下臣也。臣亦宜歸美於王，以崇君之尊而福禄之，以荅其歌。○下下俱户嫁反。

○天保定爾，亦孔之固。固，堅也。箋云：保，安。爾，女也。女，王也。天之安定女，亦甚堅固。**俾爾單厚，何福不除。**俾，使。單，信也，或曰：單，厚也。除，開也。箋云：單，盡也。天使女盡厚天下之民，何福而不開，皆開出以予之。○單都但反，鄭音丹。除治慮反。**俾爾多益，以莫不庶。**庶，衆也。箋云：莫，無也。使女每物益多，以是故無不衆也。

○天保定爾，俾爾戩穀。罄無不宜，受天百禄。戩，福。穀，禄。罄，盡也。箋云：天使女所福禄之人，謂羣臣也。其舉事盡得其宜，受天之多禄。○戩子淺反。**降爾遐福，維日不足。**箋云：遐，遠也。天又下予女以廣遠之福，使天下溥蒙之，汲汲然如日且不足也。

○天保定爾，以莫不興。箋云：興，盛也。無不盛者，使萬物皆盛，草木暢茂，禽獸碩大。**如山如阜，如岡如陵。**言廣厚也。高平曰陸，大陸曰阜，大阜曰陵。箋云：此言其福禄委積高大也。**如川之方至，以莫不增。**箋云：川之方至，謂其水縱長之時也。萬物之收皆增多也。○長張丈反。

○吉蠲爲饎，是用孝享。吉，善。蠲，絜也。饎，酒食也。享，獻也。箋云：謂將祭祀也。○蠲古懸反。饎尺志反。**禴祠烝嘗，于公先王。**春曰祠，夏曰禴，秋曰嘗，冬曰烝。公，事也。箋云：公，先公，謂后稷至諸盩。○禴餘若反。盩直留反，周大王父名。**君曰卜爾，萬壽無疆。**君，先君也。尸所以象神。卜，予也。箋云：君曰卜爾者，尸嘏主人，傳神辭也。○嘏古雅反。

○神之弔矣，詒爾多福。弔，至。詒，遺也。箋云：神至者，宗廟致敬，鬼神著矣，此之謂也。○弔都歷反。詒音怡。**民之質矣，日用飲食。**質，成也。箋云：成，平也。民事平，以禮飲食相燕樂而已。**羣黎百姓，徧爲爾德。**百姓，百官族姓也。箋云：黎，衆也。羣衆百姓徧爲女之德。言則而象之。

○如月之恒，如日之升。恒，弦。升，出也。言俱進也。箋云：月上弦而就盈，日始出而就明。○恒古鄧反。**如南山之壽，不騫不崩。**騫，虧也。○騫起虔反。**如松柏之茂，無不爾或承。**箋云：或之言有也。如松柏之枝葉常茂盛，青青相承，無衰落也。

天保六章，章六句。

采薇，遣戍役也。文王之時，西有昆夷之患，北有玁狁之難，以天子之命命將率，遣戍役以守衛中國，故歌采薇以遣之，出車以勞還，杕杜以勤歸也。文王爲西伯服事殷之時也。昆夷，西戎也。天子，殷王也。戍，守也。西伯以殷王之命，命其屬爲將率，將戍役禦西戎及北狄之難，歌采薇以遣之。杕杜勤歸者，以其勤勞之故，於其歸，歌杕杜以休息之❶。○昆古門反。玁音險。狁音允。難乃旦反。將子亮反。率所類反，後篇同。勞力報反，後篇同。杕大計反。

○采薇采薇，薇亦作止。薇，菜。作，生也。箋云：西伯將遣戍役，先與之期以采薇之時，今薇生矣，先輩可以行也。重言「采薇」者，丁寧行期也。○重去聲。**曰歸曰歸，歲亦莫止。**箋云：莫，晚也。曰女何時歸乎❷，亦歲晚之時乃得歸也。又丁寧歸期，定其心也。○莫音暮。**靡室靡家，玁狁之故。不遑啓居，玁狁之故。**玁狁，北狄也。箋云：北狄，今匈奴也。靡，無。遑，暇。啓，跪也。古者師出不踰時，今薇生而行❸，歲晚乃得歸，使女無室家夫婦之道，不暇跪居者，有玁狁之難故。曉之也。

○**采薇采薇，薇亦柔止。**柔，始生也。箋云：柔，謂脃脕之時。○脃七歲反。脕音問。**曰歸曰歸，心亦憂止。**箋云：憂止者，憂其歸期將晚。**憂心烈烈，載飢載渴。**箋云：烈烈，憂貌。則飢則渴，言其苦也。**我戍未定，靡使歸聘。**聘，問也。箋云：定，止也。我方守於北狄，未得止息，無所使歸問。言所以憂。

○**采薇采薇，薇亦剛止。**少而剛也。箋云：剛，謂少堅忍時。○少詩照反。**曰歸曰歸，歲亦陽止。**陽，歷陽月也。箋云：十月爲陽。時坤用事，嫌於無陽，故以名此月爲陽。**王事靡盬，不遑啓處。**箋云：盬，不堅固也。處猶居也。**憂心孔疚，我行不來。**疚，病。來，至也。箋云：我，戍役自我也。來猶反也，據家曰來。○疚久又反。

○**彼爾維何？維常之華。**爾，華盛貌。常，常棣也。箋云：此言彼爾者乃常棣之華，以興將率車馬服飾之盛。○爾乃禮反。**彼路斯何？君子之車。**箋云：斯，此也。君子，謂將率。**戎車既駕，四牡業業。**業業然壯也。**豈敢定居？一月三捷。**捷，勝也。箋云：定，止也。將率之志，往至所征之地，不敢止而居處自安也。往則庶乎一月之中三有勝功，謂侵也、伐也、戰也。○三息蹔反，又如字。

○**駕彼四牡，四牡騤騤。君子所依，小人所腓。**騤騤，彊也。腓，辟也。箋云：腓當作芘。此言戎車者，將率之所依乘，戎役之所芘倚。○騤求龜反。腓符非反。**四牡翼翼，象弭魚服。**翼翼，閑也。象弭，弓反末也，所以解紒也。魚服，魚皮也。箋云：弭，弓反末彆者，以象骨爲之，以助御者解轡紒，宜滑也。服，矢服也。○弭彌氏反。紒音計，又音結。彆音鼈。**豈不日戒？玁狁孔棘。**箋云：戒，警勑軍事也。孔，甚。棘，急也。言君子小人豈不日相警戒乎？誠日相警戒也。玁狁之難甚急，豫述其苦以勸之。○日音越，又人栗反。

○**昔我往矣，楊柳依依。今我來思，雨雪霏霏。**楊柳，蒲柳也。霏霏，甚也。箋云：我來，戍止而謂始反時也。上三章言戍役，次二章言將率之行，故此章重序其往反之時，極言其苦以說之。○雨于付反。說音悅。**行道遲遲，載渴載飢。**遲遲，長遠也。箋云：行反在於道路，猶飢猶渴❹。言至苦也。**我心傷悲，莫知我哀。**君子能盡人之情，故人忘其死。

采薇六章，章八句。

❶之，巾箱本作「也」。案：敦煌殘卷斯二〇四九號作「之也」，伯二五一四號作「也」，要義所引作「之」，單疏本疏文標起止云「箋文王至息之」。

❷何時歸乎，巾箱本、日抄本並重出。案：敦煌殘卷斯二〇四九號同，伯二五一四號作「何＝時＝歸＝」。

❸「薇」下，十行本有「菜」字。

❹下「猶」字，巾箱本、監圖本、纂圖本、十行本並無。案：敦煌殘卷斯二〇四九號、伯二五一四號並無。

出車，勞還率也。遣將率及戍役，同歌同時，欲其同心也。反而勞之，異歌異日，殊尊卑也。禮記曰「賜君子小人不同日」，此其義也。○勞力報反。還音旋。

○**我出我車，于彼牧矣。**出車，就馬於牧地。箋云：上「我」，我殷王也。下「我」，將率自謂也。西伯以天子之命，出我戎車於所牧之地，將使我出征伐。**自天子所，謂我來矣。**箋云：自，從也。有人從王所來。謂我來矣，謂以王命召己，將使爲將率也。先出戎車❶，乃召將率，將率尊也。**召彼僕夫，謂之載矣。王事多難，維其棘矣。**僕夫，御夫也。箋云：棘，急也。王命召己，己即召御夫使裝載物而往。王之事多難，其召我必急，欲疾趨之。此序其忠敬也。○難乃旦反。

○**我出我車，于彼郊矣。設此旐矣，建彼旄矣。**龜蛇曰旐。旄，干旄。箋云：設旐者，屬之於干旄，而建之戎車，將率既受命行，乃乘焉。牧地在遠郊。○旐音兆。旄音毛。屬音燭。**彼旟旐斯，胡不旆旆。**鳥隼曰旟。旆旆，旒垂貌。○旟音餘。旆蒲貝反。**憂心悄悄，僕夫況瘁。**箋云：況，兹也。將率既受命行而憂，臨事而懼也。御夫則兹益憔悴，憂其馬之不正。○悄七小反。瘁似醉反。

○**王命南仲，往城于方。出車彭彭，旂旐央央。**王，殷王也。南仲，文王之屬。方，朔方，近玁狁之國也。彭彭，四馬貌。交龍爲旂。央央，鮮明也。箋云：王使南仲爲將率，往築城于朔方，爲軍壘以禦北狄之難。○央於京反，又於良反。**天子命我，城彼朔方。赫赫南仲，玁狁于襄。**朔方，北方也。赫赫，盛貌。襄，除也。箋云：此我，我戍役也。戍役築壘，而美其將率自此出征也。

○**昔我往矣，黍稷方華。今我來思，雨雪載塗。王事多難，不遑啓居**❷。塗，凍釋也。箋云：黍稷方華，朔方之地六月時也。以此時始出壘，征伐玁狁，因伐西戎，至春凍始釋而來反。其閒非有休息。○雨于付反，又如字。**豈不懷歸？畏此簡書。**簡書，戒命也。鄰國有急，以簡書相告，則奔命救之。

○**喓喓草蟲，趯趯阜螽。**箋云：草蟲鳴，阜螽躍而從之，天性也。喻近西戎之諸侯，聞南仲既征玁狁將伐西戎之命，則跳躍而鄉望之，如阜螽之聞草蟲鳴焉。草蟲鳴，晚秋之時也。此以其時所見而興之。○喓於遥反。趯吐歷反。螽音終。**未見君子，憂心忡忡。既見君子，我心則降。**箋云：君子，斥南仲也。降，下也。○忡敕中反。降户江反。**赫赫南仲，薄伐西戎。**

○**春日遲遲，卉木萋萋。倉庚喈喈，采蘩祁祁。執訊獲醜，薄言還歸。**卉，草也。訊，辭也。箋云：訊，言。醜，衆也。伐西戎以凍釋時反，朔方之壘息戍役，至此時而歸京師。稱美時物以及其事，喜而詳之也。執其可言問所獲之衆以歸者，當獻之也。○卉許貴反。萋七西反。**赫赫南仲，玁狁于夷。**夷，平也。箋云：平者，平之於王也。此時亦伐西戎，獨言平玁狁者，玁狁大，故以爲始以爲終。

出車六章，章八句。

❶戎，監圖本、纂圖本並作「我」。案：敦煌殘卷斯二〇四九號作「戎」，伯二五一四號作「我戎」。
❷啓，白文本作「起」。

杕杜，勞還役也。役，戍役也。

○**有杕之杜，有睆其實。**興也。睆，實貌。杕杜猶得其時蕃滋，役夫勞苦，不得盡其天性。○睆華版反。**王事靡盬，繼嗣我日。**箋云：嗣，續也。王事無不堅固，我行役續嗣其日。言常勞苦無休息。**日月陽止，女心傷止，征夫遑止。**箋云：十月爲陽。遑，暇也。婦人思望其君子，陽月之時，已憂傷矣，征夫如今已閒暇且歸也，而尚不得歸。故序其男女之情以説之。陽月而思望之者，以初時云「歲亦莫止」。

○**有杕之杜，其葉萋萋。王事靡盬，我心傷悲。**箋云：傷悲者，念其君子於今勞苦。**卉木萋**

止，女心悲止，征夫歸止。室家踰時則思。

○陟彼北山，言采其杞。王事靡盬，憂我父母。箋云：杞非常菜也，而升北山采之，託有事以望君子。**檀車幝幝，四牡痯痯，征夫不遠。**檀車，役車也。幝幝，敝貌。痯痯，罷貌。箋云：不遠者，言其來，喻路近。○幝尺善反，又勑丹反。痯古緩反。罷音皮。

○匪載匪來，憂心孔疚。箋云：匪，非。疚，病也。君子至期不裝載，意不爲來，我念之憂心甚病。○疚車又反。**期逝不至，而多爲恤。**逝，往。恤，憂也。遠行不必如期，室家之情以期望之。**卜筮偕止，會言近止，征夫邇止。**卜之筮之，會人占之。邇，近也。箋云：偕，俱。會，合也。或卜之，或筮之，俱占之。合言於繇爲近。征夫如今近耳。○繇直又反。

杕杜四章，章七句。

魚麗，美萬物盛多，能備禮也。文、武以天保以上治內，采薇以下治外，始於憂勤，終於逸樂，故美萬物盛多，可以告於神明矣。內，謂諸夏也。外，謂夷狄也。告於神明者，於祭祀而歌之。○麗力馳反。上時掌反。

○魚麗于罶，鱨鯊。麗，歷也。罶，曲梁也，寡婦之笱也。鱨，揚也。鯊，鮀也。大平而後微物衆多，取之有時，用之有道，則物莫不多矣。古者不風不暴，不行火，草木不折不操❶，斧斤不入山林。豺祭獸然後殺，獺祭魚然後漁，鷹隼擊然後罻羅設。是以天子不合圍，諸侯不掩羣，大夫不麛不卵，士不隱塞，庶人不數罟，罟必四寸，然後入澤梁。故山不童，澤不竭，鳥獸魚鼈皆得其所然。○罶音柳。鱨音嘗。鯊音沙。暴蒲卜反。罻音畏。塞蘇代反。數七欲反。君子有酒旨，且多。箋云：酒美而此魚又多也。○「有酒旨」，絶句。

○魚麗于罶，魴鱧。鱧，鮦也。君子有酒多，且旨。箋云：酒多而此魚又美也。

○魚麗于罶，鰋鯉。鰋，鮎也。○鰋音偃。君子有酒旨，且有。箋云：酒美而此魚又有。

○物其多矣，維其嘉矣。箋云：魚既多，又善❷。

○物其旨矣，維其偕矣。箋云：魚既美，又齊等。

○物其有矣，維其時矣。箋云：魚既有，又得其時。

魚麗六章，三章章四句，三章章二句。

❶操，諸本皆同。案：讀詩記所引作「芟」，單疏本所引同。

❷善，監圖本作「嘉」。案：敦煌殘伯二五一四號、伯二五七〇號並作「善也」。

南陔，孝子相戒以養也。○陔古哀反。養餘尚反。○白華，孝子之絜白也。○華黍，

時和歲豐，宜黍稷也。有其義而亡其辭。此三篇者，鄉飲酒、燕禮用焉，曰「笙入，立于縣中❶，奏南陔、白華、華黍」，是也。孔子論詩，「雅、頌各得其所」，時俱在耳，篇第當在於此。遭戰國及秦之世而亡之，其義則與衆篇之義合編，故存。至毛公爲詁訓傳，乃分衆篇之義，各置於其篇端云，又闕其亡者❷，以見在爲數，故推改什首，遂通耳，而下非孔子之舊。○縣音懸。

❶中，巾箱本作「時」。

❷闕，巾箱本作「推」。

鹿鳴之什十篇，五十五章，三百一十五句。

毛詩卷第九

毛詩卷第十

南有嘉魚之什詁訓傳第十七

小雅　　鄭氏箋

南有嘉魚，樂與賢也。大平之君子❶，至誠樂與賢者共之也。樂得賢者與共立於朝，相燕樂也。○樂音洛。大音泰。

○**南有嘉魚，烝然罩罩。**江、漢之間魚所産也。罩罩，籗也。箋云：烝，塵也。塵然猶言久如也。言南方水中有善魚，人將久如而俱罩之，遲之也。喻天下有賢者，在位之人將久如而竝求致之於朝，亦遲之也。遲之者，謂至誠也。○罩張教反。籗助角反。遲直異反。**君子有酒，嘉賓式燕以樂。**箋云：君子，斥時在位者也。式，用也。用酒與賢者燕飲而樂也。○樂音洛，協句五教反。

○**南有嘉魚，烝然汕汕。**汕汕，樔也❷。箋云：樔者，今之撩罟也。○汕所諫反。樔側交反。撩力條反。**君子有酒，嘉賓式燕以衎。**衎，樂也。○衎苦旦反。

○**南有樛木，甘瓠纍之。**興也。纍，蔓也。箋云：君子下其臣，故賢者歸往也。○樛居虬反。瓠音護。君子有酒，嘉賓式燕綏之。箋云：綏，安也。與嘉賓燕飲而安之。鄉飲酒曰：賓以我安。○翩翩者鵻，烝然來思。鵻，壹宿之鳥。箋云：壹宿者，壹意於其所宿之木也。喻賢者有專壹之意於我，我將久如而來，遲之也。○翩音篇。鵻音隹。君子有酒，嘉賓式燕又思。箋云：又，復也。以其壹意，欲復與燕加厚之。○復扶又反。

南有嘉魚四章，章四句。

❶之，十行本無。
❷橑，監圖本、纂圖本並作「撩」。下箋文同。

南山有臺，樂得賢也。得賢則能爲邦家立大平之基矣。人君得賢，則其德廣大堅固，如南山之有基趾。

○南山有臺，北山有萊。興也。臺，夫須也。萊，草也。箋云：興者，山之有草木以自覆蓋成其高大，喻人君有賢臣以自尊顯。○夫音符。樂只君子，邦家之基。樂只君子，萬壽無期。基，本也。箋云：只之言是也。人君既得賢者置之於位，又尊敬以禮樂樂之，則能爲國家之本，得壽考之福。○樂音洛。

○南山有桑，北山有楊。樂只君子，邦家之光。樂只君子，萬壽無疆。箋云：光，明也。

政教明，有榮曜。

○**南山有杞，北山有李。樂只君子，民之父母。樂只君子，德音不已。**箋云：已，止也。不止者，言長見稱頌也。

○**南山有栲，北山有杻。**栲，山樗。杻，檍也。○栲音考。杻女九反。樗勑居反。檍音憶。**樂只君子，遐不眉壽。樂只君子，德音是茂。**眉壽，秀眉也。箋云：遐，遠也。遠不眉壽者，言其近眉壽也。茂，盛也。

○**南山有枸，北山有楰。**枸，枳枸。楰，鼠梓。○枸俱甫反。楰音庾。**樂只君子，遐不黃耇。樂只君子，保艾爾後。**黃，黃髮也。耇，老。艾，養。保，安也。○耇音苟。艾五蓋反。

南山有臺五章，章六句。

由庚，萬物得由其道也。○崇丘，萬物得極其高大也。○由儀，萬物之生各得其宜也。有其義而亡其辭。此三篇者，鄉飲酒、燕禮亦用焉，曰「乃閒歌魚麗，笙由庚；歌南有嘉魚，笙崇丘；歌南山有臺，笙由儀」，亦遭世亂而亡之。燕禮又有「升歌鹿鳴，下管新宮」，新宮亦詩篇名也，辭、義皆亡，無以知其篇第之處❶。○閒古莧反。

❶處，監圖本作「次」。

蓼蕭，澤及四海也。九夷、八狄、七戎、六蠻，謂之四海，國在九州之外❶，雖有大者，爵不過子。虞書曰：「州十有二師，外薄四海，咸建五長。」○蓼音六。薄音博。

○**蓼彼蕭斯，零露湑兮。**興也。蓼，長大貌。蕭，蒿也。湑湑然，蕭上露貌。箋云：興者，蕭，香物之微者，喻四海之諸侯亦國君之賤者；露者，天所以潤萬物，喻王者恩澤不爲遠國則不及也。○湑息敍反。**既見君子，我心寫兮。**輸寫其心也。箋云：既見君子者，遠國之君朝見於天子也。我心寫者，舒其情意，無留恨也。**燕笑語兮，是以有譽處兮。**箋云：天子與之燕而笑語，則遠國之君各得其所，是以稱揚德美，使聲譽常處天子。

○**蓼彼蕭斯，零露瀼瀼。**瀼瀼，露蕃貌。○瀼如羊反。**既見君子，爲龍爲光。**龍，寵也。箋云：爲龍爲光❷，言天子恩澤光耀被及己也。**其德不爽，壽考不忘。**爽，差也。

○**蓼彼蕭斯，零露泥泥。**泥泥，霑濡也。○泥乃禮反。**既見君子，孔燕豈弟。**豈，樂。弟，易也。箋云：孔，甚。燕，安也。○豈開在反。弟如字，後放此。**宜兄宜弟，令德壽豈。**爲兄亦宜，爲弟亦宜。

○**蓼彼蕭斯，零露濃濃。**濃濃，厚貌。○濃奴同反，又女龍反。**既見君子，鞗革忡忡❸。和鸞雝雝，萬福攸同。**鞗，轡也。革，轡首也。忡忡❹，垂飾貌。在軾曰和，在鑣曰鸞。箋云：此説天子之車飾者，諸侯燕見天子，天子必乘車迎于門，是以云然。攸，所也。○鞗徒彫反。忡直弓反。

蓼蕭四章，章六句。

❶國，巾箱本作「同」。
❷龍，日抄本、十行本並作「寵」。案：要義所引作「寵」，讀詩記所引作「龍」。
❸忡忡，唐石經、白文本、日抄本並作「沖沖」。案：讀詩記所引作「沖沖」，釋文出音「沖沖」。
❹忡忡，日抄本作「沖沖」。案：讀詩記所引作「沖沖」。

湛露，天子燕諸侯也。燕，謂與之燕飲酒也。諸侯朝覲會同，天子與之燕，所以示慈惠。

○**湛湛露斯，匪陽不晞。**興也。湛湛，露茂盛貌。陽，日也。晞，乾也。露雖湛湛然，見陽則乾。箋云：興者，露之在物湛湛然，使物柯葉低垂，喻諸侯受燕爵，其儀有似醉之貌。諸侯旅酬之則猶然，唯天子賜爵則貌變❶，肅敬承命，有似露見日而晞。**厭厭夜飲，不醉無歸。**厭厭，安也。夜飲，私燕也。宗子將有事則族人皆侍，不醉而出，是不親也，醉而不出，是渫宗也。箋云：天子燕諸侯之禮亡，此假宗子與族人燕爲說爾。族人猶羣臣也，其醉不出，不醉而出❷，猶諸侯之儀也。飲酒至夜，猶云不醉無歸，此天子於諸侯之儀。燕飲之禮，宵則兩階及庭門，皆設大燭焉❸。○厭於鹽反。

○**湛湛露斯，在彼豐草。厭厭夜飲，在宗載考。**豐，茂也。夜飲必於宗室。箋云：豐草，喻同姓諸侯也。載之言則也。考，成也。夜飲之禮在宗室，同姓諸侯則成之，於庶姓，其讓之則止。昔者陳敬仲飲桓公酒而樂，桓公命以火繼之，敬仲曰「臣卜其晝，未卜其夜」，於是乃止，此之謂不成也。○飲，於鴆反。

○湛湛露斯，在彼杞棘。顯允君子，莫不令德。箋云：杞也，棘也，異類，喻庶姓諸侯也。令，善也。無不善其德，言飲酒不至於醉。

○其桐其椅，其實離離。豈弟君子，莫不令儀。離離，垂也。箋云：桐也，椅也，同類而異名，喻二王之後也。其實離離，喻其薦俎禮物多於諸侯也。飲酒不至於醉，徒善其威儀而已，謂陔節也。

○椅，於宜反。陔，古哀反。

湛露四章，章四句。

❶唯，纂圖本作「以」。

❷而，纂圖本、日抄本、十行本並無。

❸大，巾箱本無。

彤弓，天子錫有功諸侯也。諸侯敵王所愾而獻其功，王饗禮之，於是賜彤弓一，彤矢百，玈弓矢千❶。凡諸侯，賜弓矢然後專征伐。○彤，徒冬反。愾，苦愛反，又火既反。玈，音盧。

○彤弓弨兮，受言藏之。彤弓，朱弓也，以講德習射。弨，弛貌。言，我也。箋云：言者，謂王策命也。王賜朱弓，必策其功以命之，受出藏之，乃反入也。○弨尺昭反。**我有嘉賓，中心貺之。**貺，賜也。箋云：貺者，欲加恩惠也。王意殷勤於賓，故歌序之。**鐘鼓既設，一朝饗之。**箋云：大飲賓曰饗。一朝猶早朝。○飲於鴆反。

○彤弓弨兮，受言載之。載以歸也。箋云：出載之車也。**我有嘉賓，中心喜之。**喜，樂也。**鐘鼓既設，一朝右之。**右，勸也。箋云：右之者，主人獻之，賓受爵奠于薦右，既祭俎，乃席末坐卒爵之謂也。○右音又，鄭如字。

○彤弓弨兮，受言櫜之。櫜，韜也。○櫜古刀反。**我有嘉賓，中心好之。**好，說也。○好呼報反。說音悅。**鐘鼓既設，一朝醻之。**醻，報也。箋云：飲酒之禮，主人獻賓，賓酢主人，主人又飲而酌賓謂之醻。醻猶厚也，勸也。○醻市由反。

彤弓三章，章六句。

❶斿弓矢千，日抄本作「斿弓十斿矢千」。案：要義所引作「斿弓矢千」，單疏本疏文云：「傳文直云『斿弓矢千』，定本亦然，故服虔云：『矢千則弓十』，是本無『十斿』二字矣，俗本有者，誤也。」

菁菁者莪，樂育材也。君子能長育人材，則天下喜樂之矣。樂育材者，歌樂人君教學國人，秀士、選士、俊士、造士、進士，養之以漸，至於官之。○菁子丁反。莪五何反。長張丈反。

○菁菁者莪，在彼中阿。興也。菁菁，盛貌。莪，蘿蒿也。中阿，阿中也。大陵曰阿。君子能長育人材，如阿之長莪菁菁然。箋云：長育之者，既教學之，又不征役也。**既見君子，樂且有儀。**箋云：既見君子者，官爵之而得見也。見則心既喜樂，又以禮儀見接。

○菁菁者莪，在彼中沚。中沚，沚中也。○沚音止。**既見君子，我心則喜。**喜，樂也。

○菁菁者莪，在彼中陵。中陵，陵中也。**既見君子，錫我百朋。**箋云：古者貨貝，五貝爲朋。賜我百朋，得祿多，言得意也。

○汎汎楊舟，載沈載浮。楊木爲舟。載沈亦浮❶，載浮亦浮。箋云：舟者沈物亦載，浮物亦載。喻人君用士，文亦用，武亦用，於人之材無所廢。**既見君子，我心則休。**箋云：休者，休休然。

菁菁者莪四章，章四句。

❶浮，原作「沈」，據日抄本改。案：單疏本疏文云「傳言『載沈亦浮』」，又云：「則載其沈物，則載其浮物，俱浮水上。」

六月，宣王北伐也。○從此至無羊十四篇，是宣王之變小雅。**鹿鳴廢，則和樂缺矣。**○

樂音洛。四牡廢，則君臣缺矣。皇皇者華廢，則忠信缺矣。常棣廢，則兄弟缺矣。伐木廢，則朋友缺矣。天保廢，則福禄缺矣。采薇廢，則征伐缺矣。出車廢，則功力缺矣。杕杜廢，則師衆缺矣。魚麗廢，則法度缺矣。南陔廢，則孝友缺矣。白華廢，則廉恥缺矣。華黍廢，則蓄積缺矣。由庚廢，則陰陽失其道理矣。南有嘉魚廢，則賢者不安，下不得其所矣。崇丘廢，則萬物不遂矣。南山有臺廢，則爲國之基隊矣。○隊直類反。由儀廢，則萬物失其道理矣。蓼蕭廢，則恩澤乖矣。湛露廢，則萬國離矣。彤弓廢，則諸夏衰矣。○夏户雅反。菁菁者莪廢，則無禮儀矣。小雅盡廢，則四夷交侵，中國微矣。六月言周室微而復興，美宣王之北伐也。

○六月棲棲，戎車既飭。四牡騤騤，載是常服。棲棲，簡閱貌。飭，正也。日月爲常。服，戎服也。箋云：記六月者，盛夏出兵，明其急也。戎車，革輅之等也，其等有五。戎車之常服，韋弁服也。○棲音西。騤求龜反。玁狁孔熾，我是用急。熾，盛也。箋云：此序吉甫之意也。北狄來侵甚熾，故王以是急遣我。○玁音險。狁庾準反。王于出征，以匡王國。箋云：于，曰。匡，正也。王曰：「今女出征玁狁，以正王國之封畿。」

○比物四驪，閑之維則。物，毛物也。則，法也。言先教戰，然後用師❶。○比毗志反。維此六月，既成我服。我服既成，于三十里。師行三十里。箋云：王既成我戎服，將遣之，戒之曰：「日行三十里，可以舍息。」**王于出征，以佐天子。**出征，以佐其爲天子也。箋云：王曰：「今女出征伐，以佐助我天子之事。」禦北狄也。

○四牡脩廣，其大有顒。脩，長。廣，大也。顒，大貌。○顒玉容反。**薄伐玁狁，以奏膚公。**奏，爲。膚，大。公，功也。**有嚴有翼，共武之服。**嚴，威嚴也。翼，敬也。箋云：服，事也。言今師之羣帥，有威嚴者，有恭敬者，而共典是兵事。言文武之人備。○共如字，又音恭。**共武之服，以定王國。**箋云：定，安也。

○玁狁匪茹，整居焦穫。侵鎬及方，至于涇陽。焦穫，周地，接于玁狁者。箋云：匪，非。茹，度也。鎬也，方也，皆北方地名。言玁狁之來侵，非其所當度爲也，乃自整齊而處周之焦穫❷，來侵至涇水之北。言其大恣也。○茹如豫反。穫音護。度徒洛反。**織文鳥章，白旆央央。**鳥章，錯革鳥爲章也。白旆，繼旐者也。央央，鮮明貌。箋云：織，徽織也。鳥章，鳥隼之文章，將帥以下衣皆著焉。○織音志。旆蒲貝反。央音英，或於良反，下篇同。**元戎十乘，以先啓行。**元，大也。夏后氏曰鉤車，先正也。殷曰寅車，先疾也。周曰元戎，先良也。箋云：鉤，鉤鞶❸，行曲直有正也。寅，進也。二者及元戎，皆可以先前啓突敵陳之前行，其制之同異未聞❹。○乘繩證反。先去聲。行音航，「前行」同。陳去聲。

○戎車既安，如輊如軒。四牡既佶，既佶且閑。輊，摯。佶，正也。箋云：戎車之安，從後視之如摯，從前視之如軒，然後適調也。佶，壯健之貌。○輊竹二反。佶其乙反。**薄伐玁狁，至于大原。**言逐出之而已。○大音泰。**文武吉甫，萬邦爲憲。**吉甫，尹吉甫也，有文有武。憲，法也。箋云：吉甫，此時大將也。

○吉甫燕喜，既多受祉。祉，福也。箋云：吉甫既伐玁狁而歸，天子以燕禮樂之，則歡喜矣，又多受賞賜也。**來歸自鎬，我行永久。飲御諸友，炰鼈膾鯉。**御，進也。箋云：御，侍也。王以吉甫遠從鎬地來，又日月長久，今飲之酒❺，使其諸友恩舊者侍之，又加其珍美之饌，所以極勸之也。○飲於鴆反。炰白交反。**侯誰在矣，張仲孝友。**侯，維也。張仲，賢臣也。善父母爲孝，善兄弟爲友。使文武之臣征伐，與孝友之臣處内。箋云：張仲，吉甫之友，其性孝友。

六月六章，章八句。

❶然，巾箱本、日抄本並作「而」。案：敦煌殘卷伯二五〇六號作「而」。

❷穫，纂圖本作「方」。

❸鉤鉤盤，監圖本作「鉤一盤」，纂圖本、十行本並作「鉤盤」。案：敦煌殘卷伯二五〇六號作「鉤＝般」，單疏本疏文標起止云「箋鉤鉤盤至未聞」。

❹之，原闕，據諸本補。案：敦煌殘卷伯二五〇六號有。

❺今，纂圖本作「故」。案：敦煌殘卷伯二五〇六號作「今」，讀詩記所引作「故」。

采芑，宣王南征也。○芑音起。

○薄言采芑，于彼新田，于此菑畝。興也。芑，菜也。田一歲曰菑，二歲曰新田，三歲曰畬。宣王能新美天下之士，然後用之。箋云：興者，新美之喻，和治其家，養育其身也。士，軍士也。○菑側其反。畬音餘。**方叔涖止，其車三千，師干之試。**方叔，卿士也，受命而爲將也。涖，臨。師，衆。干，扞。試，用也。箋云：方叔臨視此戎車三千乘，其士卒皆有佐師扞敵之用爾。司馬法：「兵車一乘，甲士三人，步卒七十二人。」宣王承亂，羨卒盡起。○涖音利。羨延面反，餘也。**方叔率止，乘其四騏，四騏翼翼。**箋云：率者，率此戎車士卒而行也。翼翼，壯健貌。**路車有奭，簟茀魚服，鉤膺鞗革。**奭，赤貌。鉤膺，樊纓也。箋云：茀之言蔽也。車之蔽飾象席文也。魚服，矢服也。鞗革，轡首垂也。○奭許力反。鞗音條。樊步干反。

○薄言采芑，于彼新田，于此中鄉。鄉，所也。箋云：中鄉，美地名。**方叔涖止，其車三千，旂旐央央。**箋云：交龍爲旂，龜蛇爲旐。此言軍衆將帥之車皆備。**方叔率止，約軝錯衡，八鸞瑲瑲。**軝，長轂之軝也，朱而約之。錯衡，文衡也。瑲瑲，聲也。○軝祁支反，轂篆也。錯如字，又七故反。瑲七羊反。**服其命服，朱芾斯皇，有瑲葱珩。**朱芾，黄朱芾也。皇猶煌煌也。瑲，珩聲也。葱，蒼也。三命葱珩。言周室之强，車服之美也。言其强美，斯劣矣。箋云：命服者，命爲將受王命之服也。天子之服韋弁服，朱衣裳也。○茀音弗。瑲七羊反。珩音衡。

○鴥彼飛隼，其飛戾天，亦集爰止。戾，至也。箋云：隼，急疾之鳥也。飛乃至天，喻士卒勁勇，能深攻入敵也。爰，於也。亦集於其所止，喻士卒須命乃行也。○鴥唯必反。**方叔涖止，其車三千，師干之試。**箋云：三稱此者，重師也。**方叔率止，鉦人伐鼓，陳師鞠旅。**伐，擊也。鉦以靜之，鼓以動之。鞠，告也。箋云：鉦也，鼓也，各有人焉。言鉦人伐鼓，互言爾。二千五百人爲師，五百人爲旅。此言將戰之日，陳列其師旅誓告之也。陳師告旅，亦互言之。○鉦音征。鞠居六反。**顯允方叔，伐鼓淵淵，振旅闐闐。**淵淵，鼓聲也。入曰振旅，復長幼也。箋云：伐鼓淵淵，謂戰時進士衆也。至戰止將歸，又振旅伐鼓闐闐然。振猶止也。旅，衆也。春秋傳曰「出曰治兵，入曰振旅」，其禮一也。○闐音田。

○蠢爾蠻荆，大邦爲讎。蠢，動也。蠻荆，荆州之蠻也。箋云：大邦，列國之大也。○蠢尺允反。**方叔元老，克壯其猶。**元，大也。五官之長，出於諸侯曰天子之老。壯，大。猶，道也。箋云：猶，謀也。謀，兵謀也。**方叔率止，執訊獲醜。**箋云：方叔率其士衆，執其可言問所獲敵人之衆以還歸也❶。**戎車嘽嘽，嘽嘽焞焞，如霆如雷。**嘽嘽，衆也。焞焞，盛也。箋云：言戎車既衆盛，其威又如雷霆。言雖久在外，無罷勞也。○嘽吐丹反。焞吐雷反。罷音皮。**顯允方叔，征伐玁狁，蠻荆來威。**箋云：方叔先與吉甫征伐玁狁，今特往伐蠻荆，皆使來服於宣王之威。美其功之多也。

采芑四章，章十二句。

❶其，巾箱本、監圖本、纂圖本、日抄本、十行本並作「將」。案：敦煌殘卷伯二五〇六號作「將」，單疏本疏文云：「執其可言問所獲敵人之衆以還歸也。」

車攻，宣王復古也。宣王能内脩政事，外攘夷狄，復文、武之竟土，脩車馬，備器械，復會諸侯於東都，因田獵而選車徒焉。東都，王城也。○攘如羊反，除也，却也。竟音境。械户戒反。復會，扶又反。

○我車既攻，我馬既同。攻，堅。同，齊也。宗廟齊毫，尚純也。戎事齊力，尚强也。田獵齊足，尚疾也。**四牡龐龐，駕言徂東。**龐龐，充實也。東，洛邑也。○龐鹿同反，又扶公反。

○田車既好，四牡孔阜。東有甫草，駕言行狩。甫，大也。田者大艾草以爲防，或舍其中，褐纏旃以爲門，裘纏質以爲槸，閒容握，驅而入，擊則不得入，左者之左，右者之右，然後焚而射焉。天子發，然後諸侯發，諸侯發，然後大夫、士發。天子發，抗大綏，諸侯發，抗小綏，獻禽於其下，故戰不出頃，田不出防，不逐奔走，古之道也。箋云：甫草者，甫田之草也。鄭有甫田。○甫如字，鄭音補。槸魚列反。

○之子于苗，選徒囂囂。之子，有司也。夏獵曰苗。囂囂，聲也。維數車徒者爲有聲也。箋云：于，曰也。○囂五刀反。**建旐設旄，搏獸于敖。**敖，地名。箋云：獸，田獵搏獸也。敖，鄭地，今近滎陽。

○**駕彼四牡，四牡奕奕。**言諸侯來會也。**赤芾金舄**❶**，會同有繹。**諸侯赤芾。金舄，舄❷，達屨也。時見曰會，殷見曰同。繹，陳也。箋云：金舄，黄朱色也。○舄音昔。繹音亦。

○**決拾既佽，弓矢既調。**決，鉤弦也。拾，遂也。佽，利也。箋云：佽，謂手指相次比也。調，謂弓强弱與矢輕重相得。○決古穴反。佽音次。比毗志反。**射夫既同，助我舉柴。**柴，積也。箋云：既同，已射同復將射之位也。雖不中，必助中者舉積禽也。○柴子智反。

○**四黄既駕，兩驂不猗。**言御者之良也。○猗於寄反，又於綺反。**不失其馳，舍矢如破。**言習於射御法也。箋云：御者之良，得舒疾之中。射者之工，矢發則中，如椎破物也。○舍音捨。

○**蕭蕭馬鳴，悠悠旆旌。**言不讙譁也。○讙音歡。**徒御不驚？大庖不盈？**徒，輦也。御，御馬也。不驚？驚也。不盈？盈也。一曰乾豆，二曰賓客，三曰充君之庖。故自左膘而射之，達于右腢爲上殺，射右耳本次之，射左髀達于右髆爲下殺。面傷不獻，踐毛不獻，不成禽不獻。禽雖多，擇取三十焉，其餘以與大夫、士，以習射於澤宮。田雖得禽，射不中不得取禽，田雖不得禽，射中則得取禽。古者以辭讓取，不以勇力取。箋云：不驚驚也，不盈盈也，反其言美之也。射右耳本，射當爲達。三十者，每禽三十也。○庖蒲茅反。膘頻小反。腢音愚，又五厚反。髆餘繞反，又胡了反。

○**之子于征，有聞無聲。**有善聞而無諠譁之聲。箋云：晉人伐鄭，陳成子救之，舍於柳舒之上，去穀七里，穀人不知，可謂「有聞無聲」。○聞音問。**允矣君子，展也大成。**箋云：允，信。展，誠也❸。大成，謂致太平也。

車攻八章，章四句。

❶赤，纂圖本作「朱」。

❷舄，諸本同。案：敦煌殘卷伯二五〇六號無，要義所引、讀詩記所引並有，單疏本疏文云：「言『金舄達屨』者。」

❸誠，巾箱本、監圖本並作「成」。

吉日，美宣王田也。能慎微接下，無不自盡以奉其上焉。

○**吉日維戊，既伯既禱。**維戊，順類乘牡也。伯，馬祖也。重物慎微，將用馬力，必先爲之禱其祖。禱，禱獲也。箋云：戊，剛日也，故乘牡爲順類也。○禱丁老反。**田車既好，四牡孔阜。升彼大阜，從其羣醜。**箋云：醜，衆也。田而升大阜，從禽獸之羣衆也。

○**吉日庚午，既差我馬。**外事以剛日。差，擇也。**獸之所同，麀鹿麌麌。**鹿牝曰麀。麌麌，衆多也。箋云：同猶聚也。麕牡曰麌。麌復麌，言多也。○麀音憂。麌愚甫反。**漆沮之從，天子之所。**漆、沮之水，麀鹿所生也。從漆、沮驅禽而至天子之所❶。○沮七徐反。

○**瞻彼中原，其祁孔有。**祁，大也。箋云：祁當作麎。麎，麋牝也，中原之野甚有之。○祁巨私反，鄭音辰。**儦儦俟俟，或羣或友。**趨則儦儦，行則俟俟。獸三曰羣，二曰友。○儦表嬌反。俟音士。**悉率左右，以燕天子。**驅禽之左右，以安待天子。箋云：率，循也。悉驅禽順其左右之宜，以安待王之射也。○射食亦反。

○既張我弓，既挾我矢。發彼小豝，殪此大兕。殪，壹發而死。言能中微而制大也。箋云：豕牝曰豝。○挾子洽反，又子協反，又户頰反。豝音巴。殪於計反。兕徐履反。中張仲反。**以御賓客，且以酌醴。**饗醴，天子之飲酒也。箋云：御賓客者，給賓客之御也。賓客，謂諸侯也。酌醴，酌而飲羣臣❷，以爲俎實也。

吉日四章，章六句。

❶至，監圖本、纂圖本、十行本並作「致」。

❷飲，日抄本作「醴」。案：敦煌殘卷伯二五〇六號作「醴」，讀詩記所引作「飲」，單疏本疏文云：「言『酌而醴羣臣以爲俎實』者。」

南有嘉魚之什十篇，四十六章，二百七十二句。

毛詩卷第十

毛詩卷第十一

鴻鴈之什詁訓傳第十八

小雅　　鄭氏箋

鴻鴈，美宣王也。萬民離散，不安其居，而能勞來還定安集之，至于矜寡，無不得其所焉。宣王承厲王衰亂之敝，而起興復先王之道，以安集衆民爲始也。書曰「天將有立父母，民之有政有居」❶，宣王之爲是務。○勞力報反。來力代反。矜古頑反。

○**鴻鴈于飛，肅肅其羽。**興也。大曰鴻，小曰鴈。肅肅，羽聲也。箋云：鴻鴈知辟陰陽寒暑。興者，喻民知去無道，就有道。**之子于征，劬勞于野。**之子，侯伯卿士也。劬勞，病苦也。箋云：侯伯卿士，謂諸侯之伯與天子卿士也❷。是時民既離散，邦國有壞滅者，侯伯久不述職，王使廢於存省諸侯。於是始復之，故美焉。○劬其俱反。**爰及矜人，哀此鰥寡。**矜，憐也。老無妻曰鰥，偏喪曰寡。箋云：爰，曰也。王之意不徒使此爲諸侯之事，與安集萬民而已。王曰「當及此可憐之人」，謂貧窮者欲令賙餼之，鰥寡則哀之，其孤獨者收斂之，使有所依附。○矜棘冰反。

○**鴻鴈于飛，集于中澤。**中澤，澤中也。箋云：鴻鴈之性，安居澤中，今飛又集于澤中。猶民去其居而離散，今見還定安集。**之子于垣，百堵皆作。**一丈爲版，五版爲堵。箋云：侯伯卿士又於壞滅之國，徵民起屋舍，築牆壁，百堵同時而起。言趨事也。春秋傳曰「五版爲堵，五堵爲雉」，雉長三丈，則版六尺。○垣音袁。**雖則劬勞，其究安宅。**究，窮也。箋云：此勸萬民之辭。女今雖病勞，終有安居。○究居又反。

○**鴻鴈于飛，哀鳴嗸嗸。**未得所安集則嗸嗸然。箋云：此之子所未至者❸。○嗸五刀反。**維此哲人，謂我劬勞。**箋云：此哲人，謂知王之意及之子之事者。我，之子自我也。**維彼愚人，謂我宣驕。**宣，示也。箋云：謂我役作衆民爲驕奢。

鴻鴈三章，章六句。

❶政，監圖本作「正」。
❷「謂」下，纂圖本有「國」字。
❸者，監圖本作「也」。

庭燎，美宣王也。因以箴之。諸侯將朝，宣王以夜未央之時，問夜早晚。美者，美其能自勤以政事。因以箴者，王有雞人之官，凡國事爲期，則告之以時，王不正其官而問夜早晚。○燎力照反。箴之金反。

○夜如何其？箋云：此宣王以諸侯將朝，夜起曰：「夜如何其？」問早晚之辭。○其音基，辭也。**夜未央，庭燎之光。君子至止，鸞聲將將。**央，旦也。庭燎，大燭也。君子，謂諸侯也❶。將將，鸞鑣聲也。箋云：夜未央猶言夜未渠央也。而於庭設大燭，使諸侯早來朝，聞鸞聲將將然。○央於良反，盡也。將七羊反。

○夜如何其？夜未艾，庭燎晣晣。君子至止，鸞聲噦噦。艾，久也。晣晣，明也。噦噦，徐行有節也。箋云：芟末曰艾。以言夜先雞鳴時。○曰艾音刈。晣之世反。噦呼會反。

○夜如何其？夜鄉晨，庭燎有煇。君子至止，言觀其旂。煇，光也。箋云：晨，明也。上二章聞鸞聲爾，今夜鄉明，我見其旂。是朝之時也。朝禮，別色始入。○鄉許亮反。旂音祈。

庭燎三章，章五句。

❶謂，原闕，據諸本補。案：要義所引、讀詩記所引並有。

沔水，規宣王也。規者，正圓之器也。規主仁恩也，以恩親正君曰規，春秋傳曰「近臣盡規」。

○沔緜善反。

〇沔彼流水，朝宗于海。興也。沔，水流滿也。水猶有所朝宗。箋云：興者，水流而入海，小就大也，喻諸侯朝天子亦猶是也。諸侯春見天子曰朝，夏見曰宗。〇[朝]直遥反。[見]賢遍反。**鴥彼飛隼，載飛載止。**箋云：載之言則也。言隼欲飛則飛，欲止則止。喻諸侯之自驕恣，欲朝不朝，自由無所在心也。〇[鴥]惟必反。[隼]息尹反。**嗟我兄弟，邦人諸友，莫肯念亂，誰無父母？**邦人諸友，謂諸侯也。兄弟，同姓臣也。京師者，諸侯之父母也。箋云：我，我王也。莫，無也。我同姓異姓之諸侯，女自恣聽不朝，無肯念此於禮法爲亂者。女誰無父母乎？言皆生於父母也。臣之道，資於事父以事君。

〇沔彼流水，其流湯湯。言放縱無所入也。箋云：湯湯，波流盛貌。喻諸侯奢僭，既不朝天子，復不事侯伯。〇[湯]失羊反。**鴥彼飛隼，載飛載揚。**言無所定止也。箋云：則飛則揚，喻諸侯出兵妄相侵伐。**念彼不蹟，載起載行。心之憂矣，不可弭忘。**不蹟，不循道也。弭，止也。箋云：彼，彼諸侯也❶。諸侯不循法度，妄興師出兵。我念之，憂不能忘也。〇[蹟]井亦反。[弭]彌氏反。

〇鴥彼飛隼，率彼中陵。箋云：率，循也。隼之性待鳥雀而食，飛循陵阜者，是其常也。喻諸侯之守職順法度者，亦是其常也。**民之訛言，寧莫之懲。**懲，止也。箋云：訛，僞也。言時不令小人，好詐僞爲交易之言，使見怨咎，安然無禁止。**我友敬矣，讒言其興。**疾王不能察讒也。箋云：我，我天子也。友，謂諸侯也。言諸侯有敬其職順法度者，讒人猶興其言以毁惡之，王與侯伯不當察之？〇惡烏路反。

沔水三章，二章章八句，一章六句。

❶彼，巾箱本、纂圖本並無。

鶴鳴，誨宣王也。誨，教也。教宣王求賢人之未仕者。

○**鶴鳴于九皋，聲聞于野。**興也。皋，澤也。言身隱而名著也。箋云：皋，澤中水溢出所爲坎，自外數至九，喻深遠也。鶴在中鳴焉，而野聞其鳴聲。興者，喻賢者雖隱居，人咸知之。○皋音羔。聞音問。**魚潛在淵，或在于渚。**良魚在淵，小魚在渚。箋云：此言魚之性，寒則逃於淵，温則見於渚。喻賢者世亂則隱，治平則出，在時君也。**樂彼之園，爰有樹檀，其下維蘀。**何樂於彼園之觀乎？蘀，落也。尚其樹檀而下其蘀❶。箋云：之，往。爰，曰也。言所以之彼園而觀者，人曰有樹檀，檀下有蘀。此猶朝廷之尚賢者而下小人，是以往也。○樂音洛。蘀音託。**它山之石，可以爲錯。**錯，石也，可以琢玉。舉賢用滯，則可以治國。箋云：它山，喻異國。○錯七落反。

○**鶴鳴于九皋，聲聞于天。**箋云：天高遠也。**魚在于渚，或潛在淵。**箋云：時寒則魚去渚逃於淵。**樂彼之園，爰有樹檀，其下維穀。**穀，惡木也。○穀工木反。**它山之石，可以攻玉。**

攻，錯也。

❶上「其」字，監圖本、纂圖本、十行本並作「有」。案：要義所引作「尚其」，讀詩記所引作「尚有」。

鶴鳴二章，章九句。

祈父，刺宣王也。刺其用祈父不得其人也。官非其人則職廢。祈父之職掌六軍之事，有九伐之法。祈、圻、畿同。○祈勤衣反。

○祈父，祈父，司馬也，職掌封圻之兵甲。箋云：此司馬也，時人以其職號之，故曰祈父。書曰「若疇圻父」，謂司馬。司馬掌祿士，故司士屬焉。又有司右，主勇力之士。予王之爪牙。胡轉予于恤，靡所止居？恤，憂也。宣王之末，司馬職廢，羌戎爲敗。箋云：予，我。轉，移也。此勇力之士，責司馬之辭也。我乃王之爪牙，爪牙之士當爲王閑守之衞，女何移我於憂，使我無所止居乎？謂見使從軍，與羌戎戰於千畝而敗之時也。六軍之士出自六鄉，法不取於王之爪牙之士。○爲于僞反。

○祈父，予王之爪士。士，事也。胡轉予于恤，靡所厎止？厎，至也。○厎之履反。

○祈父，亶不聰。亶，誠也。○亶都但反。胡轉予于恤，有母之尸饔？尸，陳也。熟食曰饔。箋云：己從軍而母爲父陳饌飲食之具。自傷不得供養也。

祈父三章，章四句。

白駒，大夫刺宣王也。刺其不能留賢也。

○**皎皎白駒，食我場苗。縶之維之，以永今朝。**宣王之末，不能用賢，賢者有乘白駒而去者。縶，絆。維，繫也。箋云：永，久也。願此去者，乘其白駒而來，使食我場中之苗，我則絆之繫之，以久今朝❶。愛之欲留之。○皎古了反。場直良反。縶陟立反。**所謂伊人，於焉逍遥？**箋云：伊當作繄。繄猶是也。所謂是乘白駒而去之賢人，今於何遊息乎？思之甚也。○焉於虔反，又如字。

○**皎皎白駒，食我場藿。縶之維之，以永今夕。**藿猶苗也。夕猶朝也。○藿火郭反。**所謂伊人，於焉嘉客？**

○**皎皎白駒，賁然來思。**賁，飾也。箋云：願其來而得見之。易卦曰「山下有火賁」，賁，黄白色也。○賁彼義反。**爾公爾侯？逸豫無期。**爾公爾侯邪？何爲逸樂無期以反也。**慎爾優游，勉爾遁思。**慎，誠也。箋云：誠女優游，使待時也，勉女遁思。度己終不得見，自訣之辭。○遁徒遜反。

○**皎皎白駒，在彼空谷。**空，大也。**生芻一束，其人如玉。**箋云：此戒之也。女行所舍，主人之餼雖薄，要就賢人其德如玉然。○芻楚俱反。**毋金玉爾音，而有遐心。**箋云：毋愛女聲音而有遠我之心。以恩責之也。○毋音無。

白駒四章，章六句。

❶久，十行本作「永」。

黄鳥，刺宣王也。刺其以陰禮教親而不至，聯兄弟之不固。

○黄鳥黄鳥，無集于穀，無啄我粟。興也。黄鳥宜集木啄粟者❶。喻天下室家不以其道而相去，是失其性。此邦之人，不我肯穀❷。穀，善也。箋云：不肯以善道與我。言旋言歸，復我邦族。宣王之末，天下室家離散，妃匹相去，有不以禮者。箋云：言，我。復，反也。

○黄鳥黄鳥，無集于桑，無啄我粱。此邦之人，不可與明。不可與明夫婦之道。箋云：明當爲盟。盟，信也。言旋言歸，復我諸兄。婦人有歸宗之義。箋云：宗，謂宗子也。

○黄鳥黄鳥，無集于栩，無啄我黍。此邦之人，不可與處。處，居也。○栩況甫反。處上聲。言旋言歸，復我諸父。諸父猶諸兄也。

黄鳥三章，章七句。

❶木，巾箱本作「穀」。

❷我肯，原互倒，據諸本改。案：敦煌殘卷斯三三三〇號作「我肯」，讀詩記所引同。

我行其野，刺宣王也。刺其不正嫁取之數，而有荒政，多淫昏之俗。

〇**我行其野，蔽芾其樗。昏姻之故，言就爾居。**樗，惡木也。箋云：樗之蔽芾始生，謂仲春之時，嫁取之月。婦之父，壻之父，相謂昏姻。言，我也。我乃以此二父之命故，我就女居，我豈其無禮來乎？責之也。〇蔽必制反。芾方味反。樗勑書反。**爾不我畜，復我邦家。**畜，養也。箋云：宣王之末，男女失道以求外昏，棄其舊姻而相怨。〇畜吁玉反。

〇**我行其野，言采其蓫。昏姻之故，言就爾宿。**蓫，惡菜也。箋云：蓫，牛蘈也，亦仲春時生可采也。〇蓫勑六反。**爾不我畜，言歸斯復。**復，反也。

〇**我行其野，言采其葍。不思舊姻，求爾新特。**葍，惡菜也。新特，外昏也。箋云：葍，䔰也，亦仲春時生可采也。壻之父曰姻。我采葍之時，以禮來嫁女，女不思女老父之命而棄我，而求女新外昏特來之女。責之也。不以禮嫁，必無肯媵之。〇葍音福。䔰音富。**成不以富❶，亦祇以異。**祇，適也。箋云：女不以禮爲室家，成事不足以得富也，女亦適以此自異於人道。言可惡也。〇祇音支。惡烏路反。

我行其野三章，章六句。

❶成，日抄本作「誠」。案：敦煌殘卷斯三三三○號作「誠」，讀詩記所引作「成」，單疏本疏文云：「誠不以是而得富。」

斯干，宣王考室也。考，成也。德行國富，人民殷衆而皆佼好，骨肉和親。宣王於是築宮廟羣寢，既成而釁之，歌斯干之詩以落之，此之謂成室。宗廟成則又祭先祖。○佼古卯反。

○秩秩斯干，幽幽南山。興也。秩秩，流行也。干，澗也。幽幽，深遠也。箋云：興者，喻宣王之德，如澗水之源，秩秩流出無極已也。國以饒富，民取足焉，如於深山。○秩直乙反。**如竹苞矣，如松茂矣。**苞，本也。箋云：言時民殷衆如竹之本生矣，其佼好又如松柏之暢茂矣。**兄及弟矣，式相好矣，無相猶矣。**猶，道也。箋云：猶當作瘉。瘉，病也。言時人骨肉用是相愛好，無相詬病也。○好呼報反。猶如字，鄭羊主反。

○似續妣祖，似，嗣也。箋云：似讀如「巳午」之「巳」。巳續妣祖者，謂巳成其宮廟也。妣，先妣姜嫄也。祖，先祖也。○妣必履反。**築室百堵，西南其户。**西鄉户南鄉户也。箋云：此築室者，謂築燕寢也。百堵，百堵一時起也。天子之寢有左右房。西其户者，異於一房者之室户也。又云南其户者，宗廟及路寢，制如明堂，每室四户，是室一南户爾。○鄉許亮反。**爰居爰處，爰笑爰語。**箋云：爰，於也。於是居，於是處，於是笑，於是語。言諸寢之中皆可安樂。

○約之閣閣，椓之橐橐。約，束也。閣閣猶歷歷也。橐橐，用力也。箋云：約，謂縮板也。椓，謂搯土也。○閣音各。椓陟角反。橐音託。搯丈牛反。**風雨攸除，鳥鼠攸去，君子攸芋。**芋，大也。箋云：芋當作幠。幠，覆也。寢廟既成，其牆屋弘殺則風雨之所除也❶，其堅緻則鳥鼠之所去也❷，其堂室相稱則君子之所覆蓋。○除直慮反，去也。芋香于反。

○如跂斯翼，如人之跂竦翼爾。○跂音企。**如矢斯棘，如鳥斯革，**棘，稜廉也。革，翼也。箋云：棘，戟也。如人挾弓矢戟其肘。如鳥夏暑希革張其翼時。○棘居力反。革如字。**如翬斯飛，君子攸躋。**躋，升也。箋云：伊、洛而南，素質五色皆備成章曰翬❸。此章四「如」者，皆謂廉隅之正，形貌之顯也。翬者，鳥之奇異者也，故以成之焉。此章主於宗廟，君子所升，祭祀之時。○翬音輝。

○殖殖其庭，有覺其楹。殖殖，言平正也❹。有覺，言高大也。箋云：覺，直也。**噲噲其正，噦噦其冥，**正，長也。冥，幼也。箋云：噲噲猶快快也。正，晝也。噦噦猶煟煟也。冥，夜也。言居之晝日則快快然，夜則煟煟然，皆寬明之貌。○噲音快。正音政。噦呼會反。冥莫形反。煟音謂。**君子攸寧。**箋云：此章主於寢，君子所安，燕息之時。

○下莞上簟，乃安斯寢。箋云：莞，小蒲之席也。竹葦曰簟。寢既成，乃鋪席，與羣臣安燕爲歡以落之。○莞音官。**乃寢乃興，乃占我夢。**言善之應人也。箋云：興，夙興也。有善夢則占之。**吉**

夢維何？維熊維羆，維虺維蛇。箋云：熊羆之獸，虺蛇之蟲，此四者，夢之吉祥也。○熊回弓反。羆彼宜反。虺許鬼反。蛇市奢反。

○大人占之，維熊維羆，男子之祥，維虺維蛇，女子之祥。箋云：大人占之，謂以聖人占夢之法占之也。熊羆在山，陽之祥也，故爲生男。虺蛇穴處，陰之祥也，故爲生女。○大音泰。

○乃生男子，載寢之牀，載衣之裳，載弄之璋。半珪曰璋。裳，下之飾也。璋，臣之職也。箋云：男子生而卧於牀，尊之也。裳，晝日衣也。衣以裳者，明當主於外事也。玩以璋者，欲其比德焉。正以璋者，明成之有漸。○衣於既反，下同。**其泣喤喤，朱芾斯皇，室家君王。**箋云：皇猶煌煌也。芾者，天子純朱，諸侯黄朱。室家，一家之内。宣王所生之子[5]，或且爲諸侯，或且爲天子[6]，皆將佩朱芾煌煌然。○喤音横，聲也。

○乃生女子，載寢之地，載衣之裼，載弄之瓦。裼，褓也。瓦，紡塼也。箋云：卧於地，卑之也。褓，夜衣也。明當主於内事。紡塼，習其所有事也[7]。○裼他計反。**無非無儀，唯酒食是議，無父母詒罹。**婦人質，無威儀也。罹，憂也。箋云：儀，善也。婦人無所專於家事[8]，有非非婦人也，有善亦非婦人也。婦人之事，惟議酒食爾。無遺父母之憂。○詒以之反。罹力馳反。

斯干九章，四章章七句，五章章五句。

❶屋，監圖本作「室」。

❷緻，巾箱本、十行本並作「致」。案：要義所引作「致」，單疏本疏文云：「其築作堅緻。」

❸「素」上，纂圖本有「雉」字。案：要義所引無，讀詩記所引有。

❹正，監圖本作「直」。

❺所，監圖本、纂圖本、十行本並作「將」。

❻或且爲諸侯或且爲天子，巾箱本作「或且爲天子或且爲諸侯」。

❼所有，監圖本、十行本並作「一有所」，纂圖本作「有所」。案：讀詩記所引作「所有」，單疏本疏文云：「習其所有事也。」

❽人，巾箱本無。案：要義所引有，讀詩記所引無。

無羊，宣王考牧也。厲王之時，牧人之職廢。宣王始興而復之，至此而成，謂復先王牛羊之數。

○誰謂爾無羊，三百維羣。誰謂爾無牛，九十其犉。黃牛黑脣曰犉。箋云：爾，女也，女宣王也。宣王復古之牧法，汲汲於其數，故歌此詩以解之也。誰謂女無羊，今乃三百頭爲一羣。誰謂女無牛，今乃犉者九十頭。言其多矣，足如古也。○犉而純反。**爾羊來思，其角濈濈。**聚其角而息濈濈然。箋云：言此者，美畜産得其所。○濈莊立反。畜許又反。**爾牛來思，其耳濕濕。**呞而動其耳濕濕然。○濕始立反。呞丑之反。

○**或降于阿，或飲于池，或寢或訛。** 訛，動也。箋云：言此者，美其無所驚畏也。○訛五戈反。**爾牧來思，何蓑何笠，或負其餱。** 何，揭也。蓑所以備雨。笠所以禦暑。箋云：言此者，美牧人寒暑飲食有備。○何何可反。蓑素戈反。笠音立。餱音侯。**三十維物，爾牲則具。** 異毛色者三十也❶。箋云：牛羊之色異者三十，則女之祭祀，索則有之。

○**爾牧來思，以薪以蒸，以雌以雄。** 箋云：此言牧人有餘力，則取薪蒸搏禽獸以來歸也。麤曰薪，細曰蒸。**爾羊來思，矜矜兢兢，不騫不崩。** 矜矜兢兢，以言堅彊也。騫，虧也。崩，羣疾也。○兢其冰反。騫起虔反。**麾之以肱，畢來既升。** 肱，臂也。升，升入牢也。箋云：此言擾馴從人意也。○麾毀皮反。肱古閎反。

○**牧人乃夢，衆維魚矣，旐維旟矣。** 箋云：牧人乃夢見人衆相與捕魚，又夢見旐與旟。占夢之官，得而獻之於宣王，將以占國事也。**大人占之，衆維魚矣，實維豐年。** 陰陽和則魚衆多矣。箋云：魚者，庶人之所以養也❷。今人衆相與捕魚，則是歲熟相供養之祥也。易中孚卦曰：「豚魚吉。」○養羊亮反。**旐維旟矣，室家溱溱。** 溱溱，衆也。旐旟所以聚衆也。箋云：溱溱，子孫衆多也。○溱側巾反。

無羊四章，章八句。

❶異，原作「黑」，據巾箱本、日抄本、十行本改。案：讀詩記所引作「異」，單疏本疏文標起止云「傳異毛色者三十」。

❷庶，巾箱本作「衆」。

鴻鴈之什十篇，三十二章，二百三十三句。

毛詩卷第十一

毛詩卷第十二

節南山之什詁訓傳第十九

小雅　　鄭氏箋

節南山，家父刺幽王也。家父，字，周大夫也。○節在切反，又如字。父音甫。

○節彼南山，維石巖巖。興也。節，高峻貌。巖巖，積石貌。箋云：興者，喻三公之位，人所尊嚴。**赫赫師尹，民具爾瞻。憂心如惔，不敢戲談。**赫赫，顯盛貌。師，大師，周之三公也。尹，尹氏爲大師。具，俱。瞻，視。惔，燔也。箋云：此言尹氏，女居三公之位，天下之民俱視女之所爲，皆憂心如火灼爛之矣，又畏女之威，不敢相戲而言語。疾其貪暴，脅下以刑辟也。○赫許百反。惔徒藍反。**國既卒斬，何用不監？**卒，盡。斬，斷。監，視也。箋云：天下之諸侯日相侵伐，其國已盡絶滅，女何用爲職，不監察之？○卒子律反。監古銜反，注同。

○節彼南山，有實其猗。實，滿。猗，長也。箋云：猗，倚也。言南山既能高峻，又以草木平滿其旁倚之畎谷，使之齊均也。○猗於宜反。**赫赫師尹，不平謂何？**箋云：責三公之不均平，不如山之爲也。謂何猶云何也。**天方薦瘥，喪亂弘多。**薦，重。瘥，病。弘，大也。箋云：天氣方今又重以疫病，長幼相亂而死喪甚大多也。○薦徂殿反。瘥才何反。**民言無嘉，憯莫懲嗟。**憯，曾也。箋云：懲，止也。天下之民皆以災害相弔唁，無一嘉慶之言。曾無以恩德止之者，嗟乎柰何。○憯七感反。

○**尹氏大師，維周之氐。秉國之均，四方是維。天子是毗，俾民不迷。**氐，本。均，平。毗，厚也。箋云：氐當作「桎鎋」之「桎」。毗，輔也。言尹氏作大師之官，爲周之桎鎋，持國政之平，維制四方，上輔天子，下教化天下，使民無迷惑之憂。言任至重。○氐丁禮反。毗婢尸反。**不弔昊天，不宜空我師。**弔，至。空，窮也。箋云：至猶善也。不善乎昊天，愬之也。不宜使此人居尊官，困窮我之衆民也。○弔如字，又丁歷反。空苦貢反。

○**弗躬弗親，庶民弗信。弗問弗仕，勿罔君子。**庶民之言不可信。勿罔上而行也。箋云：仕，察也。勿當作末。此言王之政，不躬而親之，則恩澤不信於衆民矣；不問而察之，則下民末罔其上矣。○勿如字，鄭音末。**式夷式已，無小人殆。**式，用。夷，平也。用平則已，無以小人之言至於危殆也。箋云：殆，近也。爲政當用平正之人，用能紀理其事者，無小人近。○已音以，鄭音紀。**瑣瑣姻亞，則無膴仕。**瑣瑣，小貌。兩壻相謂曰亞。膴，厚也。箋云：壻之父曰姻。瑣瑣昏姻妻黨之小人，無厚任用之，置之大位重其祿也。○瑣素火反。膴音武。

○**昊天不傭，降此鞠訩。昊天不惠，降此大戾。**傭，均。鞠，盈。訩，訟也。箋云：盈猶多也。戾，乖也。昊天乎，師氏爲政不均，乃下此多訟之俗；又爲不和順之行，乃下此乖爭之化。疾時民傚爲之，愬之於天。○傭 勑龍反。訩 音凶。**君子如届，俾民心闋。君子如夷，惡怒是違。**届，極。闋，息。夷，易。違，去也。箋云：届，至也。君子，斥在位者。如行至誠之道，則民鞠訩之心息。如行平易之政，則民乖爭之情去。言民之失由於上，可反復也。○届 音戒。闋 苦穴反。易 以豉反。

○**不弔昊天，亂靡有定。式月斯生，俾民不寧。憂心如酲，誰秉國成？**病酒曰酲。成，平也。箋云：弔，至也。至猶善也。定，止。式，用也。不善乎昊天，天下之亂，無肯止之者。用月此生，言月月益甚也。使民不得安，我今憂之如病酒之酲矣。觀此君臣，誰能持國之平乎？言無有也。○酲 音呈。**不自爲政，卒勞百姓。**箋云：卒，終也。昊天不自出政教，則終窮苦百姓。欲使昊天出圖書有所授命，民乃得安。

○**駕彼四牡，四牡項領。**項，大也。箋云：四牡者，人君所乘駕，今但養大其領，不肯爲用。喻大臣自恣，王不能使也。**我瞻四方，蹙蹙靡所騁。**騁，極也。箋云：蹙蹙，縮小之貌。我視四方土地，日見侵削於夷狄，蹙蹙然雖欲馳騁，無所之也。○蹙 子六反。騁 勑領反。

○**方茂爾惡，相爾矛矣。**茂，勉也。箋云：相，視也。方爭訟自勉於惡之時，則視女矛矣。言欲戰鬬相殺傷也。○相 息亮反。**既夷既懌，如相醻矣。**懌，服也。箋云：夷，說也。言大臣之乖爭，本無大讎，其已相和順而説懌，則如賓主飲酒相醻酢也。○懌音亦。醻市由反。

○昊天不平，我王不寧。不懲其心，覆怨其正。正，長也。箋云：昊天乎，師尹爲政不平，使我王不得安寧。女不懲止女之邪心，而反怨憎其正也。○覆芳服反。

○家父作誦，以究王訩。家父，大夫也。箋云：究，窮也。大夫家父作此詩而爲王誦之，以窮極王之政所以致多訟之本意。○爲于僞反。**式訛爾心，以畜萬邦。**箋云：訛，化。畜，養也。

節南山十章，六章章八句，四章章四句。

正月，大夫刺幽王也。○正音政。

○正月繁霜，我心憂傷。正月，夏之四月。繁，多也。箋云：夏之四月❶，建巳之月，純陽用事而霜多。急恒寒若之異，傷害萬物，故心爲之憂傷。○繁扶袁反。**民之訛言，亦孔之將。**將，大也。箋云：訛，僞也。人以僞言相陷入，使王行酷暴之刑，致此災異，故言亦甚大也。**念我獨兮，憂心京京。哀我小心，癙憂以痒。**京京，憂不去也。癙、痒，皆病也。箋云：念我獨兮者，言我獨憂此政也。○癙音鼠。痒音羊。

○父母生我，胡俾我瘉？不自我先，不自我後？父母，謂文、武也。我，我天下。瘉，病也。

箋云：自，從也。天使父母生我，何故不長遂我，而使我遭此暴虐之政而病？此何不出我之前，居我之後？窮苦之情，苟欲免身。○瘉音庾。**好言自口，莠言自口。**莠，醜也。箋云：自，從也。此疾訛言之人，善言從女口出，惡言亦從女口出，女口一爾，善也惡也同出其中。謂其可賤。○莠餘九反。**憂心愈愈，是以有侮。**愈愈，憂懼也。箋云：我心憂政如是，是與訛言者殊塗，故用是見侵侮也。**○憂心惸惸，念我無祿。**惸惸，憂意也。箋云：無祿者，言不得天祿。自傷值今生也。○惸其營反。**民之無辜，并其臣僕。**古者有罪不入於刑，則役之圜土以爲臣僕。箋云：辜，罪也。人之尊卑有十等，僕第九，臺第十。言王既刑殺無罪，并及其家之賤者❷，不止於所罪而已。書曰：「越兹麗刑并制。」○并必正反。**哀我人斯，于何從祿？**箋云：斯，此。于，於也。哀乎今我民人見遇如此，當於何從得天祿，免於是難？**瞻烏爰止，于誰之屋？**富人之屋，烏所集也。箋云：視烏集於富人之屋，以言今民亦當求明君而歸之。

○瞻彼中林，侯薪侯蒸。中林，林中也。薪蒸，言似而非。箋云：侯，維也。林中大木之處，而維有薪蒸爾。喻朝廷宜有賢者，而但聚小人。**民今方殆，視天夢夢。**王者爲亂夢夢然。箋云：方，且也。民今且危亡，視王之所爲❸，反夢夢然而亂，無統理安人之意。○夢莫紅反。**既克有定，靡人弗勝。**勝，乘也。箋云：王既能有所定，尚復事之小者爾，無人而不勝。言凡人所定皆勝王也。○勝音升。**有皇上帝，伊誰云憎？**皇，君也。箋云：伊讀當爲緊。緊猶是也。有君上帝者，以情告天也。使王暴虐如是，是憎惡誰乎？欲天指害其所憎而已。

○**謂山蓋卑，爲岡爲陵。**在位非君子，乃小人也。箋云：此喻爲君子賢者之道，人尚謂之卑，況爲凡庸小人之行。○卑本音婢，又必支反。**民之訛言，寧莫之懲。**箋云：小人在位，曾無欲止衆民之爲僞言相陷害也。**召彼故老，訊之占夢。**故老，元老。訊，問也。箋云：君臣在朝，侮慢元老，召之不問政事，但問占夢，不尚道德而信徵祥之甚。○訊音信。**具曰予聖，誰知烏之雌雄？**君臣俱自謂聖也。箋云：時君臣賢愚適同，如烏雌雄相似，誰能別異之乎？

○**謂天蓋高，不敢不局。謂地蓋厚，不敢不蹐。維號斯言，有倫有脊。**局，曲也。蹐，累足也。倫，道。脊，理也。箋云：局蹐者，天高而有雷霆，地厚而有陷淪也。此民疾苦王政，上下皆可畏怖之言也。維民號呼而發此言，皆有道理，所以至然者，非徒苟妄爲誣辭。○局其欲反。脊井亦反。號音豪。**哀今之人，胡爲虺蜴？**蜴，螈也。箋云：虺蜴之性，見人則走。哀哉今之人何爲如是？傷時政也。○虺暉鬼反。蜴星歷反。螈音元。

○**瞻彼阪田，有菀其特。**言朝廷曾無桀臣。箋云：阪田，崎嶇墝埆之處，而有菀然茂特之苗。喻賢者在閒辟隱居之時。○阪音反。菀音鬱。**天之扤我，如不我克。**扤，動也。箋云：我，我特苗也。天以風雨動搖我，如將不勝我。謂其迅疾也。○扤五忽反。**彼求我則，如不我得。**箋云：彼，彼王也。王之始徵求我，如恐不得我。言其禮命之繁多。**執我仇仇，亦不我力。**仇仇猶謷謷也。箋云：

王既得我，執留我，其禮待我謷謷然，亦不問我在位之功力。言其有貪賢之名，無用賢之實。

○**心之憂矣，如或結之。今茲之正，胡然厲矣？**厲，惡也。箋云：茲，此。正，長也。心憂如有結之者，憂今此之君臣，何一然爲惡如是？**燎之方揚，寧或滅之？**滅之以水也。箋云：火田爲燎。燎之方盛之時，炎熾熛怒，寧有能滅息之者？言無有也。以無有喻有之者爲甚也。○燎力詔反。熛必遥反。**赫赫宗周，褒姒威之。**宗周，鎬京也。褒，國也。姒，姓也。威，滅也。有褒國之女，幽王惑焉而以爲后，詩人知其必滅周也。○褒補毛反。姒音似。威呼悦反。

○**終其永懷，又窘陰雨。**窘，困也。箋云：窘，仍也。終王之所行，其長可憂傷矣，又將仍憂於陰雨。陰雨，喻君有泥陷之難。○窘求殞反。泥乃計反。**其車既載，乃棄爾輔。**大車重載，又棄其輔。箋云：以車之載物，喻王之任國事也。棄輔，喻遠賢也❹。**載輸爾載，將伯助予。**將，請。伯，長也。箋云：輸，墮也。棄女車輔則墮女之載，乃請長者見助。以言國危而求賢者已晚矣。○爾載才再反。將七羊反。

○**無棄爾輔，員于爾輻。**員，益也。○員音云。**屢顧爾僕，不輸爾載。**箋云：屢，數也。僕，將車者也。顧猶視也，念也。○屢力注反。**終踰絶險，曾是不意？**箋云：女不棄車之輔，數顧女僕，終用是踰度陷絶之險❺，女曾不以是爲意乎❻？以商事喻治國也。

○**魚在于沼，亦匪克樂。潛雖伏矣，亦孔之炤。**沼，池也。箋云：池，魚之所樂而非能樂。其潛伏於淵，又不足以逃，甚炤炤易見。以喻時賢者在朝廷，道不行無所樂，退而窮處，又無所止也❼。○沼之紹反。炤音灼。**憂心慘慘，念國之爲虐。**慘慘猶戚戚也。○慘七感反。

○**彼有旨酒，又有嘉殽。**言禮物備也。箋云：彼，彼尹氏大師也。**洽比其鄰，昏姻孔云。**洽，合。鄰，近。云❽，旋也。是言王者不能親親以及遠。箋云：云猶友也。言尹氏富，獨與兄弟相親友爲朋黨也❾。○比毗志反。**念我獨兮，憂心慇慇。**慇慇然痛也。箋云：此賢者孤特自傷也。○慇音殷。

○**佌佌彼有屋，蔌蔌方有穀。**佌佌，小也。蔌蔌，陋也。箋云：穀，禄也。此言小人富而寠陋將貴也。○佌音此。蔌音速。**民今之無禄，天夭是椓。**君夭之，在位椓之。箋云：民於今而無禄者❿，天以薦瘥夭殺之，是王者之政又復椓破之。言遇害甚也。○夭於兆反。椓陟角反。**哿矣富人，哀此惸獨。**哿，可。獨，單也。箋云：此言王政如是，富人已可，惸獨將困也。○哿哥我反。

正月十三章，八章章八句，五章章六句。

❶夏之，原闕，據諸本補。案：單疏本疏文標起止云「箋夏之至憂傷」。

❷之，原闕，據諸本補。案：要義所引有，單疏本疏文云：「乃并及其家之賤者。」

❸之，巾箱本、日抄本並無，監圖本、纂圖本、十行本並作「者」。案：單疏本疏文云：「今視王之所爲。」

❹喻，巾箱本作「謂」。案：讀詩記所引作「謂」。

❺用是，監圖本、纂圖本、十行本並互倒。

❻曾不，監圖本、纂圖本、十行本並互倒。

❼止，巾箱本作「於」。案：單疏本疏文云：「莫知所於。」

❽云，巾箱本作「也」。案：讀詩記所引作「去」，疑爲「云」之訛。

❾獨，監圖本、纂圖本、十行本並無。

❿「禄」上，巾箱本、日抄本有「天」字。

十月之交，大夫刺幽王也。當爲刺厲王，作詁訓傳時移其篇第，因改之耳。節刺師尹不平，亂靡有定，此篇譏皇父擅恣，日月告凶；正月惡褒姒滅周，此篇疾豔妻煽方處❶；又幽王時司徒乃鄭桓公友，非此篇之所云番也❷，是以知然。

○十月之交，朔月辛卯。日有食之，亦孔之醜。之交，日月之交會。醜，惡也。箋云：周之十月，夏之八月也。八月朔日，日月交會而日食，陰侵陽，臣侵君之象。日辰之義，日爲君，辰爲臣。辛，金也。卯，木也。又以卯侵辛，故甚惡也。**彼月而微，此日而微。**月，臣道。日，君道。箋云：微，謂不明也。彼月則有微，今此日反微，非其常，爲異尤大也。**今此下民，亦孔之哀。**箋云：君臣失道，災害將起，故下民亦甚可哀。

○日月告凶，不用其行。四國無政，不用其良。箋云：告凶，告天下以凶亡之徵也。行，道度也。不用之者，謂相干犯也。四方之國無政治者，由天子不用善人也。**彼月而食，則維其常。此日而食，于何不臧？**箋云：臧，善也。

○爗爗震電，不寧不令。爗爗，震電貌❸。震，雷也。箋云：雷電過常❹，天下不安，政教不善之徵。○爗于輒反。**百川沸騰，山冢崒崩。**沸，出。騰，乘也。山頂曰冢。箋云：崒者，崔嵬。百川沸出相乘陵者，由貴小人也。山頂崔嵬者崩，君道壞也。○沸甫味反。崒徂恤反。**高岸爲谷，深谷爲陵。**言易位也。箋云：易位者，君子居下，小人處上之謂也。**哀今之人，胡憯莫懲？**箋云：憯，曾。懲，止也。變異如此，禍亂方至，哀哉今在位之人，何曾無以道德止之？憯七感反。

○皇父卿士，番維司徒，家伯維宰，仲允膳夫，棸子内史，蹶維趣馬，楀維師氏，豔妻煽方處。豔妻，褒姒。美色曰豔。煽，熾也。箋云：皇父、家伯、仲允，皆字。番、棸、蹶、楀，皆氏。厲王淫於色，七子皆用后嬖寵方熾之時竝處位。言妻黨盛，女謁行之甚也。敵夫曰妻。司徒之職，掌天下土地之圖，人民之數。家宰掌建邦之六典，皆卿也。膳夫，上士也，掌王之飲食膳羞。内史，中大夫也，掌爵禄廢置殺生予奪之法。趣馬，中士也，掌王馬之政。師氏，亦中大夫也，掌司朝得失之事。六人之中，雖官有尊卑，權寵相連，朋黨於朝，是以疾焉。皇父則爲之端首，兼擅羣職，故但目以卿士云。○棸側留反。蹶俱衛反。趣七走反。楀音矩。

○抑此皇父，豈曰不時？胡爲我作，不即我謀，徹我牆屋，田卒汙萊？時，是也。下則汙，高則萊。箋云：抑之言噫。噫是皇父，疾而呼之，女豈曰我所爲不是乎？言其不自知惡也。女何爲役作我，不先就與我謀，使我得遷徙，乃反徹毁我牆屋，令我不得趨農，田卒爲汙萊乎？此皇父所築邑人之怨辭。○汙音烏。**曰予不戕，禮則然矣。**箋云：戕，殘也。言皇父既不自知不是，反云：「我不殘敗女田業，禮下供上役，其道當然。」言文過也。○戕在良反。

○皇父孔聖，作都于向。擇三有事，亶侯多藏。皇父甚自謂聖。向，邑也。擇三有事，有司國之三卿，信維貪淫多藏之人也。箋云：專權足己，自比聖人，作都立三卿，皆取聚斂之臣。言不知厭也。禮，畿内諸侯二卿。○向式亮反，下同。亶都但反。藏才浪反。**不憖遺一老，俾守我王。**箋云：憖者，心不欲自彊之辭也。言盡將舊在位之人，與之皆去，無留衛王。○憖魚覲反。**擇有車馬，以居徂向。**箋云：又擇民之富有車馬者，以往居于向也。

○黽勉從事，不敢告勞。箋云：詩人賢者見時如是，自勉以從王事。雖勞不敢自謂勞，畏刑罰也。○黽民允反。**無罪無辜，讒口囂囂。**箋云：囂囂，衆多貌。時人非有辜罪，其被讒口見椓譖囂囂然。○囂五刀反。**下民之孽，匪降自天。噂沓背憎，職競由人。**噂猶噂噂，沓猶沓沓。職，主也。箋云：孽，妖孽，謂相爲災害也。下民有此，言非從天墮也。噂噂沓沓，相對談語，背則相憎逐。爲此者，主由人也❺。○孽魚列反。噂子損反。沓徒荅反。背蒲妹反。墮徒火反。

○悠悠我里，亦孔之痗。悠悠，憂也。里，居也❻。痗，病也。箋云：里，居也。悠悠乎，我居今之世，亦甚困病。○痗莫背反，又音悔。**四方有羡，我獨居憂。**羡，餘也。箋云：四方之人盡有饒餘❼，我獨居此而憂。○羡餘箭反。**民莫不逸，我獨不敢休。**箋云：逸，逸豫也。**天命不徹，我不敢傚我友自逸。**徹，道也。親屬之臣，心不能已。箋云：不道者，言王不循天之政教。○傚户教反。

十月之交八章，章八句。

❶煽方處，巾箱本作「肩方熾」，日抄本作「煽方熾」。案：要義所引作「煽方處」。

❷「之」下，原衍「内」字，據諸本删。案：要義所引無。

❸電，監圖本作「雷」。

❹雷，原作「電」，據諸本改。

❺主由人，巾箱本作「王由人」，監圖本、纂圖本、日抄本、十行本並作「由主人」。案：要義所引作「主由人」，單疏本疏文標起止云「箋孽妖至由人」，又云：「主由人耳。」

❻居，巾箱本、監圖本、日抄本並作「病」。案：釋文出音「我里」，注云：「如字，毛，病也；鄭，居也。」

❼饒，巾箱本無。

雨無正，大夫刺幽王也。雨自上下者也，衆多如雨，而非所以爲政也。亦當爲刺厲王。王之所下教令甚多，而無正也❶。○正音政。

○浩浩昊天，不駿其德。降喪饑饉，斬伐四國。駿，長也。穀不熟曰饑，蔬不熟曰饉。箋云：此言王不能繼長昊天之德，至使昊天下此死喪饑饉之災，而天下諸侯於是更相侵伐。○浩古老反，又胡老反。昊胡老反。駿音峻。饉其靳反。**昊天疾威❷，弗慮弗圖。**箋云：慮、圖，皆謀也。王既不駿昊天之德❸，今昊天又疾其政❹，以刑罰威恐天下而不慮不圖。○昊或作旻，非。**舍彼有罪，既伏其辜。若此無罪，淪胥以鋪。**舍，除。淪，率也。箋云：胥，相。鋪，徧也。言王使此無罪者，見牽率相引而徧得罪也。○舍音赦。鋪普烏反。

○周宗既滅，靡所止戾。戾，定也。箋云：周宗，鎬京也。是時諸侯不朝王，民不堪命，王流于彘，無所安定也。**正大夫離居，莫知我勩。**勩，勞也。箋云：正，長也。長官之大夫，於王流于彘而皆散處，無復知我民之見罷勞也。○勩夷世反。罷音皮。**三事大夫，莫肯夙夜。邦君諸侯，莫肯朝夕。**箋云：王流在外，三公及諸侯隨王而行者，皆無君臣之禮，不肯晨夜朝莫省王也。○朝直遥反，暮張遥反。**庶曰式臧，覆出爲惡。**覆，反也。箋云：人見王之失所，庶幾其自改悔而用善人，反出教令復爲惡也。○覆芳服反。

○如何昊天，辟言不信。如彼行邁，則靡所臻。辟，法也。箋云：如何乎昊天，痛而愬之也。

爲陳法度之言❺，不信之也。我之言不見信，如行而無所至也。**凡百君子，各敬爾身。胡不相畏？不畏于天。**箋云：凡百君子，謂衆在位者。各敬慎女之身，正君臣之禮。何爲上下不相畏乎？上下不相畏，是不畏于天❻。

○**戎成不退，飢成不遂。曾我暬御，憯憯日瘁。**戎，兵。遂，安也。暬御，侍御也。瘁，病也。箋云：兵成而不退，謂王見流于彘，無御止之者。飢成而不安，謂王在彘，乏於飲食之蓄，無輸粟歸餼者。此二者，曾但侍御左右小臣憯憯憂之，大臣無念之者。○【暬】思列反。【憯】千感反。【曾】在登反。**凡百君子，莫肯用訊。聽言則荅，譖言則退。**以言進退人也。箋云：訊，告也。衆在位無肯用此相告語者❼，言不憂王之事也。荅猶距也。有可聽用之言，則共以辭距而違之。有譖毁之言，則共爲排退之。羣臣竝爲不忠，惡直醜正。○【訊】音信。

○**哀哉不能言，匪舌是出，維躬是瘁。**哀賢人不得言，不得出是舌也。箋云：瘁，病也。不能言，言之拙也。言非可出於舌，其身旋見困病。○【出】尺遂反。**哿矣能言，巧言如流，俾躬處休。**哿，可也。可矣世所謂能言也。巧言從俗，如水轉流。箋云：巧猶善也。謂以事類風切剴微之言，如水之流，忽然而過，故不悖遻，使身居安休休然。亂世之言，順説爲上。○【哿】哥我反。【風】福鳳反。【剴】古愛反。【遻】音悟。

○**維曰于仕？孔棘且殆。云不可使，得罪于天子。亦云可使，怨及朋友。**于，往也。箋云：棘，急也。不可使者，不正，不從也。可使者，雖不正，從也。居今衰亂之世，云往仕乎？甚急迮且危。急迮且危，以此二者也。○迮側格反。

○**謂爾遷于王都，曰予未有室家。**賢者不肯遷于王都也。箋云：王流于彘，正大夫離居，同姓之臣從王，思其友而呼之，謂曰：「女今可遷居王都。」謂彘也。其友辭之云：「我未有室家於王都可居也。」**鼠思泣血，無言不疾。**無聲曰泣血。無所言而不見疾也。箋云：鼠，憂也。既辭之以無室家，爲其意恨，又患不能距止之，故云：「我憂思泣血，欲遷王都見女，今我無一言而不道疾者。」言己方困於病，故未能也。○思息嗣反。**昔爾出居，誰從作爾室？**遭亂世，義不得去。思其友而不肯反者也。箋云：往始離居之時，誰隨爲女作室？女猶自作之爾，今反以無室家距我。恨之辭。

雨無正七章，二章章十句，二章章八句，三章章六句。

❶正，監圖本、纂圖本並作「政」。

❷昊，白文本、巾箱本、監圖本、纂圖本、十行本並作「旻」。案：讀詩記所引作「旻」。釋文出音「旻天疾威」，注云：「本有作昊天者，非也。」

❸昊，監圖本作「旻」。

❹昊，巾箱本、纂圖本並作「旻」。

❺「爲」上，日抄本有「我」字。

❻「天」下，巾箱本有「者也」二字。

❼「位」下，巾箱本、監圖本、纂圖本、日抄本、十行本並有「者」字。「語」下，監圖本、纂圖本、十行本並無「者」字。案：單疏本疏文云：「汝凡衆在位之君子無肯用此以相告語者。」

小旻，大夫刺幽王也。 所刺列於十月之交、雨無正爲小，故曰「小旻」，亦當爲刺厲王。○旻武巾反，下同。

○旻天疾威，敷于下土。 敷，布也。箋云：旻天之德，疾王者以刑罰威恐萬民，其政教乃布於下土。言天下徧知。**謀猶回遹，何日斯沮？** 回，邪。遹，辟。沮，壞也。箋云：猶，道。沮，止也。今王謀爲政之道回辟，不循旻天之德已甚矣。心猶不悛，何日此惡將止？○遹音聿。沮在吕反。辟匹亦反。悛七全反。**謀臧不從，不臧覆用。我視謀猶，亦孔之邛。** 邛，病也。箋云：臧，善也。謀之善者不從，其不善者反用之。我視王謀爲政之道，亦甚病天下。○覆芳服反。邛其凶反。

○潝潝訿訿，亦孔之哀。 潝潝然患其上。訿訿然思不稱乎上。箋云：臣不事君，亂之階也。甚可哀也。○潝許急反。訿音紫。**謀之其臧，則具是違。謀之不臧，則具是依。我視謀猶，伊于胡底？** 箋云：于，往。底，至也。謀之善者俱背違之，其不善者依就之。我視今君臣之謀道，往行之將何所至乎？言必至於亂。○底之履反。

○我龜既厭，不我告猶。猶，道也。箋云：猶，圖也。卜筮數而瀆龜，龜靈厭之，不復告其所圖之吉凶。言雖得兆，占繇不中。○厭於豔反。繇音胄。中丁仲反。**謀夫孔多，是用不集。**集，就也。箋云：謀事者衆而非賢者，是非相奪，莫適可從，故所爲不成。○適音的。**發言盈庭，誰敢執其咎？**謀人之國，國危則死之，古之道也。箋云：謀事者衆，訩訩滿庭而無敢決當是非。事若不成，誰云己當其咎責者？言小人爭知而讓過。○訩許容反。決當丁浪反。**如匪行邁謀，是用不得于道。**箋云：匪，非也。君臣之謀事如此，與不行而坐圖遠近，是於道路無進於跬步，何以異乎？

○哀哉爲猶，匪先民是程，匪大猶是經，維邇言是聽，維邇言是爭。古曰在昔，昔曰先民。程，法。經，常。猶，道。邇，近也。爭爲近言。箋云：哀哉今之君臣，謀事不用古人之法，不循大道之常，而徒聽順近言之同者，爭近言之異者。言見動軔則泥陷，不至於遠也。**如彼築室于道謀，是用不潰于成。**潰，遂也。箋云：如當路築室，得人而與之謀所爲。路人之意不同，故不得遂成也。○潰户對反。

○國雖靡止，或聖或否。民雖靡膴，或哲或謀，或肅或艾。靡止，言小也。人有通聖者，有不能者，亦有明哲者，有聰謀者。艾，治也。有恭肅者，有治理者。箋云：靡，無。止，禮。膴，法也。言天下諸侯今雖無禮，其心性猶有通聖者，有賢者。民雖無法，其心性猶有知者，有謀者，有肅者，有艾者。王何不擇焉置之於位，而任之爲治乎？書曰「睿作聖」，「明作哲，聰作謀」，「恭作肅，從作乂」❶，詩人之意，欲王敬用五事以明天道，故云然。○否方九反。膴火吳反，鄭音謨。艾音刈。**如彼泉流，無淪胥以敗。**箋云：淪，率也。王之爲政，當如源泉之流行則清，無相牽率爲惡以自濁敗。

○不敢暴虎，不敢馮河。人知其一，莫知其他。馮，陵也。徒涉曰馮河，徒搏曰暴虎。一，非也。他，不敬小人之危殆也。箋云：人皆知暴虎馮河立至之害，而無知當畏慎小人能危亡也。○馮皮冰反。**戰戰兢兢，**戰戰，恐也。兢兢，戒也。**如臨深淵，**恐隊也。**如履薄冰。**恐陷也。

小旻六章，三章章八句，三章章七句。

❶乂，監圖本、纂圖本、日抄本並作「艾」。

小宛，大夫刺幽王也。亦當爲刺厲王。○宛於阮反。

○宛彼鳴鳩，翰飛戾天。興也。宛，小貌。鳴鳩，鶻鵰。翰，高。戾，至也。行小人道❶，責高明之功終不可得。○翰胡旦反。鶻音骨。**我心憂傷，念昔先人。**先人，文、武也。**明發不寐，有懷二人。**明發，發夕至明。

○人之齊聖，飲酒溫克。齊，正。克，勝也。箋云：中正通知之人，飲酒雖醉，猶能溫藉自持以勝。○溫如字，鄭於運反。**彼昏不知，壹醉日富。**醉日而富矣❷。箋云：童昏無知之人，飲酒一醉，自謂日益富，夸淫自恣，以財驕人。**各敬爾儀，天命不又。**又，復也。箋云：今女君臣各敬慎威儀，天命所去，不復來也。

○中原有菽，庶民采之。中原，原中也。菽，藿也，力采者則得之。箋云：藿生原中，非有主也。以喻王位無常家也，勤於德者則得之。○菽音叔。**螟蛉有子，蜾蠃負之**❸。螟蛉，桑蟲也。蜾蠃，蒲盧也。負，持也。箋云：蒲盧取桑蟲之子，負持而去，喣嫗養之以成其子。喻有萬民不能治，則能治者將得之。○螟音冥。蛉音零。蜾音果。蠃力果反。**教誨爾子，式穀似之。**箋云：式，用。穀，善也。今有教誨女之萬民用善道者，亦似蒲盧。言將得而子也。

○題彼脊令，載飛載鳴。題，視也。脊令不能自舍，君子有取節爾。箋云：題之爲言視睇也。載之言則也。則飛則鳴，翼也口也不肯止息❹。○題大計反。令音零。舍音捨。**我日斯邁，而月斯征。**箋云：我，我王也。邁、征，皆行也。王日此行，謂日視朝也，而月此行，謂月視朔也。先王制此禮，使君與羣臣議政事，日有所決，月有所行，亦無時止息。**夙興夜寐，無忝爾所生**❺。忝，辱也。

○交交桑扈，率場啄粟。交交，小貌。桑扈，竊脂也。言上爲亂政而求下之治，終不可得也。箋云：竊脂肉食，今無肉而循場啄粟，失其天性，不能以自活。○扈音户。場丈良反。**哀我填寡，宜岸宜獄。握粟出卜，自何能穀？**填，盡。岸，訟也。箋云：仍得曰宜。自，從。穀，生也。可哀哉，我窮盡寡財之人，仍有獄訟之事，無可以自救，但持粟行卜，求其勝負，從何能得生？○填徒典反。

岸如字。握於角反。

○温温恭人，温温，和柔貌。**如集于木。**恐隊也。**惴惴小心，如臨于谷。**恐隕也。○惴之瑞反。**戰戰兢兢，如履薄冰。**箋云：衰亂之世，賢人君子雖無罪，猶恐懼。

小宛六章，章六句。

❶「人」下，十行本有「之」字。

❷日而，十行本互倒。

❸羸，原作「羸」，據唐石經、白文本、監圖本、纂圖本、日抄本、十行本改。下傳文、音義同。

❹肯，諸本作「有」。案：讀詩記所引作「有」，單疏本疏文云：「故云『口也翼也無肯止息時』也。」

❺無，監圖本、纂圖本、十行本並作「毋」。

小弁，刺幽王也。大子之傅作焉。○弁音盤。

○弁彼鸒斯，歸飛提提。興也。弁，樂也。鸒，卑居。卑居，雅烏也。提提，羣貌。箋云：樂乎彼雅烏，出食在野甚飽，羣飛而歸提提然。興者，喻凡人之父子兄弟，出入宮庭，相與飲食，亦提提然樂。傷今大子獨不。○鸒音豫。提常支反。**民莫不穀，我獨于罹。**幽王取申女，生大子宜咎，又説褒姒，生子伯服，立以爲后，而放宜咎，將殺之。箋云：穀，養。于，曰。罹，憂也。天下之人，無不父子相養者，我大子獨不然，曰以憂也。○罹力知反。取七住反。**何辜于天？我罪伊何？**舜之怨慕，曰號泣于旻天，于父母。**心之憂矣，云如之何？**

○踧踧周道，鞫爲茂草。踧踧，平易也。周道，周室之通道。鞫，窮也。箋云：此喻幽王信褒姒之讒，亂其德政，使不通於四方。○踧徒歷反。鞫九六反。**我心憂傷，惄焉如擣。假寐永歎，維憂用老。心之憂矣，疢如疾首。**惄，思也。擣，心疾也。箋云：不脱冠衣而寐曰假寐。疢猶病也。○惄乃歷反。擣丁老反。疢勑覲反。

○維桑與梓，必恭敬止。父之所樹，已尚不敢不恭敬。**靡瞻匪父，靡依匪母。不屬于毛？不罹于裏**❶**？**毛在外陽，以言父。裏在内陰，以言母。箋云：此言人無不瞻仰其父取法則者，無不依恃其母以長大者。今我獨不得父皮膚之氣乎？獨不處母之胞胎乎？何曾無恩於我？○屬音燭。裏音里。**天之生我，我辰安在？**辰，時也。箋云：此言我生所值之辰安所在乎？謂六物之吉凶。

○菀彼柳斯，鳴蜩嘒嘒。有漼者淵，萑葦淠淠。蜩，蟬也。嘒嘒，聲也。漼，深貌。淠淠，衆也。箋云：柳木茂盛則多蟬，淵深而旁生萑葦。言大者之旁，無所不容。○菀音鬱。嘒呼惠反。漼千罪反。淠音媲。**譬彼舟流，不知所届。**箋云：届，至也。言今大子不爲王及后所容，而見放逐，狀如舟之流行，無制之者，不知終所至也。○届音戒。**心之憂矣，不遑假寐。**箋云：遑，暇也。

○鹿斯之奔，維足伎伎。雉之朝雊，尚求其雌。伎伎，舒貌，謂鹿之奔走，其足伎伎然舒也。箋云：雊，雉鳴也。尚，猶也。鹿之奔走，其勢宜疾，而足伎伎然舒，留其羣也。雉之鳴，猶知求其雌。今大子之放，棄其妃匹，不得與之去，又鳥獸之不如。○伎其宜反。雊古豆反。**譬彼壞木，疾用無枝。**壞，瘣也，謂傷病也。箋云：大子放逐而不得生子，猶内傷病之木，内有疾，故無枝也。○壞胡罪反。**心之憂矣，寧莫之知。**箋云：寧猶曾也。

○相彼投兔，尚或先之。行有死人，尚或墐之。墐，路冢也。箋云：相，視。投，掩。行，道也。視彼人將掩兔，尚有先驅走之者；道中有死人，尚有覆掩之成其墐者。言此所不知，其心不忍。○相息亮反。先蘇薦反。墐音覲。**君子秉心，維其忍之。**箋云：君子，斥幽王也。秉，執也。言王之執心，不如彼二人。**心之憂矣，涕既隕之。**隕，隊也。○涕音替。隊直類反。

○君子信讒，如或醻之。箋云：醻，旅醻也。如醻之者，謂受而行之。○醻市由反。**君子不惠，不舒究之。**箋云：惠，愛。究，謀也。王不愛大子，故聞讒言則放之。不舒謀也。**伐木掎矣，析薪扡矣**❷。伐木者掎其巔，析薪者隨其理。箋云：掎其巔者，不欲妄踣之。扡❸，謂觀其理也。必隨其理者，不欲妄挫折之。以言今王之遇大子，不如伐木析薪也。○掎寄彼反。扡勑氏反，又直是反。踣蒲北反。**舍彼有罪，予之佗矣。**佗，加也。箋云：予，我也。舍褒姒讒言之罪，而妄加我大子。○

舍音捨，又音赦。佗吐賀反。

○**莫高匪山，莫浚匪泉。**浚，深也。箋云：山高矣，人登其巔。泉深矣，人入其淵。以言人無所不至，雖避逃之，猶有默存者焉。○浚蘇俊反。**君子無易由言，耳屬于垣。**箋云：由，用也。王無輕用讒人之言，人將有屬耳於壁而聽之者。知王有所受之，知王心不正也❹。○易夷豉反。屬音燭。垣音袁。**無逝我梁，無發我笱。**箋云：逝，之也。之人梁，發人笱，此必有盜魚之罪。以言褒姒淫色來嬖於王，盜我大子母子之寵。○笱音苟。**我躬不閱，遑恤我後？**念父，孝也。高子曰：「小弁，小人之詩也。」孟子曰：「何以言之？」曰：「怨乎。」孟子曰：「固哉夫高叟之爲詩也。有越人於此，關弓而射我，我則談笑而道之，無他，疏之也。兄弟關弓而射我，我則垂涕泣而道之，無他，戚之也。然則小弁之怨，親親也。親親，仁也。固哉夫高叟之爲詩。」曰：「凱風何以不怨？」曰：「凱風，親之過小者也。小弁，親之過大者也。親之過大而不怨，是愈疏也。親之過小而怨，是不可磯也。愈疏，不孝也。不可磯，亦不孝也。孔子曰：舜其至孝矣，五十而慕。」箋云：念父孝也，大子念王將受讒言不止。我死之後，懼復有被讒者，無如之何，故自決云：「我身尚不能自容，何暇乃憂我死之後也？」○閱音悅，容也。關烏環反。

小弁八章，章八句。

❶罹，唐石經、巾箱本、纂圖本、日抄本並作「離」。案：敦煌殘卷伯二九七八號作「離」，要義所引、讀詩

記所引並同。

❷拕，唐石經、巾箱本、纂圖本、日抄本並作「柂」。案：敦煌殘卷伯二九七八號作「柂」，要義所引、讀詩記所引並同，釋文出音「拕矣」。

❸拕，巾箱本、纂圖本、日抄本並作「柂」。案：敦煌殘卷伯二九七八號作「柂」，要義所引同，讀詩記所引作「拕」。

❹「心」下，巾箱本、日抄本並有「之」字。

巧言，刺幽王也。大夫傷於讒，故作是詩也。

○**悠悠昊天，曰父母且。無罪無辜，亂如此幠。**幠，大也。箋云：悠悠，思也。幠，敖也。我憂思乎昊天，愬王也。始者言其且爲民之父母，今乃刑殺無罪無辜之人，爲亂如此，甚敖慢無法度也。○且七餘反。幠火吴反。**昊天已威，予慎無罪。昊天大幠❶，予慎無辜。**威，畏。慎，誠也。箋云：已、泰，皆言甚也。昊天乎，王甚可畏，王甚敖慢，我誠無罪而罪我。○大音泰。

○**亂之初生，僭始既涵。**僭，數。涵，容也。箋云：僭，不信也。既，盡。涵，同也。王之初生亂萌，羣臣之言，不信與信，盡同之，不别也。○僭側蔭反，鄭子念反。涵音含，鄭音咸。**亂之又生，君子信讒。**箋云：君子，斥在位者也。在位者信讒人之言，是復亂之所生。**君子如怒，亂庶遄沮。**遄，疾。沮，止也。箋云：君子見讒人如怒責之，則此亂庶幾可疾止也。○遄市專反。沮辭呂反。**君子如祉，亂庶遄已。**祉，福也。箋云：福者，福賢者，謂爵禄之也。如此則亂亦庶幾可疾止也。○祉音恥。已音以。

○君子屢盟，亂是用長。凡國有疑，會同則用盟而相要也。箋云：屢，數也。盟之所以數者，由世衰亂，多相背違。時見曰會，殷見曰同。非此時而盟謂之數。○屢力住反。長丁丈反，又直良反。**君子信盜，亂是用暴。**盜，逃也。箋云：盜謂小人也。春秋傳曰：「賤者窮諸盜。」**盜言孔甘，亂是用餤。**餤，進也。○餤音談。**匪其止共，維王之邛。**箋云：邛，病也。小人好爲讒佞，既不共其職事，又爲王作病。○共音恭。邛其恭反。

○奕奕寢廟，君子作之。秩秩大猷，聖人莫之。他人有心，予忖度之。躍躍毚兔，遇犬獲之。奕奕，大貌。秩秩，進知也。莫，謀也。毚兔，狡兔也。箋云：此四事者，言各有所能也。因己能忖度讒人之心，故列道之爾。猷，道也。大道，治國之禮法。遇犬，犬之馴者，謂田犬也。○莫如字。忖七損反。度待洛反。躍他歷反。毚士咸反。知音智。

○荏染柔木，君子樹之。往來行言，心焉數之。荏染，柔意也。柔木，椅、桐、梓、漆也。箋云：此言君子樹善木，如人心思數善言而出之。善言者往亦可行，來亦可行，於彼亦可，於己亦可，是之謂行也。○荏而甚反。染音冉。數所主反。**蛇蛇碩言，出自口矣。**蛇蛇，淺意也。箋云：碩，大也。

大言者，言不顧其行，徒從口出，非由心也。○蛇以支反。**巧言如簧，顔之厚矣。**箋云：顔之厚者，出言虛僞，而不知慙於人。

○彼何人斯，居河之麋。水草交謂之麋。箋云：何人者，斥讒人也。賤而惡之，故曰何人。○麋音眉。**無拳無勇，職爲亂階。**拳，力也。箋云：言無力勇者，謂易誅除也。職，主也。此人主爲亂作階。言亂由之來也。○拳音權。**既微且尰，爾勇伊何？**骭瘍爲微，腫足爲尰。箋云：此人居下濕之地，故生微尰之疾❷。人憎惡之，故言女勇伊何？何所能也。○尰市勇反。骭户諫反。**爲猶將多，爾居徒幾何？**箋云：猶，謀。將，大也。女作讒佞之謀大多，女所與居之衆幾何人俵能然乎❸？○幾居豈反。

巧言六章，章八句。

❶大，唐石經、日抄本並作「泰」。案：敦煌殘卷伯二九七八號作「泰」，讀詩記所引同。
❷尰，巾箱本、十行本並作「腫」。
❸俵，巾箱本作「素」。案：釋文出音「俵能」。

何人斯，蘇公刺暴公也。暴公爲卿士，而譖蘇公焉，故蘇公作是詩以絶之❶。暴也，蘇也，皆畿内國名。

○彼何人斯？其心孔艱。胡逝我梁，不入我門？箋云：孔，甚。艱，難。逝，之也。梁，魚梁也，在蘇國之門外。彼何人乎，謂與暴公俱見於王者也。其持心甚難知，言其性堅固，似不妄也。暴公譖己之時，女與之乎？今過我國，何故近之我梁而不入見我乎？疑其與之而未察，斥其姓名爲大切，故言何人。○與音豫，下同。大音泰。**伊誰云從？維暴之云。**云，言也。箋云：譖我者，是言從誰生乎？乃暴公之所言也。由己情而本之，以解何人意。

○二人從行，誰爲此禍？胡逝我梁，不入唁我？箋云：二人者，謂暴公與其侶也。女相隨而行見王，誰作我是禍乎？時蘇公以得譴讓也。女即不爲，何故近之我梁而不入弔唁我乎？○唁音彥。**始者不如今，云不我可。**箋云：女始者於我甚厚，不如今日也。今日云我所行有何不可者乎？何更於己薄也。

○彼何人斯？胡逝我陳，我聞其聲，不見其身？陳，堂塗也。箋云：堂塗者，公館之堂塗也。女即不爲，何故近之我館庭，使我得聞女之音聲，不得覩女之身乎？**不愧于人，不畏于天。**箋云：女今不入唁我，何所愧畏乎？皆疑之未察之辭。

○彼何人斯？其爲飄風。胡不自北，胡不自南？胡逝我梁，祇攪我心？飄風，暴起之風。攪，亂也。箋云：祇，適也。何人乎，女行來而去，疾如飄風，不欲入見我。何不乃從我國之南，不則乃從我國之北？何近之我梁，適亂我之心，使我疑女？○飄避遥反。祇音支。攪交卯反。

○爾之安行，亦不遑舍？爾之亟行，遑脂爾車？壹者之來，云何其盱？箋云：遑，暇。亟，疾。盱，病也。女可安行乎，則何不暇舍息乎？女當疾行乎，則又何暇脂女車乎？極其情，求其意終不得。壹者之來見我，於女亦何病也❷？○亟紀力反。盱況于反。

○爾還而入，我心易也。還而不入，否難知也。壹者之來，俾我祇也。易，説。祇，病也。箋云：還，行反也。否，不通也。祇，安也。女行反入見我，我則解説也。反又不入見我，則我與女情不通，女與於譖我與否，復難知也。壹者之來見我，我則知之，是使我心安也。○易夷豉反。否方九反。祇祈支反，鄭止支反。

○伯氏吹壎，仲氏吹篪。土曰壎。竹曰篪。箋云：伯仲，喻兄弟也。我與女恩如兄弟，其相應和如壎篪。以言俱爲王臣，宜相親愛。○壎況袁反。篪音池。**及爾如貫，諒不我知。出此三物，以詛爾斯。**三物，豕、犬、雞也。民不相信則盟詛之，君以豕，臣以犬，民以雞。箋云：及，與。諒，信也。我與女俱爲王臣，其相比次，如物之在繩索之貫也。今女心誠信而我不知，且共出此三物以詛女之此事。爲其情之難知，己又不欲長怨，故設之以此言。○貫古亂反。諒音亮。詛側助反。比毗志反。

○爲鬼爲蜮，則不可得。有靦面目，視人罔極。蜮，短狐也。靦，姡也。箋云：使女爲鬼爲蜮也，則女誠不可得見也。姡然有面目，女乃人也，人相視無有極時，終必與女相見。○蜮音或，又音域。靦土典反。姡户刮反。**作此好歌，以極反側。**反側，不正直也。箋云：好猶善也。反側，輾轉也。

作八章之歌求女之情，女之情反側極於是也❸。

何人斯八章，章六句。

❶以，唐石經、日抄本並作「而」。案：敦煌殘卷伯二九七八號作「而」，讀詩記所引同。

❷也，巾箱本、監圖本、纂圖本、十行本並作「乎」。案：要義所引、讀詩記所引並作「也」。

❸女之情，巾箱本無。案：讀詩記所引無。

巷伯，刺幽王也。寺人傷於讒，故作是詩也。 巷伯，奄官。寺人，內小臣也。奄官上士四人，掌王后之命，於宮中爲近，故謂之巷伯，與寺人之官相近。讒人譖寺人，寺人又傷其將及巷伯，故以名篇。○寺如字，又音侍。

○**萋兮斐兮，成是貝錦。** 興也。萋斐，文章相錯也。貝錦，錦文也。箋云：錦文者，文如餘泉餘蚔之貝文也。興者，喻讒人集作己過以成於罪，猶女工之集采色以成錦文。○萋七西反。斐音匪。蚔音遲。**彼譖人者，亦已大甚。** 箋云：大甚者，謂使己得重罪也。○大音泰。

○**哆兮侈兮，成是南箕。** 哆，大貌。南箕，箕星也。侈之言是必有因也。斯人自謂辟嫌之不審也。昔者顏叔子獨處于室，鄰之釐婦又獨處于室，夜暴風雨至而室壞，婦人趨而至，顏叔子納之，而使執燭，放乎旦，而蒸盡，縮屋而繼之❶，自以爲辟嫌之不審矣。若其審者，宜若魯人然。魯人有男子獨處于室，鄰之釐婦又獨處于室，夜暴風雨至而室壞，婦人趨而託之，男子閉户而不納，婦人自牖與之言曰：「子何爲不納我乎？」男子曰：「吾聞之也，男子不六十不閒居❷，今子幼，吾亦幼，不可以納子。」婦人曰：「子何不若柳下惠然？嫗不逮門之女，國人不稱其亂。」男子曰：「柳下惠固可，吾固不可，吾將以吾不可，學柳下惠之可。」孔子曰：「欲學柳下惠者，未有似於是也。」箋云：箕星哆然踵狹而舌廣，今讒人之因寺人之近嫌而成言其罪，猶因箕星之哆而又侈大之❸。○哆昌者反。摍所六反。**彼譖人者，誰適與謀？**箋云：適，往也。誰往就女謀乎？怪其言多且巧。

○緝緝翩翩，謀欲譖人。緝緝，口舌聲。翩翩，往來貌。○緝七立反。翩音篇。**慎爾言也，謂爾不信。**箋云：慎，誠也。女誠心而後言，王將謂女不信而不受。欲其誠者，惡其不誠也。

○捷捷幡幡，謀欲譖言。捷捷猶緝緝也。幡幡猶翩翩也。○捷如字。**豈不爾受？既其女遷。**遷，去也。箋云：遷之言訕也。王倉卒豈將不受女言乎？已則亦將復訕誹女。

○驕人好好，勞人草草。好好，喜也。草草，勞心也。箋云：好好者，喜讒言之人也。草草者，憂將妄得罪也。**蒼天蒼天，視彼驕人，矜此勞人。**

○彼譖人者，誰適與謀？取彼譖人，投畀豺虎。投，棄也。○畀必二反。豺士皆反。**豺虎不食，投畀有北。**北方寒涼而不毛。**有北不受，投畀有昊。**昊，昊天也。箋云：付與昊天，制其罪也。

○**楊園之道，猗于畝丘。**楊園，園名。猗，加也。畝丘，丘名。箋云：欲之楊園之道，當先歷畝丘。以言此讒人欲譖大臣，故從近小者始。○猗，於綺反。**寺人孟子，作爲此詩。凡百君子，敬而聽之。**寺人而曰孟子者，罪已定矣，而將踐刑，作此詩也。箋云：寺人，王之正内五人。作，起也。孟子起而爲此詩，欲使衆在位者慎而知之。既言寺人，復自著孟子者，自傷將去此官也。

巷伯七章，四章章四句，一章五句，一章八句，一章六句。

❶摍，巾箱本、監圖本、纂圖本、日抄本、十行本並作「縮」。案：單疏本疏文云：「摍謂抽也」，又云：「蒸盡摍屋是未旦時也。」

❷子，諸本皆同。單疏本疏文云：「『男女不六十不閒居』者」云云，是正義本作「女」。

❸又，巾箱本、十行本並無。案：要義所引有。

節南山之什十篇，七十九章，五百五十二句。

毛詩卷第十二

毛詩卷第十三

谷風之什詁訓傳第二十

小雅　　鄭氏箋

谷風，刺幽王也。天下俗薄，朋友道絶焉❶。

○**習習谷風，維風及雨。**興也。風雨相感，朋友相須。箋云：習習，和調之貌。東風謂之谷風❷。興者，風而有雨則潤澤行，喻朋友同志則恩愛成。**將恐將懼，維予與女。**箋云：將，且也。恐，懼，喻遭厄難勤苦之事也。當此之時，獨我與女爾。謂同其憂務。○女音汝。**將安將樂，女轉棄予。**言朋友趨利，窮達相棄。箋云：朋友無大故則不相遺棄，今女以志達而安樂，棄恩忘舊。薄之甚。

○**習習谷風，維風及穨。**穨，風之焚輪者也。風薄相扶而上，喻朋友相須而成。○穨徒雷反。上時掌反。**將恐將懼，寘予于懷。**箋云：寘，置也。置我於懷，言至親己也。○寘之豉反。**將安將樂，棄予如遺。**箋云：如遺者，如人行道遺忘物。忽然不省存也。

○**習習谷風，維山崔嵬。無草不死，無木不萎。**崔嵬，山巔也。雖盛夏萬物茂壯，草木無有不死葉萎枝者❸。箋云：此言東風生長之風也，山巔之上草木猶及之，然而盛夏養萬物之時，草木枝葉猶有萎槁者。以喻朋友雖以恩相養，亦安能不時有小訟乎？○萎於危反。**忘我大德，思我小怨。**箋云：大德，切瑳以道相成之謂也。

谷風三章，章六句。

❶日抄本「焉」下有小注：「道絶棄，恩忘舊。」

❷東風謂之谷風，巾箱本無。案：讀詩記所引有。

❸草木，纂圖本作「萬物」。葉，巾箱本作「而」。

蓼莪，刺幽王也。民人勞苦，孝子不得終養爾。不得終養者，二親病亡之時，時在役所，不得見也。○蓼音六。莪五河反。養餘亮反。

○**蓼蓼者莪，匪莪伊蒿。**興也。蓼蓼，長大貌。箋云：莪已蓼蓼長大，我視之以爲非莪❶，反謂之蒿❷。興者，喻憂思，雖在役中，心不精識其事。○蒿呼毛反。長張丈反。**哀哀父母，生我劬勞。**箋云：哀哀者，恨不得終養父母，報其生長己之苦。

○**蓼蓼者莪，匪莪伊蔚。**蔚，牡菣也。○蔚音尉。菣去刃反。**哀哀父母，生我勞瘁。**箋云：

瘁，病也。○[瘁]似醉反。

○缾之罄矣，維罍之耻。缾小而罍大。罄，盡也。箋云：缾小而盡，罍人而盈。言爲罍耻者，刺王不使富分貧，衆恤寡。○[罄]苦定反。[罍]音雷。**鮮民之生，不如死之久矣！**鮮，寡也。箋云：此言供養日寡矣，而我尚不得終養。恨之言也。○[鮮]息淺反。**無父何怙？無母何恃？出則銜恤，入則靡至。**箋云：恤，憂。靡，無也。孝子之心，怙恃父母，依依然以爲不可斯須無也。出門則思之而憂，旋入門又不見，如入無所至。○[怙]音户。

○父兮生我，母兮鞠我。拊我畜我，長我育我。顧我復我，出入腹我。鞠，養。腹，厚也。箋云：父兮生我者，本其氣也。畜，起也。育，覆育也。顧，旋視也。復，反覆也。腹，懷抱也。○[拊]音撫。[畜]喜郁反。[顧]古慕反。[覆]芳福反。**欲報之德，昊天罔極。**箋云：之猶是也。我欲報父母是德，昊天乎，我心無極。

○南山烈烈，飄風發發。烈烈然至難也。發發，疾貌。箋云：民人自苦見役，視南山則烈烈然，飄風發發然。寒且疾也。○[飄]避遥反，後同。**民莫不穀，我獨何害？**箋云：穀，養也。言民皆得養其父母，我獨何故覩此寒苦之害？

○南山律律，飄風弗弗。律律猶烈烈也。弗弗猶發發也。**民莫不穀，我獨不卒。**箋云：卒，終也。我獨不得終養父母。重自哀傷也。○[卒]子恤反。

蓼莪六章，四章章四句，二章章八句。

❶我，巾箱本、監圖本、日抄本、十行本並作「貌」，纂圖本作「皃」。案：單疏本疏文云：「故云『我視之』，是作者自我也。」

❷反，巾箱本、監圖本、纂圖本、日抄本、十行本並作「故」。案：單疏本疏文云：「反謂之維蒿。」

大東，刺亂也。東國困於役，而傷於財，譚大夫作是詩以告病焉。譚國在東，故其大夫尤苦征役之事也。魯莊公十年，齊師滅譚。○譚音潭。

○**有饛簋飧，有捄棘匕。**興也。饛，滿簋貌。飧，熟食，謂黍稷也。捄，長貌。匕所以載鼎實。棘，赤心也。箋云：飧者，客始至，主人所致之禮也。凡飧饔餼，以其爵等，爲之牢禮之數陳。興者，喻古者天子施予之恩，於天下厚。○饛音蒙。簋音軌。飧音孫。捄音虯。匕必履反。**周道如砥，其直如矢。**如砥，貢賦平均也。如矢，賞罰不偏也。○砥之履反。**君子所履，小人所視。**箋云：此言古者天子之恩厚也，君子皆法效而履行之。其如砥矢之平，小人又皆視之，共之無怨。○共音恭。**睠言顧之，潸焉出涕。**睠，反顧也。潸，涕下貌。箋云：言，我也。此二事者，在乎前世，過而去矣。我從今顧視之，爲之出涕。傷今不如古。○睠音卷。潸所姦反。涕音體。

○**小東大東，杼柚其空。**空，盡也。箋云：小也，大也，謂賦斂之多少也。小亦於東，大亦於東，言其政偏，失砥矢之道也。譚無他貨，維絲麻爾，今盡杼柚不作也。○杼直吕反。柚音逐。**糾糾葛屨，可以履霜。佻佻公子，行彼周行。**佻佻，獨行貌。公子，譚公子也。箋云：葛屨，夏屨也。周行，周之列位也。言時財貨盡，雖公子衣屨不能順時，乃夏之葛屨，今以履霜送轉餫，因見使行周之列位者而發幣焉。言雖困乏，猶不得止。○糾居黝反。屨九具反。佻徒彫反。周行户郎反。餫音運。**既往既來，使我心疚。**箋云：既，盡。疚，病也。言譚人自虚竭餫送而往，周人則空盡受之，曾無反幣復禮之惠，是使我心傷病也。○疚音救。

○有洌氿泉，無浸穫薪。契契寤歎，哀我憚人。洌，寒意也。側出曰氿泉。穫，艾也。契契，憂苦也。憚，勞也。箋云：穫，落木名也。既伐而析之以爲薪，不欲使氿泉浸之，浸之則將濕腐不中用也。今譚大夫契契憂苦而寤歎，哀其民人之勞苦者，亦不欲使周之賦斂小東大東極盡之，極盡之則將困病，亦猶是也。○洌音列。氿音軌。穫户郭反。契苦計反，徐苦結反。憚丁佐反，又音但，下同。**薪是穫薪，尚可載也。哀我憚人，亦可息也。**載，載乎意也。箋云：薪是穫薪者，析是穫薪也。尚，庶幾也。庶幾析是穫薪，可載而歸，蓄以爲家用❶。哀我勞人，亦可休息，養之以待國事❷。

○東人之子，職勞不來。西人之子，粲粲衣服。東人，譚人也。來，勤也。西人，京師人也。粲粲，鮮盛貌❸。箋云：職，主也。東人勞苦而不見謂勤，京師人衣服鮮絜而逸豫。言王政偏甚也。自此章以下，言周道衰，其不言政偏，則言衆官廢職，如是而已。○來音賚。**舟人之子，熊羆是裘。**舟人，舟楫之人。熊羆是裘，言富也。箋云：舟當作周，裘當作求，聲相近故也。周人之子，謂周世臣之子孫，退在賤官，使搏熊羆，在冥氏、穴氏之職。○羆彼皮反。冥莫歷反。**私人之子，百僚是試。**私人，私家人也。是試，用於百官也。箋云：此言周衰，羣小得志。

○**或以其酒，不以其漿。**或醉於酒，或不得漿。**鞙鞙佩璲，不以其長。**鞙鞙，玉貌。璲，瑞也。箋云：佩璲者，以瑞玉爲佩。佩之鞙鞙然，居其官職，非其才之所長也，徒美其佩而無其德。刺其素餐。○鞙胡犬反。**維天有漢，監亦有光。**漢，天河也。有光而無所明。箋云：監，視也。喻王闓置官司而無督察之實。○監古蹔反。闓音開。**跂彼織女，終日七襄。**跂，隅貌。襄，反也。箋云：襄，駕也。駕，謂更其肆也。從旦至暮七辰，辰一移，因謂之七襄。○跂丘豉反。

○**雖則七襄，不成報章。**不能反報成章也。箋云：織女有織名爾，駕則有西無東，不如人織相反報成文章。**睆彼牽牛，不以服箱。**睆，明星貌。河鼓謂之牽牛。服，牝服也。箱，大車之箱也。箋云：以，用也。牽牛不可用於牝服之箱。○睆華板反。**東有啓明，西有長庚。**日旦出，謂明星爲啓明。日既入，謂明星爲長庚。庚，續也。箋云：啓明、長庚皆有助日之名而無實光也。**有捄天畢，載施之行。**捄，畢貌。畢所以掩兔也。何嘗見其可用乎？箋云：祭器有畢者，所以助載鼎實。今天畢則施於行列而已。○行同前「周行」音。

○**維南有箕，不可以簸揚。維北有斗，不可以挹酒漿。**挹，㪺也。○簸波我反。㪺矩于反。

維南有箕，載翕其舌。維北有斗，西柄之揭。翕，合也。箋云：翕猶引也。引舌者，謂上星相近。○翕許急反。揭居竭反。

大東七章，章八句。

❶「蓄」下，巾箱本、監圖本、纂圖本、日抄本、十行本並有「之」字。

❷「事」下，巾箱本有「者也」二字。

❸貌，巾箱本、監圖本並作「也」。案：要義所引、讀詩記所引並作「也」。

四月，大夫刺幽王也。在位貪殘，下國構禍，怨亂並興焉。

○四月維夏，六月徂暑。徂，往也。六月火星中，暑盛而往矣。箋云：徂猶始也。四月立夏矣，至六月乃始盛暑。興人爲惡亦有漸，非一朝一夕。**先祖匪人，胡寧忍予？**箋云：匪，非也。寧猶曾也。我先祖非人乎？人則當知患難，何爲曾使我當此亂世乎❶？

○秋日淒淒，百卉具腓。淒淒，涼風也。卉，草也。腓，病也。箋云：具猶皆也。涼風用事而衆草皆病，興貪殘之政行而萬民困病。○淒七西反。卉許貴反。腓房非反。**亂離瘼矣，爰其適歸？**離，憂。瘼，病。適，之也。箋云：爰，曰也。今政亂，國將有憂病者矣。曰此禍其所之歸乎❷？言憂病之禍，必自之歸爲亂。○瘼音莫。

○**冬日烈烈，飄風發發。**箋云：烈烈猶栗烈也。發發，疾貌。言王爲酷虐慘毒之政，如冬日之烈烈矣，其亟急行於天下，如飄風之疾也。○亟紀力反。**民莫不穀，我獨何害？**箋云：穀，養也。民莫不得養其父母者，我獨何故覩此寒苦之害？

○**山有嘉卉，侯栗侯梅。**箋云：嘉，善。侯，維也。山有美善之草，生於梅栗之下，人取其實，蹂踐而害之，令不得蕃茂。喻上多賦斂，富人財盡，而弱民與受困窮。**廢爲殘賊，莫知其尤。**廢，忕也。箋云：尤，過也。言在位者貪殘，爲民之害無自知其行之過者。言忕於惡。○廢如字。忕時世反。

○**相彼泉水，載清載濁。**箋云：相，視也。我視彼泉水之流，一則清，一則濁。刺諸侯竝爲惡，曾無一善。○相息亮反。**我日構禍，曷云能穀？**構，成。曷，逮也。箋云：構猶合集也。曷之言何也。穀，善也。言諸侯日作禍亂之行，何者可謂能善？○曷何葛反。

○**滔滔江漢，南國之紀。**滔滔，大水貌。其神足以綱紀一方。箋云：江也，漢也，南國之大水，紀理衆川使不壅滯。喻吴、楚之君能長理旁側小國，使得其所。○滔吐刀反。**盡瘁以仕，寧莫我有。**箋云：瘁，病。仕，事也。今王盡病其封畿之内以兵役之事，使羣臣有土地曾無自保有者，皆懼於危亡也。吴、楚舊名貪殘，今周之政乃反不如。

○**匪鶉匪鳶，翰飛戾天。匪鱣匪鮪，潛逃于淵。**鶉，鵰也。鵰，鳶，貪殘之鳥也。大魚能逃處淵。箋云：翰，高。戾，至。鱣，鯉也。言鵰鳶之高飛，鯉鮪之處淵，性自然也。非鵰鳶能高飛，非鯉鮪能處淵，皆驚駭辟害爾。喻民性安土重遷，今而逃走，亦畏亂政故。○鶉徒丸反。鳶以專反。鱣張連反。鮪于軌反。

○**山有蕨薇，隰有杞桋。**杞，枸檵也。桋，赤楝也。箋云：此言草木生各得其所❸，人反不得其所。傷之也。○蕨居月反。桋音夷。楝所革反。**君子作歌，維以告哀。**箋云：告哀，言勞病而愬之。

四月八章，章四句。

❶亂，監圖本、纂圖本、日抄本、十行本並作「難」。案：單疏本疏文標起止云「箋我先至亂世」。

❷曰，監圖本、纂圖本並作「自」。案：要義所引作「曰」。

❸生，監圖本、纂圖本、日抄本、十行本並作「尚」。案：讀詩記所引作「生」，單疏本疏文云：「所生皆得其所。」

北山，大夫刺幽王也。役使不均，己勞於從事，而不得養其父母焉。○使如字。己音紀。

○**陟彼北山，言采其杞。**箋云：言，我也。登山而采杞，非可食之物，喻己行役不得其事。**偕偕士子，朝夕從事。**偕偕，强壯貌。士子，有王事者也。箋云：朝夕從事者❶，言不得休止也❷。**王事靡盬，憂我父母。**箋云：靡，無也。盬，不堅固也。王事無不堅固，故我當盡力勤勞於役。久不得歸，父母思己而憂。○盬音古。

○**溥天之下，莫非王土。率土之濱，莫非王臣。**溥，大。率，循。濱，涯也。箋云：此言王之土地廣矣，王之臣又衆矣。何求而不得，何使而不行。○溥音普。**大夫不均，我從事獨賢。**賢，勞也。箋云：王不均大夫之使，而專以我有賢才之故，獨使我從事於役。自苦之辭。

○**四牡彭彭，王事傍傍。**彭彭然不得息。傍傍然不得已。○傍布彭反。**嘉我未老，鮮我方將？**將，壯也。箋云：嘉、鮮，皆善也。王善我年未老乎？善我方壯乎？何獨久使我也？○鮮息淺反。**旅力方剛，經營四方？**旅，衆也。箋云：王謂此事衆之氣力方盛乎？何乃勞苦使之經營四方？

○**或燕燕居息，**燕燕，安息貌。**或盡瘁事國。**盡力勞病以從國事❸。**或息偃在牀，或不已于行。**箋云：不已猶不止也。

○**或不知叫號，或慘慘劬勞。**叫，呼。號，召也。○叫古弔反。號户報反，協韻户刀反。**或棲遲偃仰，或王事鞅掌。**鞅掌，失容也。箋云：鞅猶何也。掌，謂捧之也。負何捧持以趨走，言促遽也。○棲音西。鞅於兩反。何上聲。

○**或湛樂飲酒，或慘慘畏咎。**箋云：咎猶罪過也。○湛都南反。樂音洛。**或出入風議，或靡事不爲。**箋云：風猶放也。○風音諷。

北山六章，三章章六句，三章章四句。

❶者，巾箱本、監圖本、纂圖本、日抄本、十行本並無。案：讀詩記所引無。
❷也，巾箱本、監圖本、纂圖本、日抄本、十行本並無。案：讀詩記所引無。
❸病，巾箱本作「瘁」。案：敦煌殘卷伯四〇七二號作「病」，讀詩記所引作「瘁」。

無將大車，大夫悔將小人也。周大夫悔將小人，幽王之時，小人衆多，賢者與之從事，反見譖害，自悔與小人竝。

○**無將大車，祇自塵兮。**大車，小人之所將也。箋云：將猶扶進也。祇，適也。鄙事者，賤者之所爲也，君子爲之，不堪其勞。以喻大夫而進舉小人，適自作憂累，故悔之。○祇音支。**無思百憂，祇自疧兮。**疧，病也。箋云：百憂者，衆小事之憂也。進舉小人，使得居位，不任其職，愆負及己，故以衆小事爲憂，適自病也。○疧都禮反。任音壬。

○**無將大車，維塵冥冥。**箋云：冥冥者，蔽人目明令無所見也。猶進舉小人，蔽傷己之功德也。○冥莫庭反，又莫迥反。**無思百憂，不出于熲。**熲，光也。箋云：思衆小事以爲憂，使人蔽闇不得出於光明之道。○熲古迥反。

○**無將大車，維塵雝兮。**箋云：雝猶蔽也。○雝於勇反。**無思百憂，祇自重兮。**箋云：重猶累也。○重直龍反，又直用反。

無將大車三章，章四句。

小明，大夫悔仕於亂世也。名篇曰「小明」者，言幽王日小其明，損其政事，以至於亂。

○明明上天，照臨下土。箋云：明明上天，喻王者當光明如日之中也。照臨下土，喻王者當察理天下之事。據時幽王不能然，故舉以刺之。**我征徂西，至于艽野。二月初吉，載離寒暑。**艽野，遠荒之地。初吉，朔日也。箋云：征，行。徂，往也。我行往之西方，至於遠荒之地，乃以二月朔日始行，至今則更夏暑冬寒矣，尚未得歸。詩人，牧伯之大夫，使述其方之事，遭亂世勞苦而悔仕。○艽音求。更音庚。**心之憂矣，其毒大苦。**箋云：憂之甚，心中如有藥毒也。○大音泰。**念彼共人，涕零如雨。**箋云：共人，靖共爾位以待賢者之君。○共音恭。**豈不懷歸？畏此罪罟。**罟，網也。箋云：懷，思也。我誠思歸，畏此刑罪羅網我，故不敢歸爾。○罟音古。

○昔我往矣，日月方除。曷云其還？歲聿云莫。除，除陳生新也。箋云：四月爲除。昔我往至於艽野以四月，自謂其時將即歸。何言其還，乃至歲晚尚不得歸❶。○除直慮反。莫音暮。**念我獨兮，我事孔庶。心之憂矣，憚我不暇。**憚，勞也。箋云：孔，甚。庶，衆也。我事獨甚衆，勞我不暇，皆言王政不均，臣事不同也。○憚丁佐反。**念彼共人，睠睠懷顧。**箋云：睠睠，有往仕之志也。○睠音眷。**豈不懷歸？畏此譴怒。**

○昔我往矣，日月方奧。奧，煖也。○奧於六反。**曷云其還？政事愈蹙，歲聿云莫，采蕭穫菽。**蹙，促也。箋云：愈猶益也。何言其還，乃至於政事更益促急，歲晚乃至采蕭穫菽，尚不得歸。○蹙子六反。**心之憂矣，自詒伊戚。**戚，憂也。箋云：詒，遺也。我冒亂世而仕，自遺此憂。悔仕之辭。○遺唯季反。**念彼共人，興言出宿。**箋云：興，起也。夜臥起宿於外，憂不能宿於內也。**豈不懷歸？畏此反覆。**箋云：反覆，謂不以正罪見罪。○覆芳福反。

○嗟爾君子，無恒安處。箋云：恒，常也。嗟女君子，謂其友未仕者也。人之居無常安之處，謂當安安而能遷。孔子曰：「鳥則擇木。」○處昌慮反。**靖共爾位，正直是與。神之聽之，式穀以女。**靖，謀也。正直爲正。能正人之曲曰直。箋云：共，具。式，用。穀，善也。有明君謀具女之爵位，其志在於與正直之人爲治。神明若祐而聽之，其用善人則必用女。是使聽天任命，不汲汲求仕之辭。言女位者，位無常主，賢人則是。

○嗟爾君子，無恒安息。息猶處也。**靖共爾位，好是正直。神之聽之，介爾景福。**介、景，皆大也。箋云：好猶與也。介，助也。神明聽之，則將助女以大福。謂遭是明君，道施行也。○好呼報反。

小明五章，三章章十二句，二章章六句。

❶乃，監圖本作「已」。

鼓鍾，刺幽王也。

○鼓鍾將將，淮水湯湯，憂心且傷。幽王用樂，不與德比，會諸侯于淮上，鼓其淫樂以示諸侯，賢者爲之憂傷。箋云：爲之憂傷者，嘉樂不野合，犧象不出門，今乃於淮水之上作先王之樂，失禮尤甚。○將七羊反。湯音傷。比毗志反。犧素何反。**淑人君子，懷允不忘。**箋云：淑，善。懷，至也。古者善人君子，其用禮樂，各得其宜，至信不可忘。

○鼓鍾喈喈，淮水湝湝，憂心且悲。喈喈猶將將。湝湝猶湯湯。悲猶傷也。○喈音皆。湝户皆反。**淑人君子，其德不回。**回，邪也。

○鼓鍾伐鼛，淮有三洲，憂心且妯。鼛，大鼓也。三洲，淮上地。妯，動也。箋云：妯之言悼也。○鼛古毛反。妯敕留反。**淑人君子，其德不猶。**猶，若也。箋云：猶當作瘉。瘉，病也。○猶如字，鄭羊主反。

○鼓鍾欽欽，鼓瑟鼓琴，笙磬同音。欽欽，言使人樂進也。笙磬，東方之樂也。同音，四縣皆同也。箋云：同音者，謂堂上堂下八音克諧。**以雅以南，以籥不僭。**爲雅爲南也。舞四夷之樂，大德廣所及也，東夷之樂曰昧，南夷之樂曰南，西夷之樂曰朱離，北夷之樂曰禁。以爲籥舞。若是爲和而不僭矣。箋云：雅，萬舞也。萬也，南也，籥也，三舞不僭。言進退之旅也。周樂尚武，故謂萬舞爲雅。雅，正也。籥舞，文樂也。○籥以灼反。僭七心反。

鼓鐘四章，章五句。

楚茨，刺幽王也。政煩賦重，田萊多荒，饑饉降喪，民卒流亡，祭祀不饗，故君子思古焉。田萊多荒，茨棘不除也。饑饉，倉庾不盈也。降喪，神不與福助也。○茨徐咨反。

○楚楚者茨，言抽其棘。自昔何爲？我蓺黍稷。楚楚，茨棘貌。抽，除也。箋云：茨，蒺藜也。伐除蒺藜與棘，自古之人何乃勤苦爲此事乎？我將樹黍稷焉。言古者先王之政，以農爲本。茨言楚楚，棘言抽，互辭也。○抽勑留反。**我黍與與，我稷翼翼。我倉既盈，我庾維億。**露積曰庾。萬萬曰億。箋云：黍與與，稷翼翼，蕃廡貌。陰陽和，風雨時，則萬物成，萬物成則倉庾充滿矣。倉言盈，庾言億，亦互辭，喻多也。十萬曰億。○與音餘。**以爲酒食，以享以祀。以妥以侑，以介景福。**妥，安坐也。侑，勸也。箋云：享，獻。介，助。景，大也。以黍稷爲酒食，獻之以祀先祖。既又迎尸使處神坐而食之，爲其嫌不飽，祝以主人之辭勸之。所以助孝子受大福也。○妥湯果反。侑音又。

○濟濟蹌蹌，絜爾牛羊。以往烝嘗，或剝或亨，或肆或將。濟濟蹌蹌，言有容也。亨，飪之也。肆，陳。將，齊也。或陳于牙，或齊其肉❶。箋云：有容，言威儀敬慎也。冬祭曰烝，秋祭曰嘗。祭祀之禮，各有其事，有解剥其皮者，有煮孰之者，有肆其骨體於俎者，或奉持而進之者。○濟子禮反。蹌七羊反。亨普庚反。肆音四，鄭他歷反，注同。齊去聲。**祝祭于祊，祀事孔明。**祊，門内也。箋云：孔，甚也。明猶備也，絜也。孝子不知神之所在，故使祝博求之平生門内之旁，待賓客之處。祀禮於是甚明。○祊補彭反。**先祖是皇，神保是饗。**皇，大。保，安也。箋云：皇，暀也。先祖以孝子祀禮甚明之故，精氣歸暀之，其鬼神又安而饗其祭祀。○暀于況反。**孝孫有慶，報以介福，萬壽無疆。**箋云：慶，賜。疆，竟界也。○竟音境。

○執爨踖踖，爲俎孔碩，或燔或炙。爨，饔爨、廩爨也。踖踖，言爨竈有容也。燔取膟膋。炙，炙肉也。箋云：燔，燔肉也；炙，肝炙也。皆從獻之俎也。其爲之於爨，必取肉也肝也肥碩美者。○爨七亂反。踖七夕反。燔音煩。膟音律。膋音寮。肝炙之赦反。**君婦莫莫，爲豆孔庶，爲賓爲客。**莫莫，言清靜而敬至也。豆，謂肉羞、庶羞也。繹而賓尸及賓客。箋云：君婦，謂后也。凡適妻稱君婦，事舅姑之稱也。庶，胗也。祭祀之禮，后、夫人主共籩豆，必取肉物肥胗美也❷。○莫莫白反。胗昌紙反。**獻醻交錯，禮儀卒度，笑語卒獲。**東西爲交，邪行爲錯。度，法度也。獲，得時也。箋云：始主人酌賓爲獻。賓既酢主人❸，主人又自飲酌賓曰醻。至旅而爵交錯以徧。卒，盡也。古者於旅也語。○醻市由反。度如字，沈徒洛反。**神保是格，報以介福，萬壽攸酢。**格，來。酢，報也。

○**我孔熯矣，式禮莫愆。工祝致告，徂賚孝孫。**熯，敬也。善其事曰工。賚，予也。箋云：我，我孝孫也。式，法。莫，無。愆，過。徂，往也。孝孫甚敬矣，於禮法無過者。祝以此故，致神意告主人使受嘏，既而以嘏之物往予主人。○熯而善反，又呼但反。賚如字。**苾芬孝祀，神嗜飲食。卜爾百福，如幾如式。**幾，期。式，法也。箋云：卜，予也。苾苾芬芬，有馨香矣。女之以孝敬享祀也，神乃歆嗜女之飲食。今予女之百福，其來如有期矣，多少如有法矣。此皆嘏辭之意。○苾蒲蔑反，一音蒲必反。幾音機。**既齊既稷，既匡既勑。永錫爾極，時萬時億。**稷，疾。勑，固也。箋云：齊，減取也。稷之言即也。永，長。極，中也。嘏之禮，祝徧取黍稷牢肉魚，擩于醢以授尸，孝孫前就尸受之，天子使宰夫受之以筐❹，祝則釋嘏辭以勑之。又曰：「長賜女以中和之福，是萬是億。」言多無數。○齊如字，整齊也，鄭音資。匡丘方反。擩而專反。

○**禮儀既備，鍾鼓既戒。孝孫徂位，工祝致告。**致告，告利成也。箋云：鍾鼓既戒，戒諸在廟中者以祭禮畢。孝孫往位，堂下西面位也。祝於是致孝孫之意告尸以利成。**神具醉止，皇尸載起。鼓鍾送尸，神保聿歸。**皇，大也。箋云：具，皆也。皇，君也。載之言則也。尸，節神者也。神醉而尸謖，送尸而神歸。尸出入奏肆夏。尸稱君，尊之也。神安歸者，歸於天也。○謖所六反，起也。**諸宰君婦，廢徹不遲。**箋云：廢，去也。尸出而可徹，諸宰徹去諸饌，君婦籩豆而已。不遲，以疾爲敬也。○廢方吠反。徹直列反。去起呂反。**諸父兄弟，備言燕私。**燕而盡其私恩。箋云：祭祀畢，歸賓客之俎，同姓則留與之燕。所以尊賓客親骨肉也。

○樂具入奏，以綏後禄。爾殽既將，莫怨具慶。綏，安也。安然後受福禄也。將，行也。箋云：燕而祭時之樂復皆入奏，以安後日之福禄。骨肉歡而君之福禄安。女之殽羞已行，同姓之臣無有怨者而皆慶君，是其歡也。○復扶又反。**既醉既飽，小大稽首。神嗜飲食，使君壽考。**箋云：小大猶長幼也。同姓之臣，燕已醉飽，皆再拜稽首曰：「神乃歆嗜君之飲食，使君壽且考。」此其慶辭。**孔惠孔時，維其盡之。子子孫孫，勿替引之。**替，廢。引，長也。箋云：惠，順也。甚順於禮，甚得其時，維君德能盡之。願子孫勿廢而長行之。○替天帝反。

楚茨六章，章十二句。

❶其，監圖本、纂圖本、日抄本、十行本並作「于」。案：要義所引作「其」，單疏本疏文標起止云「傳濟濟至其肉」，又云：「『齊其肉』者。」

❷也，巾箱本作「者」，監圖本、纂圖本、日抄本、十行本並作「者也」。案：要義所引作「也」。

❸酢，巾箱本、監圖本、纂圖本、日抄本、十行本並作「酌」。案：讀詩記所引作「酢」。

❹筐，纂圖本、日抄本、十行本並作「匡」。案：要義所引作「筐」，單疏本疏文云：「言『天子使宰夫受之以筐』者。」

信南山，刺幽王也。不能脩成王之業，疆理天下，以奉禹功，故君子思古焉。

○信彼南山，維禹甸之。畇畇原隰，曾孫田之。甸，治也。畇畇，墾辟貌。曾孫，成王也。箋云：信乎彼南山之野，禹治而丘甸之。今原隰墾辟，則又成王之所佃。言成王乃遠脩禹之功，今王反不脩其業乎？六十四井爲甸，甸方八里。居一成之中，成方十里，出兵車一乘，以爲賦法。○甸田見反，鄭繩證反。畇音勻。**我疆我理，**疆，畫經界也。理，分地理也。**南東其畝。**或南或東。

○上天同雲，雨雪雰雰。雰雰，雪貌。豐年之冬，必有積雪。**益之以霢霂，既優既渥。**小雨曰霢霂。箋云：成王之時，陰陽和，風雨時，冬有積雪，春而益之以小雨。潤澤則饒洽。○霢亡革反。霂音木。**既霑既足，生我百穀。**

○疆埸翼翼，黍稷彧彧。埸，畔也。翼翼，讓畔也。彧彧，茂盛貌。**曾孫之穡，以爲酒食。畀我尸賓，壽考萬年。**箋云：斂稅曰穡❶。畀，予也。成王以黍稷之稅爲酒食，至祭祀齊戒，則以賜尸與賓。尊尸與賓，所以敬神也，敬神則得壽考萬年。○畀必寐反。

○中田有廬，疆埸有瓜，是剥是菹。剥瓜爲菹也。箋云：中田，田中也，農人作廬焉，以便其田事。於畔上種瓜，瓜成，又入其稅，天子剥削淹漬以爲菹。貴四時之異物。○剥邦角反。菹側居反。**獻之皇祖，曾孫壽考，受天之祜。**箋云：皇，君。祜，福也。獻瓜菹於先祖者，孝子之心也❷。孝子則獲福。○祜音户。

○**祭以清酒，從以騂牡，享于祖考。**周尚赤也。箋云：清，謂玄酒也。酒，鬱鬯五齊三酒也。祭之禮，先以鬱鬯降神，然後迎牲。享于祖考，納亨時。○騂息營反。齊才細反。亨普庚反。**執其鸞刀，以啓其毛，取其血膋。**鸞刀，刀有鸞者。言割中節也。箋云：毛以告純也。膋，脂膏也。血以告殺，膋以升臭，合之黍稷，實之於蕭，合馨香也。○膋音聊。

○**是烝是享，苾苾芬芬，祀事孔明。**烝，進也。箋云：既有牲物而進獻之，苾苾芬芬然香。祀禮於是則甚明也。**先祖是皇，報以介福，萬壽無疆。**箋云：皇之言暀也。先祖之靈，歸暀是孝孫，而報之以福。

信南山六章，章六句。

❶稅，巾箱本作「穫」。案：讀詩記所引作「獲」，單疏本疏文標起止云「箋斂稅至萬年」，云：「故知稅斂曰穡也。」

❷「孝」上，巾箱本、監圖本、纂圖本、日抄本、十行本並有「順」字。案：讀詩記所引有。

谷風之什十篇，五十四章，三百五十六句。

毛詩卷第十三

毛詩卷第十四

甫田之什詁訓傳第二十一

小雅　　鄭氏箋

甫田，刺幽王也。君子傷今而思古焉。刺者，刺其倉廩空虚，政煩賦重，農人失職。

○倬彼甫田，歲取十千。倬，明貌。甫田，謂天下田也。十千，言多也。箋云：甫之言丈夫也。明乎彼大古之時，以丈夫税田也。歲取十千，於井田之法，則一成之數也。九夫爲井，井税一夫，其田百畝。井十爲通，通税十夫，其田千畝。通十爲成，成方十里，成税百夫，其田萬畝。欲見其數，從井、通起，故言十千。上地穀，畝一鍾。○倬陟角反。我取其陳，食我農人，自古有年。尊者食新，農夫食陳。箋云：倉廩有餘，民得賒貰取食之，所以紓官之蓄滯，亦使民愛存新穀。自古者豐年之法如此。○食音嗣。賒音奢。今適南畝，或耘或耔，黍稷薿薿。耘，除草也。耔，雝本也。箋云：今者，今成王之法也。使農人之南畝治其禾稼，功至力盡，則薿薿然而茂盛。於古言税法，今言治田，互辭。○耘音芸。薿魚起反。攸介攸止，烝我髦士。烝，進。髦，俊也。治田得穀，俊士以進。箋云：介，舍也。禮，使民耡作耘耔閒暇，則於廬舍及所止息之處，以道藝相講肄，以進其爲俊士之行。○髦音毛。閒音閑。

○以我齊明，與我犧羊，以社以方。器實曰齊，在器曰盛。社，后土也。方，迎四方氣於郊也。箋云：以絜齊豐盛，與我純色之羊，秋祭社與四方，爲五穀成孰，報其功也。○齊音資。犧許宜反。**我田既臧，農夫之慶。**箋云：臧，善也。我田事已善，則慶賜農夫。謂大蜡之時，勞農以休息之也。年不順成，則八蜡不通。○蜡仕詐反。**琴瑟擊鼓，以御田祖。以祈甘雨，以介我稷黍，以穀我士女。**田祖，先嗇也。穀，善也。箋云：御，迎。介，助。穀，養也。設樂以迎祭先嗇，謂郊後始耕也。以求甘雨，佑助我禾稼，我當以養士女也。周禮曰：「凡國祈年于田祖，吹豳雅，擊土鼓，以樂田畯。」○御牙嫁反。豳彼貧反。

○曾孫來止，以其婦子。饁彼南畝，田畯至喜。攘其左右，嘗其旨否。箋云：曾孫，謂成王也。攘讀當爲饟。饁，饟，饋也。田畯，司嗇，今之嗇夫也。喜讀爲饎。饎，酒食也。成王來止，謂出觀農事也。親與后、世子行，使知稼穡之艱難也。爲農人之在南畝者，設饋以勸之。司嗇至，則又加之以酒食。饟其左右從行者，成王親爲嘗其饋之美否，示親之也。○饁于輒反。畯子峻反。攘如羊反，鄭式尚反。**禾易長畝，終善且有。**易，治也。長畝，竟畝也。○易以豉反。**曾孫不怒，農夫克敏。**敏，疾也。箋云：禾治而竟畝，成王則無所責怒，謂此農夫能且敏也。

○曾孫之稼，如茨如梁。曾孫之庾，如坻如京。茨，積也。梁，車梁也。京，高丘也。箋云：

稼，禾也，謂有藁者也。茨，屋蓋也。上古之税法，近者納總，遠者納粟米。庾，露積穀也。坻，水中之高地也。○茨徐私反。庾羊主反。坻直基反。**乃求千斯倉，乃求萬斯箱。**箋云：成王見禾穀之税，委積之多，於是求千倉以處之，萬車以載之。是言年豐，收入踰前也。○委積如字。**黍稷稻粱，農夫之慶。報以介福，萬壽無疆。**箋云：慶，賜也。年豐則勞賜農夫益厚，既有黍稷，加以稻粱。報者爲之求福助於八蜡之神，萬壽無疆竟也。○疆居良反。竟如字。

甫田四章，章十句。

大田，刺幽王也。言矜寡不能自存焉。幽王之時，政煩賦重，而不務農事，蟲災害穀❶，風雨不時，萬民飢饉，矜寡無所取活，故時臣思古以刺之。○矜古頑反。

○大田多稼，既種既戒，既備乃事。箋云：大田，謂地肥美可墾耕。多爲稼，可以授民者也。將稼者，必先相地之宜而擇其種。季冬命民出五種❷。計耦耕事，脩耒耜，具田器，此之謂戒。是既備矣，至孟春，土長冒橛，陳根可拔，而事之。○種上聲。橛其月反。**以我覃耜，俶載南畝。**覃，利也。箋云：俶讀爲熾。載讀爲「菑栗」之「菑」。時至，民以其利耜熾菑發所受之地，趨農急也。田一歲曰菑。○覃以冉反。俶尺叔反，始也。載事也。鄭讀爲熾菑。熾尺志反。菑音緇。栗音列。**播厥百穀，既庭且碩，曾孫是若。**庭，直也。箋云：碩，大。若，順也。民既熾菑，則種其衆穀。衆穀生，盡條直茂大。成王於是則止力役以順民事，不奪其時。

○**既方既皁，既堅既好，不稂不莠。**實未堅者曰皁❸。稂，童粱也。莠，似苗也。箋云：方，房也，謂孚甲始生而未合時也。盡生房矣，盡成實矣，盡堅熟矣，盡齊好矣，而無稂莠，擇種之善，民力之專，時氣之和，所致之。○皁才老反。稂音郎。**去其螟螣，及其蟊賊，無害我田穉。**食心曰螟，食葉曰螣，食根曰蟊，食節曰賊。箋云：此四蟲者，恒害我田中之穉禾❹，故明君以正己而去之。○去起吕反。螟莫庭反。螣徒得反。蟊莫侯反。穉音稚。**田祖有神，秉畀炎火。**炎火，盛陽也。箋云：螟螣之屬，盛陽氣嬴則生之❺。今明君爲政，田祖之神不受此害，持之付與炎火，使自消亡。○秉如字，執持也。畀必二反。

○**有渰萋萋，興雨祁祁。雨我公田，遂及我私。**渰，雲興貌。萋萋，雲行貌。祁祁，徐也。箋云：古者陰陽和，風雨時，其來祁祁然而不暴疾。其民之心，先公後私。今天主雨於公田❻，因及私田爾。此言民怙君德，蒙其餘惠。○渰於檢反。萋七西反。祁巨移反。雨我，于付反，注「主雨」同。**彼有不穫穉，此有不斂穧。彼有遺秉，此有滯穗，伊寡婦之利。**秉，把也。箋云：成王之時，百穀既多，種同齊熟，收刈促遽，力皆不足，而有不穫不斂遺秉滯穗，故聽矜寡取之以爲利。○穫户郭反。穧才計反，又子計反。穗音遂。矜音鰥。

○**曾孫來止，以其婦子。饁彼南畝，田畯至喜。**箋云：喜讀爲饎。饎，酒食也。成王出觀農事，饋食耕者以勸之也。司嗇至，則又加之以酒食勞倦之爾。○饋食音嗣。來方禋祀，以其騂黑，與其黍稷。以享以祀，以介景福。騂，牛也。黑，羊、豕也。箋云：成王之來，則又禋祀四方之神祈報焉。陽祀用騂牲，陰祀用黝牲。○禋音因。享許兩反。

大田四章，二章章八句，二章章九句。

❶災，巾箱本作「毒」。

❷「種」上，日抄本有「穀」字。案：要義所引、讀詩記所引並無。

❸者，巾箱本作「熟」。案：讀詩記所引作「熟」。

❹恒，巾箱本作「當」。

❺羸，原作「羸」，據諸本改。案：釋文出音「氣羸」。

❻主，巾箱本作「正」。案：讀詩記所引作「正」，單疏本疏文云：「此雨本主爲雨我公田耳。」

瞻彼洛矣，刺幽王也。思古明王，能爵命諸侯，賞善罰惡焉❶。

○瞻彼洛矣，維水泱泱。興也。洛，宗周溉浸水也。泱泱，深廣貌。箋云：瞻，視也。我視彼洛水，灌溉以時，其澤浸潤，以成嘉穀。興者，喻古明王恩澤加於天下，爵命賞賜以成賢者。○泱於良反。溉古愛反。君子至止，福禄如茨。箋云：君子至止者，謂來受爵命者也。爵命爲福，賞賜爲禄。

茨，屋蓋也。如屋蓋，喻多也。**韎韐有奭，以作六師。**韎韐者，茅蒐染草也。一曰韎韐，所以代韠也。天子六軍。箋云：此諸侯世子也。除三年之喪，服士服而來，未遇爵命之時，時有征伐之事，天子以其賢，任爲軍將，使代卿士將六軍而出。韎韐者❷，茅蒐染也。茅蒐，韎韐聲也。韎韐，祭服之韠，合韋爲之。其服爵弁服，紂衣纁裳也。○韎音昧。韐音閤。奭許力反，赤貌。紂音緇。

○瞻彼洛矣，維水泱泱。君子至止，鞞琫有珌。鞞，容刀鞞也。琫，上飾。珌，下飾也。天子玉琫而珧珌，諸侯璗琫而璆珌，大夫鐐琫而鏐珌❸，士珕琫而珕珌。箋云：此人世子之賢者也，既受爵命賞賜，而加賜容刀有飾，顯其能制斷。○鞞補頂反，刀室也。琫必孔反，佩刀削上飾。珌賓一反，佩刀下飾。珧音遥。璗徒黨反。璆音虯。鐐音遼。鏐力幽反。珕力計反。斷丁亂反。**君子萬年，保其家室。**箋云：德如是，則能長安其家室親。家室親，安之尤難。安則無篡殺之禍也。○篡初患反。殺音試。

○瞻彼洛矣，維水泱泱。君子至止，福禄既同。箋云：此人世子之能繼世位者也，其爵命賞賜，盡與其先君受命者同而已，無所加也。**君子萬年，保其家邦。**

瞻彼洛矣三章，章六句。

❶巾箱本「焉」下有小注「洛水名」三字。案：釋文出音「瞻彼洛矣」，注云：「洛，水名。」

❷者，原闕，據諸本補。案：要義所引、讀詩記所引並有。

❸鐐，纂圖本、日抄本、十行本並作「璙」。案：讀詩記所引作「鐐」。鏐，纂圖本、十行本並作「璆」。案：讀詩記所引作「鏐」。

裳裳者華，刺幽王也。古之仕者世禄，小人在位，則讒諂竝進，棄賢者之類，絶功臣之世焉。古者，古昔明王時也。小人，斥今幽王也。○諂敕檢反。

○裳裳者華，其葉湑兮。興也。裳裳猶堂堂也。湑，盛貌。箋云：興者，華堂堂於上，喻君也；葉湑然於下，喻臣也。明王賢臣，以德相承而治道興，則讒諂遠矣。○湑思叙反。遠于萬反，又如字。**我覯之子，我心寫兮。我心寫兮，是以有譽處兮。**箋云：覯，見也。之子，是子也，謂古之明王也。言我得見古之明王，則我心所憂寫而去矣。我心所憂既寫，是則君臣相與，聲譽常處也。憂者，憂讒諂竝進。○處敞吕反。

○裳裳者華，芸其黄矣。芸，黄盛也。箋云：華芸然而黄，興明王德之盛也。不言葉，微見無賢臣也。○芸音云。**我覯之子，維其有章矣。維其有章矣，是以有慶矣。**箋云：章，禮文也。言我得見古之明王，雖無賢臣，猶能使其政有禮文法度，政有禮文法度，是則我有慶賜之榮也。

○裳裳者華，或黄或白。箋云：華或有黄者，或有白者。興明王之德，時有駁而不純。○駁邦角反。**我覯之子，乘其四駱。乘其四駱，六轡沃若。**言世禄也。箋云：我得見明王德之駁者，雖無慶譽，猶能免於讒諂之害，守我先人之禄位，乘其四駱之馬，六轡沃若然。○駱音洛。

○左之左之，君子宜之。右之右之，君子有之。左，陽道，朝祀之事。右，陰道，喪戎之事。箋云：君子，斥其先人也。多才多藝，有禮於朝，有功於國。**維其有之，是以似之。**似，嗣也❶。箋云：維我先人有是二德，故先王使之世禄，子孫嗣之。今遇讒諂竝進而見棄絶❷。

裳裳者華四章，章六句。

❶嗣，纂圖本作「續」。
❷棄絶，十行本作「絶也」。

桑扈，刺幽王也。君臣上下，動無禮文焉。動無禮文，舉事而不用先王禮法威儀也。○扈音户。

○交交桑扈，有鶯其羽。興也。鶯然有文章。箋云：交交猶佼佼，飛往來貌。桑扈，竊脂也。興者，竊脂飛而往來有文章，人觀視而愛之。喻君臣以禮法威儀升降於朝廷，則天下亦觀視而仰樂之。○鶯於耕反。佼交卯反。**君子樂胥，受天之祜。**胥，皆也。箋云：胥，有才知之名。祜，福也。王者樂臣下有才知文章，則賢人在位，庶官不曠，政和而民安，天予之以福禄。○胥如字，鄭思敘反。祜音户。

○交交桑扈，有鶯其領。領，頸也。君子樂胥，萬邦之屏。屏，蔽也。箋云：王者之德，樂賢知在位，則能爲天下蔽捍四表患難矣。蔽捍之者，謂蠻夷率服，不侵畔。○屏，卑郢反。

○之屏之翰，百辟爲憲。翰，幹。憲，法也。箋云：辟，君也。王者之德，外能蔽捍四表之患難，內能立功立事爲之楨幹，則百辟卿士，莫不修職而法象之。○翰，户旦反。辟，音璧。不戢不難？受福不那？戢，聚也。不戢，戢也。不難，難也。那，多也。不多，多也。箋云：王者位至尊，天所子也。然而不自斂以先王之法，不自難以亡國之戒，則其受福禄亦不多也。○戢，莊立反。

○兕觥其觩，旨酒思柔。箋云：兕觥，罰爵也。古之王者與羣臣燕飲，上下無失禮者，其罰爵徒觩然陳設而已。其飲美酒，思得柔順中和，與共其樂。言不幠敖自淫恣也。○兕，徐履反。觥，古横反。觩，音虯。幠，火吴反。敖，五報反。彼交匪敖，萬福來求。箋云：彼，彼賢者也。賢者居處恭，執事敬，與人交必以禮，則萬福之禄就而求之。謂登用爵命，加以慶賜。

桑扈四章，章四句。

鴛鴦，刺幽王也。思古明王，交於萬物有道，自奉養有節焉。交於萬物有道，謂順其性，取之以時，不暴夭也。

○鴛鴦于飛，畢之羅之。興也。鴛鴦，匹鳥。大平之時，交於萬物有道，取之以時，於其飛乃畢掩而羅之。箋云：匹鳥，言其止則相耦，飛則爲雙，性馴耦也。此交萬物之實也，而言興者，廣其義也。獺祭魚而後漁，豺祭獸而後田，此亦皆其將縱散時也。**君子萬年，福禄宜之。**箋云：君子，謂明王也。交於萬物，其德如是，則宜壽考受福禄也。

○鴛鴦在梁，戢其左翼。言休息也。箋云：梁，石絶水之梁。戢，斂也。鴛鴦休息於梁，明王之時，人不驚駭，斂其左翼，以右翼掩之，自若無恐懼。**君子萬年，宜其遐福。**箋云：遐，遠也。遠猶久也。

○乘馬在廄，摧之秣之。摧，莝也。秣，粟也。箋云：摧，今莝字也。古者明王，所乘之馬繫於廄，無事則委之以莝，有事乃予之穀。言愛國用也。以興於其身亦猶然，齊而後三舉，設盛饌，恒日則減焉。此之謂「有節」也。○乘繩證反，四馬也。廄音救。摧采卧反，芻也。秣音末。委紆僞反。**君子萬年，福禄艾之。**艾，養也。箋云：明王愛國用，自奉養之節如此，故宜久爲福禄所養也。

○乘馬在廄，秣之摧之。君子萬年，福禄綏之。箋云：綏，安也❶。綏土果反，又如字。

鴛鴦四章，章四句。

❶安，纂圖本作「定」。

頍弁，諸公刺幽王也。暴戾無親，不能宴樂同姓，親睦九族，孤危將亡，故作是詩

也。 戾，虐也。暴虐，謂其政教如雨雪也。○頍缺婢反，舉頭貌。

○有頍者弁，實維伊何？ 興也。頍，弁貌。弁，皮弁也。箋云：實猶是也。言幽王服是皮弁之冠，是維何爲乎？言其宜以宴而弗爲也。禮，天子諸侯朝服以宴。天子之朝，皮弁以日視朝。**爾酒既旨，爾殽既嘉。** 箋云：旨、嘉，皆美也。女酒已美矣，女殽已美矣，何以不用與族人宴也？言其知具其禮而弗爲也。**豈伊異人？兄弟匪他。** 箋云：此言王當所與宴者，豈有異人疏遠者乎？皆兄弟與王無他，言至親。又刺其弗爲也。**蔦與女蘿，施于松柏。** 蔦，寄生也。女蘿，菟絲，松蘿也。喻諸公非自有尊，託王之尊。箋云：託王之尊者，王明則榮，王衰則微。刺王不親九族，孤特自恃，不知己之將危亡也。○蔦音鳥。施音肆。**未見君子，憂心弈弈。既見君子，庶幾說懌。** 弈弈然無所薄也。箋云：君子，斥幽王也。幽王久不與諸公宴，諸公未得見幽王之時，懼其將危亡，己無所依怙，故憂而心弈弈然。故言我若已得見幽王諫正之，則庶幾其變改，意解懌也。○弈音亦。說欲雪反。

○有頍者弁，實維何期？ 箋云：何期猶伊何也。期，辭也。○期音基。**爾酒既旨，爾殽既時。** 時，善也。**豈伊異人？兄弟具來。** 箋云：具猶皆也。**蔦與女蘿，施于松上。未見君子，憂心怲怲。既見君子，庶幾有臧。** 怲怲，憂盛滿也。臧，善也。○怲兵命反。

○有頍者弁，實維在首。爾酒既旨，爾殽既阜。豈伊異人？兄弟甥舅。 箋云：阜猶多也。謂吾舅者，吾謂之甥。**如彼雨雪，先集維霰。**霰，暴雪也。箋云：將大雨雪，始必微温，雪自上下，遇温氣而摶謂之霰，久而寒勝，則大雪矣。喻幽王之不親九族亦有漸，自微至甚，如先霰後大雪。○霰蘇薦反。摶徒端反。**死喪無日，無幾相見。樂酒今夕，君子維宴。**箋云：王政既衰，我無所依怙，死亡無有日數，能復幾何與王相見也。且今夕喜樂此酒，此乃王之宴禮也。刺幽王將喪亡，哀之也。○喪息浪反。幾居豈反。樂音洛。

頍弁三章，章十二句。

車舝，大夫刺幽王也。褒姒嫉妒，無道竝進，讒巧敗國，德澤不加於民，周人思得賢女以配君子，故作是詩也。○舝胡瞎反，車軸頭鐵也。敗必邁反，又如字。

○間關車之舝兮，思孌季女逝兮。興也。間關，設舝也。孌，美貌。季女，謂有齊季女也。箋云：逝，往也。大夫嫉褒姒之爲惡，故嚴車設其舝，思得孌然美好之少女有齊莊之德者，往迎之以配幽王，代褒姒也。既幼而美又齊莊，庶其當王意。○孌力兖反。齊側皆反。**匪飢匪渴，德音來括。**括，會也。箋云：時讒巧敗國，下民離散，故大夫汲汲欲迎季女。行道雖飢不飢，雖渴不渴，覬得之而來，使我王更脩德教，合會離散之人。○括音活，又如字。**雖無好友，式燕且喜。**箋云：式，用也。我得德音而來，雖無同好之賢友，我猶用是燕飲相慶且喜。○好呼報反，下同。

○**依彼平林，有集維鷮。辰彼碩女，令德來教。**依，茂木貌。平林，林木之在平地者也。鷮，雉也。辰，時也。箋云：平林之木茂，則耿介之鳥往集焉。喻王若有茂美之德，則其時賢女來配之，與相訓告，改脩德教。○鷮音驕。**式燕且譽，好爾無射。**箋云：爾，女，女王也。射，厭也。我於碩女來教，則用是燕飲酒，且稱王之聲譽，我愛好王無有厭也。○女音汝，下同。射音亦。

○**雖無旨酒，式飲庶幾。雖無嘉殽，式食庶幾。雖無德與女，式歌且舞。**箋云：諸大夫覬得賢女以配王，於是酒雖不美，猶用之燕飲，殽雖不美猶食之。人皆庶幾於王之變改❶，得輔佐之。雖無其德，我與女用是歌舞相樂。喜之至也。○樂音洛。

○**陟彼高岡，析其柞薪。析其柞薪，其葉湑兮。**箋云：陟，登也。登高岡者，必析其木以爲薪。析其木以爲薪者，爲其葉茂盛，蔽岡之高也。此喻賢女得在王后之位，則必辟除嫉妬之女，亦爲其蔽君之明。○析星歷反。柞子洛反。湑思敘反。**鮮我覯爾，我心寫兮。**箋云：鮮，善。覯，見也。善乎我得見女如是，則我心中之憂除去也。○鮮息淺反。覯古候反，下同。

○**高山仰止，景行行止。四牡騑騑，六轡如琴。**景，大也。箋云：景，明也。諸大夫以爲賢女既進，則王亦庶幾古人有高德者則慕仰之，有明行者則而行之。其御羣臣，使之有禮，如御四馬騑騑然，持其教令，使之調均，亦如六轡緩急有和也。○景行去聲。牡茂口反。騑孚非反。**覯爾新昏，以慰我心。**慰，安也。箋云：我得見女之新昏如是，則以慰除我心之憂也。新昏，謂季女也。

車舝五章，章六句。

❶人，日抄本作「心」，十行本作「必」。

青蠅，大夫刺幽王也。○蠅餘仍反。

○營營青蠅，止于樊。興也。營營，往來貌。樊，藩也。箋云：興者，蠅之爲蟲，汙白使黑，汙黑使白，喻佞人變亂善惡也。言止于藩，欲外之令遠物也。○樊音煩。汙烏路反。豈弟君子，無信讒言。箋云：豈弟，樂易也。○豈開在反。

○營營青蠅，止于棘。讒人罔極，交亂四國。箋云：極猶已也。

○營營青蠅，止于榛。榛所以爲藩也。○榛士巾反，又側巾反。讒人罔極，構我二人。箋云：構，合也。合猶交亂也。○構古豆反。

青蠅三章，章四句。

賓之初筵，衛武公刺時也。幽王荒廢，媟近小人，飲酒無度，天下化之，君臣上下，沈湎淫液，武公既入，而作是詩也。淫液者，飲酒時情態也。武公入者，入爲王卿士。○

筵音延。媟息列反。湎莫衍反。液音亦。

○賓之初筵，左右秩秩。秩秩然肅敬也。箋云：筵，席也。左右，謂折旋揖讓也。秩秩，知也。先王將祭，必射以擇士。大射之禮，賓初入門，登堂即席，其趨翔威儀甚審知。言不失禮也。射禮有三，有大射，有賓射，有燕射。○秩直乙反。折之舌反。知音智。**籩豆有楚，殽核維旅。**楚，列貌。殽，豆實也。核，加籩也。旅，陳也。箋云：豆實，葅醢也。籩實有桃梅之屬。凡非穀而食之曰殽。○肴戶交反。核戶革反。**酒既和旨，飲酒孔偕。**箋云：和旨猶調美也。孔，甚也。王之酒已調美，衆賓之飲酒又威儀齊一。言主人敬其事而衆賓肅慎。**鐘鼓既設，舉醻逸逸。**逸逸，往來次序也。箋云：鐘鼓於是言既設者，將射改縣也。○醻市由反。縣音懸。**大侯既抗，弓矢斯張。**大侯，君侯也。抗，舉也。有燕射之禮❶。箋云：舉者，舉鵠而棲之於侯也，周禮梓人：「張皮侯而棲鵠。」天子諸侯之射，皆張三侯，故君侯謂之大侯。大侯張而弓矢亦張，節也。將祭而射，謂之大射，下章言「烝衎烈祖」，其非祭與？○抗苦浪反。鵠戶沃反。衎苦旦反。與音餘。**射夫既同，獻爾發功。**箋云：射夫，衆射者也。獻猶奏也。既比衆耦，乃誘射，射者乃登射❷，各奏其發矢中的之功。**發彼有的，以祈爾爵。**的，質也。祈，求也。箋云：發，發矢也。射者與其耦拾發，發矢之時，各心競云：「我以此求爵女❸。」爵，射爵也。射之禮，勝者飲不勝，所以養病也，故論語曰：「下而飲，其爭也君子。」○祈音其。拾其劫反。

○籥舞笙鼓，樂既和奏。烝衎烈祖，以洽百禮。秉籥而舞，與笙鼓相應。箋云：籥，管也。殷人先求諸陽，故祭祀先奏樂，滌蕩其聲也。烝，進。衎，樂。烈，美。洽，合也。奏樂和，必進樂其先祖，於是又合見天下諸侯所獻之禮。○籥余若反。衎苦旦反。洽户夾反。**百禮既至，有壬有林。**壬，大。林，君也。箋云：壬，任也，謂卿大夫也。諸侯所獻之禮，既陳於庭，有卿大夫，又有國君。言天下徧至，得萬國之歡心。**錫爾純嘏，子孫其湛。**嘏，大也。箋云：純，大也。嘏，謂尸與主人以福也。湛，樂也。王受神之福於尸，則王之子孫皆喜樂也。○嘏古雅反。湛荅南反。**其湛曰樂，各奏爾能。賓載手仇，室人入又。**手，取也。室人，主人也。主人請射於賓，賓許諾，自取其匹而射，主人亦入于次，又射以耦賓也。箋云：子孫各奏爾能者，謂既湛之後，各酌獻尸，尸酢而卒爵也。士之祭禮，上嗣舉奠，因而酌尸，天子則有子孫獻尸之禮，文王世子曰「其登餕獻受爵，則以上嗣」，是也。仇讀曰㪺。室人，有室中之事者，謂佐食也。又，復也。賓手挹酒，室人復酌爲加爵。○仇音求。**酌彼康爵，以奏爾時。**酒所以安體也。時，中者也。箋云：康，虛也。時，謂心所尊者也。加爵之閒，賓與兄弟交錯相醻。卒爵者，酌之以其所尊，亦交錯而已，又無次也。○中張仲反。

○賓之初筵，温温其恭。箋云：此復言初筵者，既祭，王與族人燕之筵也[4]。王與族人燕，以異姓爲賓。温温，柔和也。**其未醉止，威儀反反。曰既醉止，威儀幡幡。舍其坐遷，屢舞僊僊。**反反，言重慎也。幡幡，失威儀也。遷，徙。屢，數。僊僊然。箋云：此言賓初即筵之時，能自勑戒以禮，至於旅酬而小人之態出。言王既不得君子以爲賓，又不得有恒之人，所以敗亂天下率如此也。○反如字，韓蒲板反。舍音捨。僊音仙。率音類。**其未醉止，威儀抑抑。曰既醉止，威儀怭怭。是曰既醉，不知其秩。**抑抑，慎密也。怭怭，媟嫚也。秩，常也。○抑於力反。怭毗必反。

○賓既醉止，載號載呶。亂我籩豆，屢舞僛僛。是曰既醉，不知其郵。側弁之俄，屢舞傞傞。號呶，號呼讙呶也。僛僛，舞不能自正也。傞傞，不止也。箋云：郵，過。側，傾也。俄，傾貌。此更言賓既醉而異章者，著爲無筭爵以後也。○號胡毛反。呶女交反。僛起其反。郵音尤。俄五何反。傞素多反，一倉柯反。**既醉而出，竝受其福。醉而不出，是謂伐德。飲酒孔嘉，維其令儀。**箋云：出猶去也。孔，甚。令，善也。賓醉則出，與主人俱有美譽。醉至若此，是誅伐其德也。飲酒而誠得嘉賓，則於禮有善威儀。武公見王之失禮，故以此言箴之。

○凡此飲酒，或醉或否。既立之監，或佐之史。彼醉不臧，不醉反恥。立酒之監，佐酒之史。箋云：凡此者，凡此時天下之人也。飲酒於有醉者，有不醉者，則立監使視之，又助以史使督酒，欲令皆醉也。彼醉則已不善，人所非惡，反復取未醉者恥罰之。言此者，疾之也。**式勿從謂，無俾大怠。匪言勿言，匪由勿語。**箋云：式讀曰慝。勿猶無也。俾，使。由，從也。武公見時人多說醉者之狀，或以取怨致讎，故爲設禁。醉者有過惡，女無就而謂之也。當防護之，無使顛仆至於怠慢也。其所陳說，非所當說，無爲人說之也，亦無從而行之也，亦無以語人也，皆爲其聞之將恚怒也。○

式如字，用也，鄭他得反，惡也。大音泰。語魚據反，又如字。**由醉之言，俾出童羖。**羖，羊不童也。箋云：女從行醉者之言，使女出無角之羖羊。脅以無然之物，使戒深也。羖羊之性，牝牡有角。○羖音古。**三爵不識，矧敢多又？**箋云：矧，況。又，復也。當言我於此醉者，飲三爵之不知，況能知其多復飲乎？三爵者，獻也、酬也、酢也。○矧失忍反。

賓之初筵五章，章十四句。

❶有，纂圖本作「存」。

❷「登」下，日抄本有「堂」字。案：單疏本疏文云：「今此箋云：既比衆耦，乃誘射，射者乃登堂而射。」

❸爵女，日抄本互倒。案：單疏本疏文云：「我以此求汝爵。」

❹「王與族人燕之筵也」八字，監圖本無。

甫田之什十篇，三十九章，二百九十六句。

毛詩卷第十四

毛詩卷第十五

魚藻之什詁訓傳第二十二

小雅　　鄭氏箋

魚藻，刺幽王也。言萬物失其性，王居鎬京，將不能以自樂，故君子思古之武王焉。萬物失其性者，王政教衰，陰陽不和，羣生不得其所也。將不能以自樂，言必自是有危亡之禍。○鎬胡老反。樂音洛，篇内唯注「八音之樂」一字音岳，餘竝同。

○魚在在藻，有頒其首。頒，大首貌。魚以依蒲藻爲得其性。箋云：藻，水草也。魚之依水草，猶人之依明王也。明王之時，魚何所處乎？處於藻。既得其性則肥充，其首頒然。此時人物皆得其所，正言魚者，以潛逃之類信其著見。○頒符云反。見賢遍反。**王在在鎬，豈樂飲酒。**箋云：豈亦樂也。天下平安，萬物得其性，武王何所處乎？處於鎬京。樂八音之樂，與羣臣飲酒而已。今幽王惑於褒姒，萬物失其性，方有危亡之禍，而亦豈樂飲酒於鎬京，而無悛心，故以此刺焉。○豈苦在反，下同。悛七全反。

○魚在在藻，有莘其尾。莘，長貌。○莘所巾反。**王在在鎬，飲酒樂豈。**

○魚在在藻，依于其蒲。王在在鎬，有那其居。箋云：那，安貌。天下平安，王無四方之虞，故其居處那然安也。○那乃多反。

魚藻三章，章四句。

采菽，刺幽王也。侮慢諸侯，諸侯來朝，不能錫命以禮，數徵會之而無信義，君子見微而思古焉。幽王徵會諸侯，爲合義兵征討有罪❶，既往而無之，是於義事不信也。君子見其如此，知其後必見攻伐，將無救也。○菽本作叔。朝直遥反，篇内皆同。數色角反。爲于僞反。

○采菽采菽，筐之筥之。興也。菽，所以芼大牢而待君子也，羊則苦，豕則薇。箋云：菽，大豆也。采之者，采其葉以爲藿。三牲牛、羊、豕，芼以藿。王饗賓客有牛俎，乃用鉶羹，故使采之。○筐音匡。筥音舉。**君子來朝，何錫予之？雖無予之，路車乘馬。**君子，謂諸侯也。箋云：賜諸侯以車馬。言雖無予之，尚以爲薄。○予音與，下同。乘繩證反，下同。**又何予之？玄衮及黼。**玄衮，卷龍也❷。白與黑謂之黼。箋云：及，與也。玄衮，玄衣而畫以卷龍也。黼，黼黻，謂絺衣也。諸公之服自衮冕而下，侯伯自鷩冕而下，子男自毳冕而下，王之賜維用有文章者。○衮古本反。黼音斧。卷上聲，下同，又作衮。鷩音鼈。毳尺鋭反。

○觱沸檻泉，言采其芹。觱沸，泉出貌。檻泉，正出也。箋云：言，我也。芹，菜也，可以爲菹，亦所用待君子也[3]。我使采其水中芹者，尚絜清也，周禮「芹菹」，「鴈醢」。○觱音必。沸音弗。檻銜覽反。**君子來朝，言觀其旂。其旂淠淠，鸞聲嘒嘒。載驂載駟，君子所屆。**淠淠，動也。嘒嘒，中節也。箋云：屆，極也。諸侯來朝，王使人迎之，因觀其衣服車乘之威儀，所以爲敬，且省禍福也。諸侯將朝于王，則驂乘乘四馬而往[4]，此之服飾，君子法制之極也。言其尊，而王今不尊也。○旂巨機反。淠匹弊反。嘒呼惠反。屆音界。中丁仲反。

○**赤芾在股，邪幅在下。彼交匪紓，天子所予。**諸侯赤芾邪幅。幅，偪也，所以自偪束也。紓，緩也。箋云：芾，大古蔽膝之象也。冕服謂之芾，其他服謂之韠，以韋爲之，其制上廣一尺，下廣二尺，長三尺，其頸五寸，肩革帶博二寸。脛本曰股。邪幅如今行縢也。偪束其脛，自足至膝，故曰「在下」。彼與人交接，自偪束如此，則非有解怠紓緩之心，天子以是故賜予之。○芾音弗。股音古。邪似嗟反，注同。紓音舒。予音與。廣光曠反，下同。長直亮反。**樂只君子，天子命之。樂只君子，福禄申之。**申，重也。箋云：只之言是也。古者天子賜諸侯也，以禮樂樂之，乃後命予之也。天子賜之，神則以福禄申重之，所謂「人謀鬼謀」也[5]。刺今王不然。○樂音洛。只音止，下同。樂樂上音岳，下音洛。

○**維柞之枝，其葉蓬蓬。**蓬蓬，盛貌。箋云：此興也。柞之幹猶先祖也，枝猶子孫也。其葉蓬蓬，喻賢才也。正以柞爲興者，柞之葉，新將生，故乃落於地，以喻繼世以德相承者明也。○柞子洛反，又音昨，木名。**樂只君子，殿天子之邦。樂只君子，萬福攸同。**殿，鎮也。○殿多見反。**平平左右，亦是率從。**平平，辯治也。箋云：率，循也。諸侯之有賢才之德，能辯治其連屬之國使得其所，則連屬之國亦循順之。○平婢延反。

○汎汎楊舟，紼纚維之。紼，繂也。纚，緌也。明王能維持諸侯也。箋云：楊木之舟，浮於水上，汎汎然東西無所定，舟人以紼繫其緌以制行之。猶諸侯之治民，御之以禮法。○紼音弗。纚力馳反。**樂只君子，天子葵之。樂只君子，福祿膍之。**葵，揆也。膍，厚也。○葵其維反。膍頻尸反。**優哉游哉，亦是戾矣。**戾，至也。箋云：戾，止也。諸侯有盛德者，亦優游自安止於是。言思不出其位。

采薇五章，章八句。

❶討，纂圖本作「伐」。
❷「龍」下，日抄本有「衣」字。案：讀詩記所引無。
❸「所」下，日抄本有「以」字。
❹四，日抄本作「駟」。案：單疏本疏文云：「故言『將朝於是王則驂乘駟馬而迎之』。」
❺人，巾箱本作「神」。

角弓，父兄刺幽王也。不親九族而好讒佞，骨肉相怨，故作是詩也。○好呼報反。

○騂騂角弓，翩其反矣。興也。騂騂，調利也。不善紲檠巧用，則翩然而反。箋云：興者，喻王與九族，不以恩禮御待之，則使之多怨也。○騂息營反。翩匹然反。紲息列反，弓鞑也。檠音景，弓匣也。兄弟昏姻，無胥遠矣。箋云：胥，相也。骨肉之親，當相親信，無相疏遠。相疏遠，則以親親之望，易以成怨。○胥息徐反。易羊豉反。

○爾之遠矣，民胥然矣。爾之教矣，民胥傚矣。箋云：爾，女，女幽王也。胥，皆也。言王女不親骨肉，則天下之人皆如之；見女之教令，無善無惡，所尚者，天下之人皆學之。言上之化下，不可不慎。

○此令兄弟，綽綽有裕。不令兄弟，交相爲瘉。綽綽，寬也。裕，饒。瘉，病也。箋云：令，善也。○綽處若反。瘉羊主反。

○民之無良，相怨一方。箋云：良，善也。民之意不獲，當反責之於身，思彼所以然者而恕之。無善心之人，則徒居一處怨恚之。受爵不讓，至于已斯亡。爵禄不以相讓，故怨禍及之。比周而黨愈少，鄙爭而名愈辱，求安而身愈危。箋云：斯，此也。○比音備。

○老馬反爲駒，不顧其後。已老矣，而孩童慢之。箋云：此喻幽王見老人反侮慢之，遇之如幼稚，不自顧念後至年老，人之遇己亦將然。如食宜饇，如酌孔取。饇，飽也。箋云：王如食老者，則宜令之飽；如飲老者，則當孔取。孔取，謂度其所勝多少。凡器之孔，其量大小不同，老者氣力弱，故取義焉。王有族食族燕之禮。○食音嗣。饇於據反。取如字，沈又音娶。飲於鴆反。度待洛反。

○**毋教猱升木，如塗塗附。**猱，猨屬。塗，泥。附，著也。箋云：毋，禁辭。猱之性善登木，若教使其爲之，必也❶。附，木桴也。塗之性善著，若以塗附，其著亦必也。以喻人之心皆有仁義，教之則進。○猱乃刀反。著直略反，下同。桴音孚。**君子有徽猷，小人與屬。**徽，美也。箋云：猷，道也。君子有美道以得聲譽，則小人亦樂與之而自連屬焉。今無良之人相怨，王不教之。○徽音暉。屬音蜀，亦音樹。

○**雨雪瀌瀌，見晛曰消。**晛，日氣也。箋云：雨雪之盛瀌瀌然，至日將出，其氣始見，人則皆稱曰：「雪今消釋矣。」喻小人雖多，王若欲興善政，則天下聞之，莫不曰：「小人今誅滅矣。」其所以然者，人心皆樂善，王不啓教之。○雨于付反，下同。瀌符嬌反。見如字。晛乃見反。**莫肯下遺，式居婁驕。**箋云：莫，無也。遺讀曰隨。式，用也。婁，斂也。今王不以善政啓小人之心，則無肯謙虛以禮相卑下，先人而後己，用此自居處，斂其驕慢之過者。○下去聲，又如字。遺如字。婁力住反，鄭如字。

○**雨雪浮浮，見晛曰流。**浮浮猶瀌瀌也。流，流而去也。**如蠻如髦，我是用憂。**蠻，南蠻也。髦，夷髦也。箋云：今小人之行如夷狄，而王不能變化之，我用是爲大憂也。髦，西夷別名，武王伐紂，其等有八國從焉。○如髦舊音毛，尋毛、鄭之意，當與尚書同音，莫侯反。

角弓八章，章四句。

❶之必，原作「必能」，據諸本改。案：要義所引作「之必也」。

菀柳，刺幽王也。暴虐無親，而刑罰不中，諸侯皆不欲朝，言王者之不可朝事也。○菀音鬱。中丁仲反。朝直遥反。

○有菀者柳，不尚息焉？興也。菀，茂木也。箋云：尚，庶幾也。有菀然枝葉茂盛之柳，行路之人，豈有不庶幾欲就之止息乎？興者，喻王有盛德則天下皆庶幾願往朝焉。憂今不然。**上帝甚蹈，無自暱焉。**蹈，動。暱，近也。箋云：蹈讀曰悼。上帝乎者，愬之也。今幽王暴虐，不可以朝事，甚使我心中悼病，是以不從而近之。釋己所以不朝之意。○蹈音悼。暱女栗反。**俾予靖之，後予極焉。**靖，治。極，至也。箋云：靖，謀。俾，使。極，誅也。假使我朝王，王留我，使我謀政事，王信讒不察功考績，後反誅放我。是言王刑罰不中，不可朝事也。○極毛如字，鄭音棘。

○有菀者柳，不尚愒焉？愒，息也。○愒欺例反。**上帝甚蹈，無自瘵焉。**瘵，病也。箋云：瘵❶，接也。○瘵音債，鄭音際。**俾予靖之，後予邁焉。**箋云：邁，行也。行亦放也，春秋傳曰：「子將行之。」

○有鳥高飛，亦傅于天。彼人之心，于何其臻？箋云：傅、臻，皆至也。彼人，斥幽王也。鳥之高飛，極至於天耳。幽王之心，於何所至乎？言其轉側無常，人不知其所屆。○傅音附。**曷予靖之，居以凶矜？**曷，害❷。矜，危也。箋云：王何爲使我謀之，隨而罪我，居我以凶危之地？謂四裔也。

菀柳三章，章六句。

❶瘵，原闕，據諸本補。案：單疏本疏文標起止云「箋瘵接」。
❷害，原作「何」，據巾箱本、監圖本、纂圖本、十行本改。案：單疏本疏文標起止云「傳曷害」。

都人士，周人刺衣服無常也。古者長民，衣服不貳，從容有常，以齊其民，則民德歸壹，傷今不復見古人也。服，謂冠弁衣裳也。古者，明王時也。長民，謂凡在民上倡率者也。變易無常謂之貳。從容，謂休燕也。休燕猶有常❶，則朝夕明矣。壹者，專也，同也。○長張丈反。從七容反。復扶又反。率色類反。朝直遥反。

○彼都人士，狐裘黄黄。其容不改，出言有章。彼，彼明王也。箋云：城郭之域曰都。古明王時，都人之有士行者，冬則衣狐裘黄黄然，取温裕而已。其動作容貌既有常，吐口言語又有法度文章。疾今奢淫，不自責以過差。○出如字。**行歸于周，萬民所望。**周，忠信也。箋云：于，於也。都人之士，所行要歸於忠信。其餘萬民寡識者，咸瞻望而法傚之。又疾今不然。○行下孟反。望如字，協韻音亡。

○**彼都人士，臺笠緇撮。**臺所以禦暑，笠所以禦雨也。緇撮，緇布冠也。箋云：臺，夫須也。都人之士以臺皮爲笠，緇布爲冠。古明王之時，儉且節也。○緇側其反。撮七活反。夫音符。**彼君子女，綢直如髮。**密直如髮也。箋云：彼君子女者，謂都人之家女也。其情性密緻，操行正直，如髮之本末無隆殺也。○綢直留反，密也。緻直置反。殺所界反。**我不見兮，我心不說。**箋云：疾時皆奢淫，我不復見今士女之然者，心思之而憂也。○說音悅。

○**彼都人士，充耳琇實。**琇，美石也。箋云：言以美石爲瑱。瑱，塞耳。○琇音秀。瑱他見反。**彼君子女，謂之尹吉。**尹，正也。箋云：吉讀爲姞。尹氏、姞氏，周室昏姻之舊姓也❷。人見都人之家女，咸謂之尹氏、姞氏之女。言有禮法。○吉毛如字，鄭其吉反。**我不見兮，我心苑結。**箋云：苑猶屈也，積也。○苑於粉反，徐音鬱。

○**彼都人士，垂帶而厲。彼君子女，卷髮如蠆。**厲，帶之垂者。箋云：而亦如也。而厲，如鞶厲也，鞶必垂厲以爲飾。厲字當作裂。蠆，螫蟲也，尾末揵然，似婦人髮末曲上卷然❸。○厲毛如字，鄭音列。卷音權，下同。蠆敕邁反。螫音釋。揵其言反。上時掌反。**我不見兮，言從之邁。**箋云：言亦我也。邁，行也。我今不見士女此飾，心思之，欲從之行。言己憂悶，欲自殺，求從古人。

○匪伊垂之，帶則有餘。匪伊卷之，髮則有旟。旟，揚也。箋云：伊，辭也。此言士非故垂此帶也，帶於禮自當有餘也；女非故卷此髮也，髮於禮自當有旟也。旟，枝旟揚起也。○旟音餘。**我不見兮，云何盱矣。**箋云：盱，病也。思之甚，云何乎，我今已病也。○盱喜俱反。

都人士五章，章六句。

❶「常」下，日抄本有「服」字。
❷室、之，原闕，據諸本補。案：要義所引、讀詩記所引並有。
❸「然」下，巾箱本有「者也」二字。案：要義所引無，讀詩記所引有。

采綠，刺怨曠也。幽王之時，多怨曠者也。怨曠者，君子行役過時之所由也。而刺之者，譏其不但憂思而已，欲從君子於外，非禮也。○思息嗣反，下皆同。

○終朝采綠，不盈一匊。興也。自旦及食時爲終朝。兩手曰匊。箋云：綠，王芻也，易得之菜也。終朝采之而不滿手，怨曠之深，憂思不專於事。○匊弓六反。**予髮曲局，薄言歸沐。**局，卷也。婦人夫不在則不容飾。箋云：言，我也。禮，婦人在夫家，笄象笄。今曲卷其髮，憂思之甚也。有云君子將歸者，我則沐以待之。○局其玉反。卷音權。

○終朝采藍，不盈一襜。衣蔽前謂之襜。箋云：藍，染草也。○藍盧談反。襜音幨。**五日爲**

期，六日不詹。詹，至也。婦人五日一御。箋云：婦人過於時乃怨曠。五日、六日者，五月之日、六月之日也。期至五月而歸，今六月猶不至，是以憂思。

○**之子于狩，言韔其弓。之子于釣，言綸之繩。**箋云：之子，是子也，謂其君子也。于，往也。綸，釣繳也。君子往狩與，我當從之爲之韔弓；其往釣與，我當從之爲之繩繳。今怨曠，自恨初行時不然。○狩尺救反。韔敕亮反。繳音灼。與音餘。爲于僞反，下同。

○**其釣維何？維魴及鱮。維魴及鱮，薄言觀者。**箋云：觀，多也。此美其君子之有技藝也。釣必得魴鱮，魴鱮是云其多者耳。其衆雜魚，乃衆多矣。○魴音防。鱮音敘。觀古玩反。

采緑四章，章四句。

黍苗，刺幽王也。不能膏潤天下，卿士不能行召伯之職焉。陳宣王之德、召伯之功，以刺幽王及其羣臣，廢此恩澤事業也。○膏古報反，下同。召上照反，下同。

○**芃芃黍苗，陰雨膏之。**興也。芃芃，長大貌。箋云：興者，喻天下之民如黍苗然，宣王能以恩澤育養之❶，亦如天之有陰雨之潤。○芃蒲東反。**悠悠南行，召伯勞之。**悠悠，行貌。箋云：宣王之時，使召伯營謝邑，以定申伯之國。將徒役南行，衆多悠悠然，召伯則能勞來勸説以先之。○勞力報反，注同。來音賚。説音悦。

○我任我輦，我車我牛。我行既集，蓋云歸哉。任者。輦者。車者。牛者。箋云：集猶成也。蓋猶皆也。營謝轉餫之役，有負任者，有輓輦者，有將車者，有牽傍牛者，其所爲南行之事既成，召伯則皆告之云：「可歸哉。」刺今王使民行役，曾無休止時。○任音壬，注同。輦力展反。餫音運。輓音晚。

○我徒我御，我師我旅。我行既集，蓋云歸處。徒行者。御車者。師者。旅者。箋云：步行曰徒。召伯營謝邑，以兵衆行，其士卒有步行者，有御兵車者。五百人爲旅，五旅爲師，春秋傳曰：諸侯之制，「君行師從，卿行旅從」。

○肅肅謝功，召伯營之。烈烈征師，召伯成之。謝，邑也。箋云：肅肅，嚴正之貌。營，治也。烈烈，威武貌。征，行也。美召伯治謝邑，則使之嚴正，將師旅行，則有威武也。

○原隰既平，泉流既清。召伯有成，王心則寧。土治曰平，水治曰清。箋云：召伯營謝邑，相其原隰之宜，通其水泉之利。此功既成，宣王之心則安也。又刺今王，臣無成功而亦心安。

黍苗五章，章四句。

❶育養，監圖本、纂圖本、日抄本並互倒。

隰桑，刺幽王也。小人在位，君子在野，思見君子盡心以事之。

○隰桑有阿，其葉有難。興也。阿然，美貌。難然，盛貌。有以利人也。箋云：隰中之桑，枝條阿阿然長美，其葉又茂盛，可以庇廕人。興者，喻時賢人君子不用而野處，有覆養之德也。正以隰桑興者，反求此義，則原上之桑枝葉不能然，以刺時小人在位，無德於民。○難乃多反。**既見君子，其樂如何。**箋云：思在野之君子，而得見其在位，喜樂無度。○樂音洛，下同。

○隰桑有阿，其葉有沃。沃，柔也。○沃烏酷反。**既見君子，云何不樂。**

○隰桑有阿，其葉有幽。幽，黑色也。○幽於糾反。**既見君子，德音孔膠。**膠，固也。箋云：君子在位，民附仰之，其教令之行，甚堅固也。

○心乎愛矣，遐不謂矣？中心藏之❶，何日忘之。箋云：遐，遠。謂，勤。藏，善也。我心愛此君子，君子雖遠在野，豈能不勤思之乎？宜思之也。我心善此君子，又誠不能忘也。孔子曰：「愛之能勿勞乎？忠焉能勿誨乎？」○藏子郎反，王才郎反。

隰桑四章，章四句。

❶藏，唐石經、日抄本並作「臧」。下傳文同。案：讀詩記所引作「藏」，釋文出音「臧之」。

白華，周人刺幽后也。幽王取申女以爲后，又得褒姒而黜申后，故下國化之，以妾

爲妻，以孽代宗，而王弗能治，周人爲之作是詩也。申，姜姓之國也。褒姒，褒人所入之女，姒其字也，是謂幽后。孽，支庶也。宗，適子也。王不能治，己不正故也。○華音花。取七預反。孽魚列反。適音的。

○白華菅兮，白茅束兮。興也。白華，野菅也，已漚爲菅。箋云：白華於野，已漚名之爲菅。菅柔忍中用矣，而更取白茅收束之，茅比於白華爲脃。興者，喻王取於申，申后禮儀備，任妃后之事，而更納褒姒，褒姒爲孽，將至滅國。○菅音姦。漚烏候反。**之子之遠，俾我獨兮。**箋云：之子，斥幽王也。俾，使也。王之遠外我，不復荅耦我，意欲使我獨也。老而無子曰獨。後褒姒譖申后之子宜咎，宜咎奔申。○遠于願反，又如字，注及下同。

○英英白雲，露彼菅茅。英英，白雲貌。露亦有雲。言天地之氣，無微不著，無不覆養。箋云：白雲下露，養彼可以爲菅之茅，使與白華之菅相亂易。猶天下妖氣生褒姒，使申后見黜。**天步艱難，之子不猶。**步，行。猶，可也。箋云：猶，圖也。天行此艱難之妖久矣，王不圖其變之所由爾。昔夏之衰，有二龍之妖，卜藏其漦，周厲王發而觀之，化爲玄黿，童女遇之，當宣王時而生女，懼而棄之，後褒人有獄而入之幽王，幽王嬖之，是謂褒姒。○夏户雅反。漦士其反。

○滮池北流，浸彼稻田。滮，流貌。箋云：池水之澤，浸潤稻田，使之生殖。喻王無恩意於申后，滮池之不如也。豐、鎬之間水北流。○滮符彪反。**嘯歌傷懷，念彼碩人。**箋云：碩，大也。妖大之人，謂褒姒也。申后見黜，褒姒之所爲，故憂傷而念之。

○**樵彼桑薪，卬烘于煁。**卬，我。烘，燎也。煁，烓竈也。桑薪，宜以養人者也。箋云：人之樵取彼桑薪，宜以炊饔饎之爨以養食人。桑薪，薪之善者也，我反以燎於烓竈，用炤事物而已。喻王始以禮取申后，申后禮儀備，今反黜之，使爲卑賤之事，亦猶是。○樵徂焦反。卬五綱反。煁市林反。烓音恚，行竈也。食音嗣。**維彼碩人，實勞我心。**

○**鼓鍾于宮，聲聞于外。**有諸宮中，必形見於外。箋云：王失禮於内，而下國聞知而化之，王弗能治。如鳴鼓鍾於宮中，而欲外人不聞，亦不可止。○聞音問。**念子懆懆，視我邁邁。**邁邁，不說也。箋云：此言申后之忠於王也。念之懆懆然，欲諫正之，王反不說於其所言。○懆七感反，愁不申也。邁如字。

○**有鶖在梁，有鶴在林。**鶖，秃鶖也。箋云：鶖也，鶴也，皆以魚爲美食者也。鶖之性貪惡而今在梁，鶴絜白而反在林。興王養褒姒而餒申后，近惡而遠善。○鶖音秋。秃吐木反。**維彼碩人，實勞我心。**

○**鴛鴦在梁，戢其左翼。**箋云：戢，斂也。斂左翼者，謂右掩左也。鳥之雌雄不可別也❶，以翼右掩左，雄；左掩右，雌。陰陽相下之義也。夫婦之道，亦以禮義相下以成家道。○別彼列反。下遐嫁反。**之子無良，二三其德。**箋云：良，善也。王無荅耦己之善意，而變移其心志，令我怨曠。

○**有扁斯石，履之卑兮。**扁扁，乘石貌。王乘車履石。箋云：王后出入之禮，與王同其行，登車亦履石❷。申后始時亦然，今見黜而卑賤❸。○扁，邊顯反。**之子之遠，俾我疷兮。**疷，病也。箋云：王之遠外我，欲使我困病。○疷，都禮反。

白華八章，章四句。

❶也，巾箱本、監圖本、纂圖本、日抄本、十行本並作「者」。案：要義所引、讀詩記所引並作「者」。

❷亦，監圖本、纂圖本、日抄本、十行本並作「以」。

❸見，監圖本、纂圖本、十行本並作「也」，日抄本作「也見」。

緜蠻，微臣刺亂也。大臣不用仁心，遺忘微賤，不肯飲食教載之，故作是詩也。微臣，謂士也。古者卿大夫出行，士爲末介。士之禄薄，或困乏於資財，則當賙贍之。幽王之時，國亂，禮廢恩薄，大不念小，尊不恤賤，故本其亂而刺之。○緜，面延反。飲，於鴆反。食，音嗣，篇內皆同，注如字。

○**緜蠻黃鳥，止於丘阿。**興也。緜蠻，小鳥貌。丘阿，曲阿也。鳥止於阿，人止於仁。箋云：止，謂飛行所止託也。興者，小鳥知止於丘之曲阿靜安之處而託息焉，喻小臣擇卿大夫有仁厚之德者而依屬焉。**道之云遠，我勞如何？飲之食之，教之誨之，命彼後車，謂之載之。**箋云：在國依屬於卿大夫之仁者，至於爲末介，從而行，道路遠矣，我罷勞，則卿大夫之恩宜如何乎？渴則予之飲，飢則予之食，事未至則豫教之，臨事則誨之，車敗則命後車載之。後車，倅車也。○罷音皮。

○**緜蠻黄鳥，止于丘隅。**箋云：丘隅，丘角也。**豈敢憚行？畏不能趨。**箋云：憚，難也。我罷勞，車又敗，豈敢難徒行乎？畏不能及時疾至也。○憚徒旦反，下同。難乃旦反，下同。**飲之食之，教之誨之，命彼後車，謂之載之。**

○**緜蠻黄鳥，止于丘側。**箋云：丘側，丘旁也。**豈敢憚行？畏不能極。**箋云：極，至也。**飲之食之，教之誨之，命彼後車，謂之載之。**

緜蠻三章，章八句。

瓠葉，大夫刺幽王也。上棄禮而不能行，雖有牲牢饔餼，不肯用也，故思古之人不以微薄廢禮焉。牛羊豕爲牲，繫養者曰牢。熟曰饔，腥曰餼，生曰牽。不肯用者，自養厚而薄於賓客。○瓠户故反。饔於恭反。餼許氣反。

○**幡幡瓠葉，采之亨之。君子有酒，酌言嘗之。**幡幡，瓠葉貌，庶人之菜也。箋云：亨，熟也。熟瓠葉者，以爲飲酒之葅也。此君子謂庶人之有賢行者也，其農功畢，乃爲酒漿，以合朋友，習禮講道藝也。酒既成，先與父兄室人亨瓠葉，而飲之，所以急和親親也。飲酒而曰嘗者，以其爲之，主於賓客，賓客則加之以羞。易兑象曰：「君子以朋友講習。」○幡孚煩反。亨普康反，注同。菹莊魚反。

○有兔斯首，炮之燔之。君子有酒，酌言獻之。毛曰炮，加火曰燔。獻，奏也。箋云：斯，白也。今俗語斯白之字作鮮，齊、魯之間聲近斯。有兔白首者，兔之小者也。炮之燔之者，將以爲飲酒之羞也。飲酒之禮，既奏酒於賓，乃薦羞。每酌，言「言」者，禮不下庶人，庶人依士禮立賓主，爲酌名。○兔他故反，下同。斯毛如字，鄭音仙。炮白交反。燔音煩。

○有兔斯首，燔之炙之。君子有酒，酌言酢之。炕火曰炙。酢，報也。箋云：報者，賓既卒爵，洗而酌主人也。凡治兔之宜，鮮者毛炮之，柔者炙之，乾者燔之。○炙音隻。酢才洛反。炕苦浪反。

○有兔斯首，燔之炮之。君子有酒，酌言醻之。醻，道飲也。箋云：主人既卒酢爵，又酌自飲，卒爵，復酌進賓，猶今俗人勸酒。○醻市周反。道徒報反。復扶又反。

瓠葉四章，章四句。

漸漸之石，下國刺幽王也。戎狄叛之，荆、舒不至，乃命將率東征，役久病於外，故作是詩也。荆，謂楚也。舒，舒鳩、舒鄝、舒庸之屬。役，謂士卒也。○漸士銜反。將子亮反。率所類反，後放此。鄝音了。

○漸漸之石，維其高矣。山川悠遠，維其勞矣。漸漸，山石高峻。箋云：山石漸漸然高峻，不可登而上。喻戎狄衆彊而無禮義，不可得而伐也。山川者，荆、舒之國所處也，其道里長遠，邦域又勞勞廣闊。言不可卒服。○勞如字，鄭音遼。**武人東征，不皇朝矣。**箋云：武人，謂將率也。皇，正也❶。將率受王命東行而征伐，役人罷病，必不能正荆、舒使之朝於王。○朝直遥反。罷音皮。

○漸漸之石，維其卒矣。山川悠遠，曷其没矣？卒，竟。没，盡也。箋云：卒者，崔嵬也，謂山巔之末也。曷，何也。廣闊之處，何時其可盡服？○卒子卹反，鄭在律反。**武人東征，不皇出矣。**箋云：不能正之令出使聘問於王。○使所吏反。

○有豕白蹢，烝涉波矣。豕，豬也。蹢，蹄也。將久雨則豕進涉水波。箋云：烝，衆也。豕之性能水，又唐突難禁制，四蹄皆白曰駭，則白蹄其尤躁疾者，今離其繒牧之處，與衆豕涉入水之波漣矣。喻荆、舒之人勇悍捷敏，其君猶白蹄之豕也，乃率民去禮義之安，而居亂亡之危。賤之，故比方於豕。○蹢音的。能奴代反。**月離于畢，俾滂沱矣。**畢，噣也。月離陰星則雨。箋云：將有大雨，徵氣先見於天。以言荆、舒之叛，萌漸亦由王出也。豕既涉波，今又雨使之滂沱。疾王甚也。○滂普郎反。沱徒何反。噣直角反。**武人東征，不皇他矣。**箋云：不能正之令其守職不干王命。

漸漸之石三章，章六句。

❶正，原作「王」，據巾箱本、十行本改。案：單疏本疏文云：「『皇正』，釋言文。」

苕之華，大夫閔時也。幽王之時，西戎東夷，交侵中國，師旅竝起，因之以饑饉。君子閔周室之將亡，傷己逢之，故作是詩也。師旅竝起者，諸侯或出師，或出旅，以助王距戎與夷也。大夫將師出，見戎夷之侵周而閔之。今當其難，自傷近危亡。○苕音條。華音花。難乃旦反。

○**苕之華，芸其黄矣。**興也。苕，陵苕也。將落則黄。箋云：陵苕之華，紫赤而繁。興者，陵苕之幹，喻如京師也，其華猶諸夏也。故或謂諸夏爲諸華，華衰則黄，猶諸侯之師旅罷病將敗，則京師孤弱。○芸音云。夏户雅反。罷音皮。**心之憂矣，維其傷矣。**箋云：傷者，謂國日見侵削。

○**苕之華，其葉青青。**華落，葉青青然。箋云：京師以諸夏爲障蔽。今陵苕之華衰，而葉見青青然。喻諸侯微弱，而王之臣當出見也。○青子零反。**知我如此，不如無生。**箋云：我，我王也。知王之爲政如此，則己之生不如不生也。自傷逢今世之難，憂悶之甚❶。

○**牂羊墳首，三星在罶。**牂羊，牝羊也。墳，大也。罶，曲梁也，寡婦之笱也。牂羊墳首，言無是道也。三星在罶，言不可久也。箋云：無是道者，喻周已衰，求其復興，不可得也。不可久者，喻周將亡，如心星之光耀，見於魚笱之中，其去須臾也。○牂子桑反。墳扶云反。罶音柳。笱音苟。**人可以食，鮮可以飽。**治日少而亂日多。箋云：今者士卒，人人於晏早皆可以食矣。時饑饉軍興乏少，無可以飽之者。○鮮息淺反。

苕之華三章，章四句。

❶悶，巾箱本、監圖本、纂圖本、十行本並作「閔」。

何草不黄，下國刺幽王也。四夷交侵，中國背叛，用兵不息，視民如禽獸，君子憂之，故作是詩也。○背音佩。

○何草不黄？何日不行？箋云：用兵不息，軍旅自歲始草生而出，至歲晚矣，何草而不黄乎？言草皆黄也。於是之間，將率何日不行乎？言常行，勞苦之甚。何人不將，經營四方？言萬民無不從役。

○何草不玄？何人不矜？箋云：玄，赤黑色。始春之時，草牙蘖者，將生必玄。於此時也，兵猶復行。無妻曰矜。從役者皆過時不得歸，故謂之矜。○矜音鰥。哀我征夫，獨爲匪民。箋云：征夫，從役者也。古者師出不踰時，所以厚民之性也。今則草玄至於黄，黄至於玄，此豈非民乎？

○匪兕匪虎，率彼曠野。兕，虎，野獸也。曠，空也。箋云：兕，虎，比戰士也。○兕徐履反。哀我征夫，朝夕不暇。

○有芃者狐，率彼幽草。有棧之車，行彼周道。芃，小獸貌。棧車，役車也。箋云：狐草行草止，故以比棧車輂者。○芃薄紅反。棧士板反。

何草不黄四章，章四句。

魚藻之什十四篇，六十二章，三百二句。

毛詩卷第十五

毛詩卷第十六

文王之什詁訓傳第二十三

大雅

鄭氏箋

文王，文王受命作周也。受命，受天命而王天下，制立周邦。○王于況反。

○文王在上，於昭于天。在上，在民上也。於，歎辭。昭，見也。箋云：文王初爲西伯，有功於民，其德著見於天，故天命之以爲王，使君天下也。崩，謚曰「文」。○於音烏，下同。見賢遍反。周雖舊邦，其命維新。乃新在文王也。箋云：大王聿來胥宇而國於周，王迹起矣，而未有天命，至文王而受命。言新者，美之也。○大音泰。有周不顯？帝命不時？有周，周也。不顯，顯也。顯，光也。不時，時也。時，是也。箋云：周之德不光明乎？光明矣。天命之不是乎？又是矣。文王陟降，在帝左右。言文王升接天，下接人也。箋云：在，察也。文王能觀知天意，順其所爲，從而行之。

○亹亹文王，令聞不已。陳錫哉周，侯文王孫子。文王孫子，本支百世。亹亹，勉也。哉，載。侯，維也。本，本宗也。支，支子也。箋云：令，善。哉，始。侯，君也。勉勉乎不倦，文王之勤用明德也。其善聲聞，日見稱歌，無止時也。乃由能敷恩惠之施，以受命造始周國，故天下君之，其子孫適爲天子，庶爲諸侯，皆百世。○亹音尾。聞音問，注同。哉如字。施始豉反。適音的。**凡周之士，不顯亦世？**不世顯德乎？士者世禄也。箋云：凡周之士，謂其臣有光明之德者，亦得世世在位。重其功也。

○**世之不顯？厥猶翼翼。思皇多士，生此王國。王國克生，維周之楨。**翼翼，恭敬。思，辭也。皇，天。楨，幹也。箋云：猶，謀。思，願也。周之臣既世世光明，其爲君之謀事，忠敬翼翼然。又願天多生賢人於此邦，此邦能生之，則是我周之幹事之臣❶。○楨音貞。爲于僞反。**濟濟多士，文王以寧。**濟濟，多威儀也。○濟子禮反。

○**穆穆文王，於緝熙敬止。假哉天命，有商孫子。**穆穆，美也。緝熙，光明也。假，固也。箋云：穆穆乎，文王有天子之容，於美乎，又能敬其光明之德。堅固哉，天爲此命之，使臣有殷之子孫。○假古雅反。**商之孫子❷，其麗不億。上帝既命，侯于周服。**麗，數也。盛德不可爲衆也。箋云：于，於也。商之孫子，其數不徒億，多言之也。至天已命文王之後，乃爲君於周之九服之中。言衆之不如德也。○麗力計反。

○**侯服于周，天命靡常。**則見天命之無常也。箋云：無常者，善則就之，惡則去之。**殷士膚敏，**

祼將于京。厥作祼將，常服黼冔。殷士，殷侯也。膚，美。敏，疾也。祼，灌鬯也。周人尚臭。將，行。京，大也。黼，白與黑也。冔，殷冠也。夏后氏曰收，周曰冕。箋云：殷之臣壯美而敏，來助周祭，其助祭自服殷之服。明文王以德不以彊。○祼古亂反。黼音甫。冔況甫反。**王之藎臣，無念爾祖。**藎，進也。無念，念也。箋云：今王之進用臣，當念女祖爲之法。王，斥成王。○藎才刃反。

○**無念爾祖，聿脩厥德。永言配命，自求多福。**聿，述。永，長。言，我也。我長配天命而行，爾庶國亦當自求多福。箋云：長猶常也。王既述脩祖德，常言當配天命而行，則福禄自來。○聿于必反。**殷之未喪師，克配上帝。**帝乙已上也。箋云：師，衆也。殷自紂父之前，未喪天下之時，皆能配天而行，故不亡也。○喪息浪反。**宜鑒于殷，駿命不易。**駿，大也。箋云：宜以殷王賢愚爲鏡，天之大命，不可改易。○駿音峻。易以豉反，不易，言甚難也，下「不易」竝同，鄭竝如字。

○**命之不易，無遏爾躬。宣昭義問，有虞殷自天。**遏，止。義，善。虞，度也。箋云：宣，徧。有，又也。天之大命，已不可改易矣。當使子孫長行之，無終女身則止。徧明以禮義問老成人，又度殷所以順天之事而施行之。○遏於葛反。義音儀，鄭如字。**上天之載，無聲無臭。儀刑文王，萬邦作孚。**載，事。刑，法。孚，信也。箋云：天之道難知也，耳不聞聲音，鼻不聞香臭。儀法文王之事，則天下咸信而順之。

文王七章，章八句。

❶上「之」，巾箱本作「家」。案：敦煌殘卷北敦一四六三六號作「之」，單疏本疏文云：「故云『則是我周家幹事之臣』。」

❷孫子，十行本作「子孫」。案：敦煌殘卷北敦一四六三六號作「子孫」，讀詩記所引作「孫子」。

大明，文王有明德，故天復命武王也。二聖相承，其明德日以廣大，故曰「大明」。○復扶又反。

○**明明在下，赫赫在上。**明明，察也。文王之德，明明於下，故赫赫然著見於天。箋云：明明者，文王、武王施明德于天下。其徵應炤晳見於天，謂三辰效驗。○炤章遥反。晳之設反。**天難忱斯，不易維王。天位殷適，使不挾四方。**忱，信也。紂居天位，而殷之正適也。挾，達也。箋云：天之意難信矣。不可改易者，天子也，今紂居天位，而又殷之正適，以其爲惡，乃棄絶之，使教令不行於四方，四方共叛之，是天命無常，維德是予耳。言此者，厚美周也。○忱市林反。適音的。挾子燮反。

○**摯仲氏任，自彼殷商，來嫁于周，曰嬪于京。乃及王季，維德之行。**摯，國。任，姓。仲❶，中女也。嬪，婦。京，大也。王季，大王之子，文王之父也。箋云：京，周國之地小别名也。及，與也。摯國中女曰大任，從殷商之畿内，嫁爲婦於周之京。配王季而與之共行仁義之德，同志意也。○摯音至。任音壬，注同，下「大任」放此。嬪毗申反。中丁仲反，下同。大任，音泰，後「大姒」、「大姜」皆同。

○大任有身，生此文王。大任，仲任也。身，重也。箋云：重，謂懷孕也。○重直勇反，又直龍反。

維此文王，小心翼翼。昭事上帝，聿懷多福。厥德不回，以受方國。回，違也。箋云：小心翼翼，恭慎貌。昭，明。聿，述。懷，思也。方國，四方來附者。此言文王之有德，亦由父母也。

○天監在下，有命既集。文王初載，天作之合。在洽之陽，在渭之涘。集，就。載，識。合，配也。洽，水也。渭，水也。涘，涯也。箋云：天監視善惡於下，其命將有所依就，則豫福助之。於文王生，適有所識，則爲之生配於氣勢之處，使必有賢才，謂生大姒。○洽户夾反。涘音士。

○文王嘉止，大邦有子。嘉，美也。箋云：文王聞大姒之賢，則美之曰「大邦有子女，可以爲妃」，乃求昏。**大邦有子，俔天之妹。**俔，磬也❷。箋云：既使問名，還則卜之。又知大姒之賢，尊之如天之有女弟。○俔牽遍反。**文定厥祥，**言大姒之有文德也。祥，善也。箋云：問名之後，卜而得吉，則文王以禮定其吉祥。謂使納幣也。**親迎于渭。**言賢聖之配也。箋云：賢女配聖人得其宜，故備禮也。○迎魚敬反。**造舟爲梁，不顯其光？**言受命之宜，王基乃始於是也。天子造舟，諸侯維舟，大夫方舟，士特舟。造舟然後可以顯其光輝。箋云：迎大姒而更爲梁者，欲其昭著，示後世敬昏禮也。不明乎其禮之有光輝？美之也。天子造舟，周制也，殷時未有等制。○造七報反，又七道反。

○有命自天，命此文王，于周于京。纘女維莘，長子維行。纘，繼也。莘，大姒國也。長子，長女也。能行大任之德焉。箋云：天爲將命文王，君天下於周京之地，故亦爲作合，使繼大任之女事於莘國。莘國之長女大姒，則配文王，維德之行。○纘子管反。莘所巾反。**篤生武王，保右命爾，燮伐大商。**篤，厚。右，助。燮，和也。箋云：天降氣于大姒，厚生聖子武王。安而助之，又遂命之爾，使協和伐殷之事。協和伐殷之事，謂合位三五也。○右音祐。燮蘇接反。

○殷商之旅，其會如林。矢于牧野，維予侯興。旅，衆也。如林，言衆而不爲用也。矢，陳。興，起也。言天下之望周也。箋云：殷盛合其兵衆陳於商郊之牧野，而天乃予諸侯有德者，當起爲天子。言天去紂，周師勝也。○會古外反。予羊廬反，鄭羊吕反。**上帝臨女，無貳爾心。**言無敢懷貳心也。箋云：臨，視也。女，女武王也。天護視女，伐紂必克，無有疑心。

○牧野洋洋，檀車煌煌，駟騵彭彭。洋洋，廣也。煌煌，明也。駵馬白腹曰騵。言上周下殷也。箋云：言其戰地寬廣，明不用權詐也。兵車鮮明，馬又彊，則暇且整。○騵音原。駵音留。**維師尚父，時維鷹揚，涼彼武王。**師，大師也。尚父，可尚可父。鷹揚，如鷹之飛揚也。涼，佐也。箋云：尚父，吕望也，尊稱焉。鷹，鷙鳥也。佐武王者，爲之上將。○涼力尚反。大音泰。**肆伐大商，會朝清明。**肆，疾也。會，甲也。不崇朝而天下清明。箋云：肆，故今也。會，合也。以天期已至，兵甲之彊，師率之武，故今伐殷，合兵以清明。書牧誓曰：「時甲子昧爽，武王朝至于商郊牧野乃誓。」○率所類反。

大明八章，四章章六句，四章章八句。

❶仲，巾箱本、十行本並作「之」。案：敦煌殘卷伯二六六九號作「摯國之」，北敦一四六三六號作「之」，讀詩記所引作「仲」，單疏本疏文云：「故言『之中女』。」

❷磬，監圖本、纂圖本並作「譬」。案：敦煌殘卷伯二六六九號作「罄」，要義所引、讀詩記所引並作「磬」，單疏本疏文標起止云「傳俔磬」。

緜，文王之興，本由大王也。

○緜緜瓜瓞，民之初生，自土沮漆。興也。緜緜，不絕貌。瓜，紹也。瓞，瓝也。民，周民也。自，用。土，居也。沮，水。漆，水也。箋云：瓜之本實，繼先歲之瓜必小，狀似瓝，故謂之瓞。緜緜然若將無長大時。興者，喻后稷乃帝嚳之胄，封於邰，其後公劉失職，遷于豳，居沮、漆之地，歷世亦緜緜然，至大王而德益盛，得其民心而生王業。故本周之興，云于沮、漆也。○瓞田節反。沮七余反。瓝蒲剥反。**古公亶父，陶復陶穴，未有家室。**古公，豳公也。古言久也。亶父，字，或殷以名言，質也。古公處豳，狄人侵之，事之以皮幣，不得免焉；事之以犬馬，不得免焉；事之以珠玉，不得免焉；乃屬其耆老而告之曰：「狄人之所欲者❶，吾土地也。吾聞之，君子不以其所養人而害人❷，二三子何患乎無君❸？」去之，踰梁山，邑乎岐山之下❹。豳人曰：「仁人之君，不可失也。」從之如歸市。陶其土而復之，陶其壤而穴之。室内曰家，未有寢廟，亦未敢有家室。箋云：古公，據文王本其祖也。諸侯之臣稱其君曰公❺。復者，復於土上，鑿地曰穴，皆如陶然。本其在豳時也❻。傳自「古公處豳」而下，爲二章發。○亶都但反。父音甫。陶音桃。復音福，注同。屬音燭。

○**古公亶父，來朝走馬。率西水滸，至于岐下。爰及姜女，聿來胥宇。**率，循也。滸，水厓也。姜女，大姜也。胥，相。宇，居也。箋云：來朝走馬，言其辟惡早且疾也。循西水厓，沮、漆水側也。爰，於。及，與。聿，自也。於是與其妃大姜自來相可居者，著大姜之賢知也。○朝直遥反。滸呼五反。辟音避。知音智。

○**周原膴膴，堇荼如飴。爰始爰謀，爰契我龜。**周原，沮、漆之間也。膴膴，美也。堇，菜也。荼，苦菜也。契，開也。箋云：廣平曰原。周之原，地在岐山之南，膴膴然肥美，其所生菜，雖有性苦者，皆甘如飴也❼。此地將可居，故於是始與豳人之從己者謀，謀從，又於是契灼其龜而卜之，卜之則又從矣。○膴音武。堇音謹。飴音移。契苦計反，又苦結反。**曰止曰時，築室于兹。**箋云：時，是也。兹，此也。卜從，則曰：「可止居於是，可作室家於此。」定民心也。

○**廼慰廼止，廼左廼右，廼疆廼理，廼宣廼畝。自西徂東，周爰執事。**慰，安。爰，於也。箋云：時耕曰宣。徂，往也。民心定，乃安隱其居，乃左右而處之，乃疆理其經界，乃時耕其田畝。於是從西方而往東之人，皆於周執事，競出力也。豳與周原，不能爲西東，據至時從水滸言也。

○**乃召司空，乃召司徒，俾立室家。**箋云：俾，使也。司空、司徒，卿官也。司空掌營國邑，司徒掌徒役之事，故召之，使立室家之位處。**其繩則直，縮版以載，作廟翼翼。**言不失繩直也。乘謂之縮。君子將營宮室，宗廟爲先，廄庫爲次，居室爲後。箋云：繩者，營其廣輪方制之正也。既正則以索縮其築版，上下相承而起，廟成則嚴顯翼翼然。乘，聲之誤，當作繩❽。○廄音救。廣光浪反。索桑洛反。

○**捄之陾陾，度之薨薨。築之登登，削屢馮馮。**捄，虆也。陾陾，衆也。度，居也。言百姓之勸勉也。登登，用力也。削牆鍛屢之聲馮馮然。箋云：捄，捊也。度猶投也。築牆者捊聚壤土，盛之以虆而投諸版中。○捄音俱。陾耳升反，築牆聲也。度待洛反。薨呼肱反。馮扶冰反。虆力追反。捊薄侯反。盛音成。**百堵皆興，鼛鼓弗勝。**皆，俱也。鼛，大鼓也，長一丈二尺。或鼛或鼓，言勸事樂功也。箋云：五版爲堵。興，起也。百堵同時起，鼛鼓不能止之使休息也。凡大鼓之側有小鼓，謂之應鼙、朔鼙。周禮曰：「以鼛鼓鼓役事。」○堵丁古反。鼛音羔。勝音升。鼙薄迷反。

○**迺立皋門，皋門有伉。迺立應門，應門將將。**王之郭門曰皋門。伉，高貌。王之正門曰應門。將將，嚴正也。美大王作郭門以致皋門，作正門以致應門焉。箋云：諸侯之宮，外門曰皋門，朝門曰應門，內有路門。天子之宮，加以庫、雉。○伉苦浪反。將七羊反。**迺立冢土，戎醜攸行。**冢，大。戎，大。醜，衆也。冢土，大社也。起大事，動大衆，必先有事乎社而後出，謂之宜。美大王之社遂爲大社也。箋云：大社者，出大衆，將所告而行也。春秋傳曰「蜃」，宜社之肉。○大音泰。蜃市軫反，器也。

○**肆不殄厥愠，亦不隕厥問。柞棫拔矣，行道兑矣。**肆，故今也。愠，恚。隕，隊也。兑，成蹊也。箋云：小聘曰問。柞，櫟也。棫，白桵也。文王見大王立冢土，有用大衆之義，故不絶去其恚惡惡人之心，亦不廢其聘問鄰國之禮。今以柞棫生柯葉之時，使大夫將師旅出聘問，其行道士衆兑然不有征伐之意。○殄田典反。愠紆問反。隕韻謹反。柞子洛反。棫音域。拔蒲貝反。兑吐外反，又徒外反。隊直類反。櫟音歷。桵如誰反。**混夷駾矣，維其喙矣。**駾，突。喙，困也。箋云：混夷，夷狄國也。見文王之使者將士衆過己國，則惶怖驚走奔突，入此柞棫之中而逃，甚困劇也。是之謂「一年伐混夷」。大王辟狄，文王伐混夷，成道興國，其志一也。○混音昆。駾徒對反。喙許穢反。

○**虞芮質厥成，文王蹶厥生。**質，成也。成，平也。蹶，動也。虞、芮之君，相與爭田，久而不平，乃相謂曰：「西伯仁人也，盍往質焉？」乃相與朝周。入其竟，則耕者讓畔，行者讓路；入其邑，男女異路，斑白不提挈；入其朝，士讓爲大夫，大夫讓爲卿。二國之君，感而相謂曰：「我等小人，不可以履君子之庭。」乃相讓以其所爭田爲閒田而退。天下聞之而歸者四十餘國。箋云：虞、芮之質平，而文王動其緜緜民初生之道。謂廣其德而王業大。○芮如鋭反。蹶俱衛反。閒音閑。**予曰有疏附，予曰有先後，予曰有奔奏，予曰有禦侮。**率下親上曰疏附。相道前後曰先後。喻德宣譽曰奔奏。武臣折衝曰禦侮。箋云：予，我也，詩人自我也。文王之德所以至然者，我念之曰：「此亦由有疏附、先後、奔奏、禦侮之臣力也。」疏附，使疏者親也。奔奏，使人歸趨之。○先蘇薦反。後胡豆反，注同。道音導。

緜九章，章六句。

❶者，巾箱本、日抄本、十行本並無。案：敦煌殘卷伯二六六九號無，北敦一四六三六號作「貪」。

❷而，監圖本、纂圖本並作「者」。

❸乎，巾箱本、日抄本、十行本並無。案：敦煌殘卷伯二六六九號、北敦一四六三六號並無。

❹乎，監圖本、纂圖本、日抄本並作「于」。案：敦煌殘卷伯二六六九號、北敦一四六三六號並作「於」。

❺其，巾箱本、日抄本、十行本並無。案：敦煌殘卷伯二六六九號無，北敦一四六三六號有。

❻本，監圖本、纂圖本並無。也，原闕，據諸本補。案：敦煌殘卷伯二六六九號、北敦一四六三六號並有「也」字。

❼皆，巾箱本、十行本並無。

❽當作繩，巾箱本、監圖本、纂圖本、十行本並作「當爲繩也」，日抄本作「當爲繩」。案：敦煌殘卷伯二六六九號、北敦一四六三六號並作「當爲繩」，單疏本疏文標起止云「箋繩者至爲繩」。

棫樸，文王能官人也。○棫雨逼反。樸音卜，沈又普卜反。

○**芃芃棫樸，薪之槱之。**興也。芃芃，木盛貌。棫，白桵也。樸，枹木也。槱，積也。山木茂盛，萬民得而薪之。賢人衆多，國家得用蕃興。箋云：白桵相樸屬而生者，枝條芃芃然，豫斫以爲薪，至祭皇天上帝及三辰，則聚積以燎之。○芃薄紅反。槱音酉。枹必茅反。屬之欲反。斮一作斫。**濟濟辟王，左右趣之。**趣，趨也。箋云：辟，君也。君王，謂文王也。文王臨祭祀，其容濟濟然敬，左右之諸臣，皆促疾於事。謂相助積薪。○辟音璧，下同。趣七喻反。

○**濟濟辟王，左右奉璋。**半珪曰璋。箋云：璋，璋瓚也。祭祀之禮，王祼以珪瓚，諸臣助之，亞祼以璋瓚。○璋音章。瓚在但反。祼古亂反。**奉璋峨峨，髦士攸宜。**峨峨，盛壯也。髦，俊也。箋云：士，卿士也。奉璋之儀峨峨然，故令俊士之所宜。○峨五歌反。髦音毛。

○**淠彼涇舟，烝徒楫之。**淠，舟行貌。楫，櫂也。箋云：烝，衆也。淠淠然涇水中之舟，順流而行者，乃衆徒船人以楫櫂之故也。興衆臣之賢者行君政令。○淠匹世反。櫂直教反。**周王于邁，六師及之。**天子六軍。箋云：于，往。邁，行。及，與也。周王往行，謂出兵征伐也。二千五百人爲師。今王興師行者，殷末之制，未有周禮。周禮五師爲軍，軍萬二千五百人。

○**倬彼雲漢，爲章于天。**倬，大也。雲漢，天河也。箋云：雲漢之在天，其爲文章，譬猶天子爲法度于天下。○倬陟角反。**周王壽考，遐不作人。**遐，遠也。遠不作人也❶。箋云：周王，文王也。文王是時九十餘矣，故云「壽考」。遠不作人者，其政變化紂之惡俗，近如新作人也。

○追琢其章，金玉其相。追，雕也。金曰雕，玉曰琢。相，質也。箋云：周禮，追師「掌追衡、笄」，則追亦治玉也。相，視也，猶觀視也。追琢玉使成文章。喻文王爲政，先以心研精，合於禮義，然後施之，萬民視而觀之，其好而樂之，如覩金玉然。言其政可樂也。○追對回反，注同。琢陟角反。相如字，鄭去聲。**勉勉我王，綱紀四方。**箋云：我王，謂文王也。以罔罟喻爲政，張之爲綱，理之爲紀。

棫樸五章，章四句。

❶作，巾箱本作「爲」。案：敦煌殘卷伯二六六九號、北敦一四六三六號並作「爲」。

旱麓，受祖也。周之先祖，世脩后稷、公劉之業。大王、王季，申以百福干禄焉。○旱户但反。麓音鹿。

○瞻彼旱麓，榛楛濟濟。旱，山名也。麓，山足也。濟濟，衆多也。箋云：旱山之足，林木茂盛者，得山雲雨之潤澤也。喻周邦之民，獨豐樂者，被其君德教。○榛側巾反。楛音户。被皮僞反。**豈弟君子，干禄豈弟。**干，求也。言陰陽和，山藪殖，故君子得以干禄樂易。箋云：君子，謂大王、王季。以有樂易之德施於民，故其求禄亦得樂易。○豈苦亥反。弟徒禮反，下同。

○**瑟彼玉瓚，黄流在中。**玉瓚，圭瓚也。黄金所以飾流鬯也。九命然後錫以秬鬯、圭瓚。箋云：瑟，絜鮮貌。黄流，秬鬯也。圭瓚之狀，以圭爲柄，黄金爲勺，青金爲外，朱中央矣。殷王帝乙之時，王季爲西伯，以功德受此賜。○瑟所乙反。**豈弟君子，福禄攸降。**箋云：攸，所。降，下也。○降如字，又户江反。

○**鳶飛戾天，魚躍于淵。**言上下察也。箋云：鳶，鴟之類，鳥之貪惡者也。飛而至天，喻惡人遠去，不爲民害也❶。魚跳躍于淵中，喻民喜得所。○鳶悦宣反。**豈弟君子，遐不作人。**箋云：遐，遠也。言大王、王季之德，近於變化，使如新作人。

○**清酒既載，騂牡既備。**言年豐畜碩也。箋云：既載，謂已在尊中也。祭祀之事，先爲清酒，其次擇牲，故舉二者。○騂息營反。畜香又反。**以享以祀，以介景福。**言祀所以得福也。箋云：介，助。景，大也。

○**瑟彼柞棫，民所燎矣。**瑟，衆貌。箋云：柞棫之所以茂盛者，乃人熂燎除其旁草，養治之使無害也。○燎力召反。熂許氣反。**豈弟君子，神所勞矣。**箋云：勞，勞來，猶言佑助。○勞力報反。來力代反。

○**莫莫葛藟，施于條枚。**莫莫，施貌。箋云：葛也，藟也，延蔓於木之枝本而茂盛。喻子孫依緣先人之功而起。○藟力軌反。施以豉反。**豈弟君子，求福不回。**箋云：不回者，不違先祖之道。

旱麓六章，章四句。

❶也，原闕，據諸本補。案：敦煌殘卷伯二六六九號有，要義所引同。

思齊，文王所以聖也。言非但天性，德有所由成。○齊側皆反。

○**思齊大任，文王之母。思媚周姜，京室之婦。**齊，莊。媚，愛也。周姜，大姜也。京室，王室也。箋云：京，周地名也。常思莊敬者大任也，乃爲文王之母，又常思愛大姜之配大王之禮，故能爲京室之婦。言其德行純備，故生聖子也。大姜言周，大任言京，見其謙恭自卑小也。○見音現。**大姒嗣徽音，則百斯男。**大姒，文王之妃也。大姒十子，衆妾則宜百子也。箋云：徽，美也。嗣大任之美音，謂續行其善教令。

○**惠于宗公，神罔時怨，神罔時恫。**宗公，宗神也。恫，痛也。箋云：惠，順也。宗公，大臣也。文王爲政，咨於大臣，順而行之，故能當於神明。神明無是怨恚其所行者，無是痛傷其所爲者，其將無有凶禍。○恫音通。**刑于寡妻，至于兄弟，以御于家邦。**刑，法也。寡妻，適妻也。御，迎也。箋云：寡妻，寡有之妻，言賢也。御，治也。文王以禮法接待其妻，至于宗族，以此又能爲政治于家邦也。書曰「乃寡兄勖」，又曰「越乃御事」。○御牙嫁反，鄭魚據反。適丁歷反。

○**雝雝在宮，肅肅在廟。**雝雝，和也。肅肅，敬也。箋云：宮，謂辟廱宮也。羣臣助文王養老則尚和，助祭於廟則尚敬。言得禮之宜。**不顯亦臨，無射亦保。**以顯臨之，保安無厭也。箋云：臨，視也。保猶居也。文王之在辟廱也，有賢才之質而不明者，亦得觀於禮；於六藝無射才者，亦得居於位。言養善，使之積小致高大。○射音亦，鄭食夜反。**肆戎疾不殄，烈假不瑕。**肆，故今也。戎，大也。故今大疾害人者，不絕之而自絕也。烈，業。假，大也。箋云：厲，假，皆病也。瑕，已也。文王於辟廱德如此，故大疾害人者，不絕之而自絕；爲厲假之行者，不已之而自已。言化之深也。○烈如字，鄭音厲。瑕已，音賈。

○**不聞亦式，不諫亦入。**言性與天合也。箋云：式，用也。文王之祀於宗廟，有仁義之行而不聞達者，亦用之助祭；有孝弟之行而不能諫爭者，亦得入。言其使人器之，不求備也。**肆成人有德，小子有造。**造，爲也。箋云：成人，謂大夫、士也。小子，其弟子也。文王之在於宗廟，德如此，故大夫、士皆有德，子弟皆有所造成。**古之人無斁，譽髦斯士。**古之人無猒於有名譽之俊士。箋云：古之人，謂聖王明君也。口無擇言，身無擇行，以身化其臣下，故令此士皆有名譽於天下，成其俊乂之美也。○斁音亦，鄭音擇。

思齊四章，章六句，故言五章，二章章六句，三章章四句。

皇矣，美周也。天監代殷莫若周，周世世脩德莫若文王。監，視也。天視四方，可以代殷王天下者，維有周爾。世世脩行道德，維有文王盛爾。

○**皇矣上帝，臨下有赫。監觀四方，求民之莫。**皇，大。莫，定也。箋云：臨，視也。大矣天之視天下，赫然甚明。以殷紂之暴亂，乃監察天下之衆國，求民之定。謂所歸就也。**維此二國，其政不獲。維彼四國，爰究爰度。**二國，殷、夏也。彼，彼有道也。四國，四方也。究，謀。度，居也。箋云：二國，謂今殷紂及崇侯也。正，長。獲，得也。四國，謂密也、阮也、徂也、共也。度亦謀也。殷、崇之君，其行暴亂，不得於天心。密、阮、徂、共之君，於是又助之謀。言同於惡也。○度待洛反，篇内皆同。共音恭，下同。**上帝耆之，憎其式廓。乃眷西顧，此維與宅。**耆，惡也。廓，大也。憎其用大位，行大政。顧，顧西土也。宅，居也。箋云：耆，老也。天須假此二國❶，養之至老，猶不變改，憎其所用爲惡者浸大也。乃眷然運視西顧，見文王之德而與之居。言天意常在文王所。○耆巨夷反。廓苦霍反。假户嫁反，又作「暇」。

○**作之屏之，其菑其翳。脩之平之，其灌其栵。啓之辟之，其檉其椐。攘之剔之，其檿其柘。**木立死曰菑，自斃曰翳。灌，叢生也。栵，栭也。檉，河柳也。椐，樻也。檿，山桑也。箋云：天既顧文王，四方之民，則大歸往之。岐周之地，險隘多樹木，乃競刊除而自居處。言樂就有德之甚。○屏必領反，除也。菑側吏反，又音緇。翳於計反。灌古亂反。栵音例。辟婢亦反。檉勑丁反。椐羌居反。攘如羊反。剔他歷反。檿烏簟反。柘章夜反。**帝遷明德，串夷載路。**徙就文王之德也。串，習。夷，常。路，大也。箋云：串夷即混夷，西戎國名也。路，應也。天意去殷之惡，就周之德，文王則侵伐混夷以應之。○串古患反。混音昆。**天立厥配，受命既固。**配，媲也。箋云：天既顧文王，又爲之生賢妃，謂大姒也。其受命之道，已堅固也。○媲普惠反。

○**帝省其山，柞棫斯拔，松柏斯兑。**兑，易直也。箋云：省，善也。天既顧文王，乃和其國之風雨，使其山樹木茂盛。言非徒養其民人而已。○省昔井反。拔蒲貝反。易以豉反。**帝作邦作對，自大伯王季。**對，配也。從大伯之見王季也。箋云：作，爲也。天爲邦，謂興周國也。作配，謂爲生明君也。是乃自大伯、王季時則然矣。大伯讓於王季，而文王起。○大音泰。**維此王季，因心則友，則友其兄，則篤其慶，載錫之光。**因，親也。善兄弟曰友。慶，善。光，大也。箋云：篤，厚。載，始也。王季之心親親，而又善於宗族，又尤善於兄大伯，乃厚明其功美，始使之顯著也。大伯以讓爲功美，王季乃能厚明之，使傳世稱之，亦其德也。**受禄無喪，奄有四方。**喪，亡。奄，大也。箋云：王季以有「因心則友」之德，故世世受福禄，至於覆有天下。

○**維此王季，帝度其心，貊其德音。其德克明，克明克類，克長克君。**心能制義曰度。貊，靜也。箋云：德正應和曰貊。照臨四方曰明。類，善也。勤施無私曰類。教誨不倦曰長。賞慶刑威曰君。○貊武伯反。施始豉反。**王此大邦，克順克比。**慈和偏服曰順。擇善而從曰比。箋云：王，君也。王季稱王，追王也。○比必里反。**比于文王，其德靡悔。**經緯天地曰文。箋云：靡，無也。王季之德，比于文王，無有所悔也。必比于文王者，德以聖人爲匹。**既受帝祉，施于孫子。**箋云：帝，天也。祉，福也。施猶易也，延也。○祉音恥。施以豉反。

○帝謂文王，無然畔援，無然歆羨，誕先登于岸。無是畔道。無是援取。無是貪羨。岸，高位也。箋云：畔援猶跋扈也❷。誕，大。登，成。岸，訟也。天語文王曰：「女無如是跋扈者，妄出兵也；無如是貪羨者，侵人土地也；欲廣大德美者，當先平獄訟正曲直也。」○援音袁，又于願反，鄭胡喚反。羨錢面反。跋蒲末反。扈音户。**密人不恭，敢距大邦，侵阮徂共。**國有密須氏，侵阮，遂往侵共。箋云：阮也、徂也、共也，三國犯周而文王伐之。密須之人，乃敢距其義兵，違正道，是不直也。○阮魚宛反。共音恭，注同。毛云：「徂，往也。」**王赫斯怒，爰整其旅，以按徂旅。以篤于周祜，以對于天下。**旅，師。按，止也。旅，地名也。對，遂也。箋云：赫，怒意。斯，盡也。五百人爲旅。對，荅也。文王赫然與其羣臣盡怒曰：「整其軍旅而出，以却止徂國之兵衆。」以厚周當王之福，以荅天下鄉周之望。○赫虎格反。按安旦反，本又作遏。祜音户。

○依其在京，侵自阮疆，陟我高岡。無矢我陵，我陵我阿，無飲我泉，我泉我池。京，大阜也。矢，陳也。箋云：京，周地名。陟，登也。矢猶當也。大陵曰阿。文王但發其依居京地之衆，以往侵阮國之疆。登其山脊而望阮之兵，兵無敢當其陵及阿者，又無敢飲食於其泉及池水者。小出兵而令驚怖如此，此以德攻，不以衆也。「陵」、「泉」重言者，美之也。每言「我」者，據後得而有之而言。**度**

其鮮原，居岐之陽，在渭之將，萬邦之方，下民之王。小山別大山曰鮮。將，側也。方，則也。箋云：度，謀。鮮，善也。方猶鄉也。文王見侵阮而兵不見敵，知己德盛而威行，可以遷居定天下之心❸，乃始謀居善原廣平之地❹，亦在岐山之南❺，居渭水之側，爲萬國之所鄉，作下民之君。後竟徙都於豐。○鮮息淺反，又音仙。別彼列反。

○帝謂文王，予懷明德，不大聲以色，不長夏以革，不識不知，順帝之則。懷，歸也。不大聲見於色。革，更也。不以長大有所更。箋云：夏，諸夏也。天之言云：「我歸人君有光明之德，而不虚廣言語以外作容貌，不長諸夏以變更王法者，其爲人不識古，不知今，順天之法而行之者。」此言天之道尚誠實，貴性自然。○見賢遍反。**帝謂文王，詢爾仇方，同爾兄弟，以爾鉤援，與爾臨衝，以伐崇墉。**仇，匹也。鉤，鉤梯也，所以鉤引上城者。臨，臨車也。衝，衝車也。墉，城也。箋云：詢，謀也。怨耦曰仇。仇方，謂旁國諸侯爲暴亂大惡者。女當謀征討之，以和協女兄弟之國，率與之往，親親則多志齊心壹也❻。當此之時，崇侯虎倡紂爲無道，罪尤大也。○鉤古候反，又古侯反。援音爰。

○臨衝閑閑，崇墉言言，執訊連連，攸馘安安。是類是禡，是致是附，四方以無侮。閑閑，動摇也。言言，高大也。連連，徐也。攸，所也。馘，獲也。不服者，殺而獻其左耳曰馘。於内曰類，於野曰禡。致，致其社稷羣神。附，附其先祖爲之立後。尊其尊而親其親。箋云：言言猶孼孼，將壞貌。訊，言也。執所生得者而言問之。及獻所馘，皆徐徐以禮爲之，不尚促速也。類也，禡也，師祭也。無侮者，文王伐崇而無復敢侮慢周者。○訊音信。馘古獲反。禡馬嫁反。**臨衝茀茀，崇墉仡仡。是伐是肆，是絶是忽，四方以無拂。**茀茀，彊盛也。仡仡猶言言也。肆，疾也。忽，滅也。箋云：伐，謂擊刺之。肆，犯突也，春秋傳曰：「使勇而無剛者肆之。」拂猶佹也。言無復佹戾文王者。○茀音弗。仡魚乙反。拂符弗反，違也。佹九委反，戾也。

皇矣八章，章十二句。

❶假，巾箱本作「暇」。案：敦煌殘卷伯二六六九號作「暇」，單疏本疏文云：「言『須暇』者。」

❷跋，監圖本、纂圖本、十行本並作「拔」。下同。案：敦煌殘卷伯二六六九號作「拔」，單疏本疏文云：「故言『畔援猶拔扈』。」

❸定天下之心，巾箱本作「以定天下之人心也」。

❹「乃」上，巾箱本有「于是」二字。

❺「南」下，巾箱本有「隅也而」三字。

❻多，十行本作「方」。

靈臺，民始附也。文王受命，而民樂其有靈德，以及鳥獸昆蟲焉。民者冥也。其見仁道遲，故於是乃附也。天子有靈臺者，所以觀祲象，察氣之妖祥也。文王受命而作邑于豐，立靈臺。春秋傳曰：「公既視朔，遂登觀臺，以望而書雲物，爲備故也。」○祲子鴆反。觀古亂反。

○**經始靈臺，經之營之。庶民攻之，不日成之。**神之精明者稱靈。四方而高曰臺。經，度之也。攻，作也。不日有成也。箋云：文王應天命，度始靈臺之基趾，營表其位。衆民則築作，不設期日而成之。言說文王之德，勸其事，忘己勞也。觀臺而曰靈者，文王化行似神之精明，故以名焉。○度待洛反，下同。

○**經始勿亟，庶民子來。**箋云：亟，急也。度始靈臺之基趾，非有急成之意，衆民各以子成父事而來攻之。○亟居力反。**王在靈囿，麀鹿攸伏。**囿，所以域養禽獸也，天子百里，諸侯四十里。靈囿，言靈道行於囿也。麀，牝也。箋云：攸，所也。文王親至靈囿，視牝鹿所遊伏之處。言愛物也。○囿音又。麀音憂。

○**麀鹿濯濯，白鳥翯翯。**濯濯，娛遊也。翯翯，肥澤也。箋云：鳥獸肥盛喜樂。言得其所。○翯户角反。**王在靈沼，於牣魚躍。**沼，池也。靈沼，言靈道行於沼也。牣，滿也。箋云：靈沼之水，魚盈滿其中皆跳躍。亦言得其所。○牣音刃。

○**虡業維樅，賁鼓維鏞。於論鼓鐘，於樂辟廱。**植者曰虡，横者曰栒。業，大版也。樅，崇牙也。賁，大鼓也。鏞，大鐘也。論，思也。水旋丘如璧曰辟廱，以節觀者。箋云：論之言倫也。虡也，栒也，所以縣鐘鼓也，設大版於上，刻畫以爲飾。文王立靈臺而知民之歸附，作靈囿、靈沼而知鳥獸之得其所，以爲音聲之道與政通，故合樂以詳之。於得其倫理乎鼓與鍾也，於喜樂乎諸在辟廱中者，言感於中和之至。○虡音巨。樅徐七凶反。賁符云反。鏞音容。於音烏，鄭如字，下同。論盧門反，鄭音倫，下同。辟音璧。栒旬尹反。縣音懸。

○**於論鼓鐘，於樂辟廱。鼉鼓逢逢，矇瞍奏公。**鼉，魚屬。逢逢，和也。有眸子而無見曰矇，無眸子曰瞍。公，事也。箋云：凡聲，使瞽矇爲之。○鼉徒何反。逢薄紅反。矇音蒙。瞍蘇口反。

靈臺五章，章四句。

下武，繼文也。武王有聖德，復受天命，能昭先人之功焉。繼文者，繼文王之王業而成之。昭，明也。○復扶又反。

○**下武維周，世有哲王。**武，繼也。箋云：下猶後也。哲，知也。後人能繼先祖者，維有周家最大。世世益有明知之王，謂大王、王季、文王稍就盛也。○哲張列反。知音智，下同。**三后在天，王配于京。**三后，大王、王季、文王也。王，武王也。箋云：此三后既没登遐，精氣在天矣。武王又能配行其道於京，謂鎬京也。

○**王配于京，世德作求。**箋云：作，爲。求，終也。武王配行三后之道於鎬京者，以其世世積德，庶爲終成其大功也。**永言配命，成王之孚。**箋云：永，長。言，我也。命猶教令也。孚，信也。此爲武王言也。今長我之配行三后之教令者，欲成我周家王道之信也。王德之道成於信，論語曰：「民無信不立。」

○**成王之孚，下土之式。**式，法也。箋云：王道尚信，則天下以爲法，勤行之。**永言孝思，孝思維則。**則其先人也。箋云：長我孝心之所思。所思者，其維則三后之所行，子孫以順祖考爲孝。

○**媚茲一人，應侯順德。**一人，天子也。應，當。侯，維也。箋云：媚，愛。茲，此也。可愛乎武王，能當此順德。謂能成其祖考之功也。易曰：「君子以順德積小以高大。」**永言孝思，昭哉嗣服。**箋云：服，事也。明哉武王之嗣行祖考之事，謂伐紂定天下。

○**昭茲來許，繩其祖武。**許，進。繩，戒。武，迹也。箋云：茲，此。來，勤也。武王能明此勤行進於善道，戒慎其祖考所履踐之迹❶。美其終成之。○來如字，鄭去聲。**於萬斯年，受天之祜。**箋云：祜，福也。天下樂仰武王之德，欲其壽考之言也。○祜音户。

○**受天之祜，四方來賀。於萬斯年，不遐有佐？**遠夷來佐也。箋云：武王受此萬年之壽，不遠有佐。言其輔佐之臣，亦宜蒙其餘福也。書曰「公其以予萬億年」，亦君臣同福禄也。

下武六章，章四句。

❶履踐，巾箱本、監圖本並互倒。案：敦煌殘卷伯二六六九號作「履踐」，單疏本疏文云：「戒慎祖考踐履之迹。」

文王有聲，繼伐也。武王能廣文王之聲，卒其伐功也。繼伐者，文王伐崇而武王伐紂。

○**文王有聲，遹駿有聲。遹求厥寧，遹觀厥成。**箋云：遹，述。駿，大。求，終。觀，多也。文王有令聞之聲者，乃述行有令聞之聲之道所致也。所述者，謂大王、王季也。又述行終其安民之道，又述行多其成民之德。言周德之世益盛。○遹尹橘反。駿音峻。觀古亂反。聞音問。**文王烝哉！**烝，君也。箋云：君哉者，言其誠得人君之道。

○**文王受命，有此武功。既伐于崇，作邑于豐。**箋云：武功，謂伐四國及崇之功也。作邑者，徙都于豐以應天命。**文王烝哉！**

○**築城伊淢，作豐伊匹。匪棘其欲，遹追來孝。**淢，成溝也。匹，配也。箋云：方十里曰成。淢其溝也，廣、深各八尺。棘，急。來，勤也。文王受命而猶不自足，築豐邑之城，大小適與成偶，大於諸侯，小於天子之制。此非以急成從己之欲，欲廣都邑，乃述追王季勤孝之行，進其業也。○淢況域反。棘居力反。廣古曠反。深尸鴆反。**王后烝哉！**后，君也。箋云：變諡言「王后」者，非其盛事，不以義諡。

○**王公伊濯，維豐之垣。四方攸同，王后維翰。**濯，大。翰，幹也。箋云：公，事也。文王述行大王、王季之王業，其事益大。作邑于豐，城之既成，又垣之立宮室，乃爲天下所同心而歸之。王后爲之幹者，正其政教，定其法度。○濯直角反。垣音袁。翰户旦反，徐音寒。**王后烝哉！**

○豐水東注，維禹之績。四方攸同，皇王維辟。績，業。皇，大也。箋云：績，功。辟，君也。昔堯時洪水，而豐水亦汜濫爲害，禹治之使入渭，東注于河，禹之功也。文王、武王今得作邑於其旁地，爲天下所同心而歸。大王爲之君，乃由禹之功，故引美之。豐邑在豐水之西，鎬京在豐水之東。○辟音璧，下同，又婢亦反，法也。**皇王烝哉！**箋云：變「王后」言大王者，武王之事又益大。

○鎬京辟廱，自西自東，自南自北，無思不服。武王作邑於鎬京。箋云：自，由也。武王於鎬京行辟廱之禮，自四方來觀者，皆感化其德，心無不歸服者。**皇王烝哉！**

○考卜維王，宅是鎬京。維龜正之，武王成之。箋云：考猶稽也。宅，居也。稽疑之法，必契灼龜而卜之，武王卜居是鎬京之地。龜則正之，謂得吉兆。武王遂居之，脩三后之德，以伐紂定天下，成龜兆之占。功莫大於此。○契苦計反，或苦結反。**武王烝哉！**

○豐水有芑，武王豈不仕？詒厥孫謀，以燕翼子。芑，草也。仕，事。燕，安。翼，敬也。箋云：詒猶傳也。孫，順也。豐水猶以其潤澤生草，武王豈不以其功業爲事乎？以之爲事，故傳其所以順天下之謀，以安其敬事之子孫。謂使行之也。書曰：「厥考翼，其肯曰：我有後，弗棄基？」○芑音起。詒以之反。孫如字，鄭音遜。**武王烝哉！**上言「皇王」而變言「武王」者，皇，大也，始大其業，至武王伐紂成之，故言「武王」也。

文王有聲八章，章五句。

文王之什十篇，六十六章，四百一十四句。

毛詩卷第十六

毛詩卷第十七

生民之什詁訓傳第二十四

大雅　鄭氏箋

生民，尊祖也。后稷生於姜嫄，文、武之功起於后稷，故推以配天焉。○嫄音原，后稷母也。

○**厥初生民，時維姜嫄。**生民，本后稷也。姜，姓也。后稷之母，配高辛氏帝焉。箋云：厥，其。初，始。時，是也。言周之始祖，其生之者，是姜嫄也。姜姓者，炎帝之後，有女名嫄，當堯之時，爲高辛氏之世妃。本后稷之初生，故謂之「生民」。**生民如何？克禋克祀，以弗無子。**禋，敬。弗，去也。去無子，求有子，古者必立郊禖焉。玄鳥至之日，以大牢祠于郊禖，天子親往，后妃率九嬪御，乃禮天子所御，帶以弓韣，授以弓矢，于郊禖之前。箋云：克，能也。弗之言祓也。姜嫄之生后稷如何乎？乃禋祀上帝于郊禖，以祓除其無子之疾而得其福也。能者，言齊肅當神明意也。二王之後，得用天子之禮。○禋音因。弗音拂。去起吕反，下同。韣音獨。**履帝武敏歆，攸介攸止。載震載夙，載**

生載育，時維后稷。履，踐也。帝，高辛氏之帝也。武，迹。敏，疾也。從於帝而見於天，將事齊敏也。歆，饗。介，大也。止，福禄所止也。震，動。夙，早。育，長也。后稷播百穀以利民。箋云：帝，上帝也。敏，拇也。介，左右也。夙之言肅也。祀郊禖之時❶，時則有大神之迹❷，姜嫄履之，足不能滿，履其拇指之處，心體歆歆然，其左右所止住，如有人道感己者也。於是遂有身，而肅戒不復御，後則生子而養長之，名曰棄，舜臣堯而舉之，是爲后稷。○敏蜜謹反。歆許金反。見賢遍反。齊側皆反。

○**誕彌厥月，先生如達。**誕，大。彌，終。達生也。姜嫄之子先生者也。箋云：達，羊子也。大矣后稷之在其母，終人道十月而生。生如達之生，言易也。○彌面支反。達他末反，又如字。**不坼不副，無菑無害。**言易也。凡人在母，母則病，生則坼副，菑害其母，横逆人道。○坼敕宅反。副孚逼反，判也。菑音災。**以赫厥靈，上帝不寧？不康禋祀？居然生子？**赫，顯也。不寧，寧也。不康，康也。箋云：康、寧，皆安也。姜嫄以赫然顯著之徵，其有神靈審矣。此乃天帝之氣也，心猶不安之。又不安徒以禋祀而無人道，居默然自生子，懼時人不信也。

○**誕寘之隘巷，牛羊腓字之。**誕，大。寘，置。腓，辟。字，愛也。天生后稷，異之於人，欲以顯其靈也。帝不順天，是不明也，故承天意而異之于天下。箋云：天異之，故姜嫄置后稷於牛羊之徑，亦所以異之。○寘之豉反。隘於懈反。巷户降反。腓符非反。**誕寘之平林，會伐平林。**牛羊而辟人者理也，置之平林，又爲人所收取之。**誕寘之寒冰，鳥覆翼之。**大鳥來，一翼覆之，一翼藉之。人而收取之，又其理也，故置之於寒冰。**鳥乃去矣，后稷呱矣。**於是知有天異，往取之矣，后稷呱呱然而泣。○呱音孤。

○**實覃實訏，厥聲載路。誕實匍匐，克岐克嶷，以就口食。**覃，長。訏，大。路，大也。岐，知意也。嶷，識也。箋云：實之言適也。覃，謂始能坐也。訏，謂張口鳴呼也。是時聲音則已大矣。能匍匐則岐岐然意有所知也，其貌嶷嶷然有所識別也，以此至于能就衆人口自食。謂六七歲時。○覃徒南反。訏況于反。匍音蒲，又音符。匐蒲北反，又音服。岐其宜反。嶷魚極反。**蓺之荏菽，荏菽旆旆，禾役穟穟，麻麥幪幪，瓜瓞唪唪。**荏菽，戎菽也。旆旆然，長也。役，列也。穟穟，苗好美也。幪幪然茂盛也，唪唪然多實也。箋云：蓺，樹也。戎菽，大豆也。就口食之時，則有種殖之志，言天性也。○蓺魚世反。荏而甚反。旆蒲貝反。穟音遂。幪莫孔反。瓞田節反。唪布孔反，徐又薄孔反。

○**誕后稷之穡，有相之道。**相，助也。箋云：大矣后稷之掌稼穡，有見助之道。謂若神助之力也。○相息亮反。**茀厥豐草，種之黄茂。實方實苞，實種實褎，實發實秀，實堅實好，實穎實栗，即有邰家室。**茀，治也。黄，嘉穀也。茂，美也。方，極畝也。苞，本也。種，雜種也。褎，長也。發，盡發也。不榮而實曰秀。穎，垂穎也。栗，其實栗栗然。邰，姜嫄之國也。堯見天因邰而生后稷，故國后稷於邰，命使事天，以顯神順天命耳。箋云：豐，苞，亦茂也。方，齊等也。種，生不雜也。褎，枝葉長也。發，發管時也。栗，成就也。后稷教民除治茂草，使種黍稷。黍稷生則茂好，熟則大成，以此成功，堯改封於邰，就其成國之家室，無變更也。○茀音拂。實種上聲，除「種之」、「使種」外，並同。褎音佑。穎營井反。邰他來反。

○**誕降嘉種，維秬維秠，維穈維芑。**天降嘉種。秬，黑黍也。秠，一稃二米也。穈，赤苗也。芑，白苗也。箋云：天應堯之顯后稷，故爲之下嘉種。○秬音巨。秠孚鄙反，又孚畀反。穈音門，鄭亡偉反。芑音起。稃芳于反。**恒之秬秠，是穫是畝，恒之穈芑，是任是負，以歸肇祀。**恒，徧。肇，始也。始歸郊祀也。箋云：任猶抱也。肇，郊之神位也。后稷以天爲己下此四穀之故，則徧種之，成熟則穫而畝計之，抱負以歸，於郊祀天。得祀天者，二王之後也。○恒古鄧反。穫户郭反。任音壬。

○**誕我祀如何？或舂或揄，或簸或蹂，釋之叟叟，烝之浮浮。**揄，抒臼也。或簸糠者，或蹂黍者。釋，淅米也。叟叟，聲也。浮浮，氣也。箋云：蹂之言潤也。大矣我后稷之祀天如何乎？美而將説其事也。舂而抒出之，簸之又潤濕之，將復舂之，趨於鑿也，釋之烝之以爲酒及簠簋之實。○舂傷容反。揄音由，又以朱反。簸波我反。蹂音柔。叟所留反。烝之丞反。浮如字。抒食汝反。淅星歷反。鑿子洛反，精米也。**載謀載惟，取蕭祭脂，取羝以軷，載燔載烈，**嘗之日，涖卜來歲之芟；獮之日，涖卜來歲之戒；社之日，涖卜來歲之稼，所以興來而繼往也。穀孰而謀，陳祭而卜矣。取蕭合黍稷，臭達牆屋，既奠而後爇蕭，合馨香也。羝羊，牡羊也。軷，道祭也。傅火曰燔，貫之加於火曰烈。箋云：惟，思也。烈之言爛也。后稷既爲郊祀之酒及其米，則諏謀其日，思念其禮。至其時，取蕭草與祭牲之脂，爇之於行神之位，馨香既聞，取羝羊之體以祭神，又燔烈其肉爲尸羞焉。自此而往郊。○羝都禮反。軷蒲末反。燔音煩，後同。芟所銜反。獮息淺反。爇如悅反。傅音附。**以興嗣歲。**興來歲，繼往歲也。箋云：嗣歲，今新歲也。以先歲之物，齊敬犯軷而祀天者❸，將求新歲之豐年也。孟春之月，令曰：「乃擇元日，祈穀于上帝。」

○卬盛于豆，于豆于登，其香始升，上帝居歆，胡臭亶時？卬，我也。木曰豆，瓦曰登。豆，薦菹醢也。登，大羹也。箋云：胡之言何也。亶，誠也。我后稷盛菹醢之屬，當於豆者於登者，其馨香始上行，上帝則安而歆享之，何芳臭之誠得其時乎？美之也。祀天用瓦豆，陶器質也。○卬五郎反。盛音成。亶都旦反。菹莊居反。**后稷肇祀，庶無罪悔，以迄于今。**迄，至也。箋云：庶，衆也。后稷肇祀上帝於郊，而天下衆民咸得其所，無有罪過也，子孫蒙其福以至於今，故推以配天焉。○迄許乞反。

生民八章，四章章十句，四章章八句。

❶郊，日抄本作「高」。

❷大，日抄本作「天」。

❸犯，原作「祀」，據巾箱本、監圖本、十行本改。案：單疏本疏文云：「齊敬犯軷而祀天者。」

行葦，忠厚也。周家忠厚，仁及草木，故能内睦九族，外尊事黄耇，養老乞言，以成其福禄焉。九族，自己上至高祖下至玄孫之親也。黄，黄髮也。耇，凍梨也。乞言，從求善言可以爲政者，敦史受之。○葦韋鬼反。耇音苟。敦如字。

○敦彼行葦，牛羊勿踐履。方苞方體，維葉泥泥。敦，聚貌。行，道也。葉初生泥泥。箋云：苞，茂也。體，成形也。敦敦然道旁之葦，牧牛羊者，毋使躐履折傷之。草物方茂盛，以其終將爲人用，故周之先王爲此愛之，況於人乎？○敦徒端反。泥乃禮反。

○戚戚兄弟，莫遠具爾。或肆之筵，或授之几。戚戚，内相親也。肆，陳也。或陳設筵者，或授几者。箋云：莫，無也。具猶俱也。爾，謂進之也。王與族人燕，兄弟之親，無遠無近，俱揖而進之。年稚者爲設筵而已，老者加之以几。○筵以然反。

○肆筵設席，授几有緝御。設席，重席也。緝御，踧踖之容也。箋云：緝猶續也。御，侍也。兄弟之老者，既爲設重席授几，又有相續代而侍者，謂敦史也。○緝七習反。重直龍反，下同。踧子六反。踖子亦反。**或獻或酢，洗爵奠斝。**斝，爵也，夏曰醆，殷曰斝，周曰爵。箋云：進酒於客曰獻，客荅之曰酢。主人又洗爵醻客，客受而奠之，不舉也。用殷爵者，尊兄弟也。○酢才洛反。斝古雅反，又音嫁。夏户雅反。醆側簡反。

○**醓醢以薦，或燔或炙。嘉殽脾臄，或歌或咢。**以肉曰醓醢。臄，函也。歌者比於琴瑟也。徒擊鼓曰咢。箋云：薦之禮，韭菹則醓醢也。燔用肉，炙用肝。以脾函爲加，故謂之嘉。○醓他感反，肉醬也。醢呼改反。脾婢支反。臄渠略反。咢五洛反，通俗文云：「口上曰臄，口下曰函。」比毗志反。炙者夜反。

○**敦弓既堅，四鍭既鈞，舍矢既均，**敦弓，畫弓也，天子敦弓。鍭矢參亭。已均中蓺。箋云：舍之言釋也。蓺，質也。周之先王將養老，先與羣臣行射禮，以擇其可與者以爲賓。○敦音彫，下同，徐又都雷反。鍭音候，又音侯。鈞規旬反。舍音捨。參七南反。中丁仲反，下同。可與音預。**序賓以賢。**言賓客次序皆賢。孔子射於矍相之圃，觀者如堵牆。射至於司馬，使子路執弓矢出延射曰：「奔軍之將，亡國之大夫，與爲人後者，不入，其餘皆入。」蓋去者半，入者半。又使公罔之裘、序點，揚觶而語曰：「幼壯孝弟，耆耋好禮，不從流俗，脩身以俟死，者不？在此位。」蓋去者半，處者半。序點又揚觶而語曰：「好學不倦，好禮不變，耄勤稱道不亂，者不？在此位也。」蓋僅有存焉。箋云：序賓以賢，謂以射中多少爲次第。○矍俱縛反。相息亮反。奔音奮，覆敗也。將子匠反。觶之豉反。

○**敦弓既句，既挾四鍭。**天子之弓，合九而成規。箋云：射禮：「搢三挾一个。」言已挾四鍭，則已徧釋之。○句古豆反，張弓曰彀。挾子協反，又子合反。个古賀反。**四鍭如樹，**言皆中也。**序賓**

以不侮。言其皆有賢才也。箋云：不侮者，敬也。其人敬於禮，則射多中。

○曾孫維主，酒醴維醹，酌以大斗，以祈黄耇。曾孫，成王也。醹，厚也。大斗，長三尺也。祈，報也。箋云：祈，告也。今我成王承先王之法度爲主人，亦既序賓矣，有醇厚之酒醴，以大斗酌而嘗之而美，故以告黄耇之人，徵而養之也。飲酒之禮曰：「告於先生君子可也。」○醹如主反，厚酒也。

○黄耇台背，以引以翼。台背，大老也。引，長。翼，敬也。箋云：台之言鮐也，大老則背有鮐文。既告老人，及其來也，以禮引之，以禮翼之。在前曰引，在旁曰翼。○台湯來反，徐音臺。**壽考維祺，以介景福。**祺，吉也。箋云：介，助也。養老人而得吉，所以助大福也。

行葦八章，章四句。故言七章，二章章六句，五章章四句。

既醉，大平也。醉酒飽德，人有士君子之行焉。成王祭宗廟，旅醻下徧羣臣，至于無筭爵，故云醉焉。乃見十倫之義，志意充滿，是謂之「飽德」。○大音泰，後放此。行下孟反。

○既醉以酒，既飽以德。既者，盡其禮，終其事。箋云：禮，謂旅醻之屬。事，謂惠施先後，及歸俎之類。○施式豉反。**君子萬年，介爾景福。**箋云：君子，斥成王也。介，助。景，大也。成王，女有萬年之壽，天又助女以大福。謂五福也。

○既醉以酒，爾殽既將。將，行也。箋云：爾，女也。殽，謂牲體也。成王之爲羣臣俎實，以尊卑差次行之。**君子萬年，介爾昭明。**箋云：昭，光也。

○**昭明有融，高朗令終。**融，長。朗，明也。始於饗燕，終於享祀。箋云：有，又。令，善也。天既助女以光明之道，又使之長有高明之譽，而以善名終。是其長也。**令終有俶，公尸嘉告。**俶，始也。公尸，天子以卿，言諸侯也。箋云：俶猶厚也。既始有善，令終又厚之。公尸以善言告之，謂嘏辭也。諸侯有功德者，入爲天子卿大夫，故云「公尸」。公，君也。○俶尺叔反。嘏古雅反。

○**其告維何？籩豆靜嘉。**恒豆之菹，水草之和也，其醢，陸産之物也。加豆，陸産也，其醢，水物也。籩豆之薦，水土之品也，不敢用常褻味，而貴多品，所以交於神明者。言道之徧至也。箋云：公尸所以善言告之，是何故乎？乃用籩豆之物潔清而美，政平氣和，所致故也。○褻息列反。**朋友攸攝，攝以威儀。**言相攝佐者以威儀也。箋云：朋友，謂羣臣同志好者也。言成王之臣，皆有仁孝士君子之行，其所以相攝佐威儀之事。○好呼報反。

○**威儀孔時，君子有孝子。**箋云：孔，甚也。言成王之臣，威儀甚得其宜，皆君子之人，有孝子之行。**孝子不匱，永錫爾類。**匱，竭。類，善也。箋云：永，長也。孝子之行，非有竭極之時。長以與女之族類，謂廣之以教道天下也。春秋傳曰：「潁考叔純孝也，施及莊公。」○匱求位反。

○**其類維何？室家之壼。**壼，廣也。箋云：壼之言梱也。其與女之族類云何乎？室家先以相梱致，已乃及於天下。○壼苦本反。**君子萬年，永錫祚胤。**胤，嗣也。箋云：永，長也。成王，女有萬年之壽，天又長予女福祚至于子孫。○祚才路反。○胤洋刃反。

○**其胤維何？天被爾祿。**祿，福也。箋云：天予女福祚至于子孫云何乎？天覆被女以祿位，使祿臨天下。○被皮寄反。**君子萬年，景命有僕。**僕，附也。箋云：成王，女既有萬年之壽，天之大命又附著於女。謂使爲政教。○著直略反，下同。

○**其僕維何？釐爾女士。**釐，予也。箋云：天之大命附著於女云何乎？予女以女而有士行者。謂生淑媛，使爲之妃❶。○釐力之反。媛于眷反。妃音配。**釐爾女士，從以孫子。**箋云：從，隨也。天既予女以女而有士行者，又使生賢知之子孫以隨之。謂傳世也。○知音智。

既醉八章，章四句。

❶爲之，監圖本、纂圖本並互倒。

鳧鷖，守成也。大平之君子，能持盈守成，神祇祖考安樂之也。君子，斥成王也。言君子者，大平之時則皆然，非獨成王也。○鳧音符。鷖於雞反。祇祁支反。樂音洛。

○**鳧鷖在涇，公尸來燕來寧。**鳧，水鳥也。鷖，鳧屬。大平則萬物衆多。箋云：涇，水名也。水鳥而居水中，猶人爲公尸之在宗廟也，故以喻焉。祭祀既畢，明日又設禮而與尸燕。成王之時，尸來燕也，其心安，不以己實臣之故自嫌。言此者，美成王事尸之禮備。**爾酒既清，爾殽既馨。公尸燕飲，福禄來成。**馨香之遠聞也。箋云：爾者，女成王也。女酒殽清美，以與公尸燕樂飲酒之故，祖考以福禄來成女。○聞音問，或如字。

○鳧鷖在沙，公尸來燕來宜。沙，水旁也。宜，宜其事也。箋云：水鳥以居水中爲常，今出在水旁，喻祭四方百物之尸也。其來燕也，心自以爲宜，亦不以己實臣自嫌也。**爾酒既多，爾殽既嘉。公尸燕飲，福禄來爲。**厚爲孝子也。箋云：爲猶助也。助成王也。○爲于僞反，協句如字。言酒品齊多而殽備美。○齊才細反。

○鳧鷖在渚，公尸來燕來處。渚，沚也。處，止也。箋云：水中之有渚，猶平地之有丘也，喻祭天地之尸也。以配至尊之故，其來燕似若止得其處。○渚之與反。**爾酒既湑，爾殽伊脯。公尸燕飲，福禄來下。**箋云：湑，酒之泲者也。天地之尸尊，事尊不以褻味，泲酒脯而已。○湑息汝反。泲子禮反。

○鳧鷖在潨，公尸來燕來宗。潨，水會也。宗，尊也。箋云：潨，水外之高者也，有瘞埋之象，喻祭社稷山川之尸。其來燕也，有尊主人之意。○潨在公反，鄭在容反。瘞於例反。**既燕于宗，福禄攸降。公尸燕飲，福禄來崇。**崇，重也。箋云：既，盡也。宗，社宗也。羣臣下及民，盡有祭社之禮，而燕飲焉，爲福禄所下也。今王祭社，又以尸燕，福禄之來乃重厚也。天子以下，其社神同，故云然。○降户江反。重直龍反，下同。

○鳧鷖在亹，公尸來止熏熏。亹，山絶水也。熏熏，和説也。箋云：亹之言門也。燕七祀之尸於門户之外，故以喻焉。其來也，不敢當王之燕禮，故變言「來止熏熏」，坐不安之意。○亹音門。熏許云反。**旨酒欣欣，燔炙芬芬。公尸燕飲，無有後艱。**欣欣然樂也。芬芬，香也。無有後艱，言不敢多祈也。箋云：艱，難也。小神之尸卑，用美酒，有燔炙，可用褻味也。又不能致福禄，但令王自今無有後難而已❶。

鳧鷖五章，章六句。

❶難，巾箱本、監圖本、纂圖本、日抄本、十行本並作「艱」。案：讀詩記所引作「艱」。

假樂，嘉成王也。○假音暇。

○假樂君子，顯顯令德。宜民宜人，受禄于天。假，嘉也。宜民宜人，宜安民宜官人也。箋云：顯，光也。天嘉樂成王有光光之善德，安民官人，皆得其宜，以受福禄於天。**保右命之，自天申之。**申，重也。箋云：成王之官人也，羣臣保右而舉之，乃後命用之，又用天意申勑之，如舜之勑伯禹、伯夷之屬。○右音又，助也。

○干祿百福，子孫千億。穆穆皇皇，宜君宜王。宜君王天下也。箋云：干，求也。十萬曰億。天子穆穆，諸侯皇皇。成王行顯顯之令德，求祿得百福，其子孫亦勤行而求之，得祿千億，故或爲諸侯，或爲天子。言皆相勗以道。○勗香玉反。**不愆不忘，率由舊章。**箋云：愆，過。率，循也。成王之令德，不過誤，不遺失，循用舊典之文章，謂周公之禮法。○愆起連反。

○威儀抑抑，德音秩秩。無怨無惡，率由羣匹。抑抑，美也。秩秩，有常也。箋云：抑抑，密也。秩秩，清也。成王立朝之威儀，致密無所失，教令又清明，天下皆樂仰之，無有怨惡。循用羣臣之賢者，其行能匹耦己之心。○惡烏路反，又如字。**受福無疆，四方之綱。**○疆居良反，下篇同。

○之綱之紀，燕及朋友。朋友，羣臣也。箋云：成王能爲天下之綱紀，謂立法度以理治之也。其燕飲常與羣臣，非徒樂族人而已。○樂音洛。**百辟卿士，媚于天子。不解于位，民之攸塈。**塈，息也。箋云：百辟，畿內諸侯也。卿士，卿之有事也。媚，愛也。成王以恩意及羣臣，羣臣故皆愛之，不解於其職位，民之所以休息由此也。○辟音璧。媚眉備反。解佳賣反。塈許器反。

假樂四章，章六句。

公劉，召康公戒成王也。成王將涖政，戒以民事，美公劉之厚於民，而獻是詩也。

公劉者，后稷之曾孫也。夏之始衰，見迫逐遷於豳，而有居民之道。成王始幼少，周公居攝政，及歸之，成王將涖政，召公與周公相成王爲左右，召公懼成王尚幼稚，不留意於治民之事，故作詩美公劉以深戒之。○召上照反，後同。涖音利。

○**篤公劉，匪居匪康。迺埸迺疆，迺積迺倉。迺裹餱糧，于橐于囊，思輯用光。**篤，厚也。公劉居於邰，而遭夏人亂，迫逐公劉，公劉乃辟中國之難，遂平西戎，而遷其民邑於豳焉。迺埸迺疆，言脩其疆埸也。迺積迺倉，言民事時和，國有積倉也。小曰橐，大曰囊。思輯用光，言民相與和睦以顯於時也。箋云：厚乎公劉之爲君也，不以所居爲居，不以所安爲安。邰國乃有疆埸也，乃有積委及倉也。安安而能遷，積而能散，爲夏人迫逐己之故，不忍鬭其民，乃裹糧食於橐囊之中，棄其餘而去，思在和其民人，用光大其道，爲今子孫之基。○埸音亦。裹音果。餱音侯。糧音良。橐他洛反。囊乃郎反。輯音集，又七立反。積子智反。委於僞反。**弓矢斯張，干戈戚揚，爰方啓行。**戚，斧也。揚，鉞也。張其弓矢，秉其干戈戚揚，以方開道路，去之豳。蓋諸侯之從者，十有八國焉。箋云：干，盾也。戈，句孑戟也❶。爰，曰也。公劉之去邰，整其師旅，設其兵器，告其士卒曰：「爲女方開道而行。」明己之遷，非爲迫逐之故，乃欲全民也。○戚七歷反。盾順允反。句音鉤。

○**篤公劉，于胥斯原。既庶既繁，既順迺宣，而無永嘆。**胥，相。宣，徧也。民無長嘆，猶文王之無悔也。箋云：于，於也。廣平曰原。厚乎公劉之於相此原地以居民。民既衆矣，既多矣，既順其事矣，又乃使之時耕，民皆安今之居，而無長嘆思其舊時也。○嘆他安反。**陟則在巘，復降在**

原。何以舟之？維玉及瑶，鞞琫容刀。巘，小山別於大山也。舟，帶也。瑶，言有美德也。下曰鞞，上曰琫，言德有度數也。容刀，言有武事也。箋云：陟，升。降，下也。公劉之相此原地也，由原而升巘，復下在原，言反覆之，重居民也。民亦愛公劉之如是，故進玉瑶容刀之佩。○巘魚輦反，又魚偃反，又音彦。復音服，又扶又反。瑶音遥。鞞必頂反。琫必孔反。

○篤公劉，逝彼百泉，瞻彼溥原，迺陟南岡，乃覯于京。溥，大。覯，見也。箋云：逝，往。瞻，視。溥，廣也。山脊曰岡。絶高爲之京。厚乎公劉之相此原地也，往之彼百泉之閒，視其廣原可居之處，乃升其南山之脊，乃見其可居者於京，謂可營立都邑之處。○溥音普。覯古豆反。**京師之野，于時處處，于時廬旅，于時言言，于時語語。**是京乃大衆所宜居之也。廬，寄也。直言曰言，論難曰語。箋云：于，於。時，是也。京地乃衆民所宜居之野也，於是處其所當處者，廬舍其賓旅，言其所當言，語其所當語。謂安民館客施教令也。○廬力居反。論難魯困反，下乃旦反。

○篤公劉，于京斯依。蹌蹌濟濟，俾筵俾几。箋云：蹌蹌濟濟，士大夫之威儀也。俾，使也。厚乎公劉之居於此京，依而築宫室。其既成也，與羣臣士大夫飲酒以落之，羣臣則相使爲公劉設几筵，使之升坐。○蹌七羊反。**既登乃依，乃造其曹。執豕于牢，酌之用匏。**賓已登席坐矣，乃依几矣。曹，羣也。執豕于牢，新國則殺禮也。酌之用匏，儉以質也。箋云：公劉既登堂負扆而立，羣臣乃適其牧羣，搏豕於牢中，以爲飲酒之殽，酌酒以匏爲爵。言忠敬也。○依毛如字，鄭於豈反。造七報反。匏步交反。殺所戒反。**食之飲之，君之宗之。**爲之君爲之大宗也。箋云：宗，尊也。公劉雖去邰國來遷，羣臣從而君之尊之，猶在邰也。○食音嗣。飲於鴆反。

○**篤公劉，既溥既長，既景迺岡，相其陰陽，觀其流泉。**既景乃岡，考于日景，參之高岡。箋云：厚乎公劉之居豳也，既廣其地之東西，又長其南北，既以日景定其經界於山之脊，觀相其陰陽寒煖所宜，流泉浸潤所及。皆爲利民富國。○相息亮反。煖況袁反，又乃管反。**其軍三單，度其隰原，徹田爲糧。**三單，相襲也。徹，治也。箋云：邰，后稷上公之封。大國之制三軍，以其餘卒爲羨。今公劉遷於豳，民始從之，丁夫適滿三軍之數。單者，無羨卒也。度其隰與原田之多少，徹之使出稅以爲國用。什一而稅謂之徹，魯哀公曰：「二吾猶不足，如之何其徹也？」○單音丹。度待洛反，下同。羨音賤，又音衍。**度其夕陽，豳居允荒。**山西曰夕陽。荒，大也。箋云：允，信也。夕陽者，豳之所處也。度其廣輪，豳之所處，信寬大也。○廣古曠反。

○**篤公劉，于豳斯館。涉渭爲亂，取厲取鍛。**館，舍也。正絕流曰亂。鍛，石也。箋云：鍛石所以爲鍛質也。厚乎公劉，於豳地作此宮室。乃使人渡渭水，爲舟，絕流而南，取鍛厲斧斤之石，可以利器用，伐取材木給築事也。○厲本作礪。鍛丁亂反。**止基迺理，爰衆爰有。夾其皇澗，遡其過澗。**皇，澗名也。遡，鄉也。過，澗名也。箋云：爰，曰也。止基，作宮室之功止。而後疆理其田野，校其夫家人數，日益多矣，器物有足矣，皆布居澗水之旁。○夾古洽反，又古協反。澗古晏反。遡音素。【過】古禾反。【鄉】許亮反。**止旅迺密，芮鞫之即。**密，安也。芮，水厓也。鞫，究也。箋云：芮之言內也。水之內曰隩，水之外曰鞫。公劉居豳既安，軍旅之役止，士卒乃安，亦就澗水之內外而居。脩田事也。○【芮】如銳反。【鞫】居六反。

公劉六章，章十句。

❶孑，監圖本、纂圖本、日抄本、十行本並作「矛」。案：讀詩記所引作「孑」，釋文出音「句孑」。

泂酌，召康公戒成王也。言皇天親有德，饗有道也。○【泂】音迥。

○泂酌彼行潦，挹彼注茲，可以餴饎。泂，遠也。行潦，流潦也。餴，餾也。饎，酒食也。箋云：流潦，水之薄者也。遠酌取之，投大器之中❶，又挹之注之於此小器，而可以沃酒食之餴者，以有忠信之德，齊絜之誠，以薦之故也。春秋傳曰：「人不易物，惟德繄物。」○【潦】音老。【挹】音揖。【餴】甫云反，字書云一蒸米也。【饎】尺志反。【餾】力又反，又音留，孫炎云：「蒸之曰餴，均之曰餾。」**豈弟君子，民之父母。**樂以彊教之，易以說安之。民皆有父之尊，有母之親。○【豈】音愷。【弟】上聲，後同。【樂】音洛。【易】羊豉反。

○泂酌彼行潦，挹彼注茲，可以濯罍。濯，滌也。罍，祭器。○【罍】音雷。**豈弟君子，民之攸歸。**

○**泂酌彼行潦，挹彼注兹，可以濯溉。**溉，清也。○溉古愛反。**豈弟君子，民之攸塈。**箋云：塈，息也。

❶「投」下，日抄本有「之」字。

泂酌三章，章五句。

卷阿，召康公戒成王也。言求賢用吉士也。吉猶善也。○卷音權。

○**有卷者阿，飄風自南。**興也。卷，曲也。飄風，迴風也。惡人被德化而消，猶飄風之入曲阿也。箋云：大陵曰阿。有大陵卷然而曲，迴風從長養之方來入之。興者，喻王當屈體以待賢者，賢者則猥來就之❶，如飄風之入曲阿然，其來也爲長養民。○飄避遥反。**豈弟君子，來游來歌，以矢其音。**矢，陳也。箋云：王能待賢者如是，則樂易之君子，來就王游而歌，以陳出其聲音。言其將以樂王也，感王之善心也❷。

○**伴奂爾游矣，優游爾休矣。**伴奂，廣大有文章也。箋云：伴奂，自縱弛之意也。賢者既來，王以才官秩之，各任其職，女則得伴奂而優游自休息也。孔子曰：「無爲而治者，其舜也與，恭己正南面而已。」言任賢故逸也。○伴音判，徐音畔。奂音喚，徐音换。**豈弟君子，俾爾彌爾性，似先公酋矣。**彌，終也。似，嗣也。酋，終也。箋云：俾，使也。樂易之君子來在位，乃使女終女之性命，無困病之憂，嗣先君之功而終成之。○[酋]在由反。

○**爾土宇昄章，亦孔之厚矣。**昄，大也。箋云：土宇，謂居民以土地屋宅也。孔，甚也。女得賢者，與之爲治，使居宅民大得其法，則王恩惠亦甚厚矣。勸之使然。○[昄]符版反，又方但反。**豈弟君子，俾爾彌爾性，百神爾主矣。**箋云：使女爲百神主，謂羣神受饗而佐之❸。

○**爾受命長矣，茀禄爾康矣。**茀，小也。箋云：茀，福。康，安也。女得賢者與之承順天地，則受久長之命，福禄又安女。○[茀]音弗，鄭音廢。**豈弟君子，俾爾彌爾性，純嘏爾常矣。**嘏，大也。箋云：純，大也。予福曰嘏。使女大受神之福以爲常。

○**有馮有翼，有孝有德，以引以翼。**有馮有翼，道可馮依以爲輔翼也。引，長。翼，敬也。箋云：馮，馮几也。翼，助也。有孝，斥成王也。有德，謂羣臣也。王之祭祀，擇賢者以爲尸，尊之，豫撰几，擇佐食。廟中有孝子，有羣臣。尸之入也，使祝贊道之，扶翼之，尸至設几，佐食助之。尸者神象，故事之如祖考。○[馮]符冰反。**豈弟君子，四方爲則。**箋云：則，法也。王之臣，有是樂易之君子，則天下莫不放傚以爲法。○[放]方往反。

○**顒顒卬卬，如珪如璋，令聞令望。**顒顒，温貌。卬卬，盛貌。箋云：令，善也。王有賢臣，與之以禮義相切磋，體貌則顒顒然敬順，志氣則卬卬然高朗，如玉之珪璋也。人聞之則有善聲譽，人望之則有善威儀，德行相副。○[顒]魚恭反。[卬]五剛反。[聞]音問。[望]如字，協韻音亡。**豈弟君子，四方爲**

綱。 箋云：綱者能張衆目。

○鳳皇于飛，翽翽其羽，亦集爰止。 鳳皇，靈鳥，仁瑞也，雄曰鳳，雌曰皇。翽翽，衆多也。箋云：翽翽，羽聲也。亦，亦衆鳥也[4]。爰，于也。鳳皇往飛翽翽然，亦與衆鳥集於所止。衆鳥慕鳳皇而來，喻賢者所在，羣士皆慕而往仕也。因時鳳皇至，故以喻焉。○翽呼會反。**藹藹王多吉士，維君子使，媚于天子。** 藹藹猶濟濟也。箋云：媚，愛也。王之朝多善士藹藹然，君子在上位者率化之，使之親愛天子，奉職盡力。○藹於害反。

○鳳皇于飛，翽翽其羽，亦傅于天。 箋云：傅猶戾也。○傅音附。**藹藹王多吉人，維君子命，媚于庶人。** 箋云：命猶使也。善士親愛庶人，謂撫擾之令不失職。

○鳳皇鳴矣，于彼高岡。梧桐生矣，于彼朝陽。 梧桐，柔木也。山東曰朝陽。梧桐不生山岡，大平而後生朝陽。箋云：鳳皇鳴于山脊之上者，居高視下，觀可集止。喻賢者待禮乃行，翔而後集。梧桐生者，猶明君出也。生於朝陽者，被温仁之氣，亦君德也。鳳皇之性，非梧桐不棲，非竹實不食。**菶菶萋萋，雝雝喈喈。** 梧桐盛也，鳳皇鳴也。臣竭其力則地極其化，天下和洽則鳳皇樂德。箋云：菶菶萋萋，喻君德盛也。雝雝喈喈，喻民臣和協。○菶布孔反，又薄孔反。萋七西反。喈音皆。

○君子之車，既庶且多。君子之馬，既閑且馳。 上能錫以車馬，行中節，馳中法也。箋云：庶，衆。閑，習也。今賢者在位，王錫其車衆多矣，其馬又閑習於威儀能馳矣。大夫有乘馬，有貳車。

矢詩不多？維以遂歌。不多？多也。明王使公卿獻詩以陳其志，遂爲工師之歌焉。箋云：矢，陳也。我陳作此詩不復多也，欲令遂爲樂歌，王日聽之，則不損今之成功也。○復扶又反。

卷阿十章，六章章五句，四章章六句。

❶賢者，監圖本、纂圖本、日抄本並無。案：要義所引無。

❷王，原作「主」，據諸本改。案：要義所引作「王」。

❸神，原作「臣」，據日抄本、十行本改。案：單疏本疏文云：「故知謂羣神受饗而祐助之。」

❹亦，監圖本、纂圖本、日抄本、十行本並作「與」。案：單疏本疏文云：「故云『亦亦衆鳥也』。」

民勞，召穆公刺厲王也。厲王，成王七世孫也。時賦斂重數，繇役煩多，人民勞苦，輕爲姦宄，彊陵弱，衆暴寡，作寇害，故穆公以刺之。

○民亦勞止，汔可小康。惠此中國，以綏四方。汔，危也。中國，京師也。四方，諸夏也。箋云：汔，幾也。康、綏，皆安也。惠，愛也。今周民罷勞矣，王幾可以小安之乎？愛京師之人以安天下。京師者，諸夏之根本。○汔許一反，説文「巨乞反」。夏户雅反，下同。罷音皮。**無縱詭隨，以謹無良。式遏寇虐，憯不畏明。**詭隨，詭人之善隨人之惡者。以謹無良，慎小以懲大也。憯，曾也。箋云：謹猶慎也。良，善。式，用。遏，止也。王爲政，無聽於詭人之善不肯行而隨人之惡者，以此勑慎無善之人，又用此止爲寇虐，曾不畏敬明白之刑罪者。疾時有之。○[詭]俱毀反。[遏]於葛反。[憯]七感反。**柔遠能邇，以定我王。**柔，安也。箋云：能猶伽也。邇，近也。安遠方之國，順伽其近者，當以此定我國家爲王之功。言「我」者，同姓親也。○[能]如字，鄭奴代反。[伽]檢字書未見所出，舊如庶反。

○**民亦勞止，汔可小休。惠此中國，以爲民逑。**休，定也。逑，合也。箋云：休，止息也。合，聚也。○[逑]音求。**無縱詭隨，以謹惛怓。式遏寇虐，無俾民憂。**惛怓，大亂也。箋云：惛怓猶讙譁也，謂好爭訟者也。俾，使也。○[惛]音昏。[怓]女交反。[讙]音歡，又許元反。**無棄爾勞，以爲王休。**休，美也。箋云：勞猶功也。無廢女始時勤政事之功，以爲女王之美。述其始時者，誘掖之也。

○**民亦勞止，汔可小息。惠此京師，以綏四國。**息，止也。**無縱詭隨，以謹罔極。式遏寇虐，無俾作慝。**慝，惡也。箋云：罔，無。極，中也。無中，所行不得中正。○[慝]吐得反。**敬慎威儀，以近有德。**求近德也。

○**民亦勞止，汔可小愒。惠此中國，俾民憂泄。**愒，息。泄，去也。箋云：泄猶出也，發也。○[愒]起例反。[泄]以世反，又息列反。**無縱詭隨，以謹醜厲。式遏寇虐，無俾正敗。**醜，衆。厲，危也。箋云：厲，惡也，春秋左氏曰❶：「其父爲厲。」敗，壞也。無使先王之正道壞。**戎雖小子，而**

式弘大。戎，大也。箋云：戎猶女也。式，用也。弘猶廣也。今王，女雖小子自遇，而女用事於天下甚廣大也。易曰：「君子出其言善，則千里之外應之，況其邇者乎？出其言不善，則千里之外違之，況其邇者乎？」是以此戒之。

○民亦勞止，汔可小安。惠此中國，國無有殘。賊義曰殘。箋云：王愛此京師之人，則天下邦國之君，不爲殘酷❷。**無縱詭隨，以謹繾綣。式遏寇虐，無俾正反。**繾綣，反覆也。○繾音遣。綣起阮反。**王欲玉女，是用大諫。**箋云：玉者君子比德焉。王乎，我欲令女如玉然，故作是詩，用大諫正女。此穆公至忠之言。

民勞五章，章十句。

❶左氏，巾箱本、日抄本、十行本並作「傳」。
❷酷，巾箱本下有「矣」字，監圖本、纂圖本並作「害」。

板，凡伯刺厲王也。凡伯，周同姓，周公之胤也，入爲王卿士。○板音版。

○上帝板板，下民卒癉。出話不然，爲猶不遠。板板，反也。上帝，以稱王者也。癉，病也。話，善言也。猶，道也。箋云：猶，謀也。王爲政反先王與天之道，天下之民盡病。其出善言而不行之也，此爲謀不能遠圖，不知禍之將至。○卒子恤反。癉當但反。出如字，徐尺遂反。話户快反。**靡**

聖管管，不實於亶。管管，無所依也❶。亶，誠也。箋云：王無聖人之法度，管管然以心自恣，不能用實於誠信之言。言行相違也。○亶丁但反。**猶之未遠，是用大諫。**猶，圖也。箋云：王之謀不能圖遠，用是故我大諫王也。

○天之方難，無然憲憲。天之方蹶，無然泄泄。憲憲猶欣欣也。蹶，動也。泄泄猶沓沓也。箋云：天，斥王也。王方欲艱難天下之民，又方變更先王之道。臣乎，女無憲憲然，無沓沓然，爲之制法度，達其意以成其惡。○憲許建反。蹶俱衛反。泄徐以世反。**辭之輯矣，民之洽矣。辭之懌矣，民之莫矣。**輯，和。洽，合。懌，說。莫，定也。箋云：辭，辭氣，謂政教也。王者政教和說順於民，則民心合定。此戒語時之大臣。○輯音集，又七入反。懌音亦。

○我雖異事，及爾同寮。我即爾謀，聽我囂囂。寮，官也。囂囂猶謷謷也。箋云：及，與。即，就也。我雖與爾職事異者，乃與女同官，俱爲卿士。我就女而謀，欲忠告以善道，女反聽我言謷謷然不肯受。○寮力彫反。囂五刀反。謷五報反。道音導，下同。**我言維服，勿以爲笑。先民有言，詢于芻蕘。**芻蕘，薪采者。箋云：服，事也。我所言乃今之急事，女無笑之。古之賢者有言，有疑事當與薪采者謀之，匹夫匹婦或知及之，況於我乎。○芻初俱反。蕘如謠反。知音智，又如字。

○天之方虐，無然謔謔。老夫灌灌，小子蹻蹻。謔謔然喜樂。灌灌猶款款也。蹻蹻，驕貌。箋云：今王方爲酷虐之政，女無謔謔然以讒慝助之。老夫諫女款款然，自謂也。女反蹻蹻然如小子，不聽我言。○謔虛虐反。灌古亂反。蹻其略反。**匪我言耄，爾用憂謔，多將熇熇，不可救藥。**八十曰耄。熇熇然，熾盛也。箋云：將，行也。今我言非老耄有失誤，乃告女用可憂之事，而汝反如戲謔❷，多行熇熇慘毒之惡，誰能止其禍。○耄莫報反。熇許酷反，又許各反。

○天之方懠，無爲夸毗。威儀卒迷，善人載尸。懠，怒也。夸毗，以體柔人也❸。箋云：王方行酷虐之威怒，女無夸毗以形體順從之。君臣之威儀盡迷亂，賢人君子則如尸矣，不復言語。時厲王虐而弭謗。○懠才細反。夸苦花反。**民之方殿屎，則莫我敢葵。喪亂蔑資，曾莫惠我師。**殿屎，呻吟也。蔑，無。資，財也。箋云：葵，揆也。民方愁苦而呻吟，則忽然有揆度知其然者。其遭喪禍，又素以賦斂空虛，無財貨以共其事，窮困如此，又曾不肯惠施以賙贍衆民。言無恩也。○殿都練反，郭音坫。屎許伊反，鄭香惟反。度待洛反。

○天之牖民，如壎如篪。如璋如圭，如取如攜。牖，道也。如壎如篪，言相和也。如璋如圭，言相合也。如取如攜，言必從也。箋云：王之道民以禮義，則民和合而從之如此。○壎許元反。篪音池。攜下圭反。**攜無曰益，牖民孔易。民之多辟，無自立辟。**辟，法也。箋云：易，易也。女攜掣民，東與西與，民皆從女所爲，無曰是何益爲，道民在己甚易也。民之行多爲邪辟者，乃女君臣之過，無自謂所建爲法也。○易音亦，又以豉反。多辟匹亦反，邪也。立辟婢亦反。易也，以豉反，下同。掣尺製反。與並音餘。

○价人維藩，大師維垣。大邦維屏，大宗維翰。价，善也。藩，屏也。垣，牆也。王者天下之大宗。翰，幹也。箋云：价，甲也。被甲之人，謂卿士掌軍事者。大師，三公也。大邦，成國諸侯也。大宗，王之同姓世適子也。王當用公卿、諸侯及宗室之貴者，爲藩屏垣幹，爲輔弼，無疏遠之。○价音界。藩方元反。大師，音泰。垣音袁。翰胡旦反，徐音寒。適丁歷反，下同。**懷德維寧，宗子維城。無俾城壞，無獨斯畏。**懷，和也。箋云：斯，離也。和女德無行酷虐之政，以安女國，以是爲宗子之城，使免於難。遂行酷虐則禍及宗子，是謂城壞，城壞則乖離，而女獨居而畏矣。宗子謂王之適子。○難乃旦反。

○敬天之怒，無敢戲豫。敬天之渝，無敢馳驅。戲豫，逸豫也。馳驅，自恣也。箋云：渝，變也。○渝用朱反。**昊天曰明，及爾出王。昊天曰旦，及爾游衍。**王，往。旦，明。游，行。衍，溢也。箋云：及，與也。昊天在上，人仰之皆謂之明❹。常與女出入往來，游溢相從，視女所行善惡，可不慎乎。○昊胡老反。衍延善反。

板八章，章八句。

❶也，巾箱本、十行本並作「繫」。案：單疏本疏文云：「故知無所依繫。」

❷如，日抄本作「好」。案：單疏本疏文云：「而汝反用此可憂之事而好爲戲謔。」

❸十行本無「以」字。案：讀詩記所引無。

❹謂，原作「與」，據諸本改。案：要義所引、讀詩記所引並作「謂」。

生民之什十篇，六十五章，四百三十三句。

毛詩卷第十七

毛詩卷第十八

蕩之什詁訓傳第二十五

大雅　　鄭氏箋

蕩，召穆公傷周室大壞也。厲王無道，天下蕩蕩，無綱紀文章，故作是詩也。○蕩唐黨反。召時照反。

○蕩蕩上帝，下民之辟。上帝，以託君王也。辟，君也。箋云：蕩蕩，法度廢壞之貌。厲王乃以此居人上，爲天下之君。言其無可則象之甚。○辟必亦反，沈婢益反。**疾威上帝，其命多辟。**疾病人矣，威罪人矣。箋云：疾病人者，重賦斂也。威罪人者，峻刑法也。其政教又多邪辟，不由舊章。○辟匹亦反。**天生烝民，其命匪諶？靡不有初，鮮克有終。**諶，誠也。箋云：烝，衆。鮮，寡。克，能也。天之生此衆民，其教道之，非當以誠信使之忠厚乎？今則不然。民始皆庶幾於善道，後更化於惡俗。○諶市林反。鮮息淺反。

○文王曰咨，咨女殷商。曾是彊禦，曾是掊克，曾是在位，曾是在服。咨，嗟也。彊禦，彊梁禦善也。掊克，自伐而好勝人也。服，服政事也。箋云：厲王弭謗，穆公朝廷之臣，不敢斥言王之惡❶，故上陳文王❷，咨嗟殷紂，以切刺之。女曾任用是惡人，使之處位執職事也。○禦魚吕反。掊蒲侯反，聚斂也。**天降滔德，女興是力。**天，君。滔，慢也。箋云：厲王施倨慢之化，女羣臣又相與而力爲之。言競於惡。○滔他刀反。倨居庶反。

○文王曰咨，咨女殷商。而秉義類，彊禦多懟。流言以對，寇攘式内。對，遂也。箋云：義之言宜也。類，善。式，用也。女執事之臣，宜用善人，反任彊禦衆懟爲惡者，皆流言謗毁賢者。王若問之，則又以對。寇盜攘竊爲姦宄者，而王信之，使用事於内。○懟直類反。攘如羊反。**侯作侯祝，靡届靡究。**作，祝，詛也。届，極。究，窮也。箋云：侯，維也。王與羣臣乖爭而相疑，日祝詛求其凶咎無極已。○作側慮反。祝周救反。届音界。

○文王曰咨，咨女殷商。女炰烋于中國，斂怨以爲德。炰烋猶彭亨也。箋云：炰烋，自矜氣健之貌。斂聚羣不逞作怨之人，謂之有德而任用之。○炰白交反。烋火交反。亨許庚反。**不明爾德，時無背無側。**背無臣❸，側無人也。箋云：無臣無人，謂賢者不用。○背布内反，又蒲妹反，後也。**爾德不明，以無陪無卿。**無陪貳也，無卿士也。○陪蒲回反。

○文王曰咨，咨女殷商。天不湎爾以酒，不義從式。義，宜也。箋云：式，法也。天不同女顔色以酒，有沈湎於酒者，是乃過也，不宜從而法行之。○湎面善反，徐莫顯反。**既愆爾止，靡明靡**

晦。式號式呼，俾晝作夜。使晝爲夜也。箋云：愆，過也。女既過沈湎矣，又不爲明晦，無有止息也。醉則號呼相傚，用晝日作夜，不視政事。○愆起連反。號户刀反。呼火胡反，又火故反。

○文王曰咨，咨女殷商。如蜩如螗，如沸如羹。蜩，蟬也。螗，蝘也。箋云：飲酒號呼之聲，如蜩螗之鳴，其笑語沓沓，又如湯之沸，羹之方孰。○蜩音條。螗音唐。沸方味反。蝘音偃，蟬屬也。**小大近喪，人尚乎由行。**言居人上欲用行是道也。箋云：殷紂之時，君臣失道如此，且喪亡矣。時人化之甚，尚欲從而行之，不知其非。**内奰于中國，覃及鬼方。**奰，怒也，不醉而怒曰奰。鬼方，遠方也。箋云：此言時人忕於惡，雖有不醉，猶好怒也。○奰皮器反。覃徒南反。忕市制反。

○文王曰咨，咨女殷商。匪上帝不時，殷不用舊。箋云：此言紂之亂，非其生不得其時，乃不用先王之故法之所致。**雖無老成人，尚有典刑。**箋云：老成人，謂若伊尹、伊陟、臣扈之屬。雖無此臣，猶有常事故法可案用也。○扈音户。**曾是莫聽，大命以傾。**箋云：莫，無也。朝廷君臣皆任喜怒，曾無用典刑治事者，以至誅滅。

○文王曰咨，咨女殷商。人亦有言，顛沛之揭，枝葉未有害，本實先撥。顛，仆。沛，拔也。揭，見根貌。箋云：揭，蹶貌。撥猶絶也。言大木揭然將蹶，枝葉未有折傷，其根本實先絶，乃相隨俱顛拔。喻紂之官職雖俱存，紂誅亦皆死。○顛都田反。沛音貝。揭紀竭反。撥蒲末反。仆蒲北反，又音赴。拔皮八反，又半末反。見賢遍反。蹶其厥反，沈居衛反。**殷鑒不遠，在夏后之世。**箋云：此言殷之明鏡不遠也，近在夏后之世。謂湯誅桀也，後武王誅紂，今之王者何以不用爲戒❹？○夏户雅反。

蕩八章，章八句。

❶言，巾箱本作「今」。
❷上，監圖本作「止」。
❸背，巾箱本作「後」。案：要義所引作「背」，讀詩記所引作「後」。
❹者，巾箱本無。

抑，衛武公刺厲王，亦以自警也。自警者，「如彼泉流，無淪胥以亡」。○抑於力反。警居領反。

○**抑抑威儀，維德之隅。人亦有言，靡哲不愚。**抑抑，密也。隅，廉也。靡哲不愚，國有道則知，國無道則愚。箋云：人密審於威儀抑抑然，是其德必嚴正也。古之賢者，道行心平，可外占而知内，如宫室之制，内有繩直則外有廉隅。今王政暴虐，賢者皆佯愚不爲容貌，如不肖然。○哲陟列反，下同。**庶人之愚，亦職維疾。哲人之愚，亦維斯戾。**職，主。戾，罪也。箋云：庶，衆也。衆人性無知，以愚爲主。言是其常也。賢者而爲愚，畏懼於罪也。

○無競維人，四方其訓之。有覺德行，四國順之。無競，競也。訓，教。覺，直也。箋云：競，彊也。人君爲政，無彊於得賢人，得賢人則天下教化於其俗。有大德行，則天下順從其政。言在上所以倡道。○行下孟反。倡昌亮反。道徒報反。**訏謨定命，遠猶辰告。**訏，大。謨，謀。猶，道。辰，時也。箋云：猶，圖也。大謀定命，謂正月始和，布政于邦國都鄙也。爲天下遠圖庶事，而以歲時告施之。○訏況于反。謨莫蒲反。**敬慎威儀，維民之則。**箋云：則，法也。

○其在于今，興迷亂于政。顛覆厥德，荒湛于酒。箋云：于今，謂厲王也❶。興猶尊尚也。王尊尚小人迷亂於政事者，以傾敗其功德，荒廢其政事，又湛樂於酒。言愛小人之甚。○覆芳服反，下「覆謂」、「覆用」同。湛都南反，下同。**女雖湛樂從，弗念厥紹？罔敷求先王，克共明刑？**紹，繼。共，執。刑，法也。箋云：罔，無也。女君臣雖好樂嗜酒而相從，不當念繼女之後人，將傚女所爲？無廣索先王之道，與能執法度之人乎？切責之也。○共九勇反。索所白反。

○肆皇天弗尚，如彼泉流，無淪胥以亡。淪，率也。箋云：肆，故今也。胥，皆也。王爲政如是，故今皇天不高尚之，所謂仍下災異也。王自絶於天，如泉水之流，稍就虚竭。無見率引爲惡，皆與之以亡。戒羣臣不中行者，將并誅之。○淪音倫。**夙興夜寐，洒埽廷内，維民之章。**洒，灑。章，表也。箋云：章，文章法度也。厲王之時，不恤政事，故戒羣臣掌事者以此也。○洒色戒反。埽素報反。灑色蟹反。**脩爾車馬，弓矢戎兵。用戒戎作，用逷蠻方。**逷，遠也。箋云：逷當作剔。剔，治也。蠻方，蠻畿之外也。此時中國微弱，故復戒將率之臣以治軍實。女當用此備兵事之起，用此治九州之外不服者。○逷他歷反，沈土益反。

○質爾人民，謹爾侯度，用戒不虞。質，成也。不虞，非度也。箋云：侯，君也。此時萬民失職，亦不肯趨公事，故又戒鄉邑之大夫，及邦國之君。平女萬民之事，慎女爲君之法度，用備不億度而至之事。○非度待洛反，下「不億度」同。**慎爾出話，敬爾威儀，無不柔嘉。**話，善言也。箋云：言，謂教令也。柔，安。嘉，善也。○話户快反。**白圭之玷，尚可磨也，斯言之玷，不可爲也。**玷，缺也。箋云：斯，此也。玉之缺，尚可磨鑢而平，人君政教一失，誰能反覆之？○玷丁簟反，沈丁念反。鑢音慮。

○無易由言，無曰苟矣。莫捫朕舌，言不可逝矣。莫，無。捫，持也。箋云：由，於。逝，往也。女無輕易於教令，無曰苟且如是。今人無持我舌者而自輕恣也❷，教令一往行於下，其過誤可得而已之乎？○易以豉反。捫音門。**無言不讎，無德不報。惠于朋友，庶民小子。**讎，用也。箋云：惠，順也。教令之出如賣物，物善則其售賈貴，物惡則其售賈賤。德加於民，民則以義報之。王又當施順道於諸侯，下及庶民之子弟❸。○讎市由反，鄭市又反。售市又反。賈加霸反，下同。**子孫繩繩，萬民靡不承。**箋云：繩繩，戒也。王之子孫，敬戒行王之教令。天下之民，不承順之乎？言承順也。

○**視爾友君子，輯柔爾顔，不遐有愆。**輯，和也。箋云：柔，安。遐，遠也。今視女之諸侯及卿大夫，皆脅肩諂笑，以和安女顔色，是於正道不遠有罪過乎？言其近也。○輯徐音集，又七入反。諂勑檢反。**相在爾室，尚不愧于屋漏。無曰不顯，莫予云覯。**西北隅謂之屋漏。覯，見也。箋云：相，助。顯，明也。諸侯卿大夫助祭，在女宗廟之室，尚無肅敬之心，不慙媿於屋漏，有神見人之爲也。女無謂是幽昧不明，無見我者，神見女矣。屋，小帳也。漏，隱也。禮祭於奥既畢，改設饌於西北隅而厞隱之處。此祭之末也。○相息亮反。媿俱位反。屋如字，或云鄭於角反。漏魯豆反。覯古豆反。厞扶味反。**神之格思，不可度思，矧可射思？**格，至也。箋云：矧，況。射，厭也。神之來至去止，不可度知，況可於祭末而有厭倦乎？○度待洛反。矧申忍反。射音亦。

○**辟爾爲德，俾臧俾嘉。淑慎爾止，不愆于儀。不僭不賊，鮮不爲則。**女爲善則民爲善矣。止，至也。爲人君止於仁，爲人臣止於敬，爲人子止於孝，爲人父止於慈，與國人交止於信。僭，差也。箋云：辟，法也。止，容止也。當審法度女之施德，使之爲民臣所善所美。又當善慎女之容止，不可過差於威儀。女所行不信不殘賊者，少矣其不爲人所法。○僭子念反，下「我僭」同。鮮息淺反。

投我以桃，報之以李。箋云：此言善往則善來，人無行而不得其報也。投猶擲也。**彼童而角，實虹小子。**童，羊之無角者也。而角，自用也。虹，潰也。箋云：童羊譬王后也。而角者，喻與政事，有所害也。此人實潰亂小子之政。禮，天子未除喪稱小子。○虹户公反，鄭户江反。潰户對反。

○荏染柔木，言緍之絲。温温恭人，維德之基。緍，被也。温温，寬柔也。箋云：柔忍之木荏染然，人則被之弦以爲弓。寬柔之人温温然，則能爲德之基止。言内有其性，乃可以有爲德也。○荏而甚反。染而漸反。緍亡巾反。忍音刃。被皮寄反。**其維哲人，告之話言，順德之行。其維愚人，覆謂我僭，民各有心。**話言，古之善言也。箋云：覆猶反也。僭，不信也。語賢知之人以善言，則順行之。告愚人，反謂我不信。民各有心，二者意不同。○話户快反。語魚慮反。

○於乎小子，未知臧否。匪手攜之，言示之事。匪面命之，言提其耳。箋云：臧，善也。於乎，傷王不知善否。我非但以手攜掣之，親示以其事之是非。我非但對面語之，親提撕其耳。此言以教道之孰，不可啓覺。○於音烏，乎音呼，凡此二字相連，皆放此。否音鄙。提音啼。掣尺世反。撕音西。**借曰未知，亦既抱子。**借，假也。箋云：假令人云王尚幼少，未有所知，亦以抱子長大矣。不幼少也。○借子夜反，下同。知如字，沈音智。少詩照反。長丁丈反。**民之靡盈，誰夙知而莫成？**莫，晚也。箋云：萬民之意，皆持不滿於王，誰早有所知而反晚成與？言王之無成，本無知故也。○莫音慕。與音餘。

○昊天孔昭，我生靡樂。視爾夢夢，我心慘慘。夢夢，亂也。慘慘，憂不樂也。箋云：孔，甚。昭，明也。昊天乎，乃甚明察，我生無可樂也。視王之意夢夢然，我心之憂悶慘慘然。愬其自恣，不用忠臣。○樂音洛。夢莫空反，沈莫登反。慘七感反。愬音素，後同。**誨爾諄諄，聽我藐藐。匪**

用爲教，覆用爲虐。藐藐然不入也。箋云：我教告王，口語諄諄然，王聽聆之藐藐然。忽略不用我所言爲政令，反謂之有妨害於事。不受忠言。○諄之純反，又之閏反。藐美角反。**借曰未知，亦聿既耄。**耄，老也。

○於乎小子，告爾舊止。聽用我謀，庶無大悔。箋云：舊，久也。止，辭也。庶，幸。悔，恨也。○**天方艱難，曰喪厥國。**箋云：天以王爲惡如是，故出艱難之事。謂下災異，生兵寇，將以滅亡。○喪息浪反。**取譬不遠，昊天不忒。回遹其德，俾民大棘。**箋云：今我爲王取譬喻乃不遠也❹，維近耳。王當如昊天之德有常，不差忒也。王反爲無常，維邪其行，爲貪暴，使民之財匱盡而大困急。○忒他得反。遹于橘反。匱求位反。

抑十二章，三章章八句，九章章十句。

❶「謂」下，巾箱本、監圖本、纂圖本、日抄本、十行本並有「今」字。
❷輕，巾箱本、監圖本、纂圖本、日抄本、十行本並作「聽」。案：要義所引作「聽」。
❸庶，巾箱本作「衆」。
❹乃不，巾箱本互倒，監圖本、纂圖本、日抄本、十行本並作「不及」。

桑柔，芮伯刺厲王也。芮伯，畿内諸侯，王卿士也，字良夫。○芮如鋭反，國名。

○菀彼桑柔，其下侯旬。捋采其劉，瘼此下民。興也。菀，茂貌[1]。旬，言陰均也。劉，爆爍而希也。瘼，病也。箋云：桑之柔濡，其葉菀然茂盛，謂蠶始生時也。人庇陰其下者，均得其所。及已捋采之，則葉爆爍而疏，人息其下則病於爆爍。興者，喻民當被王之恩惠，羣臣恣放，損王之德。○菀音鬱，又於阮反。旬如字，又音荀。捋力活反。瘼音莫。陰於鴆反。爆音剥。爍音洛。濡而轉反。庇必寐反。**不殄心憂，倉兄填兮。**倉，喪也。兄，滋也。填，久也。箋云：殄，絶也。民心之憂無絶已，喪亡之道滋久長。○倉初亮反。兄音況。填音塵。**倬彼昊天，寧不我矜。**昊天，斥王者也。箋云：倬，明大貌。昊天乃倬然明大，而不矜哀下民。怨愬之言。○倬陟角反。

○四牡騤騤，旟旐有翩。亂生不夷，靡國不泯。騤騤，不息也。鳥隼曰旟，龜蛇曰旐。翩翩，在路不息也。夷，平。泯，滅也。箋云：軍旅久出征伐，而亂日生不平，無國而不見殘滅也。言王之用兵，不得其所，適長寇虐。○騤求龜反。旟音輿。旐音兆。泯面忍反，又名賓反。**民靡有黎，具禍以燼。**黎，齊也。箋云：黎，不齊也。具猶俱也。災餘曰燼。言時民無有不齊被兵寇之害者，俱遇此禍以爲燼者。言害所及廣。○燼才刃反。**於乎有哀，國步斯頻。**步，行。頻，急也。箋云：頻猶比也。哀哉國家之政，行此禍害比比然。○比毗志反，下同。

○國步蔑資，天不我將。靡所止疑，云徂何往？疑，定也。箋云：蔑猶輕也。將猶養也。徂，行也。國家爲政，行此輕蔑民之資用，是天不養我也。我從兵役，無有止息時，今復云行，當何之往也？○〔蔑〕音滅。〔疑〕魚陵反。**君子實維，秉心無競。誰生厲階，至今爲梗。**競，彊。厲，惡。梗，病也。箋云：君子，謂諸侯及卿大夫也。其執心不彊於善，而好以力爭。誰始生此禍者，乃至今日相梗不止。○〔梗〕古杏反。〔好〕呼報反。

○**憂心慇慇，念我土宇。我生不辰，逢天僤怒。自西徂東，靡所定處。**宇，居。僤，厚也。箋云：辰，時也。此士卒從軍久，勞苦自傷之言。○〔慇〕於巾反，又於謹反，憂也。〔僤〕都但反。**多我覯痻，孔棘我圉。**圉，垂也。箋云：痻，病也。圉當作禦。多矣我之遇困病，甚急矣我之禦寇之事。○〔痻〕武巾反，一音昏。〔圉〕魚呂反。

○**爲謀爲毖，亂況斯削。**毖，慎也。箋云：女爲軍旅之謀，爲慎重兵事也❷，而亂滋甚，於此日見侵削。言其所任非賢。○〔毖〕音祕。〔削〕相略反。**告爾憂恤，誨爾序爵。誰能執熱，逝不以濯？**濯所以救熱也，禮亦所以救亂也❸。箋云：恤亦憂也。逝猶去也。我語女以憂天下之憂，教女以次序賢能之爵。其爲之當如手持熱物之用濯，謂治國之道當用賢者。○〔濯〕直角反。〔語〕魚據反。**其何能淑？載胥及溺。**箋云：淑，善。胥，相。及，與也。女若云此於政事何能善乎？則女君臣，皆相與陷溺於禍難。○〔難〕乃旦反，下患難同。

○**如彼遡風，亦孔之僾。民有肅心，荓云不逮。好是稼穡，力民代食。**遡，鄉。僾，唈。荓，使也。力民代食，代無功者食天祿也。箋云：肅，進。逮，及也。今王之爲政，見之使人唈然，如鄉疾風，不能息也。王爲政，民有進於善道之心，當任用之，反却退之使不及門。但好任用是居家之吝嗇，於聚斂作力之人，令代賢者處位食禄。明王之法，能治人者食於人，不能治人者食人。禮記曰：「與其有聚斂之臣，寧有盜臣。」聚斂之臣害民，盜臣害財。○遡音素。僾音愛。荓普耕反，徐補耕反。逮音代，又大計反。好呼報反。穡音色。鄉許亮反。唈烏合反。**稼穡維寶，代食維好。**箋云：此言王不尚賢，但貴吝嗇之人，與愛代食者而已。

○**天降喪亂，滅我立王。降此蟊賊，稼穡卒痒。**箋云：滅，盡也。蟲食苗根曰蟊，食節曰賊。耕種曰稼，收斂曰穡。卒，盡。痒，病也。天下喪亂國家之災，以窮盡我王所恃而立者，謂蟲孽爲害，五穀盡病。○蟊莫侯反。痒音羊。**哀恫中國，具贅卒荒。靡有旅力，以念穹蒼。**贅，屬。荒，虚也。穹蒼，蒼天。箋云：恫，痛也。哀痛乎中國之人❹，皆見繫屬於兵役，家家空虚。朝廷曾無有同力諫諍，念天所爲下此災。○恫音通。贅之芮反，又拙税反。穹起弓反。

○**維此惠君，民人所瞻。秉心宣猶，考慎其相。**相，質也。箋云：惠，順。宣，徧。猶，謀。慎，誠。相，助也。維至德順民之君，爲百姓所瞻仰者，乃執正心，舉事徧謀於衆，又考誠其輔相之行，然後用之。言擇賢之審。○相如字，鄭息亮反。**維彼不順，自獨俾臧。自有肺腸，俾民卒狂。**箋云：臧，善也。彼不施順道之君，自多足，獨謂賢，言其所任使之臣皆善人也。不復考慎。自有肺腸，行其心中之所欲，乃使民盡迷惑如狂。是又不宣猶。○肺芳廢反。

○**瞻彼中林，甡甡其鹿。朋友已譖，不胥以穀。**甡甡，衆多也。箋云：譖，不信也。胥，相也。以猶與也。穀，善也。視彼林中，其鹿相輩耦行，甡甡然衆多。今朝廷羣臣皆相欺背，不相與以善道。言其鹿之不如。○甡所巾反。譖子念反。背音佩，卒章同。**人亦有言，進退維谷。**谷，窮也。箋云：前無明君，却迫罪役，故窮也。

○**維此聖人，瞻言百里。維彼愚人，覆狂以喜。**瞻言百里，遠慮也。箋云：聖人所視而言者百里，言見事遠而王不用。有愚闇之人爲王言，其事淺且近耳，王反迷惑信用之而喜。○覆芳服反，下除「覆陰」皆同。狂居況反，鄭求方反。**匪言不能，胡斯畏忌？**箋云：胡之言何也。賢者見此事之是非，非不能分別皂白，言之於王也。然不言之何也？此畏懼犯顔得罪罰。○別彼列反。皂在早反。

○**維此良人，弗求弗迪。維彼忍心，是顧是復。**迪，進也。箋云：良，善也。國有善人，王不求索，不進用之。有忍爲惡之心者，王反顧念而重復之。言其忽賢者而愛小人。**民之貪亂，寧爲荼毒。**箋云：貪猶欲也。天下之民，苦王之政，欲其亂亡，故安爲苦毒之行相侵暴❺。慍恚使之然。○荼音徒。慍紆運反。

○**大風有隧，有空大谷。**隧，道也。箋云：西風謂之大風。大風之行，有所從而來，必從大空谷之中。喻賢愚之所行，各由其性。○大如字，鄭音泰。隧音遂。**維此良人，作爲式穀。維彼不順，**

征以中垢。中垢，言闇冥也。箋云：作，起。式，用。征，行也。賢者在朝，則用其善道。不順之人，則行闇冥。受性於天，不可變也。○垢古口反。

○大風有隧，貪人敗類。聽言則對，誦言如醉。類，善也。箋云：類，等夷也。對，荅也。貪惡之人，見道聽之言則應荅之，見誦詩書之言則冥臥如醉。居上位而行此，人或效之。○敗伯邁反。**匪用其良，覆俾我悖。**覆，反也。箋云：居上位而不用善，反使我爲悖逆之行。是形其敗類之驗。○悖蒲對反。

○嗟爾朋友，予豈不知而作。如彼飛蟲，時亦弋獲。箋云：嗟爾朋友者，親而切磋之也。而猶女也。我豈不知女所行者惡與，直知之。女所行如是，猶鳥飛行，自恣東西南北，時亦爲弋射者所得。言放縱久，無所拘制，則將遇伺女之閒者得誅女也。○閒如字，又音閑。**既之陰女，反予來赫。**赫，炙也。箋云：之，往也。口距人謂之赫。我恐女見弋獲，既往覆陰女，謂啓告之以患難也。女反赫我，出言悖怒，不受忠告。○陰音蔭，王如字，謂陰知之。赫許白反，光也，鄭許稼反。

○民之罔極，職涼善背。涼，薄也。箋云：職，主。涼，信也。民之行失其中者，主由爲政者信用小人，工相欺違。○涼音良，鄭音亮，下同。**爲民不利，如云不克。**箋云：克，勝也。爲政者害民，如恐不得其勝。言至酷也。○酷口毒反。**民之回遹，職競用力。**箋云：競，逐也。言民之行維邪者，主由爲政者逐用彊力相尚故也。言民愁困⑥，用生多端。

○民之未戾，職盜爲寇。戾，定也。箋云：爲政者主作盜賊爲寇害，令民心動揺不安定也。涼曰不可，覆背善詈。箋云：善猶大也。我諫止之以信，言女所行者不可，反背我而大詈。言距己諫之甚。○詈力智反。雖曰匪予，既作爾歌。箋云：予，我也。女雖觝距己，言此政非我所爲，我已作女所行之歌，女當受之而改悔。○觝都禮反。

桑柔十六章，八章章八句，八章章六句。

❶「茂」下，日抄本有「木」字。
❷慎重，巾箱本、監圖本、纂圖本、日抄本、十行本並互倒。
❸亦，纂圖本、監圖本、日抄本並無。救，原作「毖」，據諸本改。
❹痛，監圖本、纂圖本、日抄本並作「恫」。
❺苦，巾箱本作「荼」。案：讀詩記所引作「荼」。
❻愁困，監圖本、纂圖本並作「依邪」。案：十行本疏文云：「故下民愁困，用此之故，各生多端。」

雲漢，仍叔美宣王也。宣王承厲王之烈，内有撥亂之志，遇烖而懼，側身脩行，欲銷去之。天下喜於王化復行，百姓見憂，故作是詩也。仍叔，周大夫也，春秋，魯桓公五年，「夏，天王使仍叔之子來聘。」烈，餘也。○雲漢，天河也，自此至常武六篇，宣王之變大雅。仍而升反。撥半末反。行下孟反。銷音消。去起吕反。復扶又反。

○**倬彼雲漢，昭回于天。**回，轉也。箋云：雲漢，謂天河也。昭，光也。倬然天河水氣也，精光轉運於天。時旱渴雨，故宣王夜仰視天河，望其候焉。○倬陟角反，著也。渴苦葛反。**王曰於乎，何辜今之人？天降喪亂，饑饉薦臻。**薦，重。臻，至也。箋云：辜，罪也。王憂旱而嗟歎云：「何罪與今時天下之人？天仍下旱災亡亂之道，饑饉之害復重至也。」○饑音飢。饉其靳反。薦在見反。臻側巾反。與音餘。**靡神不舉，靡愛斯牲，圭璧既卒，寧莫我聽？**箋云：靡、莫，皆無也。言王爲旱之故，求於羣神，無不祭也，無所愛於三牲，禮神之圭璧，又已盡矣，曾無聽聆我之精誠而興雲雨。○聽吐定反，協句吐丁反。爲于僞反。

○**旱既大甚，蘊隆蟲蟲。**蘊蘊而暑，隆隆而雷，蟲蟲而熱。箋云：隆隆而雷，非雨雷也，雷聲尚殷殷然。○大音泰，徐他佐反，下同。蘊紆粉反，又紆文反。蟲直忠反，徐徒冬反。殷於謹反，或如字。**不殄禋祀，自郊徂宫，上下奠瘞，靡神不宗。**上祭天，下祭地。奠其禮，瘞其物。宗，尊也。國有凶荒，則索鬼神而祭之。箋云：宫，宗廟也。爲旱故絜祀不絶，從郊而至宗廟，奠瘞天地之神，無不齊肅而尊敬之。言徧至也。○奠徒薦反。瘞於例反，埋也。索色白反。齊側皆反。**后稷不克，上帝不臨。耗斁下土，寧丁我躬？**丁，當也。箋云：克當作刻。刻，識也。斁，敗也。奠瘞羣神而不得雨，是我先祖后稷不識知我之所困與？天不視我之精誠與？猶以旱耗敗天下爲害，曾使當我之身有此乎？先后稷，後上帝，亦從宫之郊。○耗呼報反。斁丁故反。

○**旱既大甚，則不可推。兢兢業業，如霆如雷。周餘黎民，靡有孑遺。**推，去也。兢兢，恐也。業業，危也。孑然，遺失也。箋云：黎，衆也。旱既不可移去，天下困於饑饉，皆心動意懼，兢兢然，業業然，狀如有雷霆近發於上。周之衆民，多有死亡者矣，今其餘無有孑遺者。言又餓病也。○推吐雷反。兢居陵反。業如字，郭五荅反。孑居熱反。**昊天上帝，則不我遺。胡不相畏，先祖于摧？**摧，至也。箋云：摧當作嗺。嗺，嗟也。天將遂旱餓殺我與❶？先祖何不助我恐懼，使天雨也？先祖之神于嗟乎！告困之辭。○相如字，鄭息亮反。摧在雷反，鄭子雷反。

○**旱既大甚，則不可沮。赫赫炎炎，云我無所。大命近止，靡瞻靡顧。**沮，止也。赫赫，旱氣也。炎炎，熱氣也。大命近止，民近死亡也。箋云：旱既不可却止，熱氣大盛，人皆不堪，言我無所芘蔭而處。衆民之命近將死亡，天曾無所視無所顧於此國中而哀閔之。○沮在吕反。**羣公先正，則不我助。父母先祖，胡寧忍予？**先正，百辟卿士也。先祖，文、武爲民父母也。箋云：百辟卿士，雩祀所及者，今曾無肯助我憂旱。先祖文、武，又何爲施忍於我，不使天雨？

○**旱既大甚，滌滌山川。旱魃爲虐，如惔如焚。我心憚暑，憂心如熏。**滌滌，旱氣也。山無木，川無水。魃，旱神也。惔，燎之也。憚，勞。熏，灼也。箋云：憚猶畏也。旱既害於山川矣，其氣生魃而害益甚，草木燋枯，如見焚燎然。王心又畏難此熱氣，如灼爛於火。言熱氣至極。○滌徒歷反。

魃蒲末反。惔音談，徐音炎。憚丁佐反，苦也，鄭徒旦反。**羣公先正，則不我聞。昊天上帝，寧俾我遯？**箋云：不我聞者，忽然不聽我之所言也。天曾將使我心遯遯慙愧於天下，以無德也。○遯徒困反。

○**旱既大甚，黽勉畏去。胡寧瘨我以旱，憯不知其故。**箋云：瘨，病也。黽勉，急禱請也。欲使所尤畏者去，所尤畏者魃也。天何曾病我以旱，曾不知爲政所失而致此害。○黽彌忍反。瘨都田反，沈都薦反。憯七感反，曾也。**祈年孔夙，方社不莫。昊天上帝，則不我虞。敬恭明神，宜無悔怒。**悔，恨也。箋云：虞，度也。我祈豐年甚早，祭四方與社又不晚。天曾不度知我心，肅事明神如是，明神宜不恨怒於我，我何由當遭此旱也？○莫音暮。度待洛反，下同。

○**旱既大甚，散無友紀。鞫哉庶正，疚哉冢宰。趣馬師氏，膳夫左右。**歲凶，年穀不登，則趣馬不秣，師氏弛其兵，馳道不除，祭事不縣，膳夫徹膳，左右布而不脩，大夫不食粱，士飲酒不樂。箋云：人君以羣臣爲友，散無其紀者，凶年禄餼不足，人無賞賜也❷。鞫，窮也。庶正，衆官之長也。疚，病也。窮哉病哉者，念此諸臣勤於事而困於食，以此言勞倦也。○鞫居六反。疚音救。趣七口反，趣馬，官名。秣音末。縣音懸。**靡人不周，無不能止。**周，救也。無不能止，言無止不能也。箋云：周當作賙。王以諸臣困於食，人人賙給之，權救其急，後日乏無，不能豫止。○賙音周。**瞻卬昊天，云如何里！**箋云：里，憂也。王愁悶於不雨，但仰天曰：「當如我之憂何！」○卬音仰。里如字。

○**瞻卬昊天，有嘒其星。大夫君子，昭假無贏，大命近止，無棄爾成。**嘒，衆星貌。假，至也。箋云：假，升也。王仰天見衆星順天而行，嘒嘒然，意感，故謂其卿大夫曰：「天之光耀升行不休，無自贏緩之時，今衆民之命近將死亡，勉之助我，無棄女之成功者。」若其在職，復無幾何，以勸之也。○嘒呼惠反。假音格，鄭古雅反。贏音盈。幾居豈反。**何求爲我？以戾庶正。**戾，定也。箋云：使女無棄成功者，何但求爲我身乎？乃欲以安定衆官之長，憂其職事。○爲于僞反。**瞻卬昊天，曷惠其寧？**箋云：曷，何也。王仰天曰：「當何時順我之求，令我心安乎？」渴雨之至也，得雨則心安。○令力呈反。

雲漢八章，章十句。

❶餓，纂圖本作「饑」。
❷人，巾箱本、日抄本、十行本並作「又」。案：要義所引作「又」。

崧高，尹吉甫美宣王也。天下復平，能建國親諸侯，褒賞申伯焉。尹吉甫、申伯皆周之卿士也。尹，官氏。申，國名。○崧胥忠反。復音服，又扶又反。褒保毛反。

○**崧高維嶽，駿極于天。維嶽降神，生甫及申。**崧，高貌，山大而高曰崧。嶽，四嶽也。東嶽，岱。南嶽，衡。西嶽，華。北嶽，恒。堯之時，姜氏爲四伯，掌四嶽之祀，述諸侯之職。於周則有甫，有申，有齊，有許也。駿，大。極，至也。嶽降神靈和氣，以生申、甫之大功。箋云：降，下也。四嶽，卿士之官掌四時者也，因主方嶽巡守之事。在堯時，姜姓爲之，德當嶽神之意，而福興其子孫，歷虞、夏、商，世有國土。周之甫也、申也、齊也、許也，皆其苗胄。○嶽魚角反。駿音峻。**維申及甫，維周之翰。四國于蕃，四方于宣。**翰，榦也。箋云：申，申伯也；甫，甫侯也，皆以賢知，入爲周之楨榦之臣。四國有難，則往扞禦之，爲之蕃屏。四方恩澤不至，則往宣暢之。甫侯相穆王，訓夏贖刑。美此俱出四嶽，故連言之。○翰户旦反，又音寒。蕃方元反。知音智。楨音貞。

○**亹亹申伯，王纘之事。于邑于謝，南國是式。**謝，周之南國也。箋云：亹亹，勉也。纘，繼。于，往。于，於。式，法也。亹亹然勉於德不倦之臣，有申伯，以賢入爲王之卿士，佐王有功。王又欲使繼其故諸侯之事，往作邑於謝，南方之國，皆統理，施其法度。時改大其邑，使爲侯伯，故云然。○亹亡匪反。纘祖管反。**王命召伯，定申伯之宅。登是南邦，世執其功。**召伯，召公也。登，成也。功，事也。箋云：之，往也。申伯忠臣，不欲離王室，故王使召公定其意，令往居謝，成法度於南邦，世世持其政事傳子孫也。

○**王命申伯，式是南邦。因是謝人，以作爾庸。**庸，城也。箋云：庸，功也。召公既定申伯之居，王乃親命之，使爲法度於南邦。今因是故謝邑之人而爲國，以起女之功勞。言尤章顯也。○庸音容。**王命召伯，徹申伯土田。**徹，治也。箋云：治者，正其井牧，定其賦税。**王命傅御，遷其私**

人。御，治事之官也。私人，家臣也。箋云：傅御者，貳王治事，謂冢宰也。

○申伯之功，召伯是營。有俶其城，寢廟既成。俶，作也。箋云：申伯居謝之事，召公營其位，而作城郭及寢廟，定其人神所處。○俶尺叔反。**既成藐藐，王錫申伯。四牡蹻蹻，鉤膺濯濯。**藐藐，美貌。蹻蹻，壯貌。鉤膺，樊纓也。濯濯，光明也。箋云：召公營位，築之已成，以形貌告於王，王乃賜申伯，爲將遣之。○藐亡角反。蹻渠畧反。濯直角反。樊步丹反。

○王遣申伯，路車乘馬。我圖爾居，莫如南土。乘馬，四馬也。箋云：王以正禮遣申伯之國，故復有車馬之賜，因告之曰：「我謀女之所處，無如南土之最善。」○乘繩證反。**錫爾介圭，以作爾寶。**寶，瑞也。箋云：圭長尺二寸謂之介。非諸侯之圭，故以爲寶。諸侯之瑞圭，自九寸而下❶。**往近王舅，南土是保。**近，已也。申伯，宣王之舅也。箋云：近，辭也，聲如「彼記之子」之「記」。保，守也，安也。○近音記。

○申伯信邁，王餞于郿。郿，地名。箋云：邁，行也。申伯之意，不欲離王室。王告語之復重，於是意解而信行。餞，送行飲酒也。時王蓋省岐周，故于郿云。○餞賤淺反，又音賤。郿亡悲反，又亡冀反。解音蟹。**申伯還南，謝于誠歸。**箋云：還南者，北就王命于岐周，而還反也。謝于誠歸，誠歸于謝。**王命召伯，徹申伯土疆。以峙其粻，式遄其行。**箋云：粻，糧。式，用。遄，速也。王使召公治申伯土界之所至。峙其糧者，令廬市有止宿之委積，用是速申伯之行。○疆居良反。峙直紀反。

粻音張。遄市專反。委於僞反。積子賜反。

○**申伯番番，既入于謝，徒御嘽嘽。**番番，勇武貌。諸侯有大功則賜虎賁。徒御嘽嘽，徒行者、御車者嘽嘽喜樂也。箋云：申伯之貌，有威武番番然，其入謝國，車徒之行嘽嘽安舒。言得禮也。禮，「入國不馳」。○番音波。嘽吐丹反。賁音奔。**周邦咸喜，戎有良翰。**箋云：周，徧也。戎猶女也。翰，幹也。申伯入謝，徧邦内皆喜曰：「女乎有善君也。」相慶之言。○翰協句音寒。**不顯申伯，王之元舅，文武是憲。**不顯申伯，顯矣申伯也。文武是憲，言有文有武也。箋云：憲，表也。言爲文武之表式。

○**申伯之德，柔惠且直。揉此萬邦，聞于四國。**箋云：揉，順也。四國猶言四方也。○揉汝又反，又音而由反。聞音問。**吉甫作誦，其詩孔碩，其風肆好，以贈申伯。**吉甫，尹吉甫也。作是工師之誦也。肆，長也。贈，增也。箋云：碩，大也。吉甫爲此誦也，言其詩之意甚美大，風切申伯，又使之長行善道。以此贈申伯者，送之令以爲樂。○風福鳳反，王如字。

崧高八章，章八句。

❶而，原作「以」，據諸本改。案：讀詩記所引作「而」，單疏本疏文標起止云「箋圭長至而下」。

烝民，尹吉甫美宣王也。任賢使能，周室中興焉。○中張仲反。

○天生烝民，有物有則。民之秉彝，好是懿德。烝，衆。物，事。則，法。彝，常。懿，美也。箋云：秉，執也。天之生衆民，其性有物象，謂五行仁義禮知信也❶；其情有所法，謂喜怒哀樂好惡也。然而民所執持有常道，莫不好有美德之人。○彝音夷。好呼報反。惡烏路反。**天監有周，昭假于下。保茲天子，生仲山甫。**仲山甫，樊侯也。箋云：監，視。假，至也。天視周王之政教，其光明乃至于下，謂及衆民也。天安愛此天子宣王，故生樊侯仲山甫使佐之。言天亦好是懿德也。書曰：「天聰明，自我民聰明。」○假音格。

○仲山甫之德，柔嘉維則。令儀令色，小心翼翼。箋云：嘉，美。令，善也。善威儀，善顔色容貌，翼翼然恭敬。**古訓是式，威儀是力。天子是若，明命使賦。**古，故。訓，道。若，順。賦，布也。箋云：故訓，先王之遺典也。式，法也。力猶勤也。勤威儀者，恪居官次，不解于位也。是順從行其所爲也，顯明王之政教，使羣臣施布之。○道音導。解佳賣反，下「匪解」同。

○王命仲山甫，式是百辟，纘戎祖考，王躬是保。戎，大也。箋云：戎猶女也。躬，身也。王曰：「女施行法度於是百君，繼女先祖先父始見命者之功德，王身是安。」使盡心力於王室。○辟音壁。**出納王命，王之喉舌。賦政于外，四方爰發。**喉舌，冢宰也。箋云：出王命者，王口所自言承而施之也。納王命者，時之所宜復於王也。其行之也，皆奉順其意，如王口喉舌親所言也。以布政於畿外，天下諸侯，於是莫不發應。○出納竝如字。喉音侯。

○**肅肅王命，仲山甫將之。邦國若否，仲山甫明之。**將，行也。箋云：肅肅，敬也。言王之政教甚嚴敬也。仲山甫則能奉行之。若，順也。順否猶臧否，謂善惡也。○否音鄙，舊方九反。**既明且哲，以保其身。夙夜匪解，以事一人。**箋云：夙，早。夜，莫。匪，非也。一人，斥天子。○莫音暮。

○**人亦有言，柔則茹之，剛則吐之。**箋云：柔猶濡毳也。剛，堅彊也。剛柔之在口，或茹之，或吐之，喻人之於敵彊弱。○茹音汝，又如庶反。**維仲山甫，柔亦不茹，剛亦不吐，不侮矜寡，不畏彊禦。**○矜古頑反。

○**人亦有言，德輶如毛，民鮮克舉之，我儀圖之。**儀，宜也。箋云：輶，輕。儀，匹也。人之言云德甚輕，然而衆人寡能獨舉之以行者。言政事易耳，而人不能行者，無其志也。我與倫匹圖之而未能爲也。我，吉甫自我也。○輶餘久反，又音由。鮮息淺反。易以豉反。**維仲山甫舉之，愛莫助之。**愛，隱也。箋云：愛，惜也。仲山甫能獨舉此德而行之，惜乎莫能助之者。多仲山甫之德，歸功言耳。**衮職有闕，維仲山甫補之。**有衮冕者，君之上服也。仲山甫補之，善補過也。箋云：衮職者，不敢斥王之言也。王之職有闕，輒能補之者，仲山甫也。○衮古本反。

○**仲山甫出祖，四牡業業，征夫捷捷，每懷靡及。**言述職也。業業，言高大也。捷捷，言樂事也。箋云：祖者，將行犯軷之祭也。懷私爲每懷。仲山甫犯軷而將行，車馬業業然動，衆行夫捷捷然至。仲山甫則戒之曰：「既受君命當速行，每人懷其私而相稽留，將無所及於事。」○捷在接反。軷步葛反。**四牡彭彭，八鸞鏘鏘。王命仲山甫，城彼東方。**東方，齊也。古者諸侯之居逼隘，則王者遷其邑而定其居。蓋去薄姑而遷於臨菑也。箋云：彭彭，行貌。鏘鏘，鳴聲。以此車馬，命仲山甫使行。言其盛也。○鏘七羊反。逼彼側反。菑側其反。

○四牡騤騤，八鸞喈喈。仲山甫徂齊，式遄其歸。騤騤猶彭彭也。喈喈猶鏘鏘也。遄，疾也。言周之望仲山甫也。箋云：望之，故欲其用是疾歸。○騤求龜反。**吉甫作誦，穆如清風。仲山甫永懷，以慰其心**❷。清微之風，化養萬物者也。箋云：穆，和也。吉甫作此工歌之誦，其調和人之性，如清風之養萬物然。仲山甫述職，多所思而勞，故述其美以慰安其心。

烝民八章，章八句。

❶行，纂圖本作「常」。

❷其，原作「我」，據諸本改。案：要義所引、讀詩記所引並作「其」。

韓奕，尹吉甫美宣王也。能錫命諸侯。梁山於韓國之山最高大，爲國之鎮，祈望祀焉，故美大其貌奕奕然，謂之「韓奕」也。梁山，今左馮翊夏陽西北。韓，姬姓之國也，後爲晉所滅，故大夫韓氏以爲邑名焉。幽王九年，王室始騷，鄭桓公問於史伯曰：「周衰其孰興乎？」對曰：「武實昭文之功，文之祚盡，武其嗣乎！武王之子，應、韓不在，其晉乎！」○奕音亦。

○奕奕梁山，維禹甸之。有倬其道，韓侯受命。奕奕，大也。甸，治也。禹治梁山除水災，今宣王平大亂命諸侯❶。有倬其道，有倬然之道者也。受命，受命爲侯伯也。箋云：梁山之野，堯時俱遭洪水。禹甸之者，決除其災，使成平田，定貢賦於天子。周有厲王之亂，天下失職，今有倬然著明復禹之功者韓侯，受王命爲侯伯。○甸徒遍反，鄭繩證反。倬陟角反。**王親命之，纘戎祖考，無廢朕命，夙夜匪解，虔共爾位。**戎，大。虔，固。共，執也。箋云：戎猶女也。朕，我也。古之恭字或作共。○解音懈。共九勇反，鄭音恭。**朕命不易，榦不庭方，以佐戎辟。**庭，直也。箋云：我之所命者，勿改易不行，當爲不直違失法度之方，作楨榦而正之，以佐助女君。女君，王自謂也。○榦古旦反。辟音璧，君也。楨音貞。

○四牡奕奕，孔脩且張。韓侯入覲，以其介圭，入覲于王。脩，長。張，大。覲，見也。箋云：諸侯秋見天子曰覲。韓侯乘長大之四牡奕奕然，以時覲於宣王。覲於宣王而奉享禮，貢國所出之寶。善其尊宣王，以常職來也。書曰：「黑水西河，其貢璆、琳、琅玕。」此覲乃受命，先言受命者，顯其美也。○見賢遍反，下同。璆其樛反。琳音林。琅音郎。玕音干。**王錫韓侯，淑旂綏章，簟茀錯衡，玄衮赤舄，鉤膺鏤鍚，鞹鞃淺幭，鞗革金厄。**淑，善也。交龍爲旂。綏，大綏也。錯衡，文衡也。鏤錫，有金鏤其錫也。鞹，革也。鞃，軾中也。淺，虎皮淺毛也。幭，覆式也。厄，烏蠋也。箋云：王爲韓侯以常職來朝享之故，故多錫以厚之。善旂，旂之善色者也。綏，所引以登車❷，有采章也。簟茀，漆簟以爲車蔽，今之藩也。鉤膺，樊纓也。眉上曰錫，刻金飾之，今當盧也。鞗革，謂轡也，以金爲小環，往往纏搤之。○綏如誰反，鄭音雖。簟從點反。茀音弗。錯七洛反，雜也，沈采故反。舃音昔。鏤音漏。錫音羊。鞹苦郭反。鞃苦宏反，沈胡肱反。幭莫歷反。鞗音條。厄於革反。蠋音蜀。樊步丹反。搤於革反。

○**韓侯出祖，出宿于屠。顯父餞之，清酒百壺。**屠，地名也。顯父，有顯德者也。箋云：祖，將去而犯軷也。既覲而反國必祖者，尊其所往，去則如始行焉。祖於國外畢，乃出宿，示行不留於是也。顯父，周之公卿也。餞送之，故有酒。○屠音徒。父音甫。**其殽維何？炰鼈鮮魚。其蔌維何？維筍及蒲。其贈維何？乘馬路車。**蔌，菜殽也。筍，竹也。蒲，蒲蒻也。箋云：炰鼈，以火孰之也。鮮魚，中膾者也。筍，竹萌也。蒲，深蒲也。贈，送也。王既使顯父餞之，又使送以車馬，所以贈厚意也。人君之車曰路車，所駕之馬曰乘馬❸。○炰薄交反，徐甫九反。蔌音速。筍恤尹反。乘繩證反。蒻音弱。**籩豆有且，侯氏燕胥。**箋云：且，多貌。胥，皆也。諸侯在京師未去者，於顯父餞之時，皆來相與燕，其籩豆且然。榮其多也。○且子餘反，又七敘反。胥思徐反，又思呂反。

○**韓侯取妻，汾王之甥，蹶父之子。**汾，大也。蹶父，卿士也。箋云：汾王，厲王也。厲王流于彘，彘在汾水之上，故時人因以號之，猶言莒郊公、黎比公也。姊妹之子爲甥。王之甥，卿士之子，言尊貴也。○取七喻反。汾符云反。蹶居衛反。彘直例反。黎音離，又力兮反。比音毗。**韓侯迎止，于蹶之里。百兩彭彭，八鸞鏘鏘，不顯其光。**里，邑也。箋云：于蹶之里，蹶父之里。百兩，百乘。不顯，顯也。光猶榮也。氣有榮光也❹。○鏘七羊反。**諸娣從之，祁祁如雲。韓侯顧之，爛其盈門。**祁祁，徐靚也。如雲，言衆多也。諸侯一取九女，二國媵之。諸娣，衆妾也。顧之，曲顧道義也。箋云：媵者必娣、姪從之，獨言「娣」者，舉其貴者。爛，爛粲然，鮮明且衆多之貌。○娣大計反。從才用反，又如字。祁巨移反。靚音靜。

○蹶父孔武，靡國不到。爲韓姞相攸，莫如韓樂。姞，蹶父姓也。箋云：相，視。攸，所也。蹶父甚武健，爲王使於天下，國國皆至，爲其女韓侯夫人姞氏視其所居，韓國最樂。○爲于僞反。姞其一反。相息亮反。樂音洛。**孔樂韓土，川澤訏訏，魴鱮甫甫，麀鹿噳噳，有熊有羆，有貓有虎。**訏訏，大也。甫甫然大也。噳噳然衆也。貓似虎，淺毛者也。箋云：甚樂矣韓之國土也，川澤寬大，衆魚禽獸備有。言饒富也。○訏況甫反。魴音房。鱮音序。麀音憂。噳愚甫反。熊音雄。羆彼皮反。貓如字，又武交反。**慶既令居，韓姞燕譽。**箋云：慶，善也。蹶父既善韓之國土，使韓姞嫁焉而居之，韓姞則安之，盡其婦道有顯譽。○令力呈反，使也，又力政反，命也，善也。燕於遍反，又於顯反。譽如字，協句音餘。

○**溥彼韓城，燕師所完。**師，衆也。箋云：溥，大。燕，安也。大矣彼韓國之城，乃古平安時，衆民之所築完。○溥音普。燕於見反，鄭於顯反，又烏賢反，云北燕國。**以先祖受命，因時百蠻。王錫韓侯，其追其貊，奄受北國，因以其伯。**韓侯之先祖，武王之子也。因時百蠻，長是蠻服之百國也。追、貊，戎狄國也。奄，撫也。箋云：韓侯先祖有功德者，受先王之命，封爲韓侯，居韓城爲侯伯。其州界外接蠻服，因見使時節百蠻貢獻之往來。後君微弱，用失其業。今王以韓侯先祖之事如是，而韓侯賢，故於入覲，使復其先祖之舊職，賜之蠻服追、貊之戎狄，令撫柔其所受王畿北面之國，因以其先祖侯伯之事盡予之。皆美其爲人子孫，能興復先祖之功。其後追也、貊也爲玁狁所逼，稍稍東遷。○追如字，又都回反。貊武伯反。長張丈反。**實墉實壑，實畝實籍。**實墉實壑，言高其城深其壑也。箋云：實當作寔，趙、魏之東，實、寔同聲。寔，是也。籍，稅也。韓侯之先祖微弱，所伯之國多滅絕。今復舊職，興滅國，繼絕世，故築治是城，濬脩是壑，井牧是田畝，收斂是賦稅，使如古常❺。○實如字，鄭市力反。壑火各反。**獻其貔皮，赤豹黃羆。**貔，猛獸也。追、貊之國來貢，而侯伯揔領之。○貔音毗。

韓奕六章，章十二句。

❶巾箱本、監圖本、纂圖本、日抄本、十行本並無「今」字。

❷「車」下，日抄本有「者也」二字。

❸之馬，日抄本無。
❹榮光，巾箱本互倒。案：讀詩記所引作「光榮」。
❺古，十行本作「故」。

江漢，尹吉甫美宣王也。能興衰撥亂，命召公平淮夷。召公，召穆公也，名虎❶。

○**江漢浮浮，武夫滔滔。匪安匪遊，淮夷來求。**浮浮，衆彊貌。滔滔，廣大貌。淮夷，東國，在淮浦而夷行也。箋云：匪，非也。江、漢之水，合而東流浮浮然，宣王於是水上，命將率，遣士衆，使循流而下滔滔然。其順王命而行，非敢斯須自安也，非敢斯須遊止也，主爲來求淮夷所處。據至其竟，故言「來」。○滔吐刀反。浦音普。夷行下孟反。**既出我車，既設我旟。匪安匪舒，淮夷來鋪。**鋪，病也。箋云：車，戎車也。鳥隼曰旟。兵至竟而期戰地，其日出戎車建旟。又不自安不舒行者，主爲來伐討淮夷也。據至戰地，故又言「來」。○鋪普吴反，徐音孚。

○**江漢湯湯，武夫洸洸。經營四方，告成于王。**洸洸，武貌。箋云：召公既受命伐淮夷，服之，復經營四方之叛國，從而伐之，克勝，則使傳遽告功於王。○湯書羊反。洸音光，又音汪。傳張戀反，以車曰傳。遽其據反，以馬曰遽。**四方既平，王國庶定。時靡有爭，王心載寧。**箋云：庶，幸。時，是也。載之言則也。召公忠臣，順於王命。此述其志也。

○**江漢之滸，王命召虎。式辟四方，徹我疆土。匪疚匪棘，王國來極。**召虎，召穆公也。箋云：滸，水厓也。式，法。疚，病。棘，急。極，中也。王於江漢之水上，命召公使以王法征伐，開辟四方，治我疆界於天下。非可以兵病害之也，非可以兵急躁切之也，使來於王國受政教之中正而已。齊桓公經陳、鄭之間，及伐北戎，則違此言者。○滸音虎，沈又音許。疆居良反，下同。疚音救。躁早報反。**于疆于理，至于南海。**箋云：于，往也。于，於也。召公於有叛戾之國，則往正其竟界，脩其分理。周行四方，至於南海而功大成。事終也。○分符問反。

○**王命召虎，來旬來宣，文武受命，召公維翰。**旬，偏也。召公，召康公也。箋云：來，勤也。旬當作營。宣，偏也。召康公名奭，召虎之始祖也。王命召虎：「女勤勞於經營四方，勤勞於偏疆理衆國。昔文王、武王受命，召康公爲之楨榦之臣，以正天下。」爲虎之勤勞，故述其祖之功以勸之。○來如字，鄭音賚。旬音巡，又音荀。翰户旦反，又音寒。**無曰予小子，召公是似，肇敏戎公，用錫爾祉。**似，嗣。肇，謀。敏，疾。戎，大。公，事也。箋云：戎猶女也。女無自滅損曰我小子耳，女之所爲，乃嗣女先祖召康公之功。今謀女之事乃有敏德，我用是故將賜女福慶也。王爲虎之志大謙，故進之云爾。○肇音兆。祉音恥。大音泰。

○**釐爾圭瓚，秬鬯一卣，告于文人。**釐，賜也。秬，黑黍也。鬯，香草也。築煑合而鬱之曰鬯。卣，器也。九命錫圭瓚、秬鬯。文人，文德之人也。箋云：秬鬯，黑黍酒也，謂之鬯者，芬香條鬯也。王賜召虎以秬鬯一尊，使以祭其宗廟，告其先祖，諸有德美見記者。○釐力之反，沈音賚。瓚才旱反。秬音巨。鬯敕亮反。卣音酉。**錫山土田，于周受命，自召祖命。**諸侯有大功德，賜之名山，土田附庸。箋云：周，岐周也。自，用也。宣王欲尊顯召虎，故如岐周，使虎受山川土田之賜命，用其祖召康公受封之禮。岐周，周之所起，爲其先祖之靈，故就之。**虎拜稽首，天子萬年。**箋云：拜稽首者，受王命策書也。臣受恩無可以報謝者，稱言使君壽考而已。

○**虎拜稽首，對揚王休。作召公考，天子萬壽。明明天子，令聞不已。矢其文德，洽此四國。**對，遂。考，成。矢，施也。箋云：對，荅。休，美。作，爲也。虎既拜而荅王策命之時，稱揚王之德美。君臣之言，宜相成也。王命召虎，用召祖命，故虎對王，亦爲召康公受王命之時，對成王命之辭，謂如其所言也。如其所言者，「天子萬壽」以下是也。○聞音問。施如字。

江漢六章，章八句。

❶「虎」下，監圖本有「江漢二水名」五字。案：釋文出音「江漢」，小注：「二水名。」

常武，召穆公美宣王也。有常德以立武事，因以爲戒然。戒者，「王舒保作，匪紹匪遊，徐方繹騷」。

○**赫赫明明，王命卿士。南仲大祖，大師皇父。整我六師，以脩我戎。**赫赫然盛也。明明然察也。王命南仲於大祖，皇甫爲大師。箋云：南仲，文王時武臣也。顯著乎，昭察乎，宣王之命卿士爲大將也，乃用其以南仲爲大祖者，今大師皇父是也，使之整齊六軍之衆，治其兵甲之事。命將必本其祖者，因有世功，於是尤顯。大師者，公兼官也。○赫火百反。大音泰，下「大師」、「大祖」同。將子匠反。**既敬既戒，惠此南國。**箋云：敬之言警也。警戒六軍之衆，以惠淮浦之旁國，謂勑以無暴掠爲之害也。每軍各有將，中軍之將尊也。

○**王謂尹氏，命程伯休父。左右陳行，戒我師旅，率彼淮浦，省此徐土。**尹氏掌命卿士。程伯休父始命爲大司馬。浦，厓也。箋云：尹氏，天子世大夫也。率，循也。王使大夫尹氏，策命程伯休父，於軍將行治兵之時，使其士衆左右陳列而勑戒之，使循彼淮浦之旁，省視徐國之土地叛逆者。軍禮，司馬掌其誓戒。○陳如字，徐直覲反。行户剛反。省息井反。**不留不處，三事就緒。**誅其君，弔其民，爲之立三有事之臣。箋云：緒，業也。王又使軍將豫告淮浦、徐土之民云：「不久處於是也❶，女三農之事皆就其業。」爲其驚怖，先以言安之。○爲于僞反。

○**赫赫業業，有嚴天子。王舒保作，匪紹匪遊，徐方繹騷。**赫赫然盛也。業業然動也。嚴然而威。舒，徐也。保，安也。匪紹匪遊，不敢繼以敖遊也。繹，陳。騷，動也。箋云：作，行。紹，緩也。繹當作驛。王之軍行，其貌赫赫業業然，有尊嚴於天子之威，謂聞見者莫不憚之。王舒安，謂軍行三十里，亦非解緩也，亦非敖遊也。徐國傳遽之驛見之，知王兵必克，馳走以相恐動。○嚴魚檢反，鄭如字。

紹如字，鄭尺遥反。繹音亦。騷如字，徐音蕭。**震驚徐方，如雷如霆，徐方震驚。**箋云：震，動也。驛馳走相恐懼以驚動徐國，如雷霆之恐怖人然，徐國則驚動而將服罪❷。

○**王奮厥武，如震如怒。進厥虎臣，闞如虓虎，鋪敦淮濆，仍執醜虜。**虎之自怒虓然。濆，厓。仍，就。虜，服也。箋云：進，前也。敦當作屯。醜，衆也。王奮揚其威武，而震雷其聲，而勃怒其色。前其虎臣之將，闞然如虎之怒，陳屯其兵於淮水大防之上以臨敵，就執其衆之降服者也。○闞呼減反。虓火交反。鋪普吴反，徐音孚，陳也。敦如字，厚也，鄭徒門反。濆符云反。仍如字。勃步忽反。降户江反。**截彼淮浦，王師之所。**截，治也。箋云：治淮之旁國有罪者，就王師而斷之。

○**王旅嘽嘽，如飛如翰，如江如漢，如山之苞，如川之流。**嘽嘽然盛也。疾如飛，摯如翰。苞，本也。箋云：嘽嘽，閒暇有餘力之貌。其行疾自發舉，如鳥之飛也。翰，其中豪俊也。江、漢以喻盛大也，山、本以喻不可驚動也❸，川、流以喻不可禦也。○嘽吐丹反。**緜緜翼翼，不測不克，濯征徐國。**緜緜，靚也。翼翼，敬也。濯，大也。箋云：王兵安靚且皆敬，其勢不可測度，不可攻勝，既服淮浦矣，今又以大征徐國。言必勝也。○緜如字。度待洛反。

○**王猶允塞，徐方既來。**猶，謀也。箋云：猶，尚。允，信也。王重兵，兵雖臨之，尚守信自實滿，兵未陳而徐國已來告服。所謂「善戰者不陳」。○陳直刃反，下同。**徐方既同，天子之功。四方既平，徐方來庭。**來王庭也。**徐方不回，王曰還歸。**箋云：回猶違也。還歸，振旅也常武六章，章八句。

❶「不」上，巾箱本有「兵」字。
❷罪，監圖本、纂圖本並作「事」。案：單疏本疏文云：「聞之則皆動驚而將服罪。」
❸本，纂圖本作「苞」。

瞻卬，凡伯刺幽王大壞也。凡伯，天子大夫也。春秋，魯隱公七年，「冬，天王使凡伯來聘」。○卬音仰。

○瞻卬昊天，則不我惠❶。孔填不寧，降此大厲。昊天，斥王也。填，久。厲，惡也。箋云：惠，愛也。仰視幽王爲政，則不愛我下民。甚久矣天下不安，王乃下此大惡以敗亂之。○昊户老反。填音塵，下篇同。邦靡有定，士民其瘵。蟊賊蟊疾，靡有夷届。罪罟不收，靡有夷瘳。瘵，病。夷，常也。罪罟，設罪以爲罟。瘳，愈也。箋云：届，極也。天下騷擾，邦國無有安定者，士卒與民皆勞病。其爲殘酷痛疾於民❷，如蟊賊之害禾稼然，爲之無常，亦無止息時。施刑罪以羅罔天下而不收斂，爲之亦無常無止息時。此目王所下大惡。○瘵側界反，字林側例反。蟊音牟。届音界。罟音古。瘳勑留反。

○人有土田，女反有之。人有民人，女覆奪之。箋云：此言王削黜諸侯及卿大夫無罪者。覆猶反也。○覆芳服反。**此宜無罪，女反收之。彼宜有罪，女覆説之。**收，拘收也。説，赦也。○説音税，又他活反。**哲夫成城，哲婦傾城。**哲，知也。箋云：哲，謂多謀慮也。城猶國也。丈夫，陽也，陽動，故多謀慮則成國。婦人，陰也，陰靜，故多謀慮乃亂國。○知音智。

○**懿厥哲婦，爲梟爲鴟。**箋云：懿，有所痛傷之聲也。厥，其也。其，幽王也。梟鴟，惡聲之鳥，喻褒姒之言無善。○懿於其反，沈如字。梟古堯反。**婦有長舌，維厲之階。亂匪降自天，生自婦人。匪教匪誨，時維婦寺。**寺，近也。箋云：長舌，喻多言語。是王降大厲之階。階，所由上下也。今王之有此亂政，非從天而下，但從婦人出耳。又非有人教王爲亂，語王爲惡者，是維近愛婦人，用其言故也。○寺音侍，亦如字。

○**鞫人忮忒，譖始竟背。豈曰不極？伊胡爲慝。**忮，害。忒，變也。箋云：鞫，窮也。譖，不信也。竟猶終也。胡，何。慝，惡也。婦人之長舌者多謀慮，好窮屈人之語，忮害轉化，其言無常，始於不信，終於背違之[3]。豈謂其是不得中乎？反云維我言，何用爲惡，不信也。○鞫居六反。忮之豉反。忒它得反。譖子念反。背音佩，注同。慝它得反。**如賈三倍，君子是識。婦無公事，休其蠶織。**休，息也。婦人無與外政，雖王后猶以蠶織爲事。古者天子爲藉千畝，冕而朱紘，躬秉耒；諸侯爲藉百畝，冕而青紘，躬秉耒，以事天地山川、社稷先古，敬之至也。天子、諸侯必有公桑蠶室，近川而爲之，築宮仞有三尺，棘牆而外閉之。及大昕之朝，君皮弁素積，卜三宫之夫人、世婦之吉者，使入蠶于蠶室，奉種浴于川，桑于公桑，風戾以食之。歲既單矣，世婦卒蠶，奉繭以示于君，遂獻繭于夫人，夫人曰「此所以爲君服與」，遂副禕而受之，少牢以禮之。及良日，后、夫人繅三盆手，遂布于三宮夫人、世婦之吉者使繅，遂朱緑之，玄黄之，以爲黼黻文章，服既成矣，君服之以祀先王先公，敬之至也。箋云：識，知也。賈物而有三倍之利者，小人所宜知也，君子反知之，非其宜也。今婦人休其蠶桑織紝之職，而與朝廷之事，其爲非宜，亦猶是也。孔子曰：「君子喻於義，小人喻於利。」○賈音古，注同。倍蒲罪反。無與音預。奉芳勇反，下同。種章勇反。戾力計反，燥也。食音嗣。君服與音餘。禕音輝。繅素刀反。紝女金反。而與音預。

○**天何以刺？何神不富？舍爾介狄，維予胥忌。**刺，責。富，福。狄，遠。忌，怨也。箋云：介，甲也。王之爲政，既無過惡，天何以責王見變異乎？神何以不福王而有災害也？王不念此而改脩德，乃舍女被甲夷狄來侵犯中國者，反與我相怨。謂其疾怨羣臣叛違也。○舍音捨。狄他歷反，鄭如字。見賢遍反。**不弔不祥，威儀不類。人之云亡，邦國殄瘁。**類，善。殄，盡。瘁，病也。箋云：弔，至也。王之爲政，德不至於天矣，不能致徵祥於神矣，威儀又不善於朝廷矣。賢人皆言奔亡，則天下邦國將盡困病。○弔如字，又音的。瘁似醉反。

○**天之降罔，維其優矣。人之云亡，心之憂矣。**優，渥也。箋云：優，寬也。天下羅罔以取有罪亦甚寬，謂但以災異譴告之，不指加罰於其身。疾王爲惡之甚，賢者奔亡，則人心無不憂。○渥於角反。**天之降罔，維其幾矣。人之云亡，心之悲矣。**幾，危也。箋云：幾，近也。言災異譴告離人身近，愚者不能覺。○離力智反。

○**觱沸檻泉，維其深矣。心之憂矣，寧自今矣。不自我先，不自我後。**箋云：檻泉正出，涌出也，觱沸其貌。涌泉之源，所由者深，喻己憂所從來久也。惡政不先己不後己，怪何故正當之。○觱音必。沸音弗。檻胡覽反。**藐藐昊天，無不克鞏。**藐藐，大貌。鞏，固也。箋云：藐藐，美也。王者有美德藐藐然，無不能自堅固於其位者。微箴之也。○藐亡角反。鞏九勇反。**無忝皇祖，式救爾後。**箋云：式，用也。後，謂子孫也。

瞻卬七章，三章章十句，四章章八句。

❶不我，原互倒，據諸本改。案：讀詩記所引作「不我」。
❷疾，監圖本、纂圖本、日抄本、十行本並作「病」。案：單疏本疏文云：「故以『殘酷痛疾』言之。」
❸之，巾箱本、監圖本、纂圖本、日抄本、十行本並作「人」。案：單疏本疏文云：「終竟於後背而違之。」

召旻，凡伯刺幽王大壞也。旻，閔也，閔天下無如召公之臣也。閔，病也。○召時照反。旻密巾反。

○**旻天疾威，天篤降喪。瘨我饑饉，民卒流亡。**箋云：天，斥王也。疾猶急也。瘨，病也。病乎幽王之爲政也，急行暴虐之法，厚下喪亂之教，謂重賦稅也。病國中以饑饉，令民盡流移。○瘨都田反，沈音殄，又音田。**我居圉卒荒。**圉，垂也。箋云：荒，虚也。國中至邊竟，以此故盡空虚。○圉魚吕反。竟音境。

○**天降罪罟，蟊賊内訌。**訌，潰也。箋云：訌，爭訟相陷人之言也。王施刑罪以羅罔天下，衆爲殘酷之人，雖外以害人，又自内爭相讒惡。○訌户工反，鄭音工。**昏椓靡共，潰潰回遹，實靖夷我邦。**椓，夭椓也。潰潰，亂也。靖，謀。夷，平也。箋云：昏、椓，皆奄人也。昏，其官名也。椓，椓毁陰者也。王遠賢者而近任刑奄之人，無肯共其職事者，皆潰潰然維邪是行，皆謀夷滅王之國。○椓丁角反。共音恭。潰户對反，下同。遹音聿，一音述。奄如字。

○**皋皋訿訿，曾不知其玷。**皋皋，頑不知道也。訿訿，窳不供事也。箋云：玷，缺也。王政已大壞，小人在位，曾不知大道之缺。○皋音羔。訿音紫。玷丁簟反。窳音庾。**兢兢業業，孔填不寧，我位孔貶。**貶，隊也。箋云：兢兢，戒也。業業，危也。天下之人戒懼危怖，甚久矣其不安也，我王之位又甚隊矣。言見侵侮，政教不行，後犬戎伐之，而周與諸侯無異。○貶彼檢反。隊直類反。

○**如彼歲旱，草不潰茂**❶，**如彼棲苴。**潰，遂也。苴，水中浮草也。箋云：「潰茂」之潰當作彙。彙，茂貌。王無恩惠於天下，天下之人如旱歲之草，皆枯槁無潤澤，如樹上之棲苴。○棲音西。苴士加反。**我相此邦，無不潰止。**箋云：潰，亂也。無不亂者，言皆亂也。春秋傳曰：「國亂曰潰，邑亂曰叛。」○相息亮反。

○**維昔之富，不如時。**往者富仁賢，今也富讒佞。箋云：富，福也。時，今時也。**維今之疚，不如茲。**今則病賢也。箋云：茲，此也。此者，此古昔明王。○疚音救。**彼疏斯粺，胡不自替，職兄斯引？**彼宜食疏，今反食精粺。替，廢。況，茲也。引，長也。箋云：疏，麤也，謂糲米也。職，主也。彼賢者祿薄食麤，而此昏、椓之黨，反食精粺。女小人耳，何不自廢退，使賢者得進，乃茲復主長此爲亂之事乎？責之也。米之率，糲十，粺九，鑿八，侍御七。○粺皮賣反。兄音況，下同。糲蘭末反。率音類。鑿子洛反。

○**池之竭矣，不云自頻？**頻，厓也。箋云：頻當作濱。厓猶外也。自，由也。池水之益，由外灌焉。今池竭，人不言由外無益者與？言由之也。喻王猶池也，政之亂❷，由外無賢臣益之。○頻如字，鄭音賓。與音餘。**泉之竭矣，不云自中？**泉，水從中以益者也。箋云：泉者，中水生則益深，水不生則竭。喻王猶泉也，政之亂，又由內無賢妃益之。**溥斯害矣，職兄斯弘，不烖我躬？**箋云：溥猶徧也。今時徧有此內外之害矣，乃茲復主大此爲亂之事，是不烖王之身乎？責王也。烖，謂見誅伐。○溥音普。烖音災。

○**昔先王受命，有如召公，日辟國百里，今也日蹙國百里。**辟，開。蹙，促也。箋云：先王受命，謂文王、武王時也。召公，召康公也。言「有如」者，時賢臣多，非獨召公也。今，今幽王臣。○辟音闢。蹷子六反。**於乎哀哉，維今之人，不尚有舊。**箋云：哀哉，哀其不高尚賢者，尊任有舊德之臣，將以喪亡其國。

召旻七章，四章章五句，三章章七句。

❶草，巾箱本作「莫」。

❷「政」上，巾箱本有「其」字。案：要義所引有。

蕩之什十一篇，九十二章，七百六十九句。

毛詩卷第十八

毛詩卷第十九

清廟之什詁訓傳第二十六

周頌　　鄭氏箋

清廟，祀文王也。周公既成洛邑，朝諸侯，率以祀文王焉。清廟者，祭有清明之德者之宮也，謂祭文王也。天德清明，文王象焉，故祭之而歌此詩也。廟之言貌也，死者精神不可得而見，但以生時之居，立宮室象貌爲之耳。成洛邑，居攝五年時。○廟苗笑反。朝直遥反。

○於穆清廟，肅雝顯相。於，歎辭也。穆，美。肅，敬。雝，和。相，助也。箋云：顯，光也，見也。於乎美哉周公之祭清廟也，其禮儀敬且和，又諸侯有光明著見之德者來助祭。○於音烏，注同，後發句，皆放此。相息亮反。見賢遍反，下「著見」同。**濟濟多士，秉文之德，對越在天。**執文德之人也。箋云：對，配。越，於也。濟濟之衆士，皆執行文王之德，文王精神已在天矣，猶配順其素如生存。**駿奔走在廟，不顯不承？無射於人斯。**駿，長也。顯於天矣。見承於人矣。不見厭於人矣。箋云：駿，大也。諸侯與衆士，於周公祭文王，俱奔走而來在廟中助祭。是不光明文王之德與？言其光明之也。是不承順文王志意與？言其承順之也。此文王之德，人無厭之。○駿音峻，下篇同。射音亦，厭也。厭於豔反，下同。與音餘，下同。

清廟一章八句。

維天之命，大平告文王也。告大平者，居攝五年之末也。文王受命不卒而崩，今天下大平，故承其意而告之。明六年制禮作樂。○大音泰，後「大平」放此。

○維天之命，於穆不已。孟仲子曰：「大哉天命之無極，而美周之禮也。」箋云：命猶道也。天之道於乎美哉，動而不止，行而不已。於乎不顯？文王之德之純。假以溢我，我其收之，駿惠我文王，純，大。假，嘉。溢，慎。收，聚也。箋云：純亦不已也。溢，盈溢之言也。於乎不光明與？文王之施德教之無倦已。美其與天同功也。以嘉美之道饒衍與我，我其聚斂之以制法度，以大順我文王之意。謂爲周禮六官之職也，書曰：「考朕昭子刑，乃單文祖德。」○假音暇。溢音逸。慎市震反。明與音餘。曾孫篤之。成王能厚行之也。箋云：曾猶重也。自孫之子而下，事先祖皆稱曾孫。是言「曾孫」，欲使後王皆厚行之，非維今也。○重直龍反。

維天之命一章八句。

維清，奏象舞也。象舞，象用兵時刺伐之舞，武王制焉。○刺七亦反。

○維清緝熙，文王之典。典，法也。箋云：緝熙，光明也。天下之所以無敗亂之政而清明者，乃文王有征伐之法故也。文王受命，七年五伐也。○緝七入反。熙許其反。**肇禋，**肇，始。禋，祀也。箋云：文王受命，始祭天而征伐也。周禮：「以禋祀祀昊天上帝。」○肇音兆。禋音因，徐音烟。**迄用有成，維周之禎。**迄，至。禎，祥也。箋云：文王造此征伐之法，至今用之而有成功。謂伐紂克勝也。征伐之法，乃周家得天下之吉祥。○迄許乞反。禎音貞。

維清一章五句。

烈文，成王即政，諸侯助祭也。新王即政，必以朝享之禮祭於祖考，告嗣位也。○朝音潮。

○烈文辟公，錫茲祉福。惠我無疆，子孫保之。烈，光也。文王錫之。箋云：惠，愛也。光文百辟卿士及天下諸侯者，天錫之以此祉福也，又長愛之無有期竟，子孫得傳世安而居之。謂文王、武王以純德受命定天位。○辟音璧，下同。祉音恥。疆居良反，竟也。**無封靡于爾邦，維王其崇之。念茲戎功，繼序其皇之。**封，大也。靡，累也。崇，立也。戎，大。皇，美也。箋云：崇，厚也。皇，君也。無大累於女國，謂諸侯治國無罪惡也。王其厚之，增其爵土也。念此大功，勤事不廢。謂卿大夫能守其職，得繼世在位，以其次序；其君之者，謂有大功，王則出而封之。○累劣僞反，下同。**無競維人，四方其訓之。不顯維德，百辟其刑之。於乎前王不忘。**競，彊。訓，道也。前王，武王也。箋云：無彊乎維得賢人也，得賢人則國家彊矣，故天下諸侯順其所爲也。不勤明其德乎，勤明之也，故卿大夫法其所爲也。於乎先王文王、武王，其於此道，人稱頌之不忘。○道音導。

烈文一章十三句。

天作，祀先王先公也。先王，謂大王已下。先公，諸盩至不窋。○大音泰，「大王」、「大祖」皆同。盩直留反，又音侜。窋陟律反。

○天作高山，大王荒之。作，生。荒，大也。天生萬物於高山，大王行道，能安天之所作也。箋云：高山，謂岐山也，書曰：「道岍及岐，至于荊山。」天生此高山，使興雲雨以利萬物。大王自豳遷焉，則能尊大之，廣其德澤，居之一年成邑，二年成都，三年五倍其初。○岐其宜反。道音導。岍口田反，又口見反。**彼作矣，文王康之。彼徂矣，岐有夷之行。**夷，易也。箋云：彼，彼萬民也。徂，往。行，道也。彼萬民居岐邦者，皆築作宮室以爲常居，文王則能安之。後之往者，又以岐邦之君有佼易之道故也。易曰：「乾以易知，坤以簡能。易則易知，簡則易從。易知則有親，易從則有功。有親則可久，有功則可大。可久則賢人之德，可大則賢人之業。」以此訂大王、文王之道，卓爾與天地合其德。○行如字，又下孟反。佼古卯反。**子孫保之。**

天作一章七句。

昊天有成命，郊祀天地也。

○**昊天有成命，二后受之，成王不敢康，夙夜基命宥密。**二后，文、武也。基，始。命，信。宥，寬。密，寧也。箋云：昊天，天大號也。有成命者，言周自后稷之生，而已有王命也。文王、武王受其業，施行道德，成此王功，不敢自安逸，早夜始順天命，不敢解倦，行寬仁安靜之政以定天下。寬仁所以止苛刻也，安靜所以息暴亂也。○成王之王如字，又于況反。宥音又。**於緝熙，單厥心，肆其靖之。**緝，明。熙，廣。單，厚。肆，固。靖，和也。箋云：廣當爲光，固當爲故，字之誤也。於美乎此成王之德也，既光明矣，又能厚其心矣，爲之不解倦，故於其功終能和安之。謂夙夜自勤，至於天下太平。○單都但反。

昊天有成命一章七句。

我將，祀文王於明堂也。

○**我將我享，維羊維牛，維天其右之。**將，大。享，獻也。箋云：將猶奉也。我奉養我享祭之羊牛，皆充盛肥腯，有天氣之力助。言神饗其德而右助之。○將如字。享許丈反。右音又，下同。腯徒忽反。**儀式刑文王之典，日靖四方。伊嘏文王，既右饗之。**儀，善。刑，法。典，常。靖，謀也。箋云：靖，治也。受福曰嘏。我儀則式象法行文王之常道，以日施政于天下。維受福於文王，文王既右而饗之。言受而福之。○嘏古雅反。**我其夙夜，畏天之威，于時保之。**箋云：于，於。時，是也。早夜敬天，於是得安文王之道。

我將一章十句。

時邁，巡守告祭柴望也。巡守告祭者，天子巡行邦國，至于方嶽之下而封禪也。書曰「歲二月東巡守，至于岱宗柴，望秩于山川」，「徧于羣神」。○巡音旬。守手又反。柴士佳反。行下孟反。禪市戰反。

○時邁其邦，昊天其子之，實右序有周。薄言震之，莫不震疊。懷柔百神，及河喬嶽，允王維后。邁，行。震，動。疊，懼。懷，來。柔，安。喬，高也。高嶽，岱宗也。箋云：薄猶甫也。甫，始也。允，信也。武王既定天下，時出行其邦國，謂巡守也。天其子愛之，右助次序其事，謂多生賢知，使爲之臣也。其兵所征伐，甫動之以威，則莫不動懼而服者，言其威武又見畏也。王行巡守，其至方嶽之下，來安羣神，望于山川，皆以尊卑祭之，信哉武王之宜爲君。美之也[1]。○右音又，助也。疊徒協反。柔如字。喬音橋。**明昭有周，式序在位。**明矣知未然也，昭然不疑也。箋云：昭，見也。王巡守而明見天之子有周家也，以其有俊乂用次第處位❷。言此者，著天其子愛之「右序」之效也。**載戢干戈，載櫜弓矢。**戢，聚。櫜，韜也。箋云：載之言則也。王巡守而天下咸服，兵不復用。此又著「震疊」之效也。○戢側立反。櫜音羔。韜吐刀反。復扶又反。**我求懿德，肆于時夏，**夏，大也。箋云：懿，美。肆，陳也。我武王求有美德之士而任用之，故陳其功於是夏而歌之。樂歌大者稱夏。○肆音四。夏户雅反。**允王保之。**箋云：允，信也。信哉武王之德，能長保此時夏之美。

時邁一章十五句。

❶美之，纂圖本互倒。

❷有，監圖本、纂圖本並無。

執競，祀武王也。○競其敬反。

○執競武王，無競維烈。不顯成康，上帝是皇。無競，競也。烈，業也。不顯乎其成大功而安之也。顯，光也。皇，美也。箋云：競，彊也。能持彊道者，維有武王耳。不彊乎其克商之功業？言其彊也。不顯乎其成安祖考之道？言其又顯也。天以是故美之，予之福禄。**自彼成康，奄有四**

方，斤斤其明。自彼成康，用彼成安之道也。奄，同也。斤斤，明察也。箋云：四方，謂天下也。武王用成安祖考之道，故受命伐紂定天下，爲周明察之君，斤斤如也。○斤紀覲反。**鍾鼓喤喤，磬筦將將。降福穰穰，降福簡簡。威儀反反，既醉既飽，福禄來反。**喤喤，和也。將將，集也。穰穰，衆也。簡簡，大也。反反，難也。反，復也。箋云：反反，順習之貌。武王既定天下，祭祖考之廟，奏樂而八音克諧，神與之福。又衆大，謂如嘏辭也。君臣醉飽，禮無違者，以重得福禄也。○喤華彭反，徐音皇。筦音管。將七羊反。穰如羊反。反如字，沈符板反，又音販。

執競一章十四句。

思文，后稷配天也。

○思文后稷，克配彼天，立我烝民，莫匪爾極。極，中也。箋云：克，能也。立當作粒。烝，衆也。周公思先祖有文德者，后稷之功能配天。昔堯遭洪水，黎民阻飢，后稷播殖百穀，烝民乃粒，萬邦作乂。天下之人，無不於女時得其中者。言反其性。○烝之丞反。粒音立。**貽我來牟，帝命率育。無此疆爾界，陳常于時夏。**牟，麥。率，用也。箋云：貽，遺。率，循。育，養也。武王渡孟津，白魚躍入王舟❶，出涘以燎，後五日，火流爲烏，五至，以穀俱來，此謂遺我來牟。天命以是循存后稷養天下之功，而廣大其子孫之國，無此封竟於女今之經界，乃大有天下也。用是故陳其久常之功，於是夏而歌之。夏之屬有九。書説：「烏以穀俱來，云『穀』，紀后稷之德。」○貽音夷。牟如字。疆居良反。夏户雅反。遺唯季反。

思文一章八句。

❶王，纂圖本、十行本並作「于」。

清廟之什十篇，十章，九十五句。

臣工之什詁訓傳第二十七

周頌　　**鄭氏箋**

臣工，諸侯助祭，遣於廟也。

○**嗟嗟臣工，敬爾在公，王釐爾成，來咨來茹。**嗟嗟，勑之也。工，官也。公，君也。箋云：臣，謂諸侯也。釐，理。咨，謀。茹，度也。諸侯來朝，天子有不純臣之義，於其將歸，故於廟中正君臣之禮，勑其諸官卿大夫云：「敬女在君之事，王乃平理女之成功，女有事，當來謀之，來度之，於王之朝，無自專。」○釐力之反。茹如預反，徐音如。度待洛反，下同。**嗟嗟保介，維莫之春，亦又何求，如何新畬。**田二歲曰新，三歲曰畬。箋云：保介，車右也，月令，孟春，「天子親載耒耜，措之于參保介之御閒」。莫，晚也。周之季春，於夏爲孟春，諸侯朝周之春，故晚春遣之，勑其車右以時事，女歸當何求於民，將如新田、畬田何。急其教農趨時也。介，甲也。車右勇力之士，被甲執兵也。○莫音暮。畬音餘。耒力對反。耜音似。夏户雅反。被皮寄反。**於皇來牟，將受厥明。明昭上帝，迄用康年。**康，樂也。箋云：將，大。迄，至也。於美乎赤烏以牟麥俱來，故我周家大受其光明。謂爲珍瑞，天下所休慶也。此瑞乃明見於天，至今用之有樂歲，五穀豐孰。○於音烏。迄許乞反。**命我衆人，庤乃錢鎛，奄觀銍艾。**庤，具。錢，銚。鎛，鎒。銍，穫也。箋云：奄，久。觀，多也。教我庶民，具女田器，終久必多銍艾。勸之也。○庤持恥反。錢子踐反。鎛音博。奄音淹，王、徐如字。觀古玩反，又如字。銍珍栗反。艾音刈。銚七遥反，又土堯反，沈音遥。鎒乃豆反，今作「耨」，同。穫户郭反。

臣工一章十五句。

噫嘻，春夏祈穀于上帝也。祈猶禱也，求也。月令，孟春「祈穀于上帝」，夏則「龍見而雩」，是與？○噫於其反。嘻音僖。禱丁老反。見賢遍反。雩音于。與音餘。

○噫嘻成王，既昭假爾。率時農夫，播厥百穀。噫，歎也。嘻，勑也❶。成王，成是王事也。箋云：噫嘻，有所多大之聲也。假，至也。播猶種也。噫嘻乎能成周王之功，其德已著至矣，謂光被四表格于上下也。又能率是主田之吏農夫，使民耕田而種百穀也。○成王如字，又于況反。假音格，毛如字。駿發爾私，終三十里。亦服爾耕，十千維耦。私，民田也。言上欲富其民而讓於下，欲民之大發其私田耳。終三十里，言各極其望也。箋云：駿，疾也。發，伐也。亦，大。服，事也。使民疾耕發其私田竟三十里者，言一部一吏主之❷。於是民大事耕其私田，萬耦同時舉也。周禮曰：「凡治野田，夫間有遂，遂上有徑；十夫有溝，溝上有畛；百夫有洫，洫上有塗；千夫有澮，澮上有道；萬夫有川，川上有路。」計此萬夫之地，方三十三里，少半里也。耜廣五寸，二耜爲耦。一川之間萬夫，故有萬耦耕。言「三十里」者，舉其成數。○駿音峻，大也。畛之忍反，又之人反。洫況域反。澮古外反。廣古曠反。

噫嘻一章八句。

❶勑，監圖本、纂圖本、日抄本、十行本並作「和」。案：單疏本疏文云：「噫嘻皆是歎聲，爲歎以勑之，傳因其文重，分而屬之，非訓噫嘻爲歎勑也。」

❷言，巾箱本、監圖本、纂圖本、日抄本、十行本並無。案：要義所引有。

振鷺，二王之後來助祭也。二王，夏、殷也，其後，杞也、宋也。○振之慎反。

○振鷺于飛，于彼西雝。我客戾止，亦有斯容。興也。振振，羣飛貌。鷺，白鳥也。雝，澤也。

客，二王之後。箋云：白鳥集于西雝之澤，言所集得其處也。興者，喻杞、宋之君，有絜白之德，來助祭於周之廟，得禮之宜也。其至止亦有此容，言威儀之善如鷺然。○處昌慮反。**在彼無惡，在此無斁。庶幾夙夜，以永終譽。**箋云：在彼，謂居其國，無怨惡之者。在此，謂其來朝，人皆愛敬之，無厭之者。永，長也。譽，聲美也。○斁音亦，厭也。

振鷺一章八句。

豐年，秋冬報也。報者，謂嘗也、烝也。

○**豐年多黍多稌，亦有高廩，萬億及秭。**豐，大。稌，稻也。廩所以藏齍盛之穗也。數萬至萬曰億，數億至億曰秭。箋云：豐年，大有年也。亦，大也。萬億及秭，以言穀數多。○稌音杜，徐勑古反。廩力錦反。秭咨履反。齍音資。盛音成。穗音遂。數色主反，下同。**爲酒爲醴，烝畀祖妣，以洽百禮，降福孔皆。**皆，徧也。箋云：烝，進。畀，予也。○醴音禮。畀必寐反。妣必履反。予音與。

豐年一章七句。

有瞽，始作樂而合乎祖也。王者治定制禮，功成作樂。合者，大合諸樂而奏之。○瞽音古。

○**有瞽有瞽，在周之庭。設業設虡，崇牙樹羽。應田縣鼓，鞉磬柷圉。**瞽，樂官也。業，大板也，所以飾栒爲縣也，捷業如鋸齒，或曰畫之。植者爲虡，衡者爲栒。崇牙，上飾卷然，可以縣也。樹羽，置羽也。應，小鞞也。田，大鼓也。縣鼓，周鼓也。鞉，小鼓也❶。柷，木椌也。圉，楬也。箋云：瞽，矇也，以爲樂官者，目無所見，於音聲審也。周禮「上瞽四十人，中瞽百人，下瞽百六十人」，有視瞭者相之，又設縣鼓。田當作朄。朄，小鼓在大鼓旁，應鞞之屬也，聲轉字誤，變而作田。○虡音巨。田如字，鄭音酳。縣音懸。鞉音桃。柷尺叔反。圉魚呂反。栒荀允反。鋸音據。植時力反，又直吏反。衡華盲反。卷音權。鞞步兮反。椌苦江反。楬苦瞎反。瞭音了，視瞭，有目人也。相息亮反。**既備乃奏，簫管備舉，喤喤厥聲，肅雝和鳴，先祖是聽。**箋云：既備者，縣也、朄也皆畢已也。乃奏，謂樂作也。簫，編小竹管❷，如今賣餳者所吹也。管如篴，併而吹之。○喤華盲反，又音皇。編薄殄反，又必綿反，史記溥連反。餳夕清反，又音唐。篴徒歷反。併步頂反。**我客戾止，永觀厥成。**箋云：我客，二王之後也。長多其成功，謂深感於和樂，遂入善道，終無愆過。○觀古玩反，又如字，多也。樂如字，或音洛。

有瞽一章十三句。

❶小，巾箱本、監圖本、纂圖本、日抄本、十行本並作「鞉」。案：讀詩記所引作「鞉」。
❷小，巾箱本無。案：要義所引有，讀詩記所引無。

潛，季冬薦魚，春獻鮪也。 冬，魚之性定。春，鮪新來。薦獻之者，謂於宗廟也。○潛在廉反，又音岑。鮪于軌反。

猗與漆沮，潛有多魚。有鱣有鮪，鰷鱨鰋鯉。 漆、沮，岐周之二水也。潛，槮也❶。箋云：猗與，歎美之言也。鱣，大鯉也。鮪，鮥也。鰷，白鰷也。鰋，鮎也。○猗於宜反。與音余。漆音七。沮七余反。鱣張連反。鰷音條。鱨音常。鰋音偃。鯉音里。槮素感反，舊本作米傍，謂積柴水中，令魚依之止息，因而取之，郭景純因從小爾雅作木傍，霜甚反，又疏廕反。鮥音洛。鮎乃謙反。**以享以祀，以介景福。** 箋云：介，助。景，大也。

潛一章六句。

❶槮，巾箱本、監圖本、纂圖本、日抄本、十行本並作「糝」。案：敦煌殘卷斯五七〇五號作「糝」，要義所引作「槮」，單疏本疏文標起止云「傳漆沮至潛槮」。

雝，禘大祖也。 禘，大祭也，大於四時而小於祫。大祖，謂文王。○禘大計反。大音泰。祫户夾反。

○有來雝雝，至止肅肅，相維辟公。天子穆穆，於薦廣牡，相予肆祀。相，助。廣，大也。箋云：雝雝，和也。肅肅，敬也。有是來時雝雝然，既至止而肅肅然者，乃助王禘祭，百辟與諸侯也。天子是時則穆穆然，於進大牡之牲，百辟與諸侯又助我陳祭祀之饌。言得天下之歡心。○相息亮反。辟音璧，君也。於如字，王音烏。**假哉皇考，綏予孝子。宣哲維人，文武維后。**假，嘉也。箋云：宣，徧也。嘉哉君考❶，斥文王也。文王之德，乃安我孝子，謂受命定其基業也。又徧使天下之人有才知，以文德武功爲之君故。○假音暇，徐古雅反。知音智。**燕及皇天，克昌厥後，綏我眉壽，介以繁祉。**燕，安也。箋云：繁，多也。文王之德，安及皇天，謂降瑞應，無變異也。又能昌大其子孫，安助之以考壽❷，與多福禄。○昌如字，或云文王名，此禘於文王之詩也，周人以諱事神，不應犯諱，當音處亮反。**既右烈考，亦右文母。**烈考，武王也。文母，大姒也。箋云：烈，光也。子孫所以得考壽與多福者，乃以見右助於光明之考與文德之母。歸美焉。○右音祐，下同，助也。大音泰。姒音似。

雝一章十六句。

❶君，監圖本、纂圖本、十行本並作「皇」。案：單疏本疏文云：「故知『嘉哉君考斥文王也』。」

❷考壽，巾箱本互倒。

載見，諸侯始見乎武王廟也。○見賢遍反，下同。

○**載見辟王，曰求厥章。龍旂陽陽，和鈴央央。鞗革有鶬，休有烈光。**載，始也。龍旂陽陽，言有文章也。和在軾前，鈴在旂上。鞗革有鶬，言有法度也。箋云：諸侯始見君王，謂見成王也。曰求其章者❶，求車服禮儀之文章制度也。交龍爲旂。鞗革，轡首也❷。鶬，金飾貌。休者，休然盛壯。○辟音壁，下同。鈴音零。央於良反，徐音英。鞗音條。鶬七羊反。**率見昭考，以孝以享，以介眉壽。永言保之，思皇多祜。**昭考，武王也。享，獻也。箋云：言，我。皇，君也。諸侯既以朝禮見於成王，至祭時，伯又率之見於武王廟，使助祭也，以致孝子之事，以獻祭祀之禮，以助考壽之福。長我安行此道，思使成王之多福❸。○祜音户，福也。**烈文辟公，綏以多福，俾緝熙于純嘏。**箋云：俾，使。純，大也。祭有「十倫之義」。成王乃光文百辟與諸侯，安之以多福，使光明於大嘏之意。天子受福曰大嘏，辭有福祚之言。○緝七入反。嘏古雅反。祚才故反。

載見一章十四句。

❶其，巾箱本、監圖本作「厥」。案：單疏本疏文云：「『曰求其章者』。」

❷首也，巾箱本作「首者」，監圖本作「者也」。案：讀詩記所引作「首也」，單疏本疏文云：「故知『鞗革轡首也』。」

❸十行本無「使」字。

有客，微子來見祖廟也。成王既黜殷命，殺武庚，命微子代殷後。既受命，來朝而見也。○見賢遍反。

○有客有客，亦白其馬。有萋有且，敦琢其旅。殷尚白也。亦，亦周也。萋，且，敬慎貌。箋云：有客有客，重言之者，異之也。亦，亦武庚也。武庚爲二王後，乘殷之馬，乃叛而誅，不肖之甚也，今微子代之，亦乘殷之馬，獨賢而見尊異，故言「亦」。駁而美之。其來，威儀萋萋且且，盡心力於其事，又選擇衆臣卿大夫之賢者，與之朝王。言敦琢者，以賢美之，故玉言之❶。○萋七西反。且七序反。敦都回反，又音彫。琢陟角反。駁邦角反，又音角，雜也。**有客宿宿，有客信信。言授之縶，以縶其馬。**一宿曰宿，再宿曰信。欲縶其馬而留之。箋云：縶，絆也。周之君臣，皆愛微子，其所館宿，可以去矣，而言絆其馬，意各殷勤。○縶陟立反。絆音半。**薄言追之，左右綏之。**箋云：追，送也。於微子去，王始言餞送之，左右之臣，又欲從而安樂之。厚之無已。○餞音賤。**既有淫威，降福孔夷。**淫，大。威，則。夷，易也。箋云：既有大則，謂用殷正朔，行其禮樂，如天子也。神與之福，又甚易也。言動作而有度。○易以豉反。

有客一章十二句。

❶玉，原作「王」，據日抄本改。案：讀詩記所引作「玉」。單疏本疏文云：「故以玉言之，謂以治玉之事

言擇人也。」

武，奏大武也。大武，周公作樂所爲舞也。○大如字，徐音泰。

於皇武王，無競維烈。烈，業也。箋云：皇，君也。於乎君哉武王也，無彊乎其克商之功業，言其彊也。**允文文王，克開厥後。**信有文德哉文王也，能開其子孫之基緒。○於音烏。**嗣武受之，勝殷遏劉，耆定爾功。**武，迹。劉，殺。耆，致也。箋云：遏，止。耆，老也。嗣子武王，受文王之業，舉兵伐殷而勝之，以止天下之暴虐而殺人者。年老乃定女之此功，言不汲汲於誅紂，須暇五年。○遏於葛反。耆音指，鄭巨移反。

武一章七句。

臣工之什十篇，十章，一百六句。

閔予小子之什詁訓傳第二十八

周頌　　鄭氏箋

閔予小子，嗣王朝於廟也。嗣王者，謂成王也。除武王之喪，將始即政，朝於廟也。○朝直遥反。

○閔予小子，遭家不造，嬛嬛在疚。閔，病。造，爲。疚，病也。箋云：閔，悼傷之言也。造猶成也。可悼傷乎我小子耳，遭武王崩，家道未成，嬛嬛然孤特在憂病之中。○嬛其傾反。疚音救。**於乎皇考，永世克孝。念兹皇祖，陟降庭止。**庭，直也。箋云：兹，此也。陟降，上下也。於乎我君考武王，長世能孝。謂能以孝行爲子孫法度，使長見行也。念此君祖文王，上以直道事天，下以直道治民，信無私枉。○於音烏，後同。**維予小子，夙夜敬止。於乎皇王，繼序思不忘。**序，緒也。箋云：夙，早。敬，慎也。我小子早夜慎行祖考之道，言不敢懈倦也。於乎君王，歎文王、武王也。我繼其緒，思其所行不忘也。

閔予小子一章十一句。

訪落，嗣王謀於廟也。謀者，謀政事也。

○訪予落止，率時昭考。於乎悠哉，朕未有艾。將予就之，繼猶判涣。訪，謀。落，始。時，是。率，循。悠，遠。猶，道。判，分。涣，散也。箋云：昭，明。艾，數。猶，圖也。成王始即政，自以承聖父之業，懼不能遵其道德，故於廟中，與羣臣謀我始即政之事。羣臣曰：「當循是明德之考所施行。」故荅之以謙曰：「於乎遠哉，我於是未有數。」言遠不可及也。女扶將我就其典法而行之❶，繼續其業，圖我所失分散者收斂之。○艾五蓋反，徐音刈。**維予小子，未堪家多難。**箋云：多，衆也。我小子耳，未任統理國家衆難成之事，必有任賢待年長大之志❷。難成之事，謂諸政有業未平者。○難如字，協韻乃旦反。任音壬，下二篇注同。**紹庭上下，陟降厥家。休矣皇考，以保明其身。**箋云：紹，繼也。厥家，謂羣臣也。繼文王「陟降庭止」之道，上下羣臣之職以次序者。美矣我君考武王，能以此道尊安其身。謂定天下居天子之位。

訪落一章十二句。

❶女，監圖本、纂圖本並作「艾」。

❷必，巾箱本、監圖本、纂圖本、日抄本並作「心」。

敬之，羣臣進戒嗣王也。

○**敬之敬之，天維顯思，命不易哉。無曰高高在上，陟降厥士，日監在茲。**顯，見。士，事也。箋云：顯，光。監，視也。羣臣見王謀即政之事，故因時戒之曰：「敬之哉，敬之哉，天乃光明，去惡與善，其命吉凶不變易也。」無謂天高又高在上，遠人而不畏也。天上下其事，謂轉運日月，施其所行。日月瞻視，近在此也。○易音亦，王以豉反。見賢遍反。遠于萬反。上時掌反。**維予小子，不聰敬止。日就月將，學有緝熙于光明。佛時仔肩，示我顯德行。**小子，嗣王也。將，行也。

光，廣也。佛，大也。仔肩，克也。箋云：緝熙，光明也。佛，輔也。時，是也。仔肩，任也。羣臣戒成王以敬之敬之，故承之以謙云：「我小子耳，不聰達於敬之之意。」日就月行，言當習之以積漸也。且欲學於有光明之光明者，謂賢中之賢也。輔佛是任，示道我以顯明之德行。是時自知未能成文、武之功，周公始有居攝之志。○佛符弗反，鄭音弼。仔音兹。肩古賢反。行下孟反。

敬之一章十二句。

小毖，嗣王求助也。毖，慎也。天下之事，當慎其小，小時不慎❶，後爲禍大，故成王求忠臣早輔助己爲政，以救患難。○毖音祕。難乃旦反。

○予其懲，而毖後患。莫予荓蜂，自求辛螫。毖，慎也。荓蜂，摩曳也。箋云：懲，艾也。始者管叔及其羣弟流言於國，成王信之而疑周公，至後三監叛而作亂，周公以王命舉兵誅之，歷年乃已，故今周公歸政，成王受之，而求賢臣以自輔助也。曰：「我其創艾於往時矣，畏慎後復有禍難。」羣臣小人無敢我摩曳，謂爲譎詐誑欺，不可信也。女如是徒自求辛苦毒螫之害耳，謂將有刑誅。○懲直升反。荓普經反。蜂孚逢反。螫音釋。摩尺制反。曳以制反。艾音刈。創初亮反。譎音決。誑九況反。

肇允彼桃蟲，拚飛維鳥。桃蟲，鷦也，鳥之始小終大者。箋云：肇，始。允，信也。始者信以彼管、蔡之屬，雖有流言之罪，如鷦鳥之小，不登誅之，後反叛而作亂，猶鷦之翻飛爲大鳥也。鷦之所爲鳥，題肩也，或曰鴞，皆惡聲之鳥。○[拚]芳煩反。[鷦]子消反。**未堪家多難，予又集于蓼。**堪，任。予，我也。我又集于蓼，言辛苦也。箋云：集，會也。未任統理我國家衆難成之事，謂使周公居攝時也。我又會於辛苦，遇三監及淮夷之難也。○[蓼]音了。

小毖一章八句。

❶「時」下，監圖本、纂圖本、十行本並有「而」字。案：要義所引、讀詩記所引並無。

載芟，春藉田而祈社稷也。藉田，甸師氏所掌，王載耒耜所耕之田，天子千畝，諸侯百畝。藉之言借也，借民力治之，故謂之藉田。○[芟]所銜反。[甸]田見反。

○**載芟載柞，其耕澤澤。千耦其耘，徂隰徂畛。侯主侯伯，侯亞侯旅，侯彊侯以。**除草曰芟。除木曰柞。畛，埸也。主，家長也。伯，長子也。亞，仲叔也。旅，子弟也。彊，彊力也。以，用也。箋云：載，始也。隰，謂新發田也。畛，謂舊田有徑路者。彊，有餘力者，周禮曰：「以彊予任民。」以，謂閒民，今時傭賃也，春秋之義，能東西之曰「以」。成王之時，萬民樂治田業，將耕，先始芟柞其草木，土氣烝達而和，耕之則澤澤然解散。於是耘除其根株❶，輩作者千耦，言趨時也。或往之隰，或往之畛。父子餘夫俱行，彊有餘力者相助，又取傭賃，務疾畢已，當種也。○[柞]側伯反。[澤]音釋。[耦]五口反。[畛]之忍反，徐音真。[彊]其良反。[埸]音亦。[閒]音閑。[傭]音容。[賃]女鴆反。**有嗿其饁，思媚**

其婦，有依其士。噲，衆貌。士，子弟也。箋云：饁，饋饟也。依之言愛也。婦子來饋饟其農人於田野，乃逆而媚愛之。言勸其事，勞不自苦。○噲勑感反。饁于輒反。饋其愧反。饟式亮反。**有略其耜，俶載南畝。播厥百穀，實函斯活。**略，利也。箋云：俶載當作熾菑。播猶種也。實，種子也。函，含也。活，生也。農夫既耘除草木根株，乃更以利耜熾菑之而後種，其種皆成好含生氣。○略如字。俶載毛如字，鄭作熾菑，下篇同。函户南反，下篇同。種章勇反。**驛驛其達，有厭其傑。厭厭其苗，緜緜其麃。**達，射也。有厭其傑，言傑苗厭然特美也。麃，耘也。箋云：達，出地也。傑，先長者。厭厭其苗，衆齊等也。○驛音亦。厭於豔反，下同。麃表嬌反。射食亦反。**載穫濟濟，有實其積，萬億及秭。**濟濟，難也。箋云：難者，穗衆難進也。有實，實成也。其積之乃萬億及秭，言得多也。○穫户郭反。積子賜反，又如字。秭音姊。**爲酒爲醴，烝畀祖妣，以洽百禮。**箋云：烝，進。畀，予。洽，合也。進予祖妣，謂祭先祖先妣也。以洽百禮，謂饗燕之屬。○畀必二反。**有飶其香，邦家之光。**飶，芬香也。箋云：芬香之酒醴，饗燕賓客，則多得其歡心，於國家有榮譽。○飶蒲節反，又蒲必反。**有椒其馨，胡考之寧。**椒猶飶也。胡，壽也。考，成也。箋云：寧，安也。以芬香之酒醴，祭於祖妣，則多得其福右。○椒子消反，徐子料反。**匪且有且，匪今斯今，振古如茲。**且，此也。振，自也。箋云：匪，非也。振亦古也。饗燕祭祀，心非云且而有且，謂將有嘉慶，禎祥先來見也。心非云今而有此今，謂嘉慶之事不聞而至也❷。言脩德行禮，莫不獲報。乃古古而如此，所由來者久，非適今時。○[且]七也反，又子餘反，下同。

載芟一章三十一句。

❶「是」下，日抄本有「己乃」二字。

❷聞，原作「問」，據諸本改。案：單疏本疏文云：「故云『不聞而至』。」

良耜，秋報社稷也。○[耜]音似，田器也。

○畟畟良耜，俶載南畝。播厥百穀，實函斯活。畟畟猶測測也。箋云：良，善也。農人測測以利善之耜，熾菑是南畝也。種此百穀，其種皆成好含生氣。言得其時。○[畟]楚側反。[種]章勇反。**或來瞻女，載筐及筥。其饟伊黍，其笠伊糾。其鎛斯趙，以薅荼蓼。**笠所以禦暑雨也。趙，刺也。蓼，水草也。箋云：瞻，視也。有來視女，謂婦子來饁者也。筐、筥，所以盛黍也，豐年之時，雖賤者猶食黍。饁者見戴糾然之笠，以田器刺地，薅去荼蓼之事。言閔其勤苦。○[筐]丘方反。[筥]紀呂反。[饟]式亮反。[笠]音立。[糾]居黝反，又其皎反。[鎛]音博。[趙]徒了反，又如字，沈起了反。[薅]呼毛反，拔田草也。[荼]音徒。[蓼]音了。[刺]七亦反，下同。[盛]平聲。**荼蓼朽止，黍稷茂止。穫之挃挃，積之栗栗。其崇如墉，其比如櫛，以開百室。**挃挃，穫聲也。栗栗，衆多也。墉，城也。箋云：百室，一族也。草穢既除而禾稼茂，禾稼茂而穀成孰，穀成孰而積聚多，如城也❶，如櫛也，以言積之高大，且相比迫也。其已治之，則百家開户納之。千耦其耘，輩作尚衆也。一族同時納穀，親親也。百室者，出必共洫間而耕，入必共族中而居，又有祭酺合醵之歡。○朽虚有反，爛也。挃珍栗反。積子賜反。比毗志反。櫛側瑟反。酺音蒲，又音步。醵其據反，又其畧反，合錢飲酒也。**百室盈止，婦子寧止。**

殺時犉牡，有捄其角。以似以續，續古之人。黄牛黑脣曰犉。社稷之牛角尺。以似以續，嗣前歲，續往事也。箋云：捄，角貌。五穀畢入，婦子則安，無行饁之事，於是殺牲報祭社稷。嗣前歲者，復求有豐年也。續往事者，復以養人也。續古之人，求有良司穡也。○犉如純反。捄音虯。

良耜一章二十三句。

❶城，監圖本、纂圖本、十行本並作「墉」。

絲衣，繹賓尸也。高子曰：「靈星之尸也。」繹，又祭也。天子諸侯曰繹，以祭之明日；卿大夫曰賓尸，與祭同日。周曰繹，商謂之肜。○繹音亦。肜餘戎反。

○絲衣其紑，載弁俅俅。自堂徂基，自羊徂牛，鼐鼎及鼒。絲衣，祭服也。紑，絜鮮貌。俅俅，恭順貌。基，門塾之基。自羊徂牛，言先小後大也。大鼎謂之鼐，小鼎謂之鼒。箋云：載猶戴也。弁，爵弁也。爵弁而祭於王，士服也。繹禮輕，使士升門堂，視壺濯及籩豆之屬，降往於基，告濯具，又視牲，從羊之牛，反告充，已，乃舉鼎冪告絜，禮之次也。鼎圜弇上謂之鼒。○紑孚浮反，徐孚不反，又音培，又音弗。載如字，又音戴。弁皮變反。俅音求。鼐乃代反，又音乃。鼒音兹，又音災，或音才。冪亡歷反。圜音圓。弇古奄字。**兕觥其觩，旨酒思柔。不吴不敖，胡考之休。**吴，譁也。考，成也。箋云：柔，安也。繹之旅，士用兕觥，變於祭也。飲美酒者，皆思自安，不讙譁，不敖慢也。此得壽考之休徵。○兕徐履反。觥古横反，罰爵也。觩音虯。吴如字，又音話。敖五誥反。讙火官反，又火元反。

絲衣一章九句。

酌，告成大武也。言能酌先祖之道，以養天下也。周公居攝六年，制禮作樂，歸政成王，乃後祭於廟而奏之。其始成，告之而已。○酌音灼。大如字，又音泰。

○於鑠王師，遵養時晦。時純熙矣，是用大介。鑠，美。遵，率。養，取。晦，昧也。箋云：純，大。熙，興。介，助也。於美乎文王之用師，率殷之叛國以事紂，養是闇昧之君以老其惡。是周道大興而天下歸往矣，故有致死之士助之。○於音烏。鑠舒灼反。**我龍受之，蹻蹻王之造，載用有嗣。**龍，和也。蹻蹻，武貌。造，爲也。箋云：龍，寵也。來助我者，我寵而受用之。蹻蹻之士皆爭來造王，王則用之。有嗣，傳相致。○蹻居表反。造才老反，鄭七報反。**實維爾公，允師。**公，事也。箋云：允，信也。王之事，所以舉兵克勝者，實維女之事，信得用師之道。

酌一章九句。

桓，講武類禡也。桓，武志也。類也，禡也，皆師祭也。○禡馬嫁反。

○綏萬邦，婁豐年。箋云：綏，安也。婁，亟也。誅無道安天下，則亟有豐孰之年，陰陽和也。○婁力住反。亟欺冀反，數也。**天命匪解，桓桓武王，保有厥士。**士，事也。箋云：天命爲善不解倦者以爲天子，我桓桓有威武之武王，則能安有天下之事。此言其當天意也。於是用武事於四方，能定其家先王之業，遂有天下。○解音懈。**于以四方，克定厥家。於昭于天，皇以間之。**間，代也。箋云：于，曰也。皇，君也。於明乎曰天也，紂爲天下之君，但由爲惡，天以武王代之。○於音烏。

桓一章九句。

賚，大封於廟也。賚，予也，言所以錫予善人也。大封，武王伐紂時，封諸臣有功者。○賚來代反，又音來。予上聲。

○文王既勤止，我應受之，敷時繹思，我徂維求定。勤，勞。應，當。繹，陳也。箋云：敷猶徧也。文王既勞心於政事，以有天下之業，我當而受之，敷是文王之勞心，能陳繹而行之，今我往以此求定。謂安天下也。○敷音孚。繹音亦。**時周之命，於繹思。**箋云：勞心者，是周之所以受天命，而王之所由也。於女諸臣受封者陳繹而思行之。以文王之功業勑勸之。○於如字，王音烏。

賚一章六句。

般，巡守而祀四嶽河海也。般，樂也。○般薄寒反。守手又反。樂音洛。

○於皇時周，陟其高山，嶞山喬嶽，允猶翕河。高山，四嶽也。嶞山，山之嶞嶞小者也。翕，合也。箋云：皇，君。喬，高。猶，圖也。於乎美哉，君是周邦而巡守，其所至則登其高山而祭之，望秩於山川，小山及高嶽，皆信案山川之圖而次序祭之。河言合者，河自大陸之北敷爲九，祭者合爲一。○於音烏。嶞吐果反。翕許及反。**敷天之下，裒時之對，時周之命。**裒，聚也。箋云：裒，衆。對，配也。徧天之下，衆山川之神，皆如是配而祭之，是周之所以受天命而王也。○裒蒲侯反。

般一章七句。

閔予小子之什十一篇，十一章，百三十七句。

毛詩卷第十九

毛詩卷第二十

駉詁訓傳第二十九

魯頌　　　鄭氏箋

駉，頌僖公也。僖公能遵伯禽之法，儉以足用，寬以愛民，務農重穀，牧于坰野。魯人尊之，於是季孫行父請命于周，而史克作是頌。季孫行父，季文子也。史克，魯史也。○駉古熒反。牧音目。坰苦熒反，又苦營反，下同。父音甫。

○**駉駉牡馬，在坰之野。**駉駉，良馬腹幹肥張也。坰，遠野也。邑外曰郊，郊外曰野，野外曰林，林外曰坰。箋云：必牧於坰野者，辟民居與良田也。周禮曰：「以官田、牛田、賞田、牧田任遠郊之地。」○牡茂后反。**薄言駉者，有驈有皇，有驪有黄，以車彭彭。**牧之坰野，則駉駉然。驪馬白跨曰驈，黄白曰皇，純黑曰驪，黄騂曰黄。諸侯六閑，馬四種，有良馬，有戎馬，有田馬，有駑馬。彭彭，有力有容也。箋云：坰之牧地，水草既美，牧人又良，飲食得其時，則自肥健耳。○驈户橘反，又于密反，又音述。驪力知反，又郎知反。彭如字。跨苦化反，髀間也。騂息營反。**思無疆，思馬斯臧。**

箋云：臧，善也。僖公之思遵伯禽之法，反覆思之無有竟已，乃至於思馬斯善。多其所及廣博。○彊啓良反。

○駉駉牡馬，在坰之野。薄言駉者，有騅有駓，有騂有騏，以車伾伾。蒼白雜毛曰騅，黄白雜毛曰駓，赤黄曰騂，蒼騏曰騏。伾伾，有力也。○騅朱帷反。駓符悲反，字林又音丕。騏渠之反。伾敷悲反。**思無期，思馬斯才。**才，多材也。

○駉駉牡馬，在坰之野。薄言駉者，有驒有駱，有駵有雒，以車繹繹。青驪驎曰驒，白馬黑鬣曰駱，赤身黑鬣曰駵，黑身白鬣曰雒。繹繹，善走也。○驒徒河反。駱音洛。駵音留。雒音洛。繹音亦。驎良忍反，又音吝。鬣力輒反。**思無斁，思馬斯作。**作，始也。箋云：斁，厭也。思遵伯禽之法無厭倦也。作，謂牧之，使可乘駕也。○斁音亦。

○駉駉牡馬，在坰之野。薄言駉者，有駰有騢，有驔有魚，以車祛祛。陰白雜毛曰駰，彤白雜毛曰騢，豪骭曰驔，二目白曰魚。祛祛，彊健也。○駰於巾反。騢音遐。驔音簟，又音譚。祛起居反。彤徒冬反。骭户晏反。**思無邪，思馬斯徂。**箋云：徂猶行也。思遵伯禽之法，專心無復邪意也。牧馬使可走行。○邪似嗟反。

駉四章，章八句。

有駜，頌僖公君臣之有道也。有道者，以禮義相與之謂也。○駜備筆反，又符必反。

○有駜有駜，駜彼乘黃。駜，馬肥彊貌。馬肥彊則能升高進遠，臣彊力則能安國。箋云：此喻僖公之用臣，必先致其禄食，禄食足而臣莫不盡其忠。○乘繩證反，下同。夙夜在公，在公明明。箋云：夙，早也。言時臣憂念君事，早起夜寐，在於公之所。在於公之所，但明義明德也，禮記曰：「大學之道，在明明德。」振振鷺，鷺于下。鼓咽咽，醉言舞，于胥樂兮。振振，羣飛貌。鷺，白鳥也，以興絜白之士。咽咽，鼓節也。箋云：于，於。胥，皆也。僖公之時，君臣無事，則相與明義明德而已。絜白之士，羣集於君之朝，君以禮樂與之飲酒，以鼓節之，咽咽然，至於無筭爵，則又舞，燕樂以盡其歡，君臣於是則皆喜樂也。○咽烏懸反，又於巾反。樂音洛。

○有駜有駜，駜彼乘牡。夙夜在公，在公飲酒。言臣有餘敬，而君有餘惠。振振鷺，鷺于飛。鼓咽咽，醉言歸，于胥樂兮。箋云：飛，喻羣臣飲酒醉欲退也❶。

○有駜有駜，駜彼乘駽。青驪曰駽。○駽呼縣反，又火縣反，又胡眄反。夙夜在公，在公載燕。箋云：載之言則也。自今以始，歲其有。君子有穀，詒孫子，于胥樂兮。歲其有，豐年也。箋云：穀，善。詒，遺也。君臣安樂，則陰陽和而有豐年，其善道則可以遺子孫也。○詒以之反。遺唯季反。

有駜三章，章九句。

❶飲酒，巾箱本無。案：要義所引有，讀詩記所引無。

泮水，頌僖公能脩泮宮也。○泮普半反。

○**思樂泮水，薄采其芹。**泮水，泮宮之水也。天子辟廱，諸侯泮宮。言水則采取其芹，宮則采取其化。箋云：芹，水菜也。言己思樂僖公之脩泮宮之水，復伯禽之法，而往觀之，采其芹也。辟廱者，築土雝水之外，圓如璧，四方來觀者均也。泮之言半也。半水者❶，蓋東西門以南通水，北無也。天子、諸侯宮異制，因形然。○僖音希。芹其巾反。辟音璧，下同。觀古亂反，又音官。**魯侯戾止，言觀其旂。其旂茷茷，鸞聲噦噦。無小無大，從公于邁。**戾，來。止，至也。言觀其旂，言法則其文章也。茷茷，言有法度也。噦噦，言有聲也。箋云：于，往。邁，行也。我采泮水之芹，見僖公來至于泮宮，我則觀其旂茷茷然，鸞和之聲噦噦然，臣無尊卑，皆從君行而來。稱言此者，僖公賢君，人樂見之。○茷蒲害反，又普貝反。噦呼會反。

○**思樂泮水，薄采其藻。魯侯戾止，其馬蹻蹻。其馬蹻蹻，其音昭昭。**其馬蹻蹻，言彊盛也。箋云：其音昭昭，僖公之德音。○藻音早。蹻居表反。昭之繞反。**載色載笑，匪怒伊教。**色溫潤也。箋云：僖公之至泮宮，和顏色而笑語，非有所怒，於是有所教化也。

○**思樂泮水，薄采其茆。**茆，鳧葵也。○茆莫飽反，又力久反。**魯侯戾止，在泮飲酒。既飲**

旨酒，永錫難老。箋云：在泮飲酒者，徵先生君子，與之行飲酒之禮，而因以謀事也。已飲美酒而長賜其難使老。難使老者，最壽考也。長賜之者，如王制所云「八十月告存，九十日有秩」者與？○與音餘。**順彼長道，屈此羣醜。**屈，收。醜，衆也。箋云：順，從。長，遠。屈，治。醜，惡也。是時淮夷叛逆，既謀之於泮宮則從彼遠道往伐之，治此羣爲惡之人。○屈丘勿反，又其勿反。

○**穆穆魯侯，敬明其德。敬慎威儀，維民之則。允文允武，昭假烈祖。**假，至也。箋云：則，法也。僖公之行，民之所法傚也。僖公信文矣，爲脩泮宮也；信武矣，爲伐淮夷也。其聰明乃至於美祖之德，謂遵伯禽之法。○假古百反。**靡有不孝，自求伊祜。**箋云：祜，福也。國人無不法傚之者，皆庶幾力行，自求福禄。○祜音户。

○**明明魯侯，克明其德。既作泮宮，淮夷攸服。**箋云：克，能。攸，所也。言僖公能明其德，脩泮宮而德化行，於是伐淮夷，所以能服也。**矯矯虎臣，在泮獻馘。淑問如皋陶，在泮獻囚。**囚，拘也。箋云：矯矯❷，武貌。馘，所格者之左耳。淑，善也。囚，所虜獲者。僖公既伐淮夷，而反在泮宮，使武臣獻馘，又使善聽獄之吏如皋陶者獻囚。言伐有功，所任得其人。○矯居表反。馘古獲反。陶音遥。

○**濟濟多士，克廣德心。桓桓于征，狄彼東南。**桓桓，威武貌。箋云：多士，謂虎臣及如皋陶之屬。征，征伐也。狄當作剔。剔，治也。東南，斥淮夷。○狄他歷反，遠也，或如字。**烝烝皇皇，不**

吴不揚。不告于訩，在泮獻功。烝烝，厚也。皇皇，美也。揚，傷也。箋云：烝烝猶進進也。皇皇當作暀暀。暀暀猶往往也。吴，譁也。訩，訟也。言多士之於伐淮夷，皆勸之有進進往往之心，不讙譁，不大聲。僖公還在泮宫，又無以爭訟之事告於治訟之官者，皆自獻其功。○皇如字，又音旺。吴如字，又音話。訩音凶。

○**角弓其觩，束矢其搜。戎車孔博，徒御無斁。既克淮夷，孔淑不逆。**觩，弛貌。五十矢爲束。搜，衆意也。箋云：角弓觩然，言持弦急也。束矢搜然，言勁疾也。博當作傅。甚傅致者，言安利也。徒行者、御車者，皆敬其事，又無厭倦也。僖公以此兵衆伐淮夷而勝之，其士卒甚順軍法而善，無有爲逆者，謂堙井刊木之類。○觩音虯。搜色留反。博如字，鄭音附。斁音亦，厭也。致直置反。**式固爾猶，淮夷卒獲。**箋云：式，用。猶，謀也。用堅固女軍謀之故，故淮夷盡可獲服也。謀，謂度己之德，慮彼之罪，以出兵也。○度待洛反。

○**翩彼飛鴞，集于泮林。食我桑黮，懷我好音。**翩，飛貌。鴞，惡聲之鳥也。黮，桑實也。箋云：懷，歸也。言鴞恒惡鳴，今來止於泮水之木上，食其桑黮，爲此之故，故改其鳴，歸就我以善音。喻人感於恩則化也。○翩音篇。鴞于嬌反。黮時審反。爲于僞反。**憬彼淮夷，來獻其琛。元龜象齒，大賂南金。**憬，遠行貌。琛，寶也。元龜尺二寸。賂，遺也。南，謂荆、揚也。箋云：大猶廣也。廣賂者，賂君及卿大夫也。荆、揚之州，貢金三品。○憬九永反，又孔永反。琛勑金反。賂音路。

泮水八章，章八句。

❶半，監圖本、纂圖本並作「泮」。案：要義所引作「泮」，讀詩記所引作「半」。

❷矯矯，纂圖本作「云矯」。案：要義所引、讀詩記所引並作「矯」。

閟宮，頌僖公能復周公之宇也。宇，居也。○閟音祕。僖音希。

○**閟宮有侐，實實枚枚。**閟，閉也。先妣姜嫄之廟在周，常閉而無事，孟仲子曰「是禖宮也」。侐，清淨也。實實，廣大也。枚枚，礱密也。箋云：閟，神也。姜嫄神所依，故廟曰「神宮」。○侐況域反，靜也，一音火季反。枚莫回反。**赫赫姜嫄，其德不回，上帝是依。無災無害，彌月不遲。**上帝是依，依其子孫也。箋云：依，依其身也。彌，終也。赫赫乎顯著姜嫄也，其德貞正不回邪，天用是憑依而降精氣。其任之又無災害，不坼不副，終人道十月而生子，不遲晚。○副孚逼反。**是生后稷，降之百福。黍稷重穋，稙稺菽麥。奄有下國，俾民稼穡。**先種曰稙，後種曰稺。箋云：奄猶覆也。姜嫄用是而生子后稷，天神多與之福。以五穀終覆蓋天下，使民知稼穡之道。言其不空生也。后稷生而名棄，長大，堯登用之，使居稷官，民賴其功，後雖作司馬，天下猶以后稷稱焉。○重直容反。穋音六。稙徵力反，又時力反。稺音治。**有稷有黍，有稻有秬。奄有下土，纘禹之緒。**緒，業也。箋云：秬，黑黍也。緒，事也。堯時洪水爲災，民不粒食，天神多予后稷以五穀，禹平水土，乃教民播種之，於是天下大有，故云纘禹之事也❶。美之，故申說以明之。○秬音巨。纘子管反，繼也。

○**后稷之孫，實維大王，居岐之陽，實始翦商。**翦，齊也。箋云：翦，斷也。大王自豳徙居岐陽，四方之民咸歸往之。於時而有王迹，故云是始斷商。○大音泰，後「大王」、「大平」皆同。翦子踐反，斷也。斷音短。**至于文武，纘大王之緒，致天之届，于牧之野。無貳無虞，上帝臨女。**虞，誤也。箋云：届，極❷。虞，度也。文王、武王繼大王之事，至受命致大平，天所以罰極紂於商郊牧野。其時之民，皆樂武王之如是，故戒之云：「無有二心也，無復計度也，天視護女，至則克勝。」○届音戒。**敦商之旅，克咸厥功。**箋云：敦，治。旅，衆。咸，同也。武王克殷而治商之臣民，使得其所，能同其功於先祖也。后稷、大王、文王，亦周公之祖考也，伐紂，周公又與焉，故述之以美大魯。○敦都回反，又都門反。與音預。

○**王曰叔父，建爾元子，俾侯于魯，大啓爾宇，爲周室輔。**王，成王也。元，首。宇，居也。箋云：叔父，謂周公也。成王告周公曰：「叔父，我立女首子，使爲君於魯。」謂欲封伯禽也。封魯公以爲周公後，故云：「大開女居，以爲我周家之輔。」謂封以方七百里，欲其彊於衆國。**乃命魯公，俾侯于東，錫之山川，土田附庸。**箋云：東，東藩，魯國也。既告周公以封伯禽之意，乃策命伯禽，使爲君於東，加賜之以山川、土田及附庸，令專統之。王制曰：名山大川，不以封諸侯，附庸則不得專臣也。

周公之孫，莊公之子。龍旂承祀，六轡耳耳。春秋匪解，享祀不忒。周公之孫，莊公之子，謂僖公也。耳耳然至盛也。箋云：交龍爲旂。承祀，謂視祭事也。四馬故六轡。春秋猶言四時也。忒，變也。○解音懈。忒他得反。**皇皇后帝，皇祖后稷。享以騂犧，是饗是宜，降福既多。**騂，赤。犧，純也。箋云：皇皇后帝，謂天也。成王以周公功大，命魯郊祭天，亦配之以君祖后稷，其牲用赤牛純色，與天子同也。天亦饗之宜之，多予之福❸。○騂息營反。犧許宜反。**周公皇祖，亦其福女。秋而載嘗，夏而楅衡。白牡騂剛，犧尊將將。毛炰胾羹，籩豆大房。萬舞洋洋，孝孫有慶。**諸侯夏禘則不礿，秋祫則不嘗，唯天子兼之。楅衡，設牛角以楅之也。白牡，周公牲也。騂剛，魯公牲也。犧尊，有沙飾也。毛炰，豚也。胾，肉也。羹，大羹、鉶羹也。大房，半體之俎也。洋洋，衆多也。箋云：此皇祖，謂伯禽也。載，始也。秋將嘗祭，於夏則養牲，楅衡其牛角，爲其觸觝人也。秋嘗而言始者，秋物新成，尚之也。大房，玉飾俎也，其制足閒有横，下有柎，似乎堂後有房然。萬舞，干舞也。○楅音福，逼也。犧素河反，又許宜反。將七羊反。炰蒲包反。胾側吏反。羹音庚，又音衡。洋音羊，徐音翔。礿羊灼反。祫咸夾反。沙蘇河反。觝都禮反。横古曠反，一音光。柎方于反。**俾爾熾而昌，俾爾壽而臧。保彼東方，魯邦是常。不虧不崩，不震不騰。三壽作朋，如岡如陵。**震，動也。騰，乘也。壽，考也。箋云：此皆慶孝孫之辭也。俾，使。臧，善。保，安。常，守也。虧、崩，皆謂毀壞也。震、騰，皆謂僭踰相侵犯也。三壽，三卿也。岡、陵，取堅固也。○熾尺志反。僭子念反。

○**公車千乘，朱英緑縢，二矛重弓。**大國之賦千乘。朱英，矛飾也。縢，繩也。重弓，重於鬯中也。箋云：二矛重弓，備折壞也。兵車之法，左人持弓，右人持矛，中人御。○乘繩證反。英如字，又於耕反。縢徒登反。重直龍反。鬯勑亮反，弓衣也。**公徒三萬，貝冑朱綅，烝徒增增。**貝冑，貝飾也。朱綅，以朱綅綴之。增增，衆也。箋云：萬二千五百人爲軍，大國三軍，合三萬七千五百人。言三萬者，舉成數也。烝，進也。徒進行增增然。○冑直又反。綅息廉反，綫也，又音侵。烝之升反。**戎狄是膺，荆舒是懲，則莫我敢承。**膺，當。承，止也。箋云：懲，艾也。僖公與齊桓舉義兵，北當戎與狄，南艾荆及羣舒，天下無敢禦之。○艾音刈。**俾爾昌而熾，俾爾壽而富。黄髮台背，壽胥與試。**箋云：此慶僖公勇於用兵討有罪也。黄髮、台背，皆壽徵也。胥，相也。壽而相與試，謂講氣力不衰倦。○台他來反。背音貝。**俾爾昌而大，俾爾耆而艾。萬有千歲，眉壽無有害。**箋云：此又慶僖公勇於用兵討有罪也。中時魯微弱，爲鄰國所侵削，今乃復其故，故喜而重慶之。俾爾猶使女也。眉壽，秀眉，亦壽徵。○艾五蓋反。中張仲反。

○**泰山巖巖，魯邦所詹。奄有龜蒙，遂荒大東。至于海邦，淮夷來同。莫不率從，魯侯之功。**詹，至也。龜，山也，蒙，山也。荒，有也。箋云：奄，覆。荒，奄也。大東，極東。海邦，近海之國也。來同，爲同盟也。率從，相率從於中國也。魯侯，謂僖公。○荒如字，韓詩云：「至也。」

○**保有鳧繹，遂荒徐宅。至于海邦，淮夷蠻貊。及彼南夷，莫不率從。莫敢不諾，魯侯**

是若。鳧山也，繹山也。宅，居也。淮夷，蠻貊而夷行也。南夷，荊楚也。若，順也。箋云：諾，應辭也。是若者，是僖公所謂順也。○鳧音扶。繹音亦，一音夕。貊武伯反。行下孟反。

○天錫公純嘏，眉壽保魯。居常與許，復周公之宇。常、許，魯南鄙、西鄙。箋云：純，大也。受福曰嘏。許，許田也，魯朝宿之邑也。常或作嘗，在薛之旁，春秋魯莊公三十一年「築臺于薛」是與？周公有嘗邑，所由未聞也。六國時，齊有孟嘗君食邑於薛。○嘏古雅反。**魯侯燕喜，令妻壽母。宜大夫庶士，邦國是有。既多受祉，黃髮兒齒。**箋云：燕，燕飲也。令，善也。僖公燕飲於內寢，則善其妻壽其母，謂爲之祝慶也。與羣臣燕，則欲與之相宜，亦祝慶也。是有猶常有也。兒齒，亦壽徵。○兒五兮反，齒落更生細者也，一如字。祝之又反，下同。

○徂來之松，新甫之柏。是斷是度，是尋是尺。徂來山也，新甫山也。八尺曰尋。○斷音短。度待洛反。**松桷有舄，路寢孔碩。新廟奕奕，奚斯所作。**桷，榱也。舄，大貌。路寢，正寢也。新廟，閔公廟也。有大夫公子奚斯者，作是廟也。箋云：孔，甚。碩，大也。奕奕，姣美也❹。脩舊曰新。所新者姜嫄廟❺。僖公承衰廢之政❻，脩周公、伯禽之教，故治正寢，上新姜嫄之廟。姜嫄之廟，廟之先也。奚斯作者，教護屬功課章程也。至文公之時，大室屋壞。○桷音角。舄音昔，又音託。奕音亦。榱色追反。屬音燭。**孔曼且碩，萬民是若。**曼，長也。箋云：曼，脩也，廣也。且，然也。國人謂之順也。○曼音萬。

閟宮八章，二章章十七句，一章十二句，一章三十八句，二章章八句，二章章十句。

❶纘，監圖本、纂圖本、日抄本、十行本並作「繼」。

❷極，原作「殛」，據諸本改。下箋文同。案：要義所引作「極」。

❸予，巾箱本作「與」。案：讀詩記所引作「與」。

❹姣，巾箱本、日抄本作「佼」。案：要義所引作「佼」。

❺所，監圖本、纂圖本、十行本並無。案：要義所引有。「廟」下，監圖本、纂圖本、日抄本、十行本並有「也」字。案：要義所引有。

❻廢，監圖本、纂圖本、十行本並作「亂」。案：要義所引作「亂」。

駉四篇，二十三章，二百四十三句。

那詁訓傳第三十

商頌　鄭氏箋

那，祀成湯也。微子至于戴公，其閒禮樂廢壞，有正考甫者，得商頌十二篇於周之大師，以那爲首。禮樂廢壞者，君怠慢於爲政，不脩祭祀、朝聘、養賢、待賓之事，有司忘其禮之儀制，樂師失其聲之曲折，由是散亡也。自正考甫至孔子之時，又無七篇矣。正考甫，孔子之先也，其祖弗甫何，以有宋而授厲公。○那乃河反。大音泰，後放此。

○**猗與那與，置我鞉鼓。**猗，歎辭。那，多也。鞉鼓，樂之所成也。夏后氏足鼓，殷人置鼓，周人縣鼓。箋云：置讀曰植。植鞉鼓者，爲楹貫而樹之。美湯受命伐桀，定天下而作濩樂，故歎之，多其改夏之制，乃始植我殷家之樂鞉與鼓也。鞉雖不植，貫而搖之，亦植之類。○猗於宜反。與音余，下同。置如字，鄭時職反，又音值。鞉音桃。楹音盈，柱也。濩戶故反。**奏鼓簡簡，衎我烈祖。湯孫奏假，綏我思成。**衎，樂也。烈祖，湯有功烈之祖也。假，大也。箋云：奏鼓，奏堂下之樂也。烈祖，湯也。湯孫，大甲也。假，升。綏，安也。以金奏堂下諸縣，其聲和大簡簡然，以樂我功烈之祖成湯。湯孫大甲，又奏升堂之樂，弦歌之，乃安我心所思而成之。謂神明來格也。禮記曰：「齊之日，思其居處，思其笑語，思其志意，思其所樂，思其所耆，齊三日乃見其所爲齊者。祭之日，入室僾然必有見乎其位，周旋出户，肅然必有聞乎其容聲，出户而聽，愾然必有聞乎其歎息之聲。」此之謂思成。○衎苦旦反。假古雅反，鄭作格，升也。僾音曖。愾苦代反。**鞉鼓淵淵，嘒嘒管聲。既和且平，依我磬聲。**嘒嘒然和也。平，正平也。依，倚也。磬，聲之清者也，以象萬物之成。周尚臭，殷尚聲。箋云：磬，玉磬也。堂下諸縣，與諸管聲皆和平，不相奪倫，又與玉磬之聲相依，亦謂和平也。玉磬尊，故異言之。○淵古懸反，又烏懸反。嘒呼惠反。**於赫湯孫，穆穆厥聲。庸鼓有斁，萬舞有奕。**於赫湯孫，盛矣湯爲人子孫也。大鍾曰庸。斁斁然盛也。奕奕然閑也。箋云：穆穆，美也。於盛矣湯孫，呼大甲也。此樂之美其聲，鍾鼓則斁斁然有次序，其干舞又閑習。○於音烏。庸如字。斁亦竝音亦。**我有嘉客，亦不夷懌？自古在昔，先民有作。温恭朝夕，執事有恪。**夷，説也。先王稱之曰在古。古曰在昔，昔曰先民。有作，有所作也。恪，敬也。箋云：嘉客，謂二王後及諸侯來助祭者。我客之來助祭者，亦不説懌乎？言説懌也。乃大古而有此助祭之禮，非專於今也。其禮儀温温然恭敬，執事薦饌，則又敬也。○恪苦各反。説音悦，下同。**顧予烝嘗，湯孫之將。**箋云：顧猶念也。將猶扶助也。嘉客念我殷家有時祭之事而來者，乃大甲之扶助也。序助者之來意也❶。

那一章二十二句。

❶之來，巾箱本、監圖本、纂圖本、日抄本並互倒。

烈祖，祀中宗也。中宗，殷王大戊，湯之玄孫也。有桑穀之異，懼而脩德，殷道復興，故表顯之，號爲中宗。○復扶又反。

○**嗟嗟烈祖，有秩斯祜。申錫無疆，及爾斯所。既載清酤，賚我思成。**秩，常。申，重。酤，酒。賚，賜也。箋云：祜，福也。賚讀如「往來」之「來」。嗟嗟乎我功烈之祖成湯，既有此王天下之常福，天又重賜之以無竟界之期，其福乃及女之此所。女，女中宗也。言承湯之業能興之也。既載清酒於尊，酌以祼獻，而神靈來至我致齊之所，思則用成。重言嗟嗟，美歎之深。○祜音户。疆居良反，下同。酤音户。賚如字，鄭音來。祼古亂反。齊側皆反。**亦有和羹，既戒既平。鬷假無言，時靡有爭。綏我眉壽，黄耇無疆。**戒，至。鬷，總。假，大也。總大無言，無爭也。箋云：和羹者，五味調，腥熟得節，食之於人性安和。喻諸侯有和順之德也。我既祼獻，神靈來至，亦復由有和順之諸侯來助祭也。其在廟中，既恭肅敬戒矣，既齊立平列矣。至于設薦進俎，又總升堂而齊一，皆服其職勸其事，寂然無言語者，無爭訟者，此由其心平性和，神靈用之，故安我以壽考之福。歸美焉。○鬷子東反。假古雅反，鄭音格，下「以假」同。綏音妥，安也。耇音苟。**約軝錯衡，八鸞鶬鶬。以假以享，我受命溥將。自天降康，豐年穰穰。**八鸞鶬鶬，言文德之有聲也。假，大也。箋云：約軝，轂飾也。鸞在鑣，四馬則八鸞。假，升也。享，獻也。將猶助也。諸侯來助祭者，乘篆轂金飾錯衡之車，駕四馬，其鸞鶬鶬然聲和。言車服之得其正也。以此來朝，升堂獻其國之所有，於我受政教，至祭祀又溥助我。言得萬國之歡心也。天於是下平安之福，使年豐。○軝祁支反。錯如字，又采故反。鶬七羊反。溥音普。穰如羊反。轂古木反。鑣彼苗反。**來假來饗，降福無疆。**箋云：饗，謂獻酒使神饗之也。諸侯助祭者來升堂，來獻酒，神靈又下與我久長之福也。○假音格。**顧予烝嘗，湯孫之將。**箋云：此祭中宗，諸侯來助之，所言湯孫之將者，中宗之饗此祭，由湯之功，故本言之。

烈祖一章二十二句。

玄鳥，祀高宗也。祀當爲祫。祫，合也。高宗，殷王武丁，中宗玄孫之孫也。有雊雉之異，又懼而脩德，殷道復興，故亦表顯之，號爲高宗云。崩而始合祭於契之廟，歌是詩焉。古者君喪三年既畢，禘於其廟，而後祫祭於太祖，明年春禘于羣廟，自此之後，五年而再殷祭。一禘一祫，春秋謂之大事。

○天命玄鳥，降而生商，宅殷土芒芒。玄鳥，鳦也。春分玄鳥降，湯之先祖，有娀氏女簡狄，配高辛氏帝，帝率與之祈于郊禖而生契，故本其爲天所命，以玄鳥至而生焉。芒芒，大貌。箋云：降，下也。天使鳦下而生商者，謂鳦遺卵，娀氏之女簡狄吞之而生契，爲堯司徒有功，封商，堯知其後將興，又錫其姓焉。自契至湯八遷，始居亳之殷地而受命，國日以廣大芒芒然。湯之受命，由契之功，故本其天意。○芒莫剛反，後同。娀夙忠反，下篇同。亳傍各反。古帝命武湯，正域彼四方。方命厥后，奄有九有。正，長。域，有也。九有，九州也。箋云：古帝，天也。天帝命有威武之德者成湯，使之長有邦域，爲政於天下。方命其君，謂偏告諸侯也。湯有是德，故覆有九州，爲之王也。○長張丈反。商之先后，受命不殆，在武丁孫子。武丁，高宗也。箋云：后，君也。商之先君，受天命而行之不解殆者，在高宗之孫子。言高宗興湯之功，法度明也。○解音懈。武丁孫子，武王靡不勝。龍旂十乘，大糦是承。勝，任也。箋云：交龍爲旂。糦，黍稷也。高宗之孫子，有武功有王德於天下者，無所不勝服。乃有諸侯建龍旂者十乘，奉承黍稷而進之者。亦言得諸侯之歡心。十乘者，二王後、八州之大國。○王于況反，又如字。勝音升，鄭式證反。乘繩證反。糦尺志反。任音壬。**邦畿千里，維民所止，肇域彼四海。**畿，疆也。箋云：止猶居也。肇當作兆。王畿千里之內，其民居安，乃後兆域正天下之經界。言其爲政❶，自內及外。**四海來假，來假祁祁，景員維河。殷受命咸宜，百禄是何。**景，大。員，均。何，任也。箋云：假，至也。祁祁，衆多也。員，古文作「云」。河之言何也。天下既蒙王之政令，皆得其所，而來朝覲貢獻，其至也祁祁然衆多，其所貢於殷大至。所云維言何乎？言殷王之受命皆其宜也。百禄是何，謂當擔負天之多福。○假音格，下同。祁巨移反。員音圓，鄭音云。何音河，又河可反。

玄鳥一章二十二句。

❶其，纂圖本作「殷」。

長發，大禘也。大禘，郊祭天也。禮記曰：「王者禘其祖之所自出，以其祖配之。」是謂也。○禘大計反。

○**濬哲維商，長發其祥。洪水芒芒，禹敷下土方，外大國是疆，幅隕既長。**濬，深。洪，大也。諸夏爲外。幅，廣也。隕，均也。箋云：長猶久也。隕當作圓。圓，謂周也。深知乎維商家之德也，久發見其禎祥矣。乃用洪水，禹敷下土，正四方，定諸夏，廣大其竟界之時，始有王天下之萌兆。歷虞、夏之世，故爲久也。○濬音峻。芒音亡，依韻音忙。疆居良反。幅方目反。隕音圓，徐于貧反。

有娀方將，帝立子生商。有娀，契母也。將，大也。契生商也。箋云：帝，黑帝也。禹敷下土之時，有娀氏之國亦始廣大，有女簡狄，吞鳦卵而生契，堯封之於商，後湯王，因以爲天下號，故云「帝立子生商」。

○**玄王桓撥，受小國是達，受大國是達。率履不越，遂視既發。**玄王，契也。桓，大。撥，治。履，禮也。箋云：承黑帝而立子，故謂契爲玄王。遂猶徧也。發，行也。玄王廣大其政治，始堯封之商爲小國，舜之末年，乃益其土地爲大國。皆能達其教令，使其民循禮，不得踰越，乃徧省視之，教令則盡行也。○撥本末反。

○**相土烈烈，海外有截。**相土，契孫也。烈烈，威也。箋云：截，整齊也。相土居夏后之世，承契之業，入爲王官之伯，出長諸侯，其威武之盛烈烈然，四海之外率服截爾整齊。○相息亮反。截才結反。

○**帝命不違，至于湯齊。**至湯與天心齊。箋云：帝命不違者，天之所以命契之事，世世行之。其德浸大，至於湯而當天心。○湯齊如字。浸子鴆反。**湯降不遲，聖敬日躋，昭假遲遲。上帝是祗，帝命式于九圍。**不遲，言疾也。躋，升也。九圍，九州也。箋云：降，下。假，暇。祗，敬。式，用也。湯之下士尊賢甚疾，其聖敬之德日進，然而以其德聰明寬暇天下之人遲遲然。言急於己而緩於人。天用是故愛敬之也❶，天於是又命之使用事於天下。言王之也。○躋子兮反。假古雅反，毛音格，鄭音暇。祇諸時反。

○**受小球大球，爲下國綴旒，何天之休。**球，玉。綴，表。旒，章也。箋云：綴猶結也。旒，旌旗之垂者也。休，美也。湯既爲天所命，則受小玉，謂尺二寸圭也，受大玉，謂珽也，長三尺。執圭搢珽，以與諸侯會同，結定其心，如旌旗之旒縿著焉，擔負天之美譽，爲衆所歸鄉。○球音求，下同。綴陟劣反，又張衞反。休虚虯反。珽吐頂反。縿所銜反。鄉許亮反。**不競不絿，不剛不柔。敷政優優，百禄是遒。**絿，急也。優優，和也。遒，聚也。箋云：競，逐也。不逐，不與人爭前後。○絿音求。遒子由反，又在由反。

○**受小共大共，爲下國駿厖，何天之龍。**共，法。駿，大。厖，厚。龍，和也。箋云：共，執也。小共大共，猶所執搢小球大球也。駿之言俊也。龍當作寵。寵，榮名之謂。○共音恭，鄭音拱。駿音峻。厖莫邦反，鄭武講反。龍毛如字，鄭作寵。**敷奏其勇，不震不動，不戁不竦，百禄是總。**戁，恐。竦，懼也。箋云：不震不動，不可驚憚也。○敷音孚。戁奴版反。竦小勇反。總子孔反，又音宗。

○**武王載旆，有虔秉鉞。如火烈烈，則莫我敢曷。**武王，湯也。旆，旗也。虔，固。曷，害也。箋云：有之言又也。上既美其剛柔得中，勇毅不懼，於是有武功，有王德，及建旆興師出伐，又固持其鉞，志在誅有罪也。其威勢如猛火之炎熾，誰敢禦害我。○旆蒲貝反。鉞音越。**苞有三蘖，莫遂莫達，九有有截。**苞，本。蘖，餘也。箋云：苞，豐也。天豐大先三正之後世，謂居以大國，行天子之禮樂。然而無有能以德自遂達於天者，故天下歸鄉湯，九州齊壹截然。○蘖五葛反。**韋顧既伐，昆吾夏桀。**有韋國者，有顧國者，有昆吾國者。箋云：韋，豕韋，彭姓也。顧、昆吾，皆己姓也❷。三國黨於桀惡，湯先伐韋、顧，克之，昆吾、夏桀則同時誅也。○己音紀，又音杞。

○昔在中葉，有震且業。允也天子，降予卿士。葉，世也。業，危也。箋云：中世，謂相土也。震猶威也。相土始有征伐之威，以爲子孫討惡之業。湯遵而興之，信也天命而子之，下予之卿士。謂生賢佐也。春秋傳曰：「畏君之震，師徒橈敗。」○中如字，又張仲反。橈女教反。**實維阿衡，實左右商王。**阿衡，伊尹也。左右，助也。箋云：阿，倚。衡，平也。伊尹，湯所依倚而取平，故以爲官名。商王，湯也。○左音佐。右音又。

長發七章，一章八句，四章章七句，一章九句，一章六句。

❶用，巾箱本、十行本並作「命」。
❷皆，巾箱本無。案：讀詩記所引無。

殷武，祀高宗也。

○**撻彼殷武，奮伐荆楚。罙入其阻，裒荆之旅。**撻，疾意也。殷武，殷王武丁也。荆楚，荆州之楚國也。罙，深。裒，聚也。箋云：有鍾鼓曰伐。罙，冒也。殷道衰而楚人叛，高宗撻然奮揚威武，出兵伐之。冒入其險阻，謂踰方城之隘。克其軍率，而俘虜其士衆。○撻他達反。罙面規反。阻莊呂反。裒蒲侯反。冒莫報反。隘於懈反。**有截其所，湯孫之緒。**箋云：緒，業也。所猶處也。高宗所伐之處，國邑皆服其罪，更自勑整，截然齊壹，是乃湯孫大甲之等功業。○處昌慮反。

○**維女荆楚，居國南鄉。昔有成湯，自彼氐羌。莫敢不來享，莫敢不來王，曰商是常。**鄉，所也。箋云：氐羌，夷狄國，在西方者也。享，獻也。世見曰王。維女楚國，近在荆州之域，居中國之南方，而背叛乎？成湯之時，乃氐羌遠夷之國，來獻來見，曰：「商王是吾常君也。」此所用責楚之義，女乃遠夷之不如。○氐都啼反。見賢遍反。背音佩。

○**天命多辟，設都于禹之績。歲事來辟，勿予禍適，稼穡匪解。**辟，君。適，過也。箋云：多，衆也。來辟猶來王也。天命乃令天下衆君諸侯，立都於禹所治之功。以歲時來朝覲於我殷王者，勿罪過與之禍適，徒勑以勸民稼穡非可解倦。時楚不脩諸侯之職，此所用告曉楚之義也。禹平水土，弼成五服，而諸侯之國定，是以云然。○辟音壁，下同，又音僻，邪也。適直革反，徐張革反。解音懈。

○**天命降監，下民有嚴。不僭不濫，不敢怠遑。命于下國，封建厥福。**嚴，敬也。不僭不濫，賞不僭刑不濫也。封，大也。箋云：降，下。遑，暇也。天命乃下視下民有嚴明之君，能明德慎罰，不敢怠惰自暇於政事者，則命之於小國，以爲天子，大立其福。謂命湯使由七十里王天下也。時楚僭號王位，此又所用告曉楚之義。○僭子念反。

○**商邑翼翼，四方之極。赫赫厥聲，濯濯厥靈。壽考且寧，以保我後生。**商邑，京師也。箋云：極，中也。商邑之禮俗翼翼然可則傚，乃四方之中正也。赫赫乎其出政教也，濯濯乎其見尊敬也。王乃壽考且安，以此全守我子孫。此又用商德重告曉楚之義。○重直用反。

○**陟彼景山，松柏丸丸。是斷是遷，方斲是虔。松桷有梴，旅楹有閑。寢成孔安。**丸丸，易直也。遷，徙。虔，敬也。梴，長貌。旅，陳也。寢，路寢也。箋云：椹謂之虔。升景山掄材木，取松柏易直者，斷而遷之，正斲於椹上，以爲桷與衆楹。路寢既成，王居之甚安。謂施政教得其所也。高宗之前，王有廢政教不脩寢廟者，高宗復成湯之道，故新路寢焉。○斷音短。斲陟角反。虔其連反。桷音角。梴丑連反，又力鱣反。椹陟金反。

殷武六章，三章章六句，二章章七句，一章五句。

那五篇，十六章，百五十四句。

毛詩卷第二十

附録

詩譜

鄭氏撰

詩譜序

詩之興也，諒不於上皇之世，大庭、軒轅逮於高辛，其時有亡，載籍亦蔑云焉。虞書曰：「詩言志，歌永言，聲依永，律和聲。」然則詩之道放於此乎？有夏承之，篇章泯棄，靡有孑遺。邇及商王，不風不雅。何者？論功頌德，所以將順其美，刺過譏失，所以匡救其惡，各於其黨，則爲法者彰顯，爲戒者著明。周自后稷，播種百穀，黎民阻飢，兹時乃粒，自傳於此名也。陶唐之末，中葉公劉，亦世修其業，以明民共財。至於大王、王季，克堪顧天。文、武之德，光熙前緒，以集大命於厥身，遂爲天下父母，使民有政有居。其時詩，風有周南、召南，雅有鹿鳴、文王之屬。及成王、周公致大平，制禮作樂，而有頌聲興焉，盛之至也。本之由此風、雅而來，故皆録之，謂之詩之正經。後王稍更陵遲，懿王始受譖亨齊哀公，夷身失禮之後，邶不尊賢。自是而下，厲也、幽也，政教尤衰，周室大壞，十月之交、民勞、板、蕩，勃爾俱作，衆國紛然，刺怨相尋。

五伯之末，上無天子，下無方伯，善者誰賞，惡者誰罰，紀綱絶矣。故孔子録懿王、夷王時詩，訖於陳靈公淫亂之事，謂之變風、變雅。以爲勤民恤功，昭事上帝，則受頌聲，弘福如彼；若違而不用，則被劫殺，大禍如此。吉凶之所由，憂娱之萌漸，昭昭在斯，足作後王之鑒，於是止矣。夷、厲以上，歲數不明，大史年表自共和始，歷宣、幽、平王而得春秋，次第以立斯譜。欲知源流清濁之所處，則循其上下而省之；欲知風化芳臭氣澤之所及，則旁行而觀之，此詩之大綱也。舉一綱而萬目張，解一卷而衆篇明，於力則鮮，於思則寡，其諸君子，亦有樂於是與。

周南召南譜

周、召者，禹貢雍州岐山之陽地名，今屬右扶風美陽縣，地形險阻而原田肥美。周之先公曰大王者，避狄難，自豳始遷焉，而修德建王業。商王帝乙之初，命其子王季爲西伯。至紂，又命文王典治南國江、漢、汝旁之諸侯。於時三分天下有其二，以服事殷，故雍、梁、荆、豫、徐、揚之人，咸被其德而從之。文王受命，作邑于豐，乃分岐邦周、召之地，爲周公旦、召公奭之采地，施先公之教于己所職之國。武王伐紂，定天下，巡守述職，陳誦諸國之詩，以觀民風俗。六州者，得二公之德教尤純，故獨録之，屬之太師，分而國之。其得聖人之化者，謂之周南；得賢人之化者，謂之召南，言二公之德教，自岐而行于南國也。乃棄其餘，謂此爲風之正經。初，古公亶父聿來胥宇，爰及姜女。其後大任思媚周姜，大姒嗣徽音，歷世有賢妃之助，以致其治。文王刑于寡妻，至于兄弟，以御于家邦。是故二國之詩，以后妃夫人之德爲首，終以麟趾騶虞，言后妃夫人有斯德，興助其君子，皆可以成功，至于獲嘉瑞。風之始，所以風化天下而正夫婦焉，故周公作樂，用之鄉人焉，用之邦國焉。或謂之房中之樂者，后妃夫人侍御于其君子，女史歌之，以節義、序故耳。射禮，天子以騶虞，諸侯以貍首，大夫以采蘋，士以采蘩爲節。今無貍首，周衰，諸侯並僭而去之❶，孔子録詩不得也，爲禮樂之記者，從後存之，遂不得其次序。周公封魯，死，謚曰文公。召公封燕，死，謚曰康公。元子世之，其次子亦世守采地，在王官，春秋時周公、召公是也。問者曰：「周南召南之詩，爲風之正經則然矣。自此之後，南國諸侯，政之興衰，何以無變風？」荅曰：「陳諸國之詩者，將以知其缺失，省方設教爲黜陟。時徐及吴、楚僭號稱王，不承天子之風，今棄其詩，夷狄之也。其餘江、黄、六、蓼之屬，既驅陷于彼俗，又亦小國，猶邾、滕、紀、莒之等❷，夷其詩，蔑而不得列于此。」

❶並，原闕，據十行本、詩地理考補。

❷紀，原作「杞」，據十行本、詩地理考改。

邶鄘衛譜

邶、鄘、衛者，商紂畿内方千里之地。其封域在禹貢冀州，大行之東，北踰衡漳，東及兗州桑土之野。周武王伐紂，以其京師封紂子武庚爲殷後。庶殷頑民，被紂化日久，未可以建諸侯，乃三分其地，置三監，使管叔、蔡叔、霍叔尹而教之。自紂城而北謂之邶，南謂之鄘，東謂之衛。武王既喪，管叔及其羣弟，見周公將攝政，乃流言于國曰：「公將不利于孺子。」周公避之，居東都二年，秋大熟未獲，有雷電疾風之異，乃後成王悦而迎之反而遂居攝。三監導武庚叛，成王既黜殷命，殺武庚，復伐三監，更于此三國建諸侯，以殷餘民封康叔于衛，使爲之長。後世子孫稍並彼二國，混而名之。七世至頃侯，當周夷王時，衛國政衰，變風始作。故作者各有所傷，從其國本而異之，爲邶、鄘、衛之詩焉。

檜鄭譜

檜者，古高辛氏火正祝融之墟。檜國在禹貢豫州❶，外方之北，滎波之南，居溱、洧之間。祝融氏名黎，其後八姓，唯妘姓檜者，處其地焉。周夷王、厲王之時，檜公不務政事，而好絜衣服❷，大夫去之，于是檜之變風始作。其國北鄰于虢。初，宣王封母弟友於宗周畿内咸林之地，是爲鄭桓公，今京兆鄭縣，是其都也。爲幽王大司徒❸，甚得周衆與東土之人。問于史伯曰：「王室多故，余懼及焉，其何所可以逃死？」史伯曰：「其濟、洛、河、潁之閒乎？是其子男之國，虢、檜爲大❹，虢叔恃勢，鄶仲恃險，皆有驕侈怠慢之心，加之以貪冒，君若以周難之故，寄帑與賄，不敢不許，是驕而貪，必將背君。君以成周之衆，奉辭伐罪，無不克矣。若克二邑，鄔、蔽、補、丹、依、𩰫、歷、華，君之土也，修典刑以守之，惟是可以少固。」桓公從之，言「然」。之後三年，幽王爲犬戎所殺，桓公死之，其子武公與晉文侯定平王于東都王城，卒取史伯所云十邑之地，右洛左濟，前華後河，食溱、洧焉，今河南新鄭是也。武公又作卿士，國人宜之，鄭之變風又作。

❶檜，單疏本、詩地理考並無。
❷絜，原作「潔其」，據單疏本、十行本、詩地理考改。
❸「爲」上，單疏本、詩地理考有「又」字，十行本有「又云」二字。
❹檜，單疏本、十行本、詩地理考並作「鄶」。

齊譜

齊者，古少皞之世，爽鳩氏之墟。周武王伐紂，封太師呂望于齊，是爲齊大公❶，地方百里，都營丘。周公致大平，敷定九畿，復夏禹之舊制。成王用周公之法制，廣大邦國之境，而齊受上公之地，更方五百里。其封域東至于海，西至于河，南至于穆陵，北至于無棣，在禹貢青州，岱山之陰，濰、淄之野。其子丁公，嗣位于王官。後五世哀公政衰，荒淫怠慢，紀侯譖之於周懿王，使亨焉。齊之變風始作❷。

❶爲，單疏本、十行本、詩地理考並作「謂」。

❷之，原作「人」，據單疏本、詩地理考改。

魏譜

魏者，虞舜、夏禹所都之地，在禹貢冀州，雷首之北，析城之西，周以封同姓焉。其封域南枕河曲，北涉汾水。昔舜耕于歷山，陶于河濱，禹菲飲食而致孝乎鬼神，惡衣服而致美乎黻冕，卑宮室而盡力乎溝洫。此一帝一王，儉約之化，于時猶存。及今魏君，嗇且褊急，不務廣修德于民，教以義方。其與秦、晉鄰國，日見侵削，國人憂之。當周平、桓之世，魏之變風始作。至春秋魯閔公元年，晉獻公竟滅之，以其地賜大夫畢萬，自爾而後，晉有魏氏。

唐譜

唐者，帝堯舊都之地，今曰太原晉陽，是堯始居此，後乃遷河東平陽。成王封母弟叔虞于堯之故墟，曰唐侯。南有晉水，至子燮，改爲晉侯。其封域在禹貢冀州，大行、恒山之西，大原大岳之野。至曾孫成侯，南徙，居曲沃，近平陽焉。昔堯之末，洪水九年，下民其咨，萬國不粒，于時殺禮以救艱厄，其流乃被于今。當周公、召公共和之時，成侯曾孫僖侯，甚嗇愛物，儉不中禮，國人閔之，唐之變風始作。其孫穆侯又徙于絳云。

秦譜

秦者，隴西谷名，于禹貢近雍州鳥鼠之山。堯時有伯翳者，實皋陶之子，佐禹治水。水土既平，舜命作虞官，掌上下艸木鳥獸，賜姓曰嬴。歷夏、商興衰，亦世有人焉。周孝王使其末孫非子，養馬于汧、渭之閒。孝王爲伯翳能知禽獸之言，子孫不絶，故封非子爲附庸，邑之於秦谷。至曾孫秦仲，宣王又命作大夫，始有車馬禮樂侍御之好。國人美之，秦之變風始作。秦仲之孫襄公，平王之初，興兵討西戎以救周。平王東遷王城，乃以岐、豐之地賜之，始列爲諸侯，遂橫有周西都宗周畿内八百里之地。其封域東至迆山，在荆岐、終南惇物之野。至玄孫德公，又徙于雍云❶。

❶徙，原作「從」，據單疏本、十行本、詩地理考改。

陳譜

陳者，大皞虙戲氏之墟。帝舜之胄，有虞閼父者，爲周武王陶正，武王賴其利器用，與其神明之後，封其子嬀滿于陳，都于宛丘之側，是曰陳胡公，以備三恪，妻以元女大姬。其封域在禹貢豫州之東，其地廣平，無名山大澤，西望外方，東不及明豬。大姬無子，好巫覡禱祈鬼神歌舞之樂，民俗化而爲之。五世至幽公，當厲王時，政衰，大夫淫荒，所爲無度，國人傷而刺之，陳之變風始作❶。

❶始作，單疏本、十行本、詩地理考並作「作矣」。

曹譜

曹者，禹貢兗州陶丘之北地名。周武王既定天下，封弟叔振鐸于曹，今曰濟陰定陶是也。其封域在雷夏、菏澤之野。昔堯嘗游成陽，死而葬焉。舜漁于雷澤，民俗始化，其遺風重厚，多君子，務稼穡，薄衣食以致蓄積。夾于魯、衞之閒，又寡于患難，末時富而無教，乃更驕侈。十一世當周惠王時，政衰，昭公好奢而任小人，曹之變風始作。

豳譜

豳者，后稷之曾孫曰公劉者，自部而出，所徙戎狄之地名，今屬右扶風栒邑。公劉以夏后大康時失其官守，竄于此地，猶修后稷之業，勤恤愛民，民咸歸之而國成焉。其封域在禹貢雍州，岐山之北，原隰之野。至商之末世，大王又避戎狄之難，而入處於岐陽，民又歸之。公劉之出，大王之入，雖有其異，由有事難之故❶，皆能守后稷之教，不失其德。成王之時，周公避流言之難，出居東都二年，思公劉、太王居豳之職，憂念民事至苦之功，以比序己志。後成王迎而反之，攝政，致大平。其出入也，一德不回，純似于公劉、大王之所爲。大師大述其志，主意于豳公之事，故别其詩，以爲豳國變風焉。

❶事，原作「世」，據單疏本、十行本、詩地理考改。

王譜

王者，周東都王城畿内方六百里之地。其封域在禹貢豫州，大華、外方之閒，北得河陽，漸冀州之南。始武王作邑于鎬京，謂之宗周，是爲西都。周公攝政，五年，成王在豐，欲宅洛邑，使召公先相宅，既成，謂之王城，是爲東都，今河南是也。召公既相宅，周公往營成周，今洛陽是也。成王居洛邑，遷殷頑民于成周，復還歸處西都。至于夷、厲，政教尤衰。十一世幽王，嬖褒姒，生伯服，廢申后，太子宜咎奔申。申侯與犬戎攻宗周，殺幽王于戲。晉文侯、鄭武公迎宜咎于申而立之，是爲平王。以亂故，徙居東都王城。于是王室之尊，與諸侯無異，其詩不能復雅，故貶之，謂之王國之變風。

小大雅譜

小雅、大雅者，周室居西都豐、鎬之時詩也❶。始祖后稷，由神氣而生，有播種之功于民。公劉至于大王、王季，歷及千載，越異代，而別世載其功業，爲天下所歸。文王受命，武王遂定天下。盛德之隆，大雅之初起，自文王至于文王有聲，據盛隆而推原天命，上述祖考之美。小雅自鹿鳴至于魚麗，先其文，所以治内，後其武，所以治外。此二雅逆順之次，要于極賢聖之情❷，著天道之助，如此而已矣。又大雅生民下及卷阿，小雅南有嘉魚下及菁菁者莪，周公、成王之時詩也。傳曰：「文王基之，武王鑿之，周公内之。」謂其道同，終始相成，比而合之，故大雅十八篇、小雅十六篇，爲正經。其用于樂，國君以小雅，天子以大雅，然而饗賓或上取，燕或下就。何者，天子饗元侯，歌肆夏，合文王；諸侯歌文王，合鹿鳴。諸侯于鄰國之君，與天子于諸侯同。天子、諸侯燕羣臣，及聘問之賓，皆歌鹿鳴，合鄉樂。此其著略，大校見在書籍，禮樂崩壞，不可得詳。大雅民勞、小雅六月之後，皆謂之變雅，美惡各以其時，亦顯善懲過，正之次也。問者曰：「常棣閔管、蔡之失道，何故列于文王之詩？」曰：「閔之。閔之者，閔其失兄弟相承順之道，至于被誅。若在成王、周公之詩，則是彰其罪，非閔之，故爲隱，推而上之，因文王有親兄弟之義。」又問曰：「小雅之臣，何以獨無刺厲王？」曰：「有焉，十月之交、雨無正、小旻、小宛之詩是也。漢興之初，師移其第耳，亂甚焉，既移文改其目❸，義順上下，刺幽王亦過矣。」

❶之時，原互倒，據單疏本、十行本、詩地理考改。

❷賢聖，原互倒，據單疏本、十行本、詩地理考改。

❸文，十行本同，單疏本、詩地理考並作「又」。

周頌譜

周頌者，周室成功，致太平德洽之詩。其作在周公攝政、成王即位之初。頌之言容，天子之德，光被四表，格于上下，無不覆燾，無不持載，此之謂容。於是和樂興焉，頌聲乃作。禮運曰：「政也者，君之所以藏身也。是故夫政必本于天，殽以降命。命降于社之謂殽地，降于祖廟之謂仁義，降于山川之謂興作，降于五祀之謂制度。」又曰：「祭帝于郊，所以定天位；祀社于國，所以列地利。祖廟所以本仁，山川所以儐鬼神，五祀所以本事。」又曰：「禮行于郊，而百神受職焉；禮行于社，而百貨可極焉；禮行于祖廟，而孝慈服焉；禮行于五祀，而正法則焉。故自郊社、祖廟、山川、五祀，義之修，禮之藏也。」功大如此，可不美報乎？故人君必潔其牛羊，馨其黍稷，齊明而薦之，歌之舞之，所以顯神明，昭至德也。

魯頌譜

魯者，少昊摯之墟也。國中有大庭氏之庫，則大庭氏亦居兹乎？在周公歸政成王，封其元子伯禽于魯。其封域在禹貢徐州，大野、蒙羽之野。自後政衰，國事多廢。十九世至僖公，當周惠王、襄王時，而遵伯禽之法，養四種之馬，牧于坰野。尊賢禄士，修泮宫，崇禮教。僖十六年冬❶，會諸侯于淮上，謀東略，公遂伐淮夷。僖二十年❷，新作南門，又修姜嫄之廟。至于復魯舊制，未徧而薨。國人美其功，季孫行父請命于周，而作其頌。文公十三年，大室屋壞。初，成王以周公有大平制典法之勳❸，命魯郊祭天三望，如天子之禮，故孔子録其詩之頌，同于王者之後。問者曰：「列國作詩，未有請于周者，行父請之，何也？」曰：「周尊魯，巡守述職，不陳其詩。至于臣頌君功，樂周室之聞，是以行父請焉。周之不陳其詩者，爲優耳。其有大罪，侯伯監之，行人書之，亦示覺焉。」

❶僖，十行本同，單疏本、詩地理考並無。
❷僖，十行本同，單疏本、詩地理考並無。
❸「大」上原有「制」字，據單疏本、十行本、詩地理考删。

商頌譜

商者，契所封之地。有娀氏之女名簡狄者，吞鳦卵而生契。堯之末年，舜舉爲司徒，有五教之功，乃賜姓而封之。世有官守，十四世至湯，則受命伐桀，定天下。後世有中宗者，嚴恭寅畏，天命自度，治民祗懼，不敢荒寧。後有高宗者，舊勞于外，爰洎小人，作其即位，乃或諒闇，三年不言，言乃雍，不敢荒寧，嘉靜殷邦，至于小大，無時或怨。此三王有受命中興之功，時有作詩頌之者。商德之壞，武王伐紂，乃以陶唐氏火正閼伯之墟，封紂兄微子啓爲宋公，代武庚爲商後。其封域在禹貢徐州泗濱，西及豫州明豬之野。自後政衰，散亡商之禮樂。七世至戴公，時當周宣王❶，大夫正考父者，校商之名頌十二篇于周大師，以那爲首，歸以祀其先王。孔子録詩之時，則得五篇而已，乃列之以備三頌，著爲後王之義，監三代之成功，法莫大于是矣。問者曰：「列國政衰，則變風作，宋何獨無乎？」曰：「有焉，乃不録之。王者之後，時王所客也❷，巡守述職，不陳其詩，亦示無貶黜客之義也。」又問曰：「周大師何由得商頌？」曰：「周用六代之樂，故有之。」

❶周，單疏本、十行本、詩地理考並無。

❷「王」下原有「之」字，據單疏本、十行本、詩地理考删。